Der geheime Faden

Kylie Fitzpatrick

Der geheime Faden

Roman

Aus dem Englischen
von Adelheid Zöfel

Marion von Schröder Verlag

Copyright © Kylie Fitzpatrick 2003
Copyright © der deutschen Ausgabe 2003
by Ullstein Heyne List GmbH & Co. KG, München
Der Marion von Schröder Verlag ist ein Verlag der
Ullstein Heyne List GmbH & Co. KG
Redaktion: Anja Freckmann
Gesetzt aus der Sabon bei
Franzis print & media GmbH, München
Druck und Bindung: GGP Media, Pößneck
Alle Rechte vorbehalten
Printed in Germany

ISBN 3-547-71034-0

Für Sean

Weiden leuchten, Espen beben,
Sanfte Brisen leicht sich heben,
Durch die Welle, ewig fließend,
Bei der Insel in dem Fluss

Graue Mauern, graue Türme
Überschauen Blumenmeere,
Und die Insel still umhüllt
Die Lady von Shallot.

Dort webt sie bei Tag und Nacht
Ein Zaubertuch von bunter Pracht ...
                    Alfred Lord Tennyson

3. Juni 1064

Ich bin kein Chronist, mein Handwerk ist die Arbeit mit Nadel und Faden. Schon als ich meine Mutter das erste Mal in die Werkstatt zu Canterbury begleitete, waren meine Stiche feiner und meine Finger flinker als die der älteren Frauen. Um sich nicht einem Kind unterlegen fühlen zu müssen, erklärten sie, ich hätte eine besondere Gottesgabe. Als kleines Mädchen half ich bereits dabei, ein Gewand aus persischer Seide mit Goldfaden und Perlen zu besticken, für König Knut, den gefürchtetsten aller Dänenkönige, die je die Sachsenkrone trugen.

In den dreieinhalb Jahrzehnten, die ich jetzt auf der Welt bin, war mir das Glück beschieden, das verheerende Wüten der dänischen Eindringlinge nicht miterleben zu müssen, nicht jene Gräuel mit ansehen zu müssen, die jetzt grausame Geschichten sind, von den Geschichtenerzählern ausgeschmückt wie Tuch, das man mit farbigen Fäden verziert. Wenn ich Geschichtenerzählerin wäre, würde ich nicht von tödlichen Schlachten in fernen Gefilden erzählen, sondern von den noch viel grimmigeren Schlachten in den unbekannten Gefilden des Herzens, zwischen Gegnern, die einander eng verbunden sind. Aber ich bin keine Geschichtenerzählerin, ich bin Leofgyth, Erste Stickerin am Hofe König Edwards und seiner Gemahlin Edith, und an diese Aufgabe hier hat mich der Mönch Odericus gesetzt, der sagt, um die Worte wirklich zu meistern, muss man täglich üben. Tatsächlich bin ich inzwischen schon recht geübt, aber durch das Schreiben fühle ich mich nicht so allein, und so habe ich jetzt, wenn mein Ehemann Jon im Gefolge des Königs reitet, sowohl Nadel als auch Federkiel zur Gesellschaft. Odericus sagt, ich bin zwiefach von Gott gesegnet, weil ich mit Worten ebenso umgehen kann wie mit Fäden, wenn es ihn auch sehr zu verwundern scheint, dass eine Frau überhaupt etwas zu schreiben hat.

Der Palast von West Minster liegt westlich des breiten Flusses, der London teilt. Er wurde erbaut, als König Edward verfügte, dass seine Residenz, sein Hof und sein Parlament von Wasser umgeben sein sollten. Es ist ein mächtiger Bau aus weißem Stein, mit einem Turm, anders als die hölzernen Königssäle von Winchester und London.

Edward wurde, als sein Vater Ethelred den Sachsenthron verlor, in die Normandie geschickt und fand dort Gefallen an erlesenem Wein und flämischem Tuch und an jenem jungfräulich weißen Stein, aus dem er jetzt seine mächtige Abteikirche zu West Minster errichten lässt. Die Normannen bauen wie die Römer lieber aus Stein als aus Holz und Lehm. Steinwände sind kalt und stumm, aber ihre Stärke gibt Edward ein Gefühl der Sicherheit, denn selbst jetzt, da sein alter Rivale Earl Godwin tot ist, fehlt es ihm nicht an Feinden. Stein wehrt auch besser dem eisigen Atem des Winters, der in die dünnen Flechtwerkwände meines Hauses fährt, dass es erzittert. In den Wintermonaten weiß ich König

Edwards normannische Lebensart am meisten zu schätzen.

Der Stein des Königs wird zu Schiff aus Caen gebracht, und es sind immer sechs Männer vonnöten, um einen der gewaltigen Brocken zu tragen. Der Bau der Abtei führt viele Handwerker und Händler nach West Minster und auf den Londoner Markt. Steinmetze kommen aus dem ganzen Land und vom Kontinent herbei, um mächtige Säulen, so dick und rau wie Baumstämme, zuzuhauen. Die Steinmetze sitzen stundenlang da und meißeln auf riesige Steinklötze ein, die sich über Wochen und Monate kaum verändern. Dann, plötzlich, verwandelt sich der Stein wie von Zauberhand in einen mitten im Flug erstarrten Engel oder die Rüstung eines Königs. Kein Wunder, dass die Leute hier Angst vor den Steinmetzen haben und sie im Besitz von Hexenkünsten wähnen.

In König Edwards Thronsaal hängt eine Stickerei, die den größten aller Sachsenkönige zeigt, ein Geschenk Königin Ediths an ihren Gemahl. Ich habe dieses Bildnis des Königs Alfred gestickt, nach den Anweisungen der Königin, denn sie weiß genau, welche Fäden man in das Tuch ziehen muss, damit es von Farbe singt. Silber, sagte sie, für die Mähne von Alfreds Streitross, und goldene Zügel, funkelnd von winzigen Perlen, und die Rüstung des Königs aus dicht gesetzten blutroten Rubinen.

Während ich Seidenfäden in das feine flandrische Tuch zog, fragte ich mich, wie der große König Alfred wohl über die Söhne seiner Söhne und Erben seiner Krone denken würde. Alfred war es, der die Stämme dieser Insel zusammenschloss und aus ihr ein vereinigtes Königreich machte, ehe Ethelred sich von den Dänenkönigen überlisten ließ. Alfred war es, der alle Stammesfürsten über-

zeugte, dass kein Stamm allein sich gegen die morden-
den Nordländer wehren könnte, dass aber, wenn sie sich
zusammenschlössen, ihre Dörfer vielleicht zu retten
wären. Nach ihm gab es keinen Kriegerkönig mehr, der
mit Stolz den Drachenharnisch hätte tragen können, und
manche Leute sagen, der sächsische Drache schläft
tief in einer dunklen Höhle und wartet auf den wahren
König, der ihn wecken wird. Zudem war König Alfred
ein gebildeter Mann, und unter seiner Herrschaft begannen die Mönche von St. Augustin, die Geschichte
dieser Insel niederzuschreiben. Jetzt wird König Alfreds
Sachsenchronik von den Mönchen von Canterbury
weitergeführt, und Odericus ist es, der die Geschehnisse
an König Edwards Hof aufzeichnet. Ich habe ihm im
Scherz erklärt, ich würde meine eigene Chronik beginnen und, falls er etwas auslassen sollte, seine Aufgabe übernehmen, aber an seinen dunklen Augen konnte ich nicht ablesen, ob ihn meine Worte freuten oder
ärgerten, und wie es seine Art ist, schwieg der Mönch
nur.

Inzwischen besteht Alfreds einstiges Reich aus *Earldoms*, wie die Dänenkönige diese Gebiete nennen, und
dort herrschen nicht mehr Stammesfürsten, sondern Earl
Godwins Söhne. Das Haus Godwin beherrscht alle Earldoms in Edwards Königreich bis auf eines, und es hat
mehr Land unter sich als der König selbst.

Königin Edith ist Godwins Tochter, und ihre Brüder
Harold und Tostig sind die mächtigsten unter Edwards
Earls. Das feine Gewirk des Friedens, den König Edward
wahrte, ist jetzt fadenscheinig, denn die Godwins streiten sich um seine Nachfolge. Der König geht so langsam,
dass er kaum vom Fleck zu kommen scheint, und seine
Schultern sind gebeugt, als läge eine schwere Last auf
ihnen. Sein gekröntes Haupt ist oft gesenkt, sein Geist

traumentrückt. Dann reicht ihm der Bart, der so weiß und dünn ist wie Sommerwolken, bis auf die Brust. Die alte Blutslinie der Sachsenkönige steht und fällt mit dem König, der nicht mehr lang leben wird und dessen Gemahlin kein Kind geboren hat.

1. KAPITEL

MADELEINE SCHAUTE AUF DIE UHR. Es dauerte eine Weile, bis sie die römischen Zahlen des Zifferblatts erkennen konnte. Deutete der kleine Zeiger wirklich auf das »X«? Das durfte doch nicht wahr sein! Nach einem Moment der Verwirrung kam sie zu dem Schluss, dass es tatsächlich schon kurz nach zehn Uhr morgens war und sie geschlagene zwei Stunden damit verbracht hatte, einen mittelalterlichen Text aus dem Lateinischen zu übersetzen. Jetzt musste sie sich extrem beeilen. Sie schoss von ihrem Schreibtisch hoch und stieß in ihrer Hektik gegen einen Stapel mit unkorrigierten Klausuren, die sie an den wenig erfreulichen gestrigen Abend erinnerten. Gleich beim Aufwachen hatte sie es bitter bereut, dass sie drei Gläser von dem mittelmäßigen Syrah getrunken hatte, um sich über das miserable Niveau der Klausuren hinwegzutrösten. Und das, obwohl sie genau wusste, dass sie sich solche Eskapaden nicht leisten konnte, wenn sie am nächsten Morgen eine Vorlesung über die Aufteilung des Reiches Karls des Großen halten musste. Und diese Vorlesung begann in einer knappen halben Stunde.

Sie rannte ins Bad und bemühte sich, ihre Gedanken irgendwie wieder ins einundzwanzigste Jahrhundert zurückzuholen. Es ärgerte sie maßlos, wenn sie morgens hetzen musste. Keine zehn Minuten später hüpfte sie bereits auf einem Bein zurück in ihr Arbeitszimmer und zog den Reißverschluss an ihrem Stiefel hoch, während sie sich gleichzeitig umschaute, ob sie noch etwas mitnehmen sollte. Ein eher vergebliches Unterfangen – das Zimmer war chaotisch, weil sie hier alles unterbringen musste, was in ihrem kleinen Büro in der Universität, das sie mit einem anderen Dozenten teilte, keinen Platz fand. In letzter Zeit hatte sie sich angewöhnt, zu Hause zu arbeiten; Rosa fand, sie ziehe sich in einen »ungeselligen Kokon« zurück – aber Rosa machte öfter solche Bemerkungen, und Madeleine hatte längst gelernt, diese nicht allzu ernst zu nehmen.

Ihr Blick fiel auf den Schreibtisch, wo der säuberlich abgeschriebene lateinische Text lag, der heute Morgen mit der Post gekommen war. Irgendetwas an diesem Dokument hatte sie sofort in seinen Bann gezogen. Seinetwegen war ihr jedes Zeitgefühl abhanden gekommen. Der Begleitbrief ihrer Mutter lag noch ungelesen daneben. Madeleine steckte ihn schnell in ihre Handtasche, ehe sie fluchtartig die Wohnung verließ.

Auf dem Weg von ihrer Wohnung zur Universität kehrten ihre Gedanken immer wieder zu dem Grund ihrer Verspätung zurück. Das Dokument war nicht in angelsächsischem Latein verfasst, wie sie zuerst angenommen hatte, sondern in Kontinentallatein – der Sprache, die von den römischen und normannischen Priestern verwendet wurde, die um die Jahrtausendwende nach England gelangt waren. Aber die – mit Sicherheit – fiktive Erzählerin war verblüffenderweise eine Frau aus dem elften Jahrhundert, kein Mönch. Das war eigentlich ein Ding der Unmöglichkeit. Wo hatte Lydia diesen Text abgeschrieben? Madeleines Mutter las so gut wie nie Romane, abgesehen von ihren gelegentlichen – und unerklärlichen – Ausflügen in die russische Literatur. Komisch war auch, dass Lydia den lateinischen Text von Hand abgeschrieben hatte, ehe sie ihn abschickte, statt ihn einfach zu fotokopieren. Bestimmt erklärte sie das alles in ihrem Brief. Madeleines Mutter war schon im Ruhestand und lebte jetzt in Canterbury, nachdem sie viele Jahre in London die Geschichte des Hauses Tudor im 15. und 16. Jahrhundert unterrichtet hatte. Vielleicht war sie dabei, ihr Interessengebiet auszuweiten?

Die kühle Luft der Normandie sorgte dafür, dass ihr Kopf wieder klar war, als sie das Gebäude der historischen Fakultät betrat, das am westlichen Ende des Universitätsgeländes lag. Den Gedanken an die Übersetzung konnte sie allerdings immer noch nicht ganz abschütteln. Dass es um eine Näherin ging, die lesen und schreiben konnte, irritierte sie. Damals waren selbst die meisten Männer Analphabeten gewesen. Der Verfasser des Textes schrieb zwar einwandfreies klassisches Latein, hatte aber offenbar nicht sorgfältig recherchiert, denn sonst hätte er selbstverständlich wissen müssen, dass eine schreibende Frau im elften Jahrhundert praktisch undenkbar war, es sei denn, sie hätte im Kloster gelebt oder dem Adel angehört. Die Erzählerin wirkte jedoch sehr selbstbewusst und redegewandt, was, historisch betrachtet, bei Frauen vom Land eher selten vorkam.

Madeleine konnte mühelos nachvollziehen, dass Lydia die Geschichte einer Stickerin am Hofe König Edwards spannend fand, denn diese Epoche der englischen Geschichte war unglaublich abwechslungsreich. Andererseits fragte sie sich, wie viel von diesem Manuskript ihre Mutter wohl entschlüsselt hatte. Latein war nämlich nicht gerade ihre Stärke, schon gar nicht in seiner mittelalterlichen Variante.

Madeleine wagte einen Blick auf die Uhr und seufzte. Auf einen Umweg über die Cafeteria musste sie wohl oder übel verzichten. Ihr blieb nichts anderes übrig, als die nächsten anderthalb Stunden ohne Kaffee zu überstehen. Keine besonders erheiternde Vorstellung! Dass sie sich gegen die Unterrichtsverpflichtung, die zu ihrem Job gehörte, ein bisschen sträubte, kam öfter vor. An manchen Tagen hatte sie einfach keine Lust, unter Menschen zu gehen.

Andererseits gaben ihr die Vorlesungen Gelegenheit, über mittelalterliche Geschichte zu sprechen, immerhin ihr Lieblingsthema, das sich jedoch bedauerlicherweise nicht unbedingt für Smalltalk bei Partys eignete. Energisch strich sie sich eine widerspenstige rotbraune Locke hinters Ohr, holte tief Luft und betrat den Hörsaal, der wie ein höhlenartiges Amphitheater gebaut war. Sie kam sich hier immer vor wie eine Schauspielerin, die sich als Dozentin verkleidet hatte. Der Raum war bis zur Hälfte mit Studienanfängern gefüllt. Im Verlauf des Semesters bröckelte die Zahl der Hörer meistens ab, denn eine ganze Reihe von Studenten begriff ziemlich schnell, dass sie mit einem Abschluss in Geschichte nicht viel anfangen konnten.

Madeleine musste sich zusammenreißen, um keine Grimassen zu schneiden, sondern brav mit ihrer Einleitung zu beginnen. »Die Geschichte des frühen europäischen Mittelalters ist auf eine Art und Weise dokumentiert, die uns zwingt, auf Quellen zurückzugreifen, die sich gelegentlich widersprechen. Diesem Phänomen werden Sie während Ihres Studiums immer wieder begegnen.«

Das Gesichtermeer starrte sie an. Madeleine lächelte ihr freundlichstes Lächeln. Ein junger Mann in der zweiten Reihe antwortete mit einem vieldeutigen Grinsen. Sein Blick wanderte abwärts und ruhte einen Moment lang auf ihren Brüsten. Madeleine wartete, bis er ihr wieder ins Gesicht schaute, und fixierte ihn dann mit festem

Blick. Das war ihre übliche, wenn auch meist wirkungslose Verteidigungsstrategie gegen sexuell ausgehungerte Knaben im ersten Studienjahr. Hier im Hörsaal war es untersagt, sich für etwas anderes zu interessieren als für Geschichte. Ihr neuer Verehrer hielt ihrem Blick jedoch stand – er war attraktiv, aber nur körperlich. Arroganz war in Madeleines Augen keine Eigenschaft, die Männer anziehend machte. Sie wandte sich jetzt demonstrativ an die Studenten im hinteren Teil des Raums und gab durch ihren energischen Tonfall zu verstehen, dass es an der Zeit sei, sich Notizen zu machen.

»Als die Sachsenchronik begonnen wurde, widmeten sich die Schreiber zuerst der Vergangenheit und begannen mit der römischen Besatzung. Die Chronik wurde noch lange nach der Regierung Alfreds des Großen fortgeführt, bis zur Mitte des zwölften Jahrhunderts. Diese Aufzeichnungen bilden die einzige zusammenhängende Sammlung von Texten über die Geschichte Englands. Dabei handelt es sich fast ausschließlich um unpersönliche Aufzählungen von Fakten. Aber warum hätte ein Mönch im elften Jahrhundert, der in einem kalten Skriptorium stundenlang auf einer harten Holzbank sitzen musste – warum hätte so jemand mehr schreiben sollen als das Allernotwendigste?« Madeleine schwieg und lächelte wieder. Die Studenten, die sich die Mühe gemacht hatten mitzuschreiben, hielten ebenfalls inne; die aufgeweckteren unter ihnen schauten sie fragend an. Sie brauchte einen Augenblick, um zu begreifen, warum – sie hätte eigentlich über das Reich Karls des Großen sprechen sollen! Die Vorlesung über England vor der Eroberung durch die Normannen war erst nach dem Mittagessen dran. Offensichtlich spukte ihr immer noch die Sachsenchronik im Kopf herum.

Ihre Laune verbesserte sich schlagartig, als sie das Büro betrat und feststellte, dass Philippe, mit dem sie sich den Raum teilte, nicht da war. Auf Gesellschaft hatte sie mit ihrem verkaterten Kopf nämlich wenig Lust. Sie schob die Papiere auf ihrem Schreibtisch beiseite, um die Tastatur ihres Computers freizulegen, stellte den Rechner an, und während das Gerät sein Vorlaufprogramm abspulte, kramte sie in ihrer Handtasche nach Lydias Brief, in der Hoffnung, eine Erklärung zu dem rätselhaften lateinischen Dokument zu finden.

Liebste Madeleine,
   meinst du, du könntest diesen kurzen Text für mich übersetzen – ich bin bei meinen Recherchen darauf gestoßen und sehr neugierig. Wir können uns ja vielleicht darüber unterhalten, wenn du das nächste Mal kommst (bleibt es bei deinem geplanten Besuch am 26. Januar?). Das Buch, aus dem ich den Text kopiert habe, würde dich bestimmt brennend interessieren, denn schließlich betrifft es ja eher deine – historische – Domäne als meine.
   Mit meinem Vorhaben, ein bisschen Ahnenforschung zu betreiben, komme ich leider schrecklich langsam voran – wie dir vermutlich jeder bestätigen wird, der je der wahnwitzigen Idee verfallen ist, frühere Generationen ergründen zu wollen. Es trifft sich gut, dass ich mit Joan Davidson vom Zentrum für genealogische Studien hier in Canterbury Freundschaft geschlossen habe. Sie ist eine Seele von Mensch, geduldig, hilfsbereit und gleichzeitig sehr gründlich. Sie hat begonnen, die Kirchenregister von Canterbury und Umgebung zu katalogisieren. Seit dem sechzehnten Jahrhundert werden diese Register geführt. Allerdings hat sich offenbar im Lauf der Jahrhunderte die Schreibweise mancher Nachnamen erheblich verändert, weil es keine einheitliche Rechtschreibung gab; außerdem

wurde regional manches unterschiedlich ausgesprochen, und ausländische Namen wurden anglisiert. Es ist ziemlich verwirrend, und gelegentlich habe ich den Eindruck, dass das einzig Bemerkenswerte bei meiner Arbeit darin besteht, dass England die ältesten Urkundenregister der Welt hat.

Mein Garten erinnert zur Zeit fast an einen Friedhof; das einzig Grüne weit und breit ist der Efeu an der vorderen Mauer. In das Beet bei der Hintertür habe ich Fuchsien gepflanzt. Und Mohn zwischen die Tulpen! Vielleicht blühen dieses Jahr endlich einmal die Glyzinien, auf die wir schon so lange hoffen.

Ich habe vor, nächste Woche hier in Canterbury ins Archiv zu gehen. Dort werden unzählige uralte Dokumente und Veröffentlichungen aufbewahrt – viele von Historikern aus dem Umkreis –, vielleicht erfahre ich dort Neues über die Geschichte dieser Stadt. Ich kann nicht mit Sicherheit sagen, wie lange unsere Familie hier gelebt hat, ob vielleicht schon vor Margaret, meiner viktorianischen Großmutter, von der mir meine Mutter, wie ich mich vage erinnere, manchmal erzählt hat.

Da ich weiß, dass du mich danach fragen wirst – nein, die Ergebnisse der Blutuntersuchungen habe ich noch nicht bekommen, aber es geht mir gut, und ich glaube immer noch, dass die ganze Aufregung viel Lärm um nichts ist.

Ich hoffe, du bist gesund und munter, liebste Madeleine, und das Wintersemester wird dir nicht zu lange. Mir kommt es allerdings vor, als läge unsere weihnachtliche Ruderpartie schon hundert Jahre zurück. Ich freue mich sehr auf deinen Besuch.

Liebe Grüße

Lydia

Die abschließenden Worte des Briefes fand Madeleine sehr beruhigend. Was die Beziehung zu ihrer Mutter betraf, hatte sie wirklich großes Glück, wie ihr von Freunden immer wieder versichert wurde. Sie kamen blendend miteinander aus. Aber warum erwähnte Lydia mit keinem Wort, wieso sie ihr den lateinischen Text geschickt hatte? Madeleine nahm sich vor, ihre Mutter am Abend anzurufen und sie zu fragen.

Sie drehte sich mit dem Stuhl zum Computerbildschirm und tippte ihr Passwort ein, um ihre E-Mails zu lesen. Alle Mails, die etwas mit Arbeit zu tun zu haben schienen, ignorierte sie und klickte nur die von Rosa an.

Zeit für eine Lagebesprechung. Mittagessen?

Madeleine grinste entzückt. Mittagessen mit Rosa war genau das Richtige, um den Tag etwas aufzulockern. Die einzige andere Mail, die sie interessierte, stammte von Peter. Kurz zögerte sie, die Nachricht zu öffnen. Bei Peter musste man auf alles gefasst sein. Er meldete sich eigentlich nur per E-Mail, wenn er ein Treffen absagen musste und zu feige war, es ihr am Telefon zu sagen.

Maddy,
sieht so aus, als könnte ich dieses Wochenende doch nicht aus Bayeux weg. Dabei würde ich dich so gerne sehen! Das Kirchending in Caen findet nicht statt, dafür ist nun aber etwas anderes Wichtiges dazwischengekommen. Ich hoffe, du hast meinen Besuch nicht allzu fest eingeplant – du weißt ja, wie mein Leben manchmal aussieht. Peter

Ja, klar wusste sie, wie Peters Leben manchmal aussah – genau dieses »Leben« war ja auch der Grund gewesen, weshalb sie sich getrennt hatten. Das lag zwar schon lange zurück, aber wider besseres Wissen war sie doch immer noch enttäuscht, wenn er sie wieder einmal weniger wichtig fand als seine Arbeit.

Sie hatte sich während des Studiums in Paris in Peter verliebt. Er studierte Theologie und war der entscheidende Grund, weshalb sie die Veranstaltung »Die Grundlagen des christlichen Lateins« nicht fallen ließ. An dem Seminar nahmen nur wenige Studenten teil, und sie saßen in Hufeisenform um den Dozenten herum. Gleich bei der ersten Sitzung begegnete sie Peters Blick, als sie von ihrem Notizblock aufschaute. Er hatte klare graue Augen, die sie immer an unterirdische Seen mit einer ruhigen, glatten Oberfläche erinnerten. Aber falls Augen tatsächlich der Spiegel der Seele waren, bildeten Peters Augen eine Ausnahme, denn die Seele, die sich ihr später darbot, war rastlos und gequält. Peter schaffte es, einen völlig gelassenen Eindruck zu machen, selbst wenn er innerlich extrem angespannt und durcheinander war. Bevor sie diesen Widerspruch durchschaute, empfand sie ihn als Fels in der Brandung, was ihr sehr gefiel. Sie selbst hatte sich in ihren jungen Jahren mit vielen Zweifeln und Ängsten herumschlagen müssen und war dabei immer sehr zappelig und nervös gewesen. Was sich eigentlich nicht grundlegend geändert hatte, wie sie selbst fand.

In den Jahren nach Peter war sie mit verschiedenen Männern zusammen gewesen. Aber keinem war es so wie Peter gelungen, durch das Dickicht der Abwehr zu ihrem Herzen vorzudringen. »Es heißt ja immer, dass es im Leben nur eine große Liebe gibt«, hatte Rosa zu ihr gesagt, als sich der Letzte von Madeleines Liebhabern zwei Jahre zuvor aus dem Staub gemacht hatte. Rosa fand es falsch, dass Madeleine seitdem nicht mehr weitersuchte, aber mit Peter war sie auch nicht einverstanden – sie tat ihn als »typischen Franzosen« ab, allerdings ohne die

Gabe der charmanten Verführung, die alles andere wettmachen konnte. »Den interessantesten Teil deines Lebens habe ich offenbar verpasst«, beschwerte sie sich öfter. »Seit ich dich kenne, gehst du früh ins Bett, und sobald mehr als drei Leute versammelt sind, machst du die Fliege.«

Madeleine verbannte Peter aus ihren Überlegungen – der emotionale Wirrwarr, welchen diese Beziehung, die keine mehr war, mit sich brachte, quälte sie nur. Jetzt benötigte sie erst einmal eine kräftige Dosis Koffein.

Der Lärmpegel in der Uni-Cafeteria war während der Mittagessenszeit noch ein paar Dezibel höher als sonst, fand Madeleine, als sie ihre Sandwiches und den Espresso bezahlte. Sie suchte sich einen Weg durch die schnatternde Menge und strebte zu einem Tisch an einem der hohen Fenster, die auf den großen zentralen Innenhof hinausgingen. Unten sah sie Rosa über den Rasen eilen, die Freundin war wie immer zu spät dran und wirkte zwischen all den grau, khakifarben und schwarz gekleideten Studenten wie ein greller Farbtupfer. Rosa überzog fast jedes Mal bei ihren Veranstaltungen: Es gehörte zu ihrem Charakter, dass sie erst aufhören konnte zu reden, wenn sie alles gesagt hatte, was sie sagen wollte.

Rosa war Italienerin und hatte einen halben Lehrauftrag in Kunstgeschichte. In der restlichen Zeit arbeitete sie als Modedesignerin. An diesem Tag trug sie eine lilafarbene Spitzenbluse (über einem neongrünen BH) und rote Lederjeans. Rosa war klein und wohlgerundet, und man merkte ihr an, dass sie ihren Körper mochte. Wenn man sie allerdings gebeten hätte, sich selbst mit einem Wort zu charakterisieren, hätte sie bestimmt »single« gesagt. Sie genoss es, single zu sein, und vertrat sehr dezidiert die Ansicht, dass die Ehe nur so lange Spaß machte, wie die Hochzeitsfeier dauerte.

Außerdem hatte sie es sich zur Aufgabe gemacht, Madeleine aus dem gefährlichen Schlund der Einsamkeit und der kurzen Abende zu retten.

Als Madeleine ihr gleich nach der Begrüßung eröffnete, dass sie nicht zu ihrer Dinnerparty kommen könne, reagierte Rosa jedoch zu Madeleines Überraschung verblüffend nachsichtig, was vielleicht damit zusammenhing, dass sie gerade über das Göttinnenbildnis in der Kunstgeschichte doziert hatte.

»Frauen werden von den Seelen ihrer Mütter verfolgt, ob sie wollen oder nicht. Wir können ihnen nicht entkommen. Deine Mutter ist Engländerin – kein Wunder, dass du dich immer in dein Schneckenhaus zurückziehen willst. Du kommst aus einer Kultur, die düster vor sich hin brütet, genauso düster wie das grauenhafte Wetter.« Beim Reden riss sie dramatisch die Augen auf. Ihre Augen waren ständig in Aktion, wenn sie redete, genau wie ihre Arme und Hände. »Sieh dir doch mal den Göttinnen-Archetyp der Erdmutter an – sie ist sowohl Schöpferin als auch Zerstörerin.«

Madeleine trank einen Schluck Kaffee und musterte Rosa skeptisch. »Ist das nicht ein bisschen an den Haaren herbeigezogen? Dass ich mich nicht besonders für die Leute hier in Caen interessiere, hat doch nichts mit meiner Mutter zu tun. Und außerdem brüten nicht alle Engländer düster vor sich hin – das ist ein absolutes Klischee.«

Aber Rosa hörte ihr kaum zu, sondern kam nun erst richtig in Fahrt. »Weißt du, dass alle deine Beziehungen als erwachsene Frau an das anknüpfen, was du bis zum Alter von sieben Jahren über die Welt gelernt hast?«

Madeleine blickte kurz hoch und entgegnete dann betont beiläufig: »Und was sagt uns das über *deine* Mutter?«

»Dass sie hemmungslos ihre Sexualität eingesetzt hat,

um zu bekommen, was sie wollte – und ich werde ihr ewig dafür dankbar sein, dass sie mir diese höchst nützliche Sozialstrategie beigebracht hat.« Mit einem vorwurfsvollen Blick auf Madeleines dezente Kleidung fügte sie hinzu: »Während du schon rein äußerlich wieder mal feine britische Zurückhaltung demonstrierst, Maddy. Deine Mutter mag ja Engländerin sein, aber du bist Französin – sie lebt in England, du lebst in Frankreich.«

»Was willst du mir denn damit sagen? Die geografischen Verhältnisse sind mir absolut klar ... Übrigens bin ich trotz allem zur Hälfte Engländerin.«

»Nein, du bist mehr als zur Hälfte Französin – du hast noch nie in England gelebt, auch wenn du's sicher gern tun würdest! Soviel ich weiß, warst du immer nur in *la douce France*. Versuch doch zur Abwechslung mal, den Ort, an dem du lebst, gut zu finden.« Sie nippte an ihrem Cappuccino und kniff prüfend die Augen zusammen. »Wie lang ist es her, dass sich Lydia von deinem Vater getrennt hat?«

»Ich weiß es nicht genau – neun oder zehn Jahre.« Beim Gedanken an die Scheidung ihrer Eltern überkam Madeleine eine unbestimmte Traurigkeit.

»Du hast mal gesagt, du hättest dich von ihr im Stich gelassen gefühlt und andererseits gedacht, du seist verantwortlich dafür, dass sie in Frankreich so unglücklich war. Ich würde vermuten, wir können mit an Sicherheit grenzender Wahrscheinlichkeit sagen, dass an ihrem Unglück allein Jean schuld war – meinst du nicht?« Kokett zog Rosa die perfekt geformten Brauen hoch, und ihre dunklen Augen mit den dichten Wimpern funkelten.

Madeleine nickte. »Sie hatte jedenfalls mehr als einen Grund, ihn zu verlassen. Aber das klingt alles, als wäre ich die letzte Neurotikerin. Worauf willst du eigentlich hinaus, Rosa?«

»Ich will sagen, dass du die Verantwortung für das Wohlbefinden und Glück deiner Mutter übernommen hast, weil du wusstest – und wahrscheinlich wusstest du das schon, bevor du sieben wurdest –, dass sie genauso stark auf dich angewiesen war wie du auf sie.«

»Das ist absurd! Ich hänge doch nicht an irgendeinem imaginären Rockzipfel – außerdem, so oft sehe ich meine Mutter doch gar nicht.«

»Aber glücklich bist du vor allem, wenn du mit ihr zusammen bist – stimmt's? Trotzdem, du solltest dich wirklich ein bisschen mehr ins Getümmel stürzen – du weißt schon, was ich meine.«

»Nein, weiß ich nicht.« Madeleine wollte sich nicht noch mehr anhören. Der Gedanke, dass sie inzwischen zu den Frauen Mitte dreißig gehören könnte, die schon zu lange allein waren, behagte ihr überhaupt nicht. »Musst du nicht zu deiner Vorlesung?«, fragte sie etwas spitz.

Rosa schaute auf die Uhr und fluchte leise. »Nein, mit der Uni bin ich für heute fertig. Aber ich treffe mich in einer halben Stunde mit einem Typ, und dafür muss ich mich noch ein bisschen zurechtmachen.« Sie trank ihren Kaffee aus, kniff Madeleine zum Abschied in die Wange, strich sich über die kurz geschnittenen schwarzen Haare und verschwand, gefolgt von einer exotischen Duftwolke. Madeleine beobachtete, dass eine Gruppe junger Männer am Nachbartisch – lauter Theologiestudenten, das wusste sie – bewundernd die Köpfe nach ihr umdrehten.

Vielleicht sollte sie sich noch einen Kaffee holen, bevor sie sich den Anforderungen des Nachmittags stellte. Das leise Pochen in ihrem Kopf hatte wieder eingesetzt.

Sie stand auf und ging zur Damentoilette am anderen Ende der Cafeteria. Ob ihr die Theologiestudenten wohl auch so interessiert nachschauten wie Rosa? Eher unwahrscheinlich – heute Morgen hatte sie in der Eile einen ziemlich unvorteilhaften Pulli übergezogen.

Auf der Toilette studierte sie ihr Ebenbild im Spiegel über dem Waschbecken. Die Neonbeleuchtung war nicht besonders schmeichelhaft; sie sah müde aus, und zwischen ihren Augen hatten sich zwei steile kleine Falten gebildet. Um sie glatt zu bügeln, rieb sie sich die Stirn. Dass sie so ernst und streng dreinschaute, war nur Rosas Schuld! Selbst wenn sie Lydias emotionale Zurückhaltung geerbt haben sollte, besaß sie doch auch die französische Lebenslust ihres Vaters. Jedenfalls wollte sie sich gern so sehen.

Madeleine beugte sich näher zum Spiegel. Ein paar rotbraune Locken hatten sich aus den Haarklammern gelöst, und wie immer um diese Tageszeit sah ihre Frisur aus, als hätte man ihr einen Stromstoß versetzt. Ihre Augen wirkten übergroß. Lag das am Wein von gestern Abend oder an der Beleuchtung? Ihre Augenfarbe konnte man nicht exakt bestimmen: Die braune Iris war golden und grün gesprenkelt. Lydia hatte braune Augen, Jean hellblaue. Als sie klein war, hatte Madeleine sich wegen ihrer Augen manchmal ausgemalt, sie wäre ein Findelkind. Aber alle anderen Merkmale waren eindeutig zuzuordnen: Zu Lydia gehörten das rotbraune Haar, die hohe Stirn und die schmale Figur – zu Jean die gerade Nase und die leicht olivfarbene Haut.

Für eine gründliche Betrachtung im Spiegel schien ihr momentaner Zustand allerdings nicht besonders vorteilhaft. Sie fand sich selbst genauso enttäuschend wie alles andere im Leben. Vor allem musste sie Rosas Theorien möglichst schnell wegschieben. Selbst wenn die Abwesenheit ihrer Mutter sie traurig machte – sie freute sich doch für Lydia, weil sie richtig aufgeblüht war, seit sie nicht mehr in Frankreich lebte.

Aber bevor sie in die Cafeteria zurückging, musste sie noch einen kritischen Blick auf ihre Kleidung werfen. Zurückhaltend? Na ja – jedenfalls tat sie nicht viel, um ihre Weiblichkeit zu unterstreichen. Einem spontanen Impuls gehorchend, zog Madeleine den weiten Pulli aus, stopfte die schwarze Bluse in den Bund ihrer maßgeschneiderten grauen Hose und zog die Spangen aus den Haaren, so dass sie ihr in dichten Locken über den Rücken fielen. Dann kramte sie in ihrer Tasche nach dem dunkelroten Lippenstift, trug ihn auf und trat einen Schritt zurück, um das Ergebnis zu begutachten. Eindeutig eine Verbesserung!

Als sie die Cafeteria durchquerte, kam sie wieder an dem Tisch mit den Theologiestudenten vorbei. Sie schaute weg, beobachtete aber aus dem Augenwinkel, dass sich die Köpfe nach ihr umdrehten. Das entlockte ihr ein Lächeln, obwohl sie natürlich wusste, dass diese Form der Aufmerksamkeit kein Kompliment war, sondern eher eine Zwangshandlung.

Philippe war immer noch nicht aufgetaucht, als sie wieder das kleine, unordentliche Büro betrat, das als Hauptquartier des Bereichs »Geschichte des Mittelalters« diente. Und ihr blieb noch fast eine Stunde bis zur nächsten Veranstaltung – zwei kleine Wohltaten. Zu tun gab es genug: Ihr Schreibtisch war ein einziges Chaos aus Papieren und Büchern; die Klausuren mussten korrigiert werden; auf ihrem Anrufbeantworter warteten mehrere Botschaften darauf, abgehört und erwidert zu werden; sie hatte sich noch nicht um alle ihre E-Mails gekümmert. Kurz entschlossen setzte sie sich vor ihren leise brummenden Computer, um wenigstens noch ein bisschen etwas zu erledigen. Peters E-Mail war noch auf dem Bildschirm.

Sie sah in Peter den Hauptgrund, weshalb sie in letzter Zeit häufig so bedrückt und antriebslos war. Wie schon oft nahm sie sich auch jetzt wieder vor, nichts mehr von ihm zu erwarten. Enttäuschung war der Preis, den man bezahlen musste, wenn man einmal in jemanden verliebt gewesen war. Als sie ihn gefragt hatte, ob er sie heiraten wolle, war Peter zum Glück klug genug gewesen, ihren Antrag nicht ernst zu nehmen – also hatte sie so getan, als wäre ihr ein kleiner Scherz gelungen. Sie konnte es bis heute nicht richtig akzeptieren, dass von den leidenschaftlichen Gefühlen der Anfangszeit nur noch eine Art Freundschaft übrig geblieben sein sollte. Eigentlich war nur ihr Kopf damit einverstanden, während ihr Herz immer noch dagegen rebellierte. Sie würde nie aufhören, Peter zu lieben, aber seine Entscheidung zwang sie dazu, nicht mehr als schwesterliche Zuneigung für ihn zu empfinden. Er folgte seiner inneren Berufung.

Das Klingeln des Telefons riss Madeleine aus ihren Grübeleien. Kurz geriet sie in Panik, weil sie dachte, sie hätte eine Vorlesung vergessen – es wäre nicht das erste Mal, dass man sie von der Verwaltung anrief, nachdem ein Student nachgefragt hatte, ob ihre Vorlesung vielleicht ausfalle.

»Madeleine, ich bin's, Judy.« Es war eine der Sekretärinnen.

»Oh, Gott – habe ich wieder mal meinen Stundenplan durcheinander gebracht?«

Zum Glück kicherte Judy. »Nein, nein, keine Sorge. Ich habe einen Anruf für dich in der Leitung – eine gewisse Joan Davidson aus Canterbury. Sie sagt, es sei dringend, aber du weißt ja, wir müssen immer erst mal anfragen, ehe wir ein Gespräch durchstellen.«

»Vielen Dank, Judy. Ich glaube, sie ist eine Freundin meiner Mutter. Du kannst sie ruhig durchstellen.«

Rosa kam herein, als Madeleine gerade ihren Mantel zuknöpfte und gleichzeitig den Computer abstellte.

»Ich habe vergessen, dich zu fragen, ob du meine Katzen füttern könntest ... Maddy? Was ist los?«

»Ein Anruf. Meine Mutter ... Ich muss sofort nach Canterbury.« Der Computer meldete sich ab, Madeleine straffte sich, holte tief Luft und begann noch einmal von vorne. »Meine Mutter ist ins Krankenhaus eingeliefert worden. Gerade hat mich eine Freundin von ihr angerufen. Ich muss den nächsten Flug nehmen ...«

»Ich fahr dich schnell nach Hause.«

Madeleine widersprach nicht. Überhaupt sagte sie kaum etwas, bis sie zu Hause auf ihrem Sofa saß und mit dem Reisebüro telefonierte.

»Was heißt das, es gibt heute keine Flüge mehr? Nein, morgen ist zu spät!« Sie war den Tränen nahe. Im Aschenbecher qualmte eine Zigarette, aber sie hielt schon die nächste in der Hand. Wortlos nahm Rosa ihr die unangezündete Zigarette aus der Hand und gab ihr die aus dem Aschenbecher.

Madeleine knallte den Hörer auf. »Ich rufe jetzt direkt bei der Fluggesellschaft an.«

Rosa öffnete den Mund, um etwas zu sagen, zog es aber vor, schweigend ans Fenster zu treten.

Als Madeleine beim nächsten Telefonat losschluchzte, griff Rosa zum Hörer und flötete mit zuckersüßer Stimme: »Entschuldigen Sie bitte, wir rufen Sie wieder zurück.« Dann legte sie auf und schaute Madeleine prüfend an.

»Von Calais geht alle zwei Stunden eine Fähre. Willst du, dass ich mitkomme?« Sie setzte sich neben Madeleine und legte ihr den Arm um die Schulter. »Bestimmt geht es Lydia schon viel besser. Sie ist eine Kämpferin – genau wie du. Komm, pack deine Sachen.«

Madeleine holte tief Luft, gab noch einen Schluchzer von sich und wischte sich die Augen mit ihrem Blusenärmel ab. »Sei nicht so nett zu mir – ich habe sowieso schon ein schlechtes Gewissen. Wegen mir musstest du deine Verabredung absagen.«

»Das ist eine Beleidigung! Ich bin viel lieber mit dir zusammen, besonders wenn du kurz vorm Austicken bist.«

Madeleine lachte und weinte gleichzeitig. »Ich schaff das schon alleine, Rosa – ehrlich.«

Mit zusammengekniffenen Augen musterte Rosa sie wieder. »Hmm. Okay. Aber mach dir keine unnötigen Sorgen – versprochen?«

»Bestimmt nicht.«

Als Rosa ging, trat Madeleine ans Fenster und blickte hinunter auf die Straße. Ihre Freundin stieg in ihren knallroten Renault und brauste davon. Hoffentlich waren ihre Sorgen tatsächlich unnötig. Die Vorstellung, dass Lydia hunderte von Meilen entfernt in einem Krankenhausbett lag, war ihr unerträglich, und während sie den Rauch ausatmete, seufzte sie tief. Eine graue Wolke kringelte sich um die weichen lavendelfarbenen Gardinen, die sie beim Schlussverkauf erstanden hatte, als sie vor fünf Jahren in diese Wohnung gezogen war. Passende Möbel dazu zu finden war ihr damals sehr schwer gefallen. Aber sie hatte keine anderen Vorhänge gewollt, denn sie verbreiteten ein unglaublich wohltuendes amethystfarbenes Licht. Nach einigen Monaten fand sie das tiefe Sofa, das genau mit dem richtigen brombeerfarbenen Veloursamt bezogen war, und wenig später den Webteppich in Indigoblau und Dunkelrosé, der jetzt die breiten, glänzenden Dielen bedeckte. Das Zimmer war sehr geräumig – genau wie sie es mochte.

Ihr Blick fiel auf die halb gepackte Reisetasche und die

bereitgelegten Kleidungsstücke. Sie musste langsam in die Gänge kommen.

An der Abfahrt zur Autobahn nach Calais war viel Verkehr, und weil sie fast zehn Minuten im Schritttempo fahren musste, wurde sie wieder von ihren Ängsten eingeholt.

Joan Davidson, Lydias Freundin, war am Telefon betont ruhig und höflich gewesen, hatte sich vorgestellt und dann erst den Grund ihres Anrufs genannt. Sie erklärte Madeleine, Lydias Zustand sei keineswegs kritisch – jedenfalls hätten die Ärzte ihr das versichert. Es mussten lediglich einige größere Untersuchungen dringend vorgenommen werden. Andererseits hatten sie gebeten, umgehend die Familie zu informieren. Eine reine Routinemaßnahme, erklärte Joan. Madeleine hatte keine Ahnung von solchen Dingen – aber wieso sollte »umgehend« die Familie informiert werden, wenn der Zustand ihrer Mutter nicht bedenklich war?

Dunkle Wolken hingen über dem graugrünen Ozean, als sie den Hafen von Calais erreichte. Das Wasser am Horizont wirkte ziemlich aufgewühlt, was ihre Stimmung auch nicht gerade aufhellte.

Sie musste sich in eine Schlange einordnen, um einen Parkplatz zu bekommen, und beim Aussteigen blies ihr der kalte Seewind die Haare aus dem Gesicht. Müde streckte sie sich und rieb sich die verkrampften Handgelenke, die richtig schmerzten, weil sie sich so verzweifelt am Lenkrad festgehalten hatte.

Sie überquerte den geteerten Platz, um den Fahrplan für die Fähre zu studieren. Eine ganze Weile starrte sie auf die Zahlen, ohne irgendetwas zu begreifen. Schließlich gab sie auf und ging zu dem Fahrkartenhäuschen, das am Ende des dunklen Parkplatzes einladend leuchtete. In dem überheizten Raum warteten kaum Leute, und

Madeleine wollte schon erleichtert aufatmen – bis sie begriff, warum es hier so leer war.

»Die nächsten beiden Fähren fallen aus«, sagte der runzlige Mann hinter dem Schalter. »Schlechtes Wetter. Tut mir Leid, Miss. Die nächste geht um Viertel nach elf.«

Madeleine schaute auf die Uhr. Es war jetzt kurz vor sechs.

»Fünf Stunden!«, rief sie entsetzt. Der Fahrkartenverkäufer befürchtete offenbar, sie werde gleich in Tränen ausbrechen, denn er reagierte nervös, als würde es ihn selbst in seinem Alter noch in Angst und Schrecken versetzen, wenn eine Frau weinte. »Es fahren regelmäßig Busse nach Calais hinein – das ist besser, als wenn Sie hier herumhängen«, sagte er schnell, um sie aufzumuntern.

Madeleine buchte einen Platz auf der Fähre um Viertel nach elf und floh aus dem stickigen Häuschen, hinaus in die feuchte Seeluft. Die unmittelbare Umgebung des Hafens bestand aus einem finsteren Industriegebiet, das nicht so aussah, als gäbe es dort einen Zufluchtsort, wo man sich ein paar Stunden aufhalten konnte. Auch der Strand schien kalt und bedrohlich. Vielleicht hatte der Fahrkartenmann ja Recht, und es empfahl sich, in die Stadt reinzufahren.

Madeleine hatte keine große Lust und auch nicht genug Kraft, um sich Calais anzuschauen, also betrat sie das erste Restaurant, das einigermaßen einladend aussah.

Am Tresen bestellte sie sich eine Kleinigkeit zu essen und ein Glas Wein und setzte sich dann an einen Tisch in der Ecke.

Wenn sie wie jetzt am Meer war, musste sie immer daran denken, wie ihre Eltern mit ihr früher Sommerferien in der Bretagne machten. Einmal verbrachten sie den ganzen Nachmittag damit, aus Sand, Muscheln und Steinchen am Strand etwas zu bauen. Jean wünschte sich ein Flugzeug, aber Madeleine und Lydia setzten sich durch, und so entstand eine fantastische Burg, mit einem tiefen Graben und einer Zugbrücke aus Treibholz. Als die Flut kam, verlieh das Wasser dem Muschelmosaik einen wunderschönen Glanz, ehe die ganze Burg schließlich von den Wellen weggespült wurde. Madeleine weinte, doch Lydia sagte tröstend, die Burg werde nachts, während sie schliefen, von Meerjungfrauen und zauberhaften Seewesen bewohnt. Und prompt hatte sie davon geträumt.

Vermutlich wäre es gar nicht zu verhindern gewesen, dass ihre Eltern sich trennten. Lydia trat ihre erste Stelle als Lehrerin in Paris an, nachdem sie in London Französisch und Geschichte studiert hatte. Jean sah als junger Mann unglaublich gut aus. Außerdem war er Professor für Philosophie. Man konnte sich gut vorstellen, dass Lydia sich zu ihm hingezogen fühlte – die reservierte Engländerin und der französische Charmeur.

Madeleine stocherte in ihrem Essen, kaute und schluckte mechanisch, ohne etwas zu schmecken. Wenigstens würde sie jetzt Lydia wegen des lateinischen Textes fragen können. Die Tatsache, dass Mutter und Tochter sich für Geschichte interessierten, war für das Gefühl der Nähe zwischen ihnen ganz entscheidend; beide liebten sie diese ferne Welt extravaganter Monarchen und heroischer Kämpfer – eine Welt, die sie Rosa beim besten Willen nicht näher bringen konnte.

Zurück am Hafen empfand Madeleine es fast als Erleichterung, die Erinnerungen beiseite schieben zu können, weil sie sich darauf konzentrieren musste, dass ihr Peugeot ansprang. Der Motor war kalt, aber der Wagen bewies wieder einmal seine Zuverlässigkeit und begann schließlich brav zu tuckern.

Während sie, den Motor im Leerlauf, geduldig wartete, beobachtete sie fasziniert den feinen Lichtstreifen, den
die Mondsichel auf das tintenschwarze Wasser warf. Die
dunklen Wellen schwappten gegen den riesigen Rumpf
der Kanalfähre, und ihre Gedanken eilten wieder zu
Lydia.

2. KAPITEL

CANTERBURY WAR DUNKEL UND MENSCHENLEER, als Madeleine die New Dover Road entlangfuhr. An der alten Stadtmauer hielt sie kurz an, um die Nachrichten auf ihrem Handy abzuhören. Das tat sie jede Stunde, seit sie Caen verlassen hatte. Sie hatte Joan Davidson ihre Handynummer gegeben, für den Fall des Falles ... Keine Botschaft, nichts. Das war doch bestimmt ein gutes Zeichen, oder?

Lydias viktorianisches Cottage lag ein Stück von der Straße ab, in einer winzigen Seitengasse hinter der imposanten Kathedrale, deren Vierungsturm sich majestätisch über den schmalen Straßen und den Tudorhäusern der Altstadt erhob. Seine filigranen Steinmetzarbeiten ließen ihn wie ein Zauberwerk erscheinen, was durch das goldene Licht der Scheinwerfer noch betont wurde.

Madeleine hatte das Cottage noch nie in Abwesenheit ihrer Mutter betreten. Deshalb kam sie sich vor wie eine Diebin, als sie jetzt den Ersatzschlüssel aus seinem Versteck hinter dem lockeren Ziegel in der Gartenmauer holte.

Im Innern des Hauses war es kühl, und wie immer roch es nach Lavendel, was Madeleine als ausgesprochen tröstlich empfand. Sie atmete tief ein, um sich von dem süßlichen Geruch beruhigen zu lassen, und zum ersten Mal seit Joans Anruf hatte sie das Gefühl, dass alles gut werden würde. Als sie ihre Tasche ins Gästezimmer hinauftrug, schlug die Standuhr im Flur drei Mal. Sie war hellwach, trotz der späten Stunde. Ob Lydia wohl etwas Alkoholisches im Haus hatte? Eher unwahrscheinlich.

Unten machte sie im vorderen Zimmer Licht an. Der Raum diente zugleich als Ess- und als Wohnzimmer, obwohl der große Tisch mit den Klauenfüßen, der direkt am Fenster stand, selten für eine Mahlzeit verwendet wurde. Im Moment war er über und über mit Büchern und fotokopierten Seiten bedeckt, ganz vorne ein aufgeschlagenes Notizbuch, auf dem Lydias Lesebrille lag. Daneben stand eine halb volle Teetasse. Es sah aus, als wäre ihre Mutter nur kurz aus dem Zimmer gegangen und könnte jeden Moment zurückkommen. Madeleine öffnete die Türen des schweren Sideboards aus dunklem Eichenholz und entdeckte zu ihrer Verblüffung eine Flasche Sherry und eine Karaffe, die zur Hälfte mit einer bernsteinfarbenen Flüssigkeit gefüllt war. Vorsichtig zog sie den Glasstöpsel heraus und schnupperte. Whiskey. Gott sei Dank.

Normalerweise rauchte sie hier im Cottage nicht, sondern ging immer in den Garten hinters Haus, wo ein schmaler Kanal vorbeifloss. Sie kam sich richtig rebellisch vor, als sie sich jetzt im Haus eine Zigarette anzündete. Madeleine musste daran denken, wie sie als junges Mädchen, wenn sie in ihrem Zimmer qualmte, den Rauch immer zum Fenster hinausgepustet hatte. Erst Jahre später hatte Jean ihr ganz nebenbei eröffnet, sie wüssten längst Bescheid über ihr heimliches Laster. Ihre Eltern hatten gehofft, wenn sie die Raucherei ignorierten, würde Madeleine von selbst wieder damit aufhören. Aber leider hatte dieser psychologische Trick nicht funktioniert.

Sie goss sich eine großzügige Portion Whisky ein und ging damit zum Tisch, um zu sehen, woran ihre Mutter gerade arbeitete.

Die aufgeschlagene Seite enthielt mehrere Einträge, vermutlich Abschriften aus dem Kirchenregister.

Margaret, Tochter des Jasper Peterson und seiner Ehefrau Mary, wurde am 3. April 1876 getauft.

Edward Broder aus Canterbury und Margaret Peterson, Mitglied dieser Gemeinde, schlossen am 1. Juni 1898 den Bund der Ehe.

Edward Broder, Tuchhändler, wurde hier am 11. September 1901 begraben.

Elizabeth, Tochter des verstorbenen Edward Broder und seiner Witwe Margaret Broder, wurde am 3. November 1901 getauft.

Die Witwe Margaret Broder, Tuchhändlerin, wurde am 22. Januar 1928 begraben.

Elizabeth Broder war Lydias Mutter. Madeleine wusste immerhin so viel über die Familie Broder, dass Elizabeth nach dem Tod ihrer Mutter nach London gezogen war und dort im Textilgewerbe gearbeitet hatte. Angeblich war Lydias Liebe zur Geschichte für Madeleines Großmutter nie nachvollziehbar gewesen. Sie hatte gehofft, ihre Tochter würde ebenfalls in das Textilgeschäft einsteigen und damit der Familientradition treu bleiben. Die Einzelheiten der Familiengeschichte hatten Lydia schon immer fasziniert, aber erst seit ihrem Ruhestand hatte sich daraus eine echte Leidenschaft entwickelt.

Lydia trug den Mädchennamen ihrer Mutter, ein Akt des Widerstands gegen ihren Vater, der sich als Trinker und Frauenheld hervorgetan hatte. Vielleicht hatte sie sich seinetwegen in Jean verliebt – falls es zutraf, dass eine

Frau in ihrem Partner unbewusst die Eigenschaften ihres Vaters sucht. Jean trank zwar nicht, war aber alles andere als monogam.

Aber was hatten diese Einträge zu bedeuten – diese Geburtstage und Todestage ihrer Vorfahren? Edward Broder war bereits drei Jahre nach seiner Eheschließung gestorben, und Lydias Mutter war erst zur Welt gekommen, als ihr Vater schon tot war. Hatte dieses tragische Schicksal ihre eigene Persönlichkeitsentwicklung geprägt? War es möglich, dass etwas, was hundert Jahre zurücklag, ein bestimmtes Individuum beeinflusste? Und wenn hundert Jahre ihre Wirkung tun konnten – warum dann nicht auch ein noch längerer Zeitraum? Die Standuhr schlug vier Mal. Madeleine fröstelte. Plötzlich überkam sie eine bleierne Müdigkeit, und sie spürte, wie anstrengend der Tag gewesen war. In ein paar Stunden durfte sie ihre Mutter im Krankenhaus besuchen, und wenn sie einen einigermaßen ausgeglichenen Eindruck machen wollte, musste sie vorher ein bisschen schlafen.

Das Telefon klingelte. Madeleine fühlte sich, als hätte sie sich gerade erst hingelegt. Sie stolperte in Lydias Schlafzimmer, das direkt neben dem Gästezimmer lag. Dort stand auf dem Nachttisch ein Apparat. Zuerst dachte sie, es sei die Stimme ihrer Mutter – das gleiche Timbre, das gleiche Alter. Aber es war Joan Davidson.

»Madeleine? Ich habe gerade einen Anruf aus dem Krankenhaus bekommen. Es tut mir unendlich Leid – Ihre Mutter ist in den frühen Morgenstunden gestorben. Es kam völlig überraschend, ein blutendes Aneurysma …« Joan gab sich Mühe, einigermaßen ruhig zu sprechen, aber Madeleine konnte ihr kaum zuhören, ein eisiger Schreck lähmte sie.

Alles, was danach geschah, fühlte sich an, als würde es

sie gar nicht betreffen. Die ersten Stunden waren am einfachsten, weil der Schock sie wie eine Art Schutzschicht gegen alles abschirmte, so dass sie nichts an sich heranließ und nichts von sich preisgab.

In diesem Zustand betrat sie das Krankenhaus. Die Schwestern hatten respektvoll einen Vorhang um Lydias Bett gezogen. Jemand hatte sie frisiert und ein wenig Lippenstift aufgetragen, damit die Maske des Todes nicht ganz so wächsern wirkte. Als Madeleine vor ihrer Mutter stand, empfand sie Erleichterung, weil der lange Korridor endlich hinter ihr lag. Vielleicht kam dieses Gefühl auch daher, dass Lydia gar nicht tot aussah – handelte es sich möglicherweise um einen Irrtum? Schweigend blickten Madeleine und Joan auf die reglose, schmale Gestalt, die unter dem weißen Laken fast kindlich wirkte. Auf dem Nachttisch stand ein Strauß – gelbe, orangefarbene und rosarote Blumen. In der feierlichen Stille hallten die Gedanken in ihrem Kopf wider, als gehörten sie gar nicht ihr, sondern jemand anders.

Joan, eine eher magere ältere Dame mit einem silbergrauen, leicht gewellten Pagenkopf, hatte sie eine halbe Stunde nach ihrem Anruf abgeholt. Sie bestand darauf, dass Madeleine etwas aß, bevor sie sich auf den Weg machten. Ihre Frage, ob sie Lydia lieber allein sehen wolle, konnte Madeleine zuerst gar nicht beantworten, weil sie noch nicht darüber nachgedacht hatte. Doch dann erschien es ihr besser, jemanden bei sich zu haben. Joan fasste sie am Arm, als die den Krankenhausflur hinuntergingen, und Madeleine empfand ihre körperliche Nähe als sehr beruhigend.

Lydias Hände lagen auf dem Laken, über der Brust gekreuzt, wie bei der Steinfigur einer toten Königin. Ihre rotbraunen Haare mit den silbergrauen Strähnen glänzten, als wären sie immer noch von Leben erfüllt.

Joan musste irgendwann gegangen sein, denn auf einmal merkte Madeleine, dass sie allein neben dem Bett saß. Sie legte die Hand auf Lydias Hände. Ihre Haut war weder warm noch kalt. Als sie schließlich aufstand, wusste sie nicht, ob sie ein paar Minuten oder mehrere Stunden so gesessen hatte. Sie beugte sich über ihre Mutter und küsste sie auf die Stirn, so wie Lydia es oft bei ihr gemacht hatte, als sie noch klein war. Zum Abschied flüsterte sie: »Träum süß.«

Joan sorgte dafür, dass Madeleine in den folgenden Tagen nicht allzu viel alleine war. Gemeinsam kümmerten sie sich um die Vorbereitungen für die Trauerfeier. Madeleine tippte wie wild auf Joans schon fast steinzeitlichen Computer ein, Joan erledigte die Telefonanrufe, und Don, Joans Ehemann, brachte seiner Frau gelegentlich eine Tasse Tee und Madeleine einen Espresso aus dem Café um die Ecke.

Es ist eine völlig surreale Situation, dachte Madeleine – wenn sie sich überhaupt gestattete, etwas zu denken. Sie bemühte sich, nur darauf zu achten, wie die Trauerfeier gestaltet wurde, welche Choräle gesungen werden sollten, wer die Texte sprechen durfte. Solange sie damit beschäftigt war, bestand keine Gefahr, dass sie hilflos in das tiefe, dunkle Loch starrte.

Lydias Kollegen und Freunde mussten schriftlich über den Tod und die Trauerfeier benachrichtigt werden. Nach langem Suchen hatte Madeleine spätabends zwischen den Papieren auf dem Esstisch das Adressbuch ihrer Mutter gefunden. Die verblassten Rosen auf dem Einband schienen ihr so vertraut, dass es richtig weh tat, und Lydias säuberliche Handschrift schlug sie sofort in ihren Bann. Trotzdem zwang sie sich, darin zu blättern und nach Namen zu suchen, die ihr bekannt vorkamen.

Unter »Broder« fand sie nur einen Eintrag. Entfernte Kusinen ihrer Mutter, die irgendwo außerhalb von Canterbury wohnten. Madeleine war ihnen noch nie begegnet, und sie hatte auch den Eindruck, dass ihre Mutter keinen besonders engen Kontakt zu ihnen gepflegt hatte. Ganz deutlich erinnerte sie sich allerdings an eine Schulfreundin ihrer Mutter, die in London lebte und die sie einmal getroffen hatte. Sie wusste nur noch den Vornamen: Dorothy. Lange brauchte sie nicht zu suchen, denn unter »A« entdeckte sie eine Dorothy Andrews mit einer Londoner Adresse.

Nachdem Madeleine die Mitteilungen verschickt hatte, rief Joan am nächsten Vormittag an und sagte, bei ihr habe sich eine gewisse Margaret Broder gemeldet. Als Madeleine den Namen hörte, geriet sie ganz durcheinander, weil sie gleich an Lydias Stammbaum dachte. Gehörte dieser Name nicht ihrer Urgroßmutter?

Da Madeleine nicht gleich antwortete, fügte Joan erklärend hinzu: »Sie hat gesagt, sie sei eine Kusine Ihrer Mutter und würde sehr gern bei den Vorbereitungen für die Beerdigung helfen.«

»Ach, ja? In welcher Form?«

»Finanziell.«

»Ach so. Ich habe noch gar nicht daran gedacht, dass eine Beerdigung sehr teuer werden kann – ist das nicht merkwürdig?«

»Nein, unter den gegebenen Umständen ist das überhaupt nicht merkwürdig. Ich habe daran gedacht und habe den Bestattungsunternehmer gebeten, sich erst einmal an mich zu wenden. Wir können ja nachträglich alles besprechen. Lydias Kusine schlägt vor, wir sollten eine Grabstätte auf dem Friedhof in ihrem Dorf auswählen. Angeblich sind dort noch andere Mitglieder der Familie begraben.«

»Welches Dorf war das noch mal?« Madeleine konnte sich nicht mehr an die Adresse erinnern, die sie am Vortag geschrieben hatte.

»Sempting. Es liegt etwa eine halbe Stunde südwestlich von Canterbury.«

»Ich nehme an, ich sollte sie am besten gleich mal anrufen«, seufzte Madeleine.

»Ja, das wäre ratsam, glaube ich«, sagte Joan vorsichtig.

Nachdem sie aufgelegt hatte, schaute Madeleine sich in Lydias Wohnzimmer um, und zum ersten Mal wurde ihr bewusst, was hier auf sie wartete. Schon bald musste sie anfangen, sich bis in die Einzelheiten mit dem Leben ihrer Mutter auseinander zu setzen.

Madeleine versuchte sich auf das Nächstliegende zu konzentrieren. Wenn sie Margaret Broders Angebot annehmen wollte, musste sie sich irgendwie aufraffen. Sie war schrecklich erschöpft – als hätte sie tagelang nichts anderes getan als geweint. Dabei hatte sie noch keine einzige Träne vergossen.

Nicht Margaret, sondern Mary Broder war am Apparat, und sie klang etwas konfus. Sie sei Margarets Schwester, erklärte Mary und beeilte sich dann, Madeleine in ihrem und Margarets Namen ihr Beileid auszusprechen. Das war sicher gut gemeint, aber es klang, als würde jemand Mary mit Gewalt dazu zwingen, Anteilnahme zu heucheln. Offenbar fiel es der Dame nicht besonders leicht, Gefühle zu zeigen.

Deshalb kam Madeleine ziemlich schnell zur Sache, was für beide Seiten eine Erleichterung bedeutete. Mit einer für ihr Alter verblüffend hohen Stimme – Madeleine vermutete, dass sie ein paar Jahre älter sein musste als Lydia, vielleicht Anfang siebzig – verkündete sie: »Unser Steinmetz wird die Inschrift übernehmen, aber wir müssen selbstverständlich erst einmal den Wortlaut festlegen.« Das »Wir« erstaunte Madeleine etwas. Wollte Mary damit sagen, dass sie, ihre Schwester und Madeleine sich gemeinsam eine Inschrift überlegen sollten? Im gleichen Augenblick fügte Mary hinzu: »Gibt es irgendetwas, was du gerne auf den Stein schreiben lassen möchtest? Du brauchst nicht mit Worten zu geizen – wir können's uns leisten.«

Madeleine blieb stumm, doch das schien Mary nicht weiter zu irritieren. »Nach der Trauerfeier kann der Sarg dann auf dem Semptinger Friedhof beigesetzt werden«, fuhr sie fort. »Wir werden alles mit dem Bestattungsunternehmen absprechen. Der Grabstein dauert natürlich ein bisschen länger. Du musst dir etwas für die Inschrift einfallen lassen.«

Madeleine nickte zustimmend, obwohl ihr gleich bewusst wurde, dass Mary ihr Nicken ja gar nicht sehen konnte. »Ja, das werde ich tun«, sagte sie. Danach legte Mary blitzartig auf, und Madeleine, die gar keine Chance gehabt hatte, sich zu verabschieden, blieb noch eine ganze Weile sprachlos sitzen.

Am Tag der Beerdigung wachte sie schon sehr früh auf. Zum ersten Mal spürte sie, dass ihr Leben in den Grundfesten erschüttert worden war. Angst bohrte sich wie ein spitzer Eiszapfen in ihre Magengrube. Und sie hatte sich noch gar nicht überlegt, was sie bei der Trauerfeier sagen sollte. Und ob sie überhaupt etwas sagen wollte.

Sie stand auf und machte sich eine Tasse Kaffee. Sie wanderte durchs Haus, betrachtete die Drucke verschiedener Renaissancegemälde an den Wänden und strich mit den Fingern über die Buchrücken, wie über die Stäbe eines Gartenzauns. In Lydias Bibliothek gab es wenig Belletristik. Bei den meisten Büchern handelte es sich um historische Sachbücher, vor allem über die Epoche zwischen dem fünfzehnten und siebzehnten Jahrhundert. Das war die Zeitspanne, über die Lydia gelehrt hatte. Ohne zu überlegen, nahm Madeleine ein schmales Bändchen heraus, das zwischen den Romanen der größtenteils russischen Autoren stand. Für ihren Geschmack waren die Russen zu melancholisch, um nicht zu sagen depressiv, aber Lydia hatte ihr immer wieder beweisen wollen, dass sie sich irrte. Das Buch, das Madeleine jetzt in der Hand hielt, trug den Titel »Russische Weisheit«. Sie schlug die Seite auf, die durch einen weißen Zettel markiert war, und las:

Die Liebe ist stärker als der Tod und mächtiger als alle Todesangst. Der Sinn des Lebens ist die Liebe.

Iwan Turgenjew

Schnell klappte sie das Buch wieder zu, als hätte ihr jemand einen Schlag versetzt. Wie gebannt starrte sie eine ganze Weile auf den ikonographischen Druck auf dem Buchdeckel: der Heilige Georg, der den Drachen tötet. Dann erst fühlte sie sich imstande, das Zitat noch einmal zu lesen. Wenn sie in solchen Kategorien denken würde, müsste sie jetzt annehmen, dass Lydia sie zu diesem Buch geschickt und die Seite für sie markiert hatte.

Das Buch war klein genug, um es in die Tasche ihres Morgenmantels zu stecken. Sie holte sich ein zweites Buch aus dem Regal. Auf dem Schutzumschlag war ein berühmtes Porträt Heinrichs des Achten abgebildet. Das dicklich arrogante Gesicht des Tudorkönigs ließ nur andeutungsweise erkennen, wie jung der König gewesen war, als er gemalt wurde. Als junger Mann hatte Heinrich gedichtet und komponiert, doch sein maßloses Ego und seine sexuelle Gier hatten über seine jugendliche Sensibilität gesiegt. Die inneren Widersprüche dieses Königs hatten Lydia immer sehr fasziniert. Je älter Henry VIII. wurde, desto grausamer wurde er, bis er schließlich die gesamte kirchliche Ordnung umstieß, um immer wieder eine neue Frau ehelichen zu können. Wer sich ihm widersetzte, wurde kurzerhand hingerichtet.

Madeleine blätterte gedankenverloren in dem Buch. Sie musste daran denken, wie Lydias Augen leuchteten, wenn sie von irgendeiner historischen Intrige erzählte. Bei einem Besuch in London waren sie einmal in einem Restaurant in der Nähe der London Bridge gewesen. Von ihrem Tisch aus blickten sie auf die düstere Silhouette des Towers. Lydia hatte sich geschüttelt und gesagt: »Der Tower jagt mir immer ein bisschen Angst ein. Ich weiß, nicht nur dort wurden schreckliche Morde begangen ...« Nach einem Moment des Schweigens hatte sie hinzugefügt: »Ich glaube, es kommt von den Steinmauern. Sie sind so alt.« Madeleine hatte nur genickt. Sie kannte dieses Gefühl aus der Normandie. Caen war ebenfalls eine mittelalterliche Stadt, und auch dort hatte ein berühmtberüchtigter König residiert – William der Eroberer.

Madeleine fröstelte, es war kalt im Zimmer. Sie zog die schweren Vorhänge zu, um die Zugluft draußen zu halten, und machte Licht. Wie deutlich man hier im Raum Lydias Gegenwart spüren konnte. Madeleine glaubte nicht an Geister, doch vielleicht waren Geister im Grunde gar nichts anderes als Erinnerungen.

Normalerweise rauchte sie morgens nicht – da hatte sie ihre Prinzipien. Aber jetzt brauchte sie unbedingt eine Zigarette. In ihrer großen Handtasche, in der sie oft genug Lehrbücher und Klausuren herumschleppte, fand sie nach einigem Wühlen endlich eine Packung, die sich unter vielen Papieren versteckt hatte. Zu diesen gehörte auch Lydias Brief, der an dem Tag gekommen war, als Joan

47

Davidson sie in der Universität angerufen hatte. Madeleine legte ihn auf den Tisch, ohne ihn auseinander zu falten. Sie hatte nicht die Kraft, ihn noch einmal zu lesen. Stattdessen zündete sie sich die ersehnte Zigarette an und blätterte in Lydias großem Notizheft, um sich von dem Brief abzulenken. Plötzlich stieß sie auf eine Seite mit einem lateinischen Text, der genauso säuberlich abgeschrieben war wie der, den ihre Mutter ihr erst vor wenigen Tagen geschickt hatte. Zuerst dachte Madeleine, es sei derselbe Wortlaut, aber als sie näher hinschaute, entdeckte sie, dass es sich um ein späteres Datum handelte.

5. Juni 1064

Canterbury, wo meine Mutter lebte, ist berühmt für seine beiden Klöster und für die große Bibliothek von St. Augustin. Als ich eine junge Frau war, kam Königin Edith nach Canterbury, um Tuch in unserer Werkstatt zu kaufen und die Bibliothek zu besichtigen. Sie ist eine gebildete Dame, und es heißt, für eine Frau besitze sie einen ungewöhnlichen Verstand. Natürlich denkt eine Frau anders als ein Mann, aber sie hat doch die gleichen geistigen Fähigkeiten, wenn sie diese nur frei entfalten darf.

Die Königin vermag sich mit Mathematikern so mühelos zu unterhalten wie mit Musikern und mit Normannen ebenso in deren Muttersprache zu reden wie mit Dänen und Römern. Aber ihre größte Freude ist die Stickerei. An jenem Tag fragte sie mich, ob ich nach West Minster kommen wolle, da sie sehen könne, dass ich die gleiche Begabung für die Stickerei hätte wie sie. Als sie unsere Werkstatt in Canterbury verließ, stand ich noch eine Weile am Fenster und beobachtete, wie sie durch die Straßen davonritt. Ihr Umhang funkelte von edlen Schmuckperlen, und das gelbe Haar hing ihr in einem dicken Zopf über den Rücken. Ich sah Greise, Bettler und Kinder stehen bleiben, um der Königin und ihrem Gefolge hinterher zu blicken, sah, wie sich die Gesichter bei ihrem Anblick aufhellten. Ihre Schönheit wird von Spielleuten besungen, ihre Herzensgüte von Barden gepriesen. Damals staunte ich darüber, dass eine Frau mit so vielen Gaben gesegnet war. Ich wusste noch nicht, was ich heute weiß, dass Königin Edith auch mit einem Fluch geschlagen ist.

Am Tor der Bibliothek stieg sie vom Pferd, und ein kleines Mädchen lief mit einer einzelnen Lilie zu ihr. Sie nahm die Gabe entgegen und berührte das Haar des Kindes, ehe sie durch die dunkle Eisenpforte verschwand, hinter die kaum je ein Auge geblickt hat.

Der Mönch Odericus sagt, die Bibliothek von St. Augustin ist voller heiliger Bücher, deren Seiten die Brüder mit Gold und leuchtenden Farbtinkturen aus zerdrückten Beeren und Blüten bemalt haben. Augustinus wurde in dieses Land geschickt, um es zum Christenglauben zu bekehren. Seit die Römer abzogen, werden die alten Glaubensriten wieder offener praktiziert, aber Edward ist ein christlicher König, und wir müssen vorsichtig sein, wenn wir andere Götter verehren.

Die Brüder von St. Augustin sieht man selten auf den Straßen von Canterbury. Sie sind Schreiber und Zeichner, die ihr Leben in Abgeschiedenheit verbringen. Sie sind es, die das Tuch für unsere Nadeln vorbereiten, mit einem silbernen Steinmetzstift, der auf Tuch so gut zu sehen ist wie auf Stein. Odericus ist ein hervorragender Zeichner und außerdem der Priester und Schreiber des Königspaares. Daher ist er oft im Palast, und selbst wenn er noch so beschäftigt ist, findet er doch die Zeit, sich zu mir zu setzen und in Ruhe mit mir zu reden. Wir sind jetzt so viele Jahre befreundet, schon seit der Zeit, als ich noch im Haus meiner Mutter wohnte.

Jetzt ist West Minster mein Zuhause, und wie in Canterbury fertigen auch hier Stickwerkstätten leuchtende Wandbehänge für die Prunksäle reicher Kunden vom Kontinent. Der reichste Auftraggeber ist die Kirche. Wir sticken die goldglänzenden Engelsflügel, die Gewänder düsterer Heiliger und den Mantel der Muttergottes, deren Haupt ein Lichtschein umgibt. Ich habe schon Bilder eines verbotenen Gartens gefertigt und seltsame, hässliche Ungeheuer aus den Alpträumen eines gequälten Bruders. Wir geben den Lügen der Menschen Gestalt, denn selbst Gottesmänner lügen manchmal, wenn sie meinen, dass es ihrem Gott zum Ruhm gereicht.

Wenn die wandernden Geschichtenerzähler alljährlich wiederkommen, erzählen sie stets von derselben Schlacht und demselben Helden wie im Jahr zuvor, nur dass dieser inzwischen zehnmal so viele Nordländer oder Römer erschlagen hat. In diesen Geschichten ist der Tod glanzvoll, aber am Schmerz einer Mutter, am einsamen Lager der Witwe, am Kind, das seinen Vater nicht kennen wird, ist nichts Glanzvolles. Einmal habe ich zu Odericus gesagt, Jesus sei auch ein wandernder Geschichtenerzähler gewesen, und er schien das als Beleidigung aufzunehmen. Er sagte, die Geschichten von Jesus seien erzählt worden, damit wir erlöst würden. Ich fragte, wovon wir denn erlöst werden sollten, und Odericus erwiderte: »Von uns selbst, meine Freundin.« Der Mönch spricht oft in Rätseln, aber ich höre ihm gern zu. Sein Verstand ist klar und schnell, und obwohl er ein Gefangener seines strengen Glaubens ist, ist er doch gütig. Die Macht seiner Kirche beruht ebenso auf der Gelehrtheit ihrer Priester wie auf ihrem Reichtum.

Die Standuhr draußen im Flur schlug zwei Mal, als Madeleine fertig war. Schon zwei Uhr! In einer Stunde würde Joan sie abholen. Wie bereits beim ersten Mal hatte dieser lateinische Text sie in eine ganz andere Welt entführt, die ihr ohne weiteres zugänglich schien, und wieder hatte sie jedes Zeitgefühl verloren. Woher mochte diese Erzählung nur stammen? Aber für solche Überlegungen blieb ihr jetzt keine Zeit, sie musste sich auf die Trauerfeier konzentrieren.

Sie nahm ein Bad, wusch sich die Haare und steckte sie zu einem ordentlichen Knoten zurück. Dann zog sie ein dunkelviolettes Kostüm aus leichtem Wollstoff an, das sie am Vortag mit Joans Hilfe erstanden hatte, und blickte in den Spiegel. Das Gesicht, das ihr entgegenblickte, wirkte wie eine geisterhafte Maske. Der Lippenstift hob sich dramatisch von der blassen Haut und den rotbraunen Haaren ab. Madeleine holte tief Luft und schaute ihrem Ebenbild fest in die Augen. »Du musst stark sein. Du musst stark sein!«

Dieses Mantra sagte sie sich innerlich immer wieder vor, während sie auf Joan und Don wartete. Auch auf der Fahrt zur Kirche und während der Ansprache des Pastors machte sie sich damit Mut. Als sie selbst ans Rednerpult trat, fühlten sich ihre Beine stocksteif an, und das Herz schlug ihr bis zum Hals. Doch dann trug sie vor dem kleinen Freundeskreis ihrer Mutter das Zitat von Iwan Turgenjew vor und wurde plötzlich ganz ruhig. Hoffentlich hatte auch Lydia ihre Abschiedsworte gehört.

Nach der Trauerfeier kamen die Trauergäste zu einem

kurzen Nachmittagstee bei Joan zusammen. Die meisten der Anwesenden hatte Madeleine noch nie gesehen. In der großen, auffallend eleganten Frau mit schwarzen Haaren und einem schwarzen Hut erkannte sie Dorothy Andrews, wohingegen sie vermutete, dass es sich bei den beiden kleinen Mäuschen in dunklen Twinsets um die Schwestern Broder handeln musste. Außerdem war noch ein Paar in Lydias Alter anwesend, Freunde aus London – der Mann war ein ehemaliger Kollege von der Universität. Auch der Pastor gehörte zu Lydias Freunden, denn Lydia hatte sich offensichtlich der anglikanischen Kirche wieder angenähert. Die anderen Leute konnte Madeleine nur vage identifizieren, und sie überlegte sich gerade, ob sie sich mehr unter die Gäste mischen sollte, als Don ihr eine Tasse Tee reichte. Sie hasste Tee; vorsichtig führte sie die Tasse zum Mund, doch dann roch sie den Brandy, noch bevor die heiße Flüssigkeit ihre Lippen netzte. Don begegnete ihrem Blick und lächelte verschmitzt. Madeleine dankte ihm mit einem wortlosen Nicken.

»Madeleine?« Es war die Dame mit dem schwarzen Hut. »Kennen Sie mich noch? Ich bin Dorothy Andrews – eine ehemalige Klassenkameradin Ihrer Mutter.«

»Oh, ja, guten Tag. Selbstverständlich erinnere ich mich an Sie. Vielen Dank, dass Sie gekommen sind.«

»Es tut mir unendlich Leid, Madeleine, dass Sie Ihre Mutter verloren haben. Es ist alles so plötzlich gekommen ... ach, es ist sehr, sehr traurig.« Dorothy hatte eine tiefe, melodiöse Stimme, und ihren stark geschminkten Augen war anzusehen, dass sie geweint hatte. Sie trank einen Schluck Tee und schaute Madeleine fragend an.

Madeleine konnte nur vage nicken. »Vor kurzem hat sie verschiedene Blutuntersuchungen machen lassen, weil ihr öfter schwindelig war und sie immer wieder an Kopfschmerzen litt. Aber wenn sie darüber geredet hat, klang alles immer absolut harmlos …« Sie redete nicht weiter, weil sie merkte, dass sie ihre Stimme nicht mehr kontrollieren konnte. Dorothy nahm wortlos ihre Hand, und ihr Schweigen drückte aus, dass nichts mehr gesagt werden musste – für die Trauer gab es keine Worte.

Erleichtert drückte ihr Madeleine die Hand. Sie fühlte sich richtig gestärkt durch dieses Gespräch. Dorothy war die älteste Freundin ihrer Mutter und hatte Lydia länger gekannt als ihre Tochter. »Wann haben Sie meine Mutter das letzte Mal gesehen?«, fragte sie.

»Vor etwa drei Monaten. Seit ihrem Umzug nach Canterbury haben wir uns nicht mehr so oft getroffen. Ich hatte sie fürs Wochenende zu mir eingeladen. Wir haben ein paar Gläschen geleert und stundenlang über die Vergangenheit geredet. Wir kennen uns ja schon, seit wir junge Mädchen waren – da können Sie sich bestimmt vorstellen, dass wir einiges miteinander erlebt haben.«

»Ja, allerdings.« Madeleine lächelte, obwohl ihr nicht so ganz klar war, was ihre eher zurückhaltende Mutter und die elegante, lebensfrohe Dorothy miteinander verbunden haben mochte. »Kannten Sie auch meine Großeltern?«, erkundigte sie sich.

»Ja, an Lydias Mutter kann ich mich sehr gut erinnern. Ihren Vater habe ich nicht besonders oft gesehen. Aber so ging es, glaube ich, allen Leuten. Elizabeth – Ihre Großmutter – hat ihn ja letzten Endes rausgeworfen. Schade, dass sie damit so lang gewartet hat. Elizabeth war eine ausgesprochen starke Frau. Manche Leute würden sie vielleicht sogar als hart bezeichnen, aber ich habe es schon damals so gesehen, dass ihr gar nicht anderes übrig blieb, als sich einen Panzer zuzulegen. Viele Frauen, die so wie Elizabeth ihre Familien allein durch den Krieg bringen mussten, waren ganz ähnlich. An unserem letzten Wochenende hat Lydia mir auch viel von Ihnen erzählt.

Sie war unglaublich stolz auf ihre Tochter. Ach, wäre es nicht schön, wenn wir uns nicht unter diesen traurigen Umständen wieder begegnet wären!« Hier wurde Dorothy von Margaret Broder unterbrochen. Oder von Mary? Die kleine Dame stellte sich nicht vor, doch die andere Schwester stand gleich hinter ihr, ein Klon im Twinset.

»Wir sollten zum Begräbnis aufbrechen, liebe Madeleine. Margaret und ich müssen zum Tee zu Hause sein.«

Madeleine brachte kein Wort heraus. Wurde die Bezeichnung »Tee« hier eigentlich auf jede beliebige Mahlzeit angewandt?, fragte sie sich und blickte sich Hilfe suchend nach Joan um.

Als die kleine Wagenkolonne in Sempting eintraf und dem Leichenwagen durchs Dorf zu der alten Steinkirche folgte, hüllte ein sanfter Schleier von Nieselregen die winterliche Landschaft ein. Selbst der Himmel weint, dachte Madeleine. In einer Ecke des Friedhofs war bereits das Grab ausgehoben – ein schmales, tiefes Loch in der Erde. Madeleine musste plötzlich an das Gespräch mit Rosa denken. Waren seither wirklich erst ein paar Tage vergangen? Rosa hatte von der Erdmutter gesprochen – der Schöpferin und Zerstörerin. Hier auf dem Friedhof konnte sich Madeleine des Eindrucks nicht erwehren, dass Mutter Erde ihren Besitz zurückforderte.

Der Pastor sprach ein Gebet und den Segen, danach schaute die kleine Trauergemeinde zu, wie der Sarg langsam in die Erde hinuntergelassen wurde. Einer nach dem anderen, jeder mit Regenmantel und Schirm ausgestattet, trat nun vor und warf eine Blume auf den Sarg – meist Rosen oder Lilien –, ehe die Totengräber begannen, die feuchte Erde auf den Sarg zu schaufeln. Menschen, die sie kaum kannte, kamen auf Madeleine zu, küssten sie auf beide Wangen oder drückten ihren Arm, um dann mit

54

gemessenen Schritten zu ihren Autos zurückzugehen und wegzufahren. Bald waren nur noch der Pastor, Dorothy, Joan und Don sowie die Schwestern Broder übrig. Sie standen im Kircheneingang und warteten darauf, dass der Regen nachließ. Mary Broder wandte sich fast verschwörerisch an Madeleine. »Deine Mutter hat ja in letzter Zeit sehr viel Ahnenforschung betrieben, meine Liebe.« Madeleine nickte stumm und versuchte zu lächeln. Mary erwartete sowieso keine Antwort von ihr. »Du musst morgen zu uns zum Tee kommen. Wir möchten dir gern etwas zeigen.« Wieder stand Margaret direkt hinter Mary und nickte, so dass Madeleine sich gezwungen sah, ebenfalls zu nicken, als würden die beiden kleinen Frauen eine Art Zauberkraft auf sie ausüben. Während die Schwestern sich verabschiedeten, beschloss Madeleine, sich am nächsten Morgen irgendeine Ausrede einfallen zu lassen, weshalb sie nicht kommen konnte. Mit den Schwestern Broder Tee zu trinken überstieg im Moment ihre Vorstellungskraft.

Joan schlug vor, sie könnten doch in dem kleinen Pub noch einen Imbiss zu sich nehmen; alle stimmten dieser Idee zu.

Der Pub trug den schönen Namen *The Angel* und befand sich in einem alten weiß gestrichenen Fachwerkhaus aus der Tudorzeit. Ein uraltes Metallschild hing über der Tür, krumm und schief, als wäre es betrunken. Unter dem bröckeligen Lack konnte man immerhin noch einen fliegenden Engel mit einer schmalen goldenen Trompete erkennen. Der Innenraum war gemütlich, die Wände mit den üblichen Hufeisen und alten Fotos geschmückt, während verrostete Überreste ausgedienter Farmgeräte die Deckenbalken zierten. In Caen gab es keine solchen Kneipen, in denen man sich in gepflegter Trauerkleidung ebenso willkommen fühlte wie in dreckigen Gummistiefeln.

Sie setzten sich an einen Tisch beim offenen Kamin und tranken ein Gläschen Sherry, während sie auf ihr Essen warteten. Michael, der Pastor, war ein temperamentvoller Mann Mitte fünfzig, weißhaarig und mit rosigen Wangen. Er war derjenige, der dafür sorgte, dass das Gespräch niemals stockte. Überhaupt schien er für seinen Beruf wie geschaffen, denn er war umgänglich und einfühlsam zugleich. Während er Madeleine erzählte, wie sehr sich ihre Mutter für die Geschichte der Kirche in Canterbury interessiert hatte, tätschelte er ihr immer wieder tröstend die Hand.

»Sie brachte natürlich fantastische Vorkenntnisse mit«, sagte Michael. »Vor allem, was Heinrich den Achten und die Auflösung der Klöster angeht.«

Madeleine nickte, trank einen kleinen Schluck Sherry und genoss die wärmende Wirkung des Alkohols. Trotzdem hatte sie das Gefühl, ihr würde die Kehle zugeschnürt. Doch schon wurde sie von Michael gerettet. »Canterbury ist historisch einmalig spannend – es war die zentrale Schaltstelle der Kirche von England. Ist es bis heute.«

»Aber die Stadt war früher auch ein künstlerisches Zentrum«, warf Joan ein.

»Ja, das stimmt, von den Klöstern gingen sehr viele kulturelle Impulse aus. Im Süden Englands gab es jede Menge Textil- und Stickwerkstätten, bis hinein ins viktorianische Zeitalter. Dann kam bekanntlich die Industrialisierung, und die meisten Webereien und Stickereien mussten zumachen.«

In diesem Moment wurde das dampfende Essen serviert, und vorübergehend trat am Tisch Stille ein. Alle Speisen waren frisch zubereitet und rochen verlockend, aber Madeleine hatte keinen Appetit.

Als der Kaffee kam, fragte Dorothy den Pastor: »Und

warum war nun eigentlich Canterbury das englische Rom?«

»Gute Frage«, rief er, und seine Augen leuchteten. »Im sechsten Jahrhundert kam der Missionar Augustinus hierher, um die heidnischen britischen Stämme zum Christentum zu bekehren. Er schaffte es, Ethelbert, den König von Kent, für seinen Glauben zu gewinnen. Allerdings war Ethelberts Ehefrau bereits Christin, was Augustins Mission sicher etwas erleichterte.« Dorothy hörte ihm aufmerksam zu, und Michaels Wangen röteten sich noch etwas mehr. Madeleine war froh, dass sie nichts sagen musste.

»Aber welche Religion hatten die Briten vorher?«, wollte Dorothy wissen. Ihre Augen funkelten, und Michael wurde unter ihrem Blick fast verlegen. Madeleine fragte sich, ob Dorothy etwa mit dem Pastor flirtete. Ihrer Erfahrung nach empfahl es sich unter keinen Umständen, mit einem Geistlichen zu flirten.

Ob Peter ihr wohl eine E-Mail geschrieben hatte? Sie hatte ihm und Rosa von Joans Computer eine Nachricht geschickt. Rasch schob sie den Gedanken wieder weg und versuchte, sich ganz auf die Antwort des Pastors zu konzentrieren.

»Die verschiedenen Völker hatten verschiedene Religionen. Auf jeden Fall waren die meisten pantheistisch – Götter und Göttinnen belebten alle Elemente, alle menschlichen Regungen und Wünsche und natürlich die Fruchtbarkeit … Das ist ein ungeheuer spannendes Forschungsgebiet – wenn man Märchen mag.«

Aus irgendeinem Grund ärgerte sich Madeleine über diese Bemerkung. Sie selbst fühlte sich keiner Religion zugehörig, respektierte aber durchaus Menschen, die das Göttliche verehrten. Und da erschien es ihr doch sehr viel logischer, Wasser, Sonne und Erde anzubeten, die Leben spendeten und einen unmittelbaren Einfluss auf das Leben der Menschen ausübten, als irgendeine abstrakte, hypothetische Gottheit.

Nach dem Essen verabschiedeten sie sich auf dem mittelalterlichen Marktplatz vor dem Pub: Michael wollte noch seinen Kollegen in Sempting aufsuchen, während Dorothy nach London zurück musste. Sie umarmte Madeleine sehr herzlich, küsste sie auf beide Wangen und entlockte ihr das Versprechen, bald zu Besuch zu kommen.

Als sie durchs Dorf fuhren, schaute Madeleine wehmütig hinaus auf die winterlichen englischen Gärten, die alten Häuser und Gemäuer. Man konnte sich gut vorstellen, wie es hier vor Hunderten von Jahren ausgesehen hatte – besonders viel schien sich nicht verändert zu haben. Am Dorfrand kamen sie an dem hohen Tor eines alten Herrenhauses vorbei, in der Ferne waren spitze Giebel und ein recht verwilderter Garten zu erkennen. Zweifellos wohnten hier irgendwelche exzentrischen Millionäre.

Joan und Don setzten Madeleine vor Lydias Cottage ab. Sie boten ihr an, bei ihnen zu übernachten, doch Madeleine fand, dass sie sich möglichst schnell an die Wirklichkeit des Todes gewöhnen sollte. Sie wollte mit allen Mitteln vermeiden, dass sich die Wohnung ihrer Mutter in einen Ort der Angst verwandelte. Aber sie versprach Joan, sich auf jeden Fall noch einmal telefonisch zu melden, ehe sie wieder abreiste. Vorsichtshalber hatte sie bis zum Ende der kommenden Woche an der Universität eine Vertretung organisiert. »Und bitte – keine Hemmungen, wenn Sie Beistand brauchen«, sagte Don, ehe sie wegfuhren. Er redete nicht viel, aber man spürte seine Herzensgüte. Überhaupt waren alle sehr freundlich zu ihr gewesen. Trotzdem überfiel sie eine tiefe Einsamkeit, als sie das Cottage betrat. Sie holte die Whiskykaraffe aus dem Schrank und setzte sich an den Tisch. Lydias Notizbuch lag immer noch aufgeschlagen da. Vielleicht befand sich das Buch, aus dem sie den lateinischen Text abgeschrieben hatte, ja in einem der Stapel, die sich hier türmten.

Sie studierte die Buchrücken. Ein Titel fiel ihr sofort ins Auge: »Opus Anglicanum«. Wie sich herausstellte bezog sich der lateinische Ausdruck auf eine Form der angelsächsischen Stickerei, die aus dem Frühmittelalter bekannt war. Das Buch enthielt zahlreiche Farbtafeln mit Abbildungen alter Stickereien, kunstvoll geschaffen aus Seide und Wolle. Manche waren schon recht verblasst, während andere durchaus noch die Glorie vergangener Jahrhunderte vermittelten.

Zu den Bildern gehörte immer nur ein kurzer Begleittext, und Madeleine begriff schnell, dass das lateinische Schriftstück nicht aus diesem Buch stammen konnte.

Trotzdem beschloss sie, die Einleitung zu lesen.

Aus dem ersten Jahrtausend ist ein einziges Beispiel des Opus Anglicanum völlig unbeschädigt erhalten geblieben. Es handelt sich um das Gewand eines Heiligen namens Cuthbert. Dass ausgerechnet ein kirchliches Gewand überlebte, während der größte Teil der mittelalterlichen Stickkunst unterging, ist nicht weiter verwunderlich. Kirchliche Gewänder galten als heilig und unersetzlich und wurden mit Hochachtung behandelt.

Es bleibt jedoch nach wie vor ein Rätsel, wie die berühmteste aller mittelalterlichen Stickereien, der Teppich von Bayeux, mehr als neunhundert Jahre überdauern konnte. Die Frauen der mittelalterlichen angelsächsischen Werkstätten bestickten nicht nur Kleidung, sondern auch Wandbehänge für Paläste und Kirchen. Ihre gewis-

senhafte Nadelarbeit schmückte Leinen, Seide und Woll-
tuch mit Silber- und Goldfaden, und sie stickten Rubine,
Smaragde und Perlen auf Gewänder und Roben. Es waren
Kleidungsstücke und dekorative Textilien für die Reichen,
und nur Adlige und Bischöfe konnten sich Derartiges leis-
ten.

Die Werkstätten, von denen viele in Canterbury und
Umgebung angesiedelt waren, bekamen auch Aufträge,
Gewänder für die europäischen Königshäuser zu verzie-
ren; denn die angelsächsische Stickerei war auf dem ges-
amten Kontinent berühmt.

Für diesen Aspekt der Geschichte Canterburys hatte Lydia
sich besonders interessiert, das wurde immer deutlicher.
Vielleicht weil die Familie Broder früher im Textilgewerbe tätig gewesen war? Auch Joan hatte die Tradition der
angelsächsischen Stickerei erwähnt. Madeleine vermutete, dass sie und Lydia sich über dieses Thema unterhalten hatten, und plötzlich überkam sie tiefes Bedauern,
dass sie keine Chance mehr gehabt hatte, mit ihrer Mutter über deren jüngste Nachforschungen zu sprechen.

Wie sich herausstellte, war der Besuch bei den Schwestern Broder unumgänglich. Mary überfiel Madeleine
gleich am nächsten Morgen mit einem Telefonanruf und
gab ihr genaue Anweisungen, wie sie fahren musste und
wann sie eintreffen sollte. Madeleine schaffte es nicht,
sich gegen diese Attacke zu wehren – sie hatte noch nicht
einmal Kaffee getrunken.

Als sie sich Sempting näherte, fuhr sie an den Straßenrand, um Marys Anweisungen noch einmal zu studieren. Nachdem sie zwei Mal das große Herrenhaus passiert hatte, das ihr schon am Abend zuvor aufgefallen war,
wurde ihr klar, dass irgendetwas nicht stimmte. An die-

sem Stück Straße gab es kein anderes Haus. Es dauerte eine ganze Weile, bis Madeleine begriff, dass die Schwestern in ebendiesem Haus wohnen mussten. Sie stieg aus und ging zum Eingangstor, an dem eine dunkle Messingplatte mit der Aufschrift *The Orchards* befestigt war. Ob es hier tatsächlich, wie der Name verhieß, einen Obstgarten gab? Sie drückte auf den Klingelknopf aus Messing und wartete eine halbe Ewigkeit, bis ein schon etwas älterer Mann das Tor immerhin so weit öffnete, dass Madeleine eintreten konnte.

»Ich bin mit dem Auto hier«, erklärte sie. »Kann ich hereinfahren?« Der Mann verdrehte die Augen und öffnete das Tor ein Stück mehr, was ziemlich schwer zu sein schien. Madeleine wollte ihm helfen, aber er winkte ab, als wäre sie ihm lästig. Achselzuckend ging sie ihr Auto holen. Als sie es wenig später in der überwucherten runden Zufahrt vor der imposanten Eingangstür des Herrenhauses parkte, war der humpelnde Mann verschwunden.

Die gigantische Tür war von einem steinernen Portikus gerahmt. Breite, ausgetretene Steinstufen führten vom Vorplatz zu der schönen Veranda hinauf. Madeleine ließ die Fassade auf sich wirken. So musste sich Alice im Wunderland gefühlt haben, nachdem sie aus dem »Trink mich«-Fläschchen getrunken hatte und geschrumpft war. Das Haus hatte viel mehr Giebel, als man von der Straße aus sehen konnte. Die Außenmauern waren aus dunklem, unverputztem Sandstein, und über große Teile des Ostflügels wucherten Efeuranken. Der riesige Garten schien daran gewöhnt zu sein, dass seinem Wachstum keine Grenzen gesetzt wurden. Aber trotz des Dschungels rundherum und trotz seines nicht gerade guten Zustands war das Heim der Geschwister Broder außerordentlich beeindruckend. Seit mindestens fünf Jahrhunderten stand es da und behauptete sich hartnäckig gegen eine sich ständig verändernde Welt.

Noch ehe Madeleine am Treppenabsatz angekommen war, öffnete sich eine Hälfte der großen Tür, und die Schwestern wurden sichtbar. Sie sahen aus wie Püppchen in einem viel zu groß geratenen Puppenhaus, denn sie reichten nicht einmal bis zur halben Höhe des Türrahmens.

»Guten Tag, meine Liebe«, riefen sie und führten Madeleine in einen Raum, der vermutlich als Salon diente. Hoffentlich gab es für die Teezeremonie keine strikten Verhaltensvorschriften, gegen die sie unwissentlich verstoßen und sich blamieren konnte. Margaret verschwand durch eine der vielen Türen, die in den Salon führten, während Mary es übernahm, sich mit Madeleine zu unterhalten. Anscheinend war sie die Sprecherin der beiden. Sie redete pausenlos über irgendwelche Probleme im Garten, deren sich Louis dringend annehmen sollte. War mit Louis etwa der grimmige Pförtner gemeint? fragte sich Madeleine. Sie hatte große Mühe, Mary zuzuhören, und ihre Aufmerksamkeit wandte sich schon bald der ungewöhnlichen Raumausstattung zu.

Die Wände waren dunkel getäfelt, und einige der Bilder wirkten sehr, sehr alt. Doch neben wertvollen Gemälden hingen ganz alltägliche Kunstdrucke, und auch die Möblierung bestand aus einer verblüffenden Mischung von wertvollen Antiquitäten und modernen Billigmöbeln. Der Fußboden war mit dunkelrotem Teppichboden ausgelegt, der an manchen Stellen schon sehr abgetreten war. In dem riesigen Kamin hätte man einen kompletten Ochsen braten können, und die Fläche davor zierten schwarze Marmorfliesen.

Margaret kam mit einem Tablett zurück, auf dem eine silberne Teekanne, der entsprechende Milchkrug sowie eine Zuckerdose standen; in alle drei Stücke war ein kunstvolles »B« graviert. Während Margaret das Tablett auf das Spitzendeckchen auf dem großen ovalen Tisch stellte, überlegte Madeleine, dass das Ensemble zwar dringend geputzt werden müsste, ansonsten jedoch erlesenes englisches Barock war.

»Wir wollten dir von Lydias Besuchen erzählen«, begann Mary, während Madeleine brav an ihrem Tee nippte. Er schmeckte verstaubt und langweilig, und sie kam endgültig zu dem Schluss, dass man dieses eigenartige Getränk ausschließlich in Kombination mit Brandy genießen konnte.

»Wann war sie hier? Ist sie öfter zu Besuch gekommen?«, erkundigte sie sich.

»Oh, ja, recht oft sogar«, sagte Mary. »Sie interessierte sich ungemein für die Familie, und für uns alle waren diese Gespräche sehr erfreulich …« Mary blickte ganz verloren drein, als sie das sagte. Sicher waren es die Schwestern nicht gewohnt, dass ihnen jemand so viel Interesse entgegenbrachte, wie Lydia es offenbar getan hatte. »Ihr erster Besuch liegt schon mehrere Monate zurück. Er war im Herbst, nicht wahr, Margaret?«

»Ja, genau, im Herbst. Im Obstgarten hingen noch ein paar späte Früchte.« Margarets Stimme klang genauso piepsig wie Marys, wenn auch weniger schrill.

»Ja, im Herbst«, wiederholte Mary mit Nachdruck. Dann, als wäre ihr gerade eingefallen, dass sie noch mehr zu erzählen hatte, fügte sie hinzu: »Bei ihrem letzten Besuch – nach Weihnachten – haben wir beschlossen, ihr ein Stück aus dem Familienbesitz zu zeigen … ein Artefakt.« Bei diesem Wort verfiel Mary in einen ähnlich verschwörerischen Ton wie gestern vor der Kirche im Regen.

»Möchtest du es auch sehen?«, warf Margaret ein, wie ein kleines Mädchen, das einer neuen Freundin sein Lieblingsspielzeug vorführen möchte.

Wider Willen wurde Madeleine neugierig. »Ja, natürlich, sehr gern.«

Sofort erhob sich Margaret, aber ihre strenge Schwester wies sie an, sich sofort wieder hinzusetzen und zu warten, bis alle ihren Tee ausgetrunken hatten. Madeleine fragte sich, wie die beiden die vielen Jahrzehnte gemeinsam überstanden hatten, so schrullig und verrückt wie sie waren.

Als Mary befand, dass nun alle genug Tee getrunken hatten, ging sie voran, durchquerte die Eingangshalle und betrat einen ähnlich großen Raum auf der gegenüberliegenden Seite. Es war die Bibliothek. Vor lauter Ehrfurcht blieb Madeleine in der Tür stehen. Drei Wände waren mit Bücherregalen bedeckt, die vom Boden bis zur Decke reichten. Lauter alte Bände, nirgends war ein Schutzumschlag zu sehen. Außer Büchern befanden sich nur noch zwei Holzleitern im Raum. Aber die Regale waren so hoch, dass man Hunderte von Büchern nicht einmal mithilfe der Leitern hätte erreichen können.

Mary strebte in eine Ecke des Raums, wo die Regale mit Glastüren geschützt waren. Sie holte ein dickes, dunkelrotes Buch aus dem Regal neben dem Glasschrank, fasste in die entstandene Lücke und beförderte einen schweren Messingschlüssel ans Tageslicht. Damit schloss sie den Glasschrank auf, und als sie zu Madeleine und Margaret zurückkam, hielt sie eine wunderschön gearbeitete schwarze Kassette aus Jett in der Hand.

Gehorsam folgten sie ihr zurück in den Salon, und Madeleine fragte sich, warum Mary sie überhaupt in die Bibliothek mitgenommen hatte. Sie hätte dieses Kästchen doch genauso gut allein holen können. Aber vielleicht gehörte die Prozession in die Bibliothek ja zum Gesamtritual.

Das Teegeschirr wurde abgeräumt, und nun wurde die

Kassette auf die Spitzendecke gestellt. Madeleine hielt instinktiv den Atem an, während Mary den Deckel öffnete. Als sie wieder ausatmete, tat sie dies so abrupt, dass es wie ein erstauntes Ächzen klang. Tatsächlich war sie völlig perplex. In der Schatulle lag eine ganz ungewöhnliche Antiquität: ein Buch.

»Was sagst du dazu?«, fragte Margaret mit ihrer Kinderstimme.

»Deine Mutter hat es nur mit Handschuhen angefasst«, teilte Mary ihr wichtigtuerisch mit. »Hol doch bitte die Handschuhe, Margaret.« Folgsam schlurfte ihre Schwester davon. Madeleine hätte es besser gefallen, wenn sie sich ein einziges Mal widersetzt und gesagt hätte: »Hol sie doch selbst!« Während sie warteten, begann Mary plötzlich mit säuselnder Stimme auf jemanden einzureden, den Madeleine nicht sehen konnte, obwohl sie sich suchend umdrehte.

»Hallo, Agatha, mein Schatz, wie lieb von dir, dass du uns mal besuchst. Warst du im Obstgarten, Liebling?«

Endlich entdeckte Madeleine, wer Agatha war: eine unglaublich fette schwarzweiße Katze. Agatha schlich zum Kamin und ließ sich, wenig elegant, auf ein großes, besticktes Kissen plumpsen. Sie begutachtete Madeleine von Kopf bis Fuß, gähnte ausführlich und drehte sich dann dem Kamin zu.

»Du hast Recht, Liebling«, flötete Mary. »Ich werde Louis bitten, Feuer für dich zu machen – sobald wir hier fertig sind.«

Margaret kam mit einem Paar Glacéhandschuhen zurück, die sie Madeleine mit pompöser Geste überreichte. Das Buch war fast so groß wie das Kästchen – gut zwölf auf zwanzig Zentimeter und etwa zwei Zentimeter dick. Es war in grobes braunes Leder gebunden, das vom Alter starr und brüchig schien, und an einer dunklen Stelle deuteten Blattgoldspuren darauf hin, dass sich auf dem Einband einmal ein illuminierter Buchstabe befunden hatte. Als Madeleine das Buch behutsam aufklappte und die säuberlich mit brauner Tinte auf Pergamentpapier geschriebenen Wörter sowie das Datum »3. Juni 1064« sah, da wusste sie sofort, dass der von Lydia kopierte Text aus diesem Buch stammen musste. Sollte es tatsächlich authentisch sein?

»Was ist das?«, fragte sie mit andächtig gesenkter Stimme.

»Ein Familienerbstück«, sagte Mary vage. »Deine Mutter fand es ungeheuer faszinierend, und sie hat uns gebeten, die ersten Seiten abschreiben zu dürfen, weil sie meinte, du könntest sie übersetzen.«

Als Madeleine schwieg, fügte Mary schroff hinzu: »Nun – willst du oder willst du nicht?«

»Ähm – soll das heißen, du fragst mich, ob ich es mitnehmen will – nach Frankreich?«

»Selbstverständlich, meine Liebe. Du kannst ja nicht gut bei uns hier wohnen, oder?« Mary sagte das in einem Tonfall, als erschiene ihr schon der Gedanke unerträglich.

»Aber das Buch ist sehr alt ... Bestimmt ist es sehr empfindlich.«

»Na ja, du wirst es hoffentlich gut behandeln, denke ich.«

»Selbstverständlich! Aber ...«

»Gut, damit wäre die Angelegenheit also erledigt. Wir erwarten, dass du dich bei uns meldest, sobald du mit der Übersetzung fertig bist. Wir glauben, dass dieses Vorgehen dem Wunsch deiner Mutter entspricht.«

Madeleine biss sich auf die Unterlippe. Wie konnte Mary sich anmaßen, den Wunsch ihrer Mutter erahnen zu wollen? Doch das Buch strahlte eine unwiderstehliche

Anziehungskraft aus. Beim Anblick der spinnwebartigen Buchstaben bekam sie richtig Herzklopfen. Sie brauchte dringend frische Luft. Zügig verabschiedete sie sich von den Schwestern – je früher sie zu Lydias Cottage zurückkehrte, desto schneller konnte sie weiter übersetzen.

Als sie das Haus verließ, fragte sie sich, wovon die Schwestern wohl lebten. Sie machten beide nicht den Eindruck, als wären sie je einer bezahlten Arbeit nachgegangen. Vermutlich gab es ein Familienvermögen. Allerdings hatte Madeleine insgesamt den Eindruck, dass sie das Geld nicht gerade zum Fenster hinauswerfen konnten. Vielleicht verkauften sie einfach hin und wieder einen ihrer Schätze (wie das Buch, das nun, in einen weichen bestickten Wollschal gehüllt, in seiner Kassette ruhte und sich in ihrer Obhut befand). Das würde auch die eigenwillige Mischung des Mobiliars erklären. Während sie am Tor wartete, bis der bucklige, mürrische Louis die Zufahrt heruntergeschlurft kam, konnte sie im Rückspiegel ein Stück des Obstgartens sehen: Hinter den dichten Hecken und dem wenig gepflegten Rasen schienen sich endlose Reihen von Apfelbäumen zu erstrecken. Ob die Schwestern Broder wohl Äpfel verkauften?

In Lydias Cottage angekommen, räumte sie den Tisch notdürftig frei und breitete den bestickten Schal unter das Kästchen. Als sie ihn näher betrachtete, stellte sie fest, dass das feine dunkelrote Tuch kein Wollstoff war – es musste eine Seidenmischung sein; beim Gold- und Silberfaden der Stickerei handelte es sich jedenfalls eindeutig um Seide. Das Material war gut erhalten, obwohl es bestimmt über hundert Jahre alt war. Ihre beiden Tanten hatten sich diesen Schätzen gegenüber erstaunlich gleichgültig verhalten. Lag das daran, dass sie so daran gewöhnt waren, von alten Dingen umgeben zu sein? Die beigefarbenen Glacéhandschuhe lagen neben dem Buch in seinem

Kästchen. Mary hatte ihr befohlen, sie dort zu deponieren. Bevor Madeleine sie überzog, betrachtete sie die Handschuhe ausführlich. Die winzigen Knöpfe und die feinen, von Hand genähten Stiche sprachen dafür, dass auch sie aus viktorianischer Zeit stammten, also mindestens so alt waren wie der Schal.

Erwartungsvoll blätterte sie die ersten beiden Seiten um, die sie ja schon gelesen hatte. Der dritte Eintrag trug das Datum »7. Juni 1064«. Sollte dieses Tagebuch tatsächlich über neunhundert Jahre alt sein? Ihre Zweifel an der Echtheit des Buches spielten im Augenblick jedoch keine Rolle, denn ihr Wunsch, mehr zu erfahren, war stärker als alles andere.

7. Juni 1064

Königin Edith hat die helle Haut und die kräftigen Züge des Dänenvolkes, dem ihre Mutter Gytha entstammt. Sie ist jetzt in ihrem vierzigsten Jahr und immer noch von dem starken Charakter, für den sie hierzulande bekannt wurde, als sie vor zwanzig Jahren König Edward heiratete. Ich bin nicht so jung, dass ich mich nicht an das Fest zu Edwards und Ediths Hochzeit erinnern könnte. Schon damals sprach man von der gewaltigen Macht der Godwins im Königreich. Als Earl Godwin seine Tochter dem König zur Frau gab, war dies keine Herzensgeste, nein, er wollte der Krone näher kommen. Jetzt jedoch ist Godwin tot, und Edith hatte immer schon ihren eigenen Kopf, den sie oft genug auch durchsetzte. Vielleicht hat sie ja sogar ihre eigenen Pläne, was die Krone anbelangt.

Ihre Brüder Harold und Tostig sind eifrig darauf

bedacht, die Gunst König Edwards zu erlangen, denn ein König ohne Sohn muss seinen Nachfolger benennen. Doch Edward hat einen Sohn, wenn auch keinen leiblichen. Es ist Edgar, der Sohn seines ermordeten Neffen. Edgar der Aethling ist noch ein Knabe, aber wenn ihm die Krone zufallen sollte, ehe er das Mannesalter erreicht hat, braucht er sich nur an die Brüder der Königin zu halten, denn sie sind beide Krieger, und einer von ihnen wird sich gewiss bereit finden, sein militärischer Berater zu werden.

Jon sagt, Harold ist bei den Landleuten beliebt, weil er sich nicht scheut, mit einem dreckverkrusteten Bauern zu reden, den man der verfaulten Zähne wegen kaum versteht. Auch bei den Städtern genießt Harold Ansehen, denn er ist ein weltkundiger Mann und über die Intrigen auf dem Kontinent stets auf dem Laufenden. Harold hat starke Verbündete in Flandern und Dänemark, und es ist kein Geheimnis, dass er sich kürzlich mit dem König von Frankreich getroffen hat. Aber das, was dem Sachsenherzen das Wichtigste ist, hat der Earl von Wessex nicht: das Blut Alfreds und der ersten Könige von England. In Aethling Edgars Adern jedoch fließt dieses Blut. Harold kämpft zu seinem eigenen Ruhm, aber es gebührt ihm nicht, das sächsische Drachenbanner zu tragen wie ein echter Kriegerkönig.

Harold mag die Wertschätzung jener Männer genießen, die von einem Anführer nicht mehr verlangen als die meisterliche Handhabung des Schwerts sowie kühne Worte. Doch in seiner nächsten Umgebung scheint er weniger beliebt. Innerhalb des Palastes ist bekannt, dass König Edward in Harold einen hochfahrenden Weiberhelden sieht und dass König wie Königin dem jüngeren, sanftmütigeren Godwin-Bruder Tostig den Vorzug geben.

Jetzt ist eine Zeit des Wartens, wenn auch außerhalb

der Palastmauern kaum jemand weiß, wie schlecht es um Edwards Gesundheit bestellt ist. Die Christen beten und glauben, dass ihr Gott sie erhören wird, aber denjenigen unter uns, die es noch mit den alten Bräuchen halten, scheint mehr vonnöten als nur Gebete.

3. Kapitel

Es war viel aufregender, über einem Text aus dem elften Jahrhundert zu sitzen, als Lydias Sachen in Kartons zu packen. Die Stimme der Stickerin Leofgyth – gleichgültig, ob sie nun erfunden oder authentisch war – ließ Madeleine nicht mehr los. Auch die anderen Figuren, Königin Edith, ihr Bruder Harold und König Edward, ihr Ehemann, waren ihr nach den wenigen Seiten schon viel näher gekommen als während der ganzen Jahre an der Universität.

An diesem Montagmorgen saß Madeleine mit einer Tasse Kaffee am großen Tisch im Esszimmer und wagte vorsichtig einen Blick in die Welt draußen – tagelang war der Himmel dunkel gewesen und die Luft sehr feucht. Doch heute schien die Sonne und brachte mit ihren winterlichen Strahlen das Immergrün an der roten Backsteinmauer des vorderen Gartens zum Leuchten.

Vor ihr lag zusammengefaltet Lydias letzter Brief. Sie trank einen Schluck, den Blick unschlüssig auf den Umschlag gerichtet. Sollte sie sich den Brief noch einmal anschauen?

Was Lydia über ihre Ahnenforschungen schrieb, erschien ihr jetzt in einem völlig anderen Licht als beim ersten Lesen. Lydia hatte nicht gewusst, ob ihre Familie bereits vor Großmutter Margaret in Canterbury gelebt hatte, also konnte das doch nur ein Beweis dafür sein, dass sie bei den Gesprächen mit ihren Kusinen nicht allzu weit gediehen war. Vielleicht erklärte es außerdem, warum sie die beiden mehrmals besucht hatte, denn Madeleine war fest davon überzeugt, dass Lydias Geduld durch das schrullige Verhalten der alten Damen auf eine harte Probe gestellt worden war. Ihre Mutter wollte vermutlich die Hoffnung nicht aufgeben, die beiden könnten sich eines Tages doch an etwas Interessantes erinnern. Und wie sich herausstellte, hatte sich diese Beharrlichkeit ausgezahlt, denn die Kusinen hatten ihr schließlich das Tagebuch gezeigt.

Bei der Erwähnung der Blutuntersuchungen konnte Madeleine nicht mehr weiterlesen. Sie faltete den Brief wieder zusammen. Seit Tagen waren ihre Augen tränenleer gewesen. Der Abgrund der Gefühle schien zu tief, zu finster, um sich hineinfallen zu lassen. Doch jetzt brachen alle Dämme, und laut aufschluchzend ließ sie sich in einen Sessel sinken.

Als sie schließlich wieder aus dem tränenfeuchten Polster auftauchte, schaute sie zum Himmel hinauf. Die Sonne schien immer noch.

Um die Mittagszeit konnte sie bei ihren Aufräumarbeiten immerhin ein paar Erfolge verzeichnen. Alles, was mit Lydias jüngsten Forschungen zusammenzuhängen schien, hatte sie säuberlich in einen Karton gepackt. Sie würde die Bücher und Papiere später in aller Ruhe durchgehen. Als erstes größeres Projekt nahm sie sich das Schlafzimmer vor. Das war sicher am schwierigsten. Aber vorher musste sie etwas essen. Sie merkte schon am Hosenbund, dass sie abgenommen hatte – Essen stand auf ihrer Prioritätenliste nicht besonders weit oben.

Im Zentrum von Canterbury, das nur ein paar Schritte entfernt lag, gab es rund um die Kathedrale viele kleine Cafés, in denen man auch eine Kleinigkeit essen konnte. Das erschien ihr im Moment die beste Lösung.

Bevor sie ging, steckte sie den Brief zurück in ihre Handtasche. Sie betrachtete ihn als eine Art Talisman – ein Andenken an ihre Mutter, das sie immer bei sich tragen konnte.

Sie nahm den Weg östlich an der Kathedrale vorbei: Rechts von ihr verlief die mittelalterliche Stadtmauer, an deren Ende sich die Ruine einer Normannenburg erhob. Links, hinter dem Gebäude der Christchurch University, konnte sie gerade noch den blassgelben Steintorso der Abtei St. Augustin sehen. In Leofgyths Tagebuch wurde beschrieben, wie Königin Edith mit ihrem Gefolge an den Toren dieser Abtei stand – vor über neunhundert Jahren.

Wie hatte es wohl ausgesehen, dieses großartige Gebäude, ehe es von Heinrich dem Achten zerstört worden war? Madeleine nahm sich vor, es in den nächsten Tagen aufzusuchen.

In einem windschiefen Tudorhaus in der High Street befand sich ein Restaurant namens *The Weavers House*, in das Lydia sie bei ihrem letzten Besuch zum Mittagessen eingeladen hatte. Sie setzte sich an einen Tisch neben einem kleinen Fenster mit rautenförmigen Buntglasscheiben und bestellte sich gebackene Forelle und ein Glas Merlot.

Wieder wanderten ihre Gedanken zurück zu dem Tagebuch – zu den Augustinermönchen in ihren Skriptorien und zu den Stickwerkstätten, wo die Frauen für den Palast und die Kirche mit Goldfaden opulente Wandbehänge bestickten. Sie konnte sich beim besten Willen nicht vorstellen, wie das Tagebuch der Stickerin Leofgyth mehr als neun Jahrhunderte überlebt hatte. Und wie es so viele

Jahre im Besitz einer einzigen Familie geblieben sein konnte. Falls das Tagebuch aber tatsächlich echt war – bedeutete das, dass Leofgyth zu ihren Ahnen gehörte? So unwahrscheinlich es war, der Gedanke gefiel ihr.

Sie musste unbedingt mit jemandem über ihre Übersetzung sprechen – aber mit wem? Die Schwestern Broder hatten sie zwar nicht ausdrücklich zu Verschwiegenheit verpflichtet, aber sie gingen sicher von ihrer Diskretion aus. Widerstrebend beschloss Madeleine, sich noch einmal an die beiden zu wenden. Sie mussten doch irgendetwas über die Geschichte des Buches wissen.

Nach dem Essen rauchte Madeleine eine Zigarette und las Lydias Brief noch einmal durch. Ihre Mutter hatte vorgehabt, das Archiv von Canterbury aufzusuchen. Bestimmt kannte Joan die Adresse. Vielleicht wusste sie sogar, wonach Lydia forschen wollte?

In einer kleinen Buchhandlung kaufte Madeleine sich einen Stadtplan, auf dem alle Straßen der verwinkelten Altstadt abgebildet waren. Das Zentrum für genealogische Studien, für das Joan arbeitete, lag in einem Stadtteil namens West Gate, ganz in der Nähe der Franziskanerkirche Greyfriars.

Joan mache gerade Mittagspause, teilte ihr die Sekretärin dort bedauernd mit, erklärte ihr dann aber hilfsbereit den Weg zum Archiv, das nur ein paar Straßen entfernt war.

Mit Hilfe ihres Stadtplans wagte Madeleine einen Umweg über die Franziskanerkirche. Diese stammte aus dem neunten Jahrhundert, und Madeleine wusste, dass Lydia sehr gern hierher gekommen war. Selbst jetzt im Winter strahlte die kleine Kirche mit dem von einer Mauer umschlossenen Garten eine ruhige Heiterkeit aus. Lydia hatte immer gesagt, man spüre hier noch die Gebete der Mönche, es sei heiliger Boden.

Der Kanal war hier von Eichen und Weiden gesäumt

und floss leise murmelnd unter dem moosbedeckten Bogen einer kleinen Steinbrücke hindurch. Müde setzte sich Madeleine auf einen Baumstumpf.

Das letzte Gespräch mit ihrer Mutter hatte sich um Peter gedreht. Seit langem war Lydia der Meinung gewesen, ihre Tochter solle endlich einen Schlussstrich unter dieses Kapitel ziehen, Peter hindere sie daran, richtig glücklich zu werden. Bei allem Verständnis hatte sie klar und deutlich gesagt, dass selbst die rudimentären Überreste ihrer Gefühle für Peter sich destruktiv auswirkten. »Er ist Priester, Madeleine. Er hat sich für Gott entschieden! Du hast schon genug Zeit auf ihn verschwendet.« Die Worte »Er hat sich für Gott entschieden« klangen immer noch in ihr nach.

Plötzlich wurde ihr kalt, sie knöpfte ihren langen schwarzen Mantel zu und machte sich endgültig auf den Weg zum Archiv.

»Archiv« war ein hochtrabender Name für das schmale, baufällige viktorianische Gebäude, auf das sie nun zusteuerte. Da hinter dem Schreibtisch an der Pforte niemand saß, drückte sie auf die Klingel. Um sich das Warten zu verkürzen, studierte sie das Anschlagbrett und die ausliegenden Informationsblätter. Die Wände waren minzgrün gestrichen, und die Stühle mit den dunkelgrünen Plastikbezügen sahen ziemlich unbequem aus.

Gerade als sie schließlich noch einmal klingeln wollte, hörte sie Schritte. Gleich darauf öffnete sich eine Tür links vom Schreibtisch, hinter der Madeleine eigentlich eine Besenkammer vermutet hatte. Ein großer, schlanker Mann erschien, in dunklen Jeans und schwarzem Rollkragenpullover. Er wirkte etwas zerzaust, trug eine rechteckige Brille mit dunklem Gestell und hatte seine langen schwarzen Haare zu einem Pferdeschwanz gebunden. Die grauen Strähnen waren nicht zu übersehen, aber sein Gesicht schien alterslos.

»Ja, bitte?«, sagte er statt einer Begrüßung.

»Arbeiten Sie hier?«, fragte sie eingeschüchtert.

»Ja, klar. Sonst würde ich mich wohl kaum auf dieser Seite des Schreibtischs befinden.«

»Da haben Sie Recht.« Na, das war wirklich ein viel versprechender Einstieg.

Der Mann strich sich die Haare aus der Stirn. »Hören Sie – ich will ja nicht unfreundlich sein, aber es sieht so aus, als würden gerade alle Mittagspause machen. Ich gehöre nicht zum wissenschaftlichen Personal des Archivs – ich arbeite hier nur als Restaurator und kann Ihnen eigentlich nicht weiterhelfen.«

»Aber Sie wissen doch überhaupt nicht, was ich will«, entgegnete sie leicht verärgert.

Der Mann kniff die Augen zusammen, als würde er Madeleine jetzt erst richtig wahrnehmen. »Stimmt. Also – darf ich fragen, was Sie hier suchen?«

Plötzlich merkte sie, dass sie auf diese Frage gar keine Antwort hatte. »Was restaurieren Sie?«, erkundigte sie sich, um Zeit zu gewinnen.

»Na ja, ich mache eher so eine Art Frühjahrsputz, könnte man sagen«, sagte er, nahm die Brille ab und rieb das Glas an seinem Pullover sauber. Er hatte auffallend blaue Augen. »Es war ein Projekt für die Jahrtausendwende, das sich leider etwas in die Länge zieht. Da unten versteckt sich unglaublich viel Krempel.« Mit einer Kopfbewegung deutete er auf die Tür, durch die er gerade gekommen war. »Aber verstehe ich Sie richtig – Sie suchen gar nichts Bestimmtes?«

»Na ja, also – eigentlich ist – eigentlich geht es um meine Mutter. Sie hat sich mit Ahnenforschung beschäftigt und wollte …«

»Dafür gehen Sie am besten ins Zentrum für genealogische Studien«, unterbrach er sie.

»Nein, meine Mutter wollte hierher kommen. Deshalb bin ich hier.«

»Und warum kommt Ihre Mutter nicht selbst?«

Madeleine spürte wieder seine Ungeduld. Sie wusste nicht, was sie als Nächstes sagen sollte. Die Wörter machten sie selbstständig. »Sie ist tot.«

Schweigen. Die mürrische Falte zwischen den Brauen des Mannes verschwand. Er schaute Madeleine in die Augen und sagte leise: »Herzliches Beileid. Aber glauben Sie mir, ich kann wirklich nichts für Sie tun. Kommen Sie doch einfach später noch einmal vorbei, dann können Sie einen der Assistenten fragen.«

Madeleine holte tief Luft. »Gut, kein Problem. Tut mir Leid, dass ich Sie aufgehalten habe. Im Grund weiß ich gar nicht, was meine Mutter gesucht hat ...« Sie schwieg verwirrt, fügte dann aber noch hinzu: »Sie müssen sicher zurück an die Arbeit.«

»Sind Sie Französin?«

»Ja.«

»Aus welcher Gegend?«

»Aus der Normandie.«

»Wohnen Sie dort?«

»Ja.« Sie wusste nicht, was sie sonst noch sagen könnte.

»Also, dann. Alles Gute«, murmelte er, salutierte ironisch und verschwand wieder durch die Tür.

Das Telefon klingelte, als sie zur Tür hereinkam. Es war Joan. »Tut mir Leid, dass ich Sie verpasst habe, Madeleine – es kann sich nur um ein paar Minuten gehandelt haben. War es etwas Wichtiges?«

»Nein, eigentlich nicht. Nur eine spontane Eingebung – ich habe letzte Woche noch einen Brief von meiner Mutter bekommen. Sie wollte das Archiv hier besuchen. Ich habe ihre Papiere noch nicht vollständig sortiert, deshalb weiß ich nicht, was sie vorhatte, aber ich dachte, ich geh mal hin ...«

»Und?«

»Leider Fehlanzeige. Ich kam mir ein bisschen albern vor, und es war auch niemand da, der mich beraten konnte – bis auf einen Mann, der im Kellergeschoss Inventur macht oder so etwas. Er konnte mir überhaupt nicht weiterhelfen, aber ich wusste ja auch gar nicht, was ich wollte.«

»Das war bestimmt Nicholas. Ich kenne ihn. Er ist ein kluger Kopf, aber manchmal nicht besonders umgänglich.«

»Nicht besonders umgänglich trifft es genau.«

»Ich würde mich freuen, wenn wir uns noch einmal sehen könnten – am besten gleich morgen, wenn es Ihnen passt. Ich weiß ein bisschen etwas über Lydias Nachforschungen. Sie hat mich gebeten, verschiedene Familienmitglieder ausfindig zu machen, aber das ist immer ein entsetzlich langwieriger Prozess. Im Augenblick warte ich noch auf die Kopien einiger Dokumente aus dem Londoner Staatsarchiv.«

»Morgen passt mir gut«, sagte Madeleine.

»Wunderbar. Ich mache immer zwischen eins und zwei Mittagspause. Bis dann.«

Madeleine kochte sich eine Tasse Kaffee, um nicht gleich in Lydias Schlafzimmer hinaufgehen zu müssen. Danach räumte sie alles sorgfältig wieder weg und setzte sich vor den Fernseher, um sich davon zu überzeugen, dass es wirklich nichts Sehenswertes gab. Nach ein paar Minuten Talkshow war sie bereit, die intimsten Besitztümer ihrer Mutter zu sichten.

Am frühen Abend hatte sie Lydias Kleiderschrank und die Kommode ausgeräumt. Fast Lydias gesamte Garderobe war in große schwarze Plastiksäcke verpackt. Am nächsten Tag würde Madeleine sie bei einer Wohltätigkeitsorganisation vorbeibringen. Nur ein wunderschönes Kleid aus schwarzer Seide, ärmellos, knielang, hauteng geschnitten und mit winzigen schwarzen Jettperlen verziert, sowie einen olivgrünen Samtmantel mit einem Mandarinkragen ließ sie im Schrank hängen. Diese beiden Teile wollte sie für sich behalten, sie würden sie daran erinnern, dass ihre Mutter auch eine sehr verführerische Seite gehabt hatte, wenn Madeleine diese auch nie an ihr erlebt hatte.

Müde ging sie nach unten, goss sich ein Glas Wein ein und setzte sich an den Tisch am Fenster, auf dem ein Haufen Krempel aus ihrer Handtasche lag, die sie wieder einmal hatte ausräumen müssen, um zwischen Schlüsseln, Schreibzeug und Lippenstiften ein zerdrücktes Päckchen Gitanes zu finden.

Leofgyths Tagebuch hatte sie in seiner edlen Schatulle im Mittelteil des Sideboards verstaut. Sie konnte es zwar nicht sehen, spürte aber deutlich seine Präsenz, die irgendwie mit Lydias Tod verbunden schien. Kurz entschlossen drückte Madeleine die halb geraucht Zigarette aus. Sie wollte nicht länger warten.

Sie trug das schwarze Kästchen zum Tisch, zog die Leselampe näher heran und hob langsam und behutsam den kunstvoll verzierten Deckel. Was für ein erhebender Anblick, dieses uralte Buch.

Während Madeleine die brüchigen, mit feiner brauner Tinte beschriebenen Pergamentseiten umblätterte, fiel ihr auf, dass die Stickerin sehr sauber und exakt geschrieben hatte, die Buchstaben waren extrem klein. Als hätte sie sparsam mit dem Material umgehen müssen.

12. Juni 1064

In kummervollen Zeiten findet Königin Edith Trost in der Handarbeit. Darin sind wir uns gleich. Die Königin ist eine großartige Stickerin. Sie hat den Krönungsmantel ihres Gatten ganz allein bestickt – einen Umhang aus dem Barthaar von Tieren, die in den Hochgebirgen Persiens leben. Das Tuch ist dick und weich und mit Kaninchenfell gefüttert. Es ist tiefrot gefärbt und schwer von einem Muster aus Saphiren und Rubinen, das den Ästen blühender Bäume gleicht. Silberfaden windet sich wie eine Ranke die edelsteinfunkelnden Äste entlang, so dass sie schimmern, als fiele das Mondlicht darauf. Es ist ein Mantel von großer Schönheit, und Edward trägt ihn nur zu Festen und zu Anlässen, bei denen er in überirdischem Glanz erscheinen will. Aber jetzt vermögen nicht einmal sein Reichtum und das harte Funkeln von Edelsteinen dem Volk noch länger vorzumachen, dass er die Kraft hat, ein Königreich zu lenken. Der Mantel, den ihm seine Gemahlin bestickt hat, ist weggeschlossen. Er ruht in einer Eibenholztruhe in Edwards Schlafgemach, wo der König seine Tage mit Beten und Grübeln verbringt.

Die Herrin sucht häufig meinen Arbeitsplatz im Turmzimmer auf, frühmorgens oder spätabends, wenn ich den Palast verlassen habe. Ich gehe immer als Letzte. Ich schicke die anderen Frauen bei Sonnenuntergang heim, damit sie ihren Kindern und Männern Essen machen. Manchmal sehe ich die Königin dort drinnen sitzen und sticken und weinen, aber sie merkt nicht, dass ich sie durch einen kleinen Ritz im Holz der Tür beobachte. Einmal betrat ich die Turmstube und wurde Zeugin ihrer Tränen, was sie sehr beschämte, und jetzt spähe ich immer erst durch den Ritz, ehe ich die Tür öffne. Heute war sie da, als ich außergewöhnlich früh in den Palast kam. Jetzt noch, während ich hier sitze und bis spät in die Nacht schreibe, steht mir das Bild vor Augen.

Das Turmzimmer ist klein und hoch, mit langen Fensterschlitzen. Heute Morgen fiel ein schmaler Streifen Sonnenlicht durchs Ostfenster, an dem die Herrin saß, und ihr Haar glänzte wie ein goldener Umhang. Gleich vor diesem Fensterplatz steht ein Webstuhl, an dem normalerweise die Weberinnen sitzen und Tuch herstellen, damit es am Hof mit Essen und Wein befleckt wird. Es ist eine normannische Sitte, Betten und Tische mit solchem Tuch zu bedecken.

Heute Morgen also erstreckte sich das Sonnenlicht auf dem Fußboden wie ein Tuch aus Licht, vom schmalen Fensterschlitz bis zum Holzrahmen des Webstuhls. Hier wurde dem Licht der Weg abgeschnitten, und ein Schatten fiel auf einen großen Korb an der Wand gegenüber. Der Schatten lenkte den Blick auf das Leinen von der Farbe frischer Butter, das den Korb füllte. Nur die leisen Kummerlaute der Herrin durchbrachen die Stille. Ich sah, wie sie aufstand und zu dem Korb ging. Die scharlachrote Seide ihres Ärmels war dunkel von ihren Tränen, und ich dachte, dass die rote Seide dort auf dem weißen Linnen wie Blut aussah. Sie nahm das Ende eines Leinenstücks und setzte sich auf die Holzbank, die neben dem Korb an der Wand steht. Aus der Tasche ihres Rocks zog sie farbige Wolle und ihre feine Bronzenadel. Sie wähnte sich allein, und ihr Anblick betrübte mich, also ging ich weg.

Ich setzte mich in den Hof, wo die Sonne noch nicht angelangt und die Luft noch kühl war. Hier übten sich der junge Thronerbe Edgar und Harolds Bruder Tostig im Schwertkampf. Ich habe sie schon öfter in den frühen

Morgenstunden dort gesehen, als ob ihre Ertüchtigung etwas Heimliches wäre und zu einer Zeit stattfinden müsste, da die Augen des Palastes nicht sehen, wie sich das Band zwischen ihnen kräftigt. Edgar ist jetzt vierzehn und seit seinem zehnten Lebensjahr Waise. Als Großneffe des Königs ist er Edwards einzig verbliebener Blutsverwandter. Edgar ist der Sohn, den Edith nicht geboren hat, der Knabe, der sie über ihre unfruchtbare Ehe hinwegtröstet. Sie sucht ihn tagsüber auf, wenn er Latein lernt und Noten liest, und freut sich über seinen Lerneifer. Sie bemuttert auch ihren Mann, der mit den Jahren immer kindischer wird. Es ist kein Geheimnis, dass die Königin Edward zuweilen in Dingen berät, für die sein Verstand nicht mehr klar genug ist.

Sie sind Vertraute, Freunde und Gefährten, Edith und Edward, aber Liebende waren sie nie. Der König und die Königin schliefen nach ihrer Hochzeitsfeier in getrennten Betten, das weiß ich, weil Ediths Gesellschafterin Isabelle mit Schlaflosigkeit geschlagen ist und die Herrin gänzlich bekleidet das Gemach ihres Gatten verlassen sah. Da war kein Blut auf dem Betttuch, so etwas bleibt in einem Haus mit so vielen Bediensteten nicht unbemerkt. Sie muss das Getuschel gehört haben: dass sie unfruchtbar ist, dass der König keinen Samen hat, den er in sie legen könnte, dass er die Keuschheit gewählt hat wie ein Priester, dass er seiner Gemahlin andere Frauen vorzieht. Ich glaube, sie trauert schon lange nicht mehr darüber, dass ihr Mann keinen Gefallen an ihrem Körper findet, diesem Körper, der noch immer nicht der einer alten Frau ist. Die Gerüchte machen ihr nichts mehr aus. Isabelle sagt, sie sei dünner geworden und ihr Haar fahler, in ihrer Jugend sei es gelb gewesen. Aber sie ist immer noch hübscher als alle Edelfrauen, die ich je gesehen habe. Ihre Schönheit kommt von innen, wie ein klarer Quell, obgleich ihr Leib nichts anderes gezeitigt hat als die Gewissheit, dass kein leiblicher Sohn von ihr König werden wird.

Ich kehrte später in meine Arbeitsstube zurück, nachdem die Königin fortgerufen worden war, um sich um ihren Mann zu kümmern. Ihre Stickerei war unter den Schemel gefallen, als sie sich erhoben hatte. Ich bückte mich, um genauer sehen zu können, was die Königin auf das Ende des langen Tuchstreifens gestickt hatte, dessen größter Teil noch gefaltet im Leinenkorb lag. Eine Ranke aus lohfarbener Wolle wand sich den Rand des Tuchs entlang. Ich musterte die kleinen Stiche mit kritischem Blick. Die Arbeit war makellos, wenn es mich auch verblüffte, dass sie ein wollenes Muster auf Leinen stickte, das doch zum Gebrauch in Küche und Schlafkammer bestimmt war. Die Herrin ist feineres Tuch und seidenen Faden gewohnt.

Am nächsten Tag trafen sich Madeleine und Joan um ein Uhr vor dem Zentrum für genealogische Studien. Joan schlug vor, sie könnten sich doch Sandwiches kaufen und dann zur Ruine der Abtei St. Augustin gehen.

Durch einen kleinen Shop gelangte man in ein Museum, in dem einige der archäologischen Funde ausgestellt waren. Bei den meisten Ausstellungsstücken handelte es sich um Steinmetzarbeiten – eine Mischung aus keltischen, römischen und normannischen Funden. Joan erklärte ihr die verschiedenen Architekturstile und fügte hinzu, vor der endgültigen Zerstörung 1540 seien Abtei und Kirche im achten und vierzehnten Jahrhundert erweitert worden.

Anschließend betraten sie eine von Mauern umgebene Grünfläche, auf der ein Fußballstadium Platz gehabt hätte. Die Ruinen vermittelten nur eine vage Vorstellung von der ursprünglichen Größe dieses monumentalen Bauwerks. Trotzdem ahnte man etwas von seiner früheren Schönheit, und ähnlich wie bei der kleinen Franziskanerkirche glaubte Madeleine, die heilige Aura zu spüren.

»Wissen Sie über die Auflösung der Klöster Bescheid?«, fragte Joan, als sie sich auf den Steinstufen, die ehemals zum Chor geführt hatten, niederließen, um ihre Lunchbrote zu essen.

»Diese Zeit gehört nicht gerade zu meinem Spezialgebiet. In der Epoche davor kenne ich mich besser aus. Aber stimmt es, dass sich hier eine fantastische Bibliothek befand?«, antwortete Madeleine. Sie dachte daran, was Leofgyth über die Bibliothek von St. Augustin geschrieben hatte.

»Ja, sie wurde vollständig zerstört – vermutlich niedergebrannt«, sagte Joan mit einem tiefen Seufzer.

»Aber manche Schätze haben die Mönche doch bestimmt in Sicherheit gebracht, oder?«

»Ich glaube, verschiedene Bücher wurden in die ›Königliche Sammlung‹ aufgenommen – weil sie so alt waren, nicht etwa wegen ihrer wunderbaren Illuminationen. Die Königliche Sammlung bildet den Grundstock für den Handschriftensaal in der British Library. So unglaublich es klingt, aber große Teile der alten Klosterdokumente hat man damals zu Schleuderpreisen verkauft, weil man das Pergament für die Reparatur von Lederwaren verwenden konnte. Man stelle sich vor – ein Loch im Dach eines Trosswagens wird mit wunderschön beschriftetem Pergament geflickt!«

Madeleine nickte.

»Ach, es gibt herrliche Anekdoten aus dieser Zeit«, fuhr Joan fort. »Angeblich haben die Mönche nämlich nicht nur Bücher, sondern auch Gold und Gewänder aus der Abtei geschmuggelt und in irgendwelchen Dorfkirchen versteckt. Diese Geschichten enthalten garantiert alle ein Körnchen Wahrheit. Zu den verschwundenen Schätzen gehören übrigens auch die irdischen Überreste von Augustinus. Es heißt, seine Knochen seien in einem reich verzierten Reliquienschrein aufbewahrt worden. Mit der Zeit wurden daraus sogar drei Schreine. Diese galten als unglaublich heilig. Vieles davon ist natürlich reine Legende.«

Madeleine biss sich auf die Unterlippe, weil sie plötzlich an Lydia denken musste, die solche Details geliebt hatte. Als könnte sie Gedanken lesen, sagte Joan: »Ihre Mutter und ich haben uns oft über die Geschichte von Canterbury unterhalten. Lydia hat sehr, sehr gern hier gelebt. Sie hat mir immer wieder versichert, in Canterbury fühle sie sich zu Hause – viel mehr als in London oder Paris. Daher kommt wahrscheinlich auch das Interesse an ihren Vorfahren aus dieser Gegend hier.«

»Hat sie Ihnen von ihren Kusinen erzählt, von den Schwestern Broder? Wir sind leider nicht mehr dazu gekommen, über sie zu sprechen. Kann es denn sein, dass sie die beiden erst kürzlich entdeckt hat? Ich finde das irgendwie seltsam.«

»Na ja, so was kommt in den besten Familien vor. Insbesondere, wenn es vorher … na, sagen wir mal, gewisse Unstimmigkeiten gab.«

»Wissen Sie vielleicht auch, wonach meine Mutter im Archiv suchen wollte?«

»Nichts Spezielles, glaube ich. Wir hatten immerhin schon herausbekommen, dass die Broders in viktorianischer Zeit hauptsächlich Kaufleute waren. Das meiste wusste Lydia übrigens von ihrer Mutter, sie erinnerte sich ziemlich gut an deren Erzählungen über ihre Großmutter. Ich glaube, im Archiv wollte sie etwas über die vorherrschenden Industrien hier in der Region herausfinden, aber Genaueres weiß ich auch nicht. Wenn ich die Kopien aus dem Staatsarchiv bekomme, melde ich mich bei Ihnen, einverstanden?«

Madeleine lächelte dankbar. »Sie haben mir ohnehin schon sehr geholfen, Joan. Ich glaube, ohne Sie hätte ich die letzten Tage gar nicht überstanden.«

»Mir geht es umgekehrt genauso, liebe Madeleine.« Sie wandte sich ab und schwieg eine Weile. »Ich finde, wir haben uns beide tapfer geschlagen.« Ihre Stimme bebte, doch sie fasste sich schnell wieder und schaute Madeleine an. »Ich wollte Ihnen noch etwas sagen ... es fällt mir nicht leicht, weil ich so wenig über Ihre Beziehung zu Lydia weiß. Als meine Mutter starb, habe ich mich viele Jahre mit sehr widersprüchlichen Gefühlen gequält. Ich fühlte mich allein gelassen. So vieles war unausgesprochen geblieben, und das hat mich verfolgt. Aber mit der Zeit habe ich begriffen, dass es *ihr* Leben war – und *ihr* Tod. Dass wir zwei getrennte Menschen sind. Und ich habe gelernt, in meinem Herzen mit ihr Zwiesprache zu halten. Ich weiß, jeder erlebt es anders – aber vielleicht gibt es doch auch gewisse Ähnlichkeiten.«

Madeleine beschloss, am Samstag nach Caen zurückzufahren. Zwar hatte sie offen gelassen, wann sie an die Universität zurückkommen würde, aber im Moment erschien ihr die Arbeit wie eine willkommene Ablenkung. Allerdings würde sie es bis zu ihrer Abfahrt nicht schaffen, das Cottage auszuräumen. Aber wegen Lydias Testament musste sie ohnehin noch einmal nach Canterbury kommen – sie hatte mit dem Anwalt vereinbart, er solle einen Termin während der vorlesungsfreien Woche in der Mitte des Wintersemesters ansetzen.

Nachdem sie den Entschluss einmal gefasst hatte, küm-

merte sie sich nicht mehr um Lydias Schubladen und
Aktenschränke, sondern schlenderte am Donnerstagmor-
gen ohne Stadtplan durch die verwinkelten Straßen von
Canterbury und versuchte sich auszumalen, wie die Stadt
zu Leofgyths Lebzeiten ausgesehen haben mochte. Vielleicht war die Verfasserin des Tagebuchs genau hier her-
umgewandert, so wie sie jetzt – nur waren die Straßen
damals natürlich nicht gepflastert gewesen, die Häuser
bestanden aus mit Lehm beworfenem Flechtwerk, und in
den engen Gassen spielten zerlumpte Kinder.

Auf dem Heimweg blieb sie vor den majestätischen
Toren der Kathedrale stehen. Sie zögerte einen Moment,
aber weil sie den Anruf bei Mary Broder gern noch eine
Weile hinausschieben wollte, trat sie durch die Pforte.

Man konnte sich kaum vorstellen, dass hier ursprünglich eine kleine angelsächsische Holzkirche gestanden hatte. Nachdem sie niedergebrannt war, hatte Lanfranc, der
spätere Erzbischof von William dem Eroberer, den Bau
einer prächtigen Kathedrale in Auftrag gegeben, und man
spürte noch immer den unermesslichen Reichtum der Kirche des elften Jahrhunderts.

Das Gelände war makellos gepflegt, ganz anders als bei
der Abtei St. Augustin. Um den Rasen herum standen im
Schatten mächtiger Bäume zahlreiche Bänke, an denen
kleine Messingplaketten mit den Namen der Stifter angebracht waren. Trotz der Januarkälte waren viele Touristen unterwegs und machten Fotos.

Der Innenraum der Kathedrale war, mit seinen korin-
thischen Säulen und der gewölbten Decke, ein monu-
mentaler Schrein für die toten Bischöfe und zugleich eine
Mahnung an die Sterblichen, sich im Angesichte Gottes
dessen bewusst zu werden, wie klein sie doch waren.
Langsam ging Madeleine das Mittelschiff hinunter, blieb
aber immer wieder stehen, um die Seitenkapellen zu

bestaunen, die imposanten Grabsteine, den dramatischen steinernen Faltenwurf der von Scheinwerfern angestrahlten Statuen.

Doch als sie die Kathedrale verließ und wieder die kühle Winterluft auf den Wangen spürte, war sie fast erleichtert – obwohl sie sich nun überlegen musste, was sie Mary Broder sagen wollte.

Mary hatte darauf bestanden, dass Madeleine am Samstagmorgen auf dem Weg zur Fähre noch einmal in *The Orchards* vorbeikommen müsse. Sempting lag zwar nicht gerade auf der Strecke, aber der Umweg schien unvermeidlich.

Diesmal parkte Madeleine gleich am Straßenrand und ging zu Fuß bis zum Eingangstor, weil sie nicht wieder Louis' Missmut auf sich ziehen wollte. Aber auch ohne Auto musste sie lange warten, bis der Pförtner sich dazu bequemte, ihr zu öffnen.

Die Haustür war offen, man konnte in die Eingangshalle blicken. Da sich drinnen nichts rührte, trat Madeleine ein und rief zaghaft: »Hallo?«

Keine Antwort.

Sie ging ein paar Schritte weiter, fühlte sich dabei aber nicht besonders wohl. Früher hatte es hier bestimmt einen Butler gegeben. Als hätten ihre Überlegungen ihn herbeigerufen, erschien plötzlich Louis wieder. Mit einer Kopfbewegung deutete er auf den langen Korridor, der zum hinteren Teil des Gebäudes führte. »Sie sind im Schuppen, im Obstgarten.«

Während sie den dunklen Korridor mit seinen unzähligen Türen hinunterging, musste Madeleine wieder an Alice im Wunderland denken, wie diese in den Kaninchenbau gefallen war. Am Ende des Gangs befand sich eine riesige Küche, die fast so groß war wie ihre ganze

Wohnung in Caen. Irgendwann in den letzten hundert Jahren war sie offenbar »modernisiert« worden, man kam sich fast vor wie in einer Fabrik – überall Edelstahl, dazu tiefe Spülbecken aus weißem Porzellan. An den Wänden standen Holzbänke, auf denen Dutzende von kleinen Eichenfässern aufgereiht waren. Und es roch eindeutig nach vergorenen Äpfeln.

Tageslicht fiel nur durch eine offene Tür, die direkt in den Garten hinter dem Haus führte. Madeleine musste sich nicht auf die Suche nach dem »Schuppen« machen, denn als sie ins Freie trat, sah sie gleich die beiden Schwestern, die, in blauen Plastikschürzen und roten Gummistiefeln, gerade den verwilderten Küchengarten umzugraben schienen.

»Guten Morgen, Madeleine. Du kommst sieben Minuten zu spät«, verkündete Mary mit einem strengen Blick auf ihre Uhr. Und schon wandten sich die beiden Schwestern wieder ihrer Tätigkeit zu. Madeleine war zwar keine Expertin, aber sie fand es merkwürdig, dass die beiden – die in ihrem Aufzug aussahen wie zwei alte Gartenzwerge – um diese Jahreszeit so fleißig die Erde umgruben. Plötzlich rief Margaret aufgeregt: »Ich hab eine – ich hab eine!« und hielt einen kleinen, mit Erde bedeckten Gegenstand hoch.

»Leg sie wieder zurück, Margaret – das ist keine Savoy«, kläffte Mary. Enttäuscht zuckte Margaret die Achseln und gehorchte.

»Wonach sucht ihr?«, erkundigte sich Madeleine.

»Nach Winterkartoffeln«, erwiderte Margaret betrübt.

Madeleine kam der Verdacht, dass die beiden sie endlos hier stehen lassen würden. Am besten wäre es, gleich auf das Wesentliche zu sprechen zu kommen. Vielleicht würde es ihr dann sogar gelingen, um die Teezeremonie herumzukommen.

»Ich habe angefangen, das Buch zu übersetzen«, sagte sie laut. Wie gehofft, weckte dieser Satz Marys Neugier. Sie richtete sich auf und musterte Madeleine prüfend.

»Ich wüsste gern …« Madeleine verstummte. Wie konnte sie Mary kooperativ stimmen? Sie nahm noch einmal Anlauf. «Ich wäre froh, wenn ihr mir ein bisschen mehr darüber erzählen könntet. Wisst ihr, seit wann es sich im Familienbesitz befindet?«

»Ach – seit Jahrhunderten«, rief Margaret vergnügt, ohne auf Marys warnenden Seitenblick zu achten. »Das Buch ist das Einzige, was wir nicht verkaufen dürfen – stimmt doch, Mary, oder?«

Dass Mary sich über das Geplapper ihrer Schwester ärgerte, war deutlich zu sehen, doch Margaret schien das nicht weiter zu beeindrucken.

»An wen verkaufen?«, hakte Madeleine nach.

»Natürlich an den Käufer. Wir haben ihm schon Möbel und Bilder angeboten, aber das Buch dürfen wir nicht aus der Hand geben. Es ist etwas Besonderes.«

»Jetzt reicht's, Margaret«, fauchte Mary sie an. Dann fixierte sie Madeleine mit strengem Blick. »Wir mussten unserer Mutter – das heißt, der Schwester deiner Großmutter – hoch und heilig versprechen, auf dieses Buch aufzupassen. Das ist alles. Ich glaube, es befindet sich seit dem sechzehnten Jahrhundert hier im Haus – schätzungsweise. Wir hätten uns allerdings nicht die Mühe gemacht, es zu übersetzen. Der Vorschlag kam von Lydia.« Sie schaute wieder auf die Uhr, und Madeleine hatte das unbestimmte Gefühl, dass sie nicht die ganze Wahrheit sagte. Aber weil sie befürchtete, gleich könnte ihr eine Tasse Tee angeboten werden, ließ sie die Angelegenheit auf sich beruhen.

»Ich muss jetzt leider los – sonst verpasse ich noch meine Fähre«, sagte sie hastig.

»Du hast uns noch gar nichts von deiner Übersetzung erzählt«, protestierte Mary.

»Es gibt noch nicht viel zu erzählen – der Text ist, wie soll ich sagen – er ist noch nicht besonders interessant. Ich würde gern erst mal ein Stück weiterübersetzen, ehe ich darüber rede.«

Mary musterte sie skeptisch, schien den Einwand aber zu akzeptieren. »Gut, meinetwegen. Den Weg nach draußen findest du doch, oder?«

»Ja, selbstverständlich. Also dann – auf Wiedersehen.«

»Auf Wiedersehen«, flöteten die Schwestern im Chor und widmeten sich wieder der Jagd nach Savoy-Kartoffeln. Doch ehe Madeleine im Haus und damit in Sicherheit war, ertönte noch einmal Margarets Quiekstimme. Erschrocken blieb sie stehen, drehte sich aber nicht um.

»Und vergiss nicht, Madeleine – es ist ein *Geheimnis*!«

Es folgte kindliches Gekicher, begleitet von Marys ungnädigen Zurechtweisungen.

In der dunklen Küche blieb Madeleine kurz stehen, um das rosarote Etikett auf einer der kleinen grünen Flaschen zu studieren, die säuberlich aufgereiht auf einem Regal aus rostfreiem Stahl standen. Ein Mädchen mit roten Wangen und mit Apfelblüten im Haar lächelte ihr entgegen, und daneben stand in dunkelgrünen Buchstaben: *The Orchards Maiden Apple Brandy*. Madeleine musste grinsen. Hier hatte sie also die Antwort auf die Frage, wovon die Schwestern ihren Lebensunterhalt bestritten.

4. Kapitel

Als Madeleine die Tür ihrer Wohnung in Caen hinter sich schloss, war die Sonne bereits untergegangen. Erleichtert, nach der Fähre und der langen Autofahrt endlich wieder festen Boden unter den Füßen zu haben, ließ sie ihr Reisegepäck einfach fallen, während sie ihre große Handtasche, in der sich die schwarze Schatulle mit dem Tagebuch befand, vorsichtig aufs Sofa legte.

Während der ganzen Fahrt hatte sie der Gedanke an Leofgyth nicht losgelassen. Am schlimmsten war es, als sie in Dover durch die Kontrolle musste. Sie wartete darauf, endlich auf die Fähre fahren zu dürfen, als jemand an ihr Autofenster klopfte. Sie zuckte zusammen – und sofort schrillten sämtliche Alarmglocken. Ein ehrgeiziger junger Zöllner signalisierte ihr, sie solle das Fahrerfenster herunterkurbeln. Sie zwang sich zu einem Lächeln und öffnete das Fenster einen Spaltbreit, um mit ihm zu sprechen.

»Pass- und Fahrscheinkontrolle. Haben Sie etwas zu verzollen, Madam?« Er konnte natürlich nicht ahnen, was in ihr vorging. Ihre Handtasche lag vor dem Beifahrersitz auf dem Boden. Madeleine hatte das Gefühl, als würde die Tasche Strahlen versenden, die sie als Antiquitätenschmugglerin entlarvten. Der junge Mann warf einen raschen Blick ins Wageninnere, überprüfte mit gelangweilter Miene ihre Papiere und winkte sie dann durch. Ansonsten war die Reise ereignislos verlaufen.

Einen Moment lang schaute sie nun unentschlossen auf die Tasche. Es war schon spät. Der morgige Sonntag war der einzige freie Tag zwischen Ankunft und Arbeit. Wenn sie jetzt noch anfing zu übersetzen, würde sie bestimmt nicht aufhören können und wieder zu wenig Schlaf bekommen.

Also setzte sie sich aufs Sofa und rauchte eine Zigarette. Wie viel war passiert, seit sie das letzte Mal hier gesessen hatte! Ihr ganzes Leben war aus dem Lot geraten. Nun hatte sie nur noch ihren Vater, Jean, der ihr nie so nahe gestanden hatte wie ihre Mutter. Sie hatte ihm von Lydias Tod geschrieben und ihm auch den Beerdigungstermin mitgeteilt. Ans Telefon ging er so gut wie nie, und die Kommunikation zwischen Vater und Tochter lief zum großen Teil über den Anrufbeantworter. Hin und wieder fuhr Madeleine zu ihm, aber Jean und Lydia hatten seit ihrer Trennung vor zehn Jahren eigentlich keinen Kontakt mehr gehabt.

Madeleine gähnte. Wenn sie morgen nicht total kaputt sein wollte, musste sie jetzt ins Bett gehen. Aber vorher wollte sie noch ein gutes Versteck für das Tagebuch finden. Suchend schaute sie sich in ihrem Arbeitszimmer um und stellte die Tasche auf den Schreibtischstuhl. Dieser hatte früher einmal Jean gehört und bestand aus schwerem Chrom und brüchigem schwarzem Leder. Wenn sie den Stuhl anschaute, sah sie manchmal ihren Vater vor sich, wie er an seinem riesigen Schreibtisch saß und irgendwelche Aufsätze über Dante und Galilei verfasste. Als Kind war sie von der Arbeit ihrer Eltern absolut fasziniert gewesen. Sie hatte natürlich keine Vorstellung davon gehabt, welche Welten Lydia und Jean erforschten, doch das Geheimnisvolle daran hatte sie schon immer geahnt und geliebt.

Nun holte sie das wertvolle Kästchen aus der Tasche und entfernte das schützende Tuch. Sie musste sich etwas anderes ausdenken – der Schal schien ihr zu kostbar. Das gestickte Muster war zweifellos von der viktorianischen Vorliebe für fernöstliche Exotik inspiriert: eine sich kunstvoll windende Pflanze mit silbernem Stamm und goldenen Beeren. Behutsam legte sie den Schal über die Rückenlehne des Stuhls und platzierte das Jett-Kästchen auf den Schreibtisch. Gleich spürte sie wieder die unwiderstehliche Verlockung – als hätte sie die Büchse der Pandora vor sich.

Sie öffnete den Deckel, und beim Anblick des Tagebuchs lief ihr ein Schauder über den Rücken.

13. Juni 1064

Wenn wir Frauen zu sechst oder siebt im Turmzimmer sitzen und sticken, jede mit ihren eigenen Gedanken beschäftigt, herrscht Stille. Dann ist unser Denken so geschäftig wie unsere Finger, die den Ärmelsaum oder Halsausschnitt eines Gewands verzieren. Wenn es einen Wandbehang zu besticken gilt, damit er im Winter eine kalte Steinmauer bedeckt, dann braucht es viele Hände, und ich reite zu den Werkstätten von Winchester. Das ist ein Halbtagsritt, doch zu meinem Schutz schickt meine Herrin eine ihrer Wachen mit. Die Stickwerkstätten von Canterbury sind immer noch die berühmtesten, aber die Nonnen und Stickerinnen von Winchester sind ebenso geschickt.

Die Werkstätten sind so groß wie der Thronsaal des Königs, jedoch aus Holz erbaut, nicht aus Stein. Im Winter brennt am einen Ende des Raums ein Feuer, aber es ist immer kalt, selbst wenn auf den Bänken am langen Tisch dreißig Frauen sitzen, deren Finger fliegen und deren Blick sich kein einziges Mal von dem kostbaren Tuch löst. Wenn die Werkstatt nicht zu einem Kloster gehört, stimmt gelegentlich eine der Stickerinnen ein Lied und die anderen fallen bald ein. Jede von uns kennt die Lieder, die uns unsere Mütter sangen, als wir klein waren. Die Lieder vertreiben uns die Zeit und halten uns bei Laune, wenn an Wintertagen unsere Hände so klamm sind, dass wir uns die Finger blutig stechen können, ohne Schmerz zu spüren.

Meine Lieblingslieder sind die von Ragnell, der alten Weberin. Sie webte das Tuch der Träume und schützte die Freiheiten der Frauen. In der Geschichte, die mir meine Mutter erzählt hat, war Ragnell die hässliche Alte, die einem tapferen Ritter zur Frau gegeben wurde. Diese Heirat war die einzige Möglichkeit für ihn, seinen Besitz zu retten. In der Hochzeitsnacht, als die Frischverheirateten miteinander allein waren, verwandelte sich die Alte in eine wunderschöne Maid und erklärte ihrem Gemahl, dass er wählen könne, ob sie bei Nacht oder bei Tag jung und hübsch sein sollte, dass beides jedoch nicht möglich sei. Der Ritter musste entweder bei Tag ihre Hässlichkeit schauen und Spott erdulden, oder aber nachts eine hässliche Alte in seinem Bett haben. Er vermocht keine Wahl zu treffen, also sagte er, sie solle selbst entscheiden. In dem Augenblick, als er seiner Frau die Entscheidung überließ, war der Zauberbann gebrochen, und sie war fortan bei Tag und bei Nacht eine hübsche Maid.

Die römische Kirche lehrt, dass es nur einen Herrn und Gott gibt, und das ist kein Gott, der die Frauen verteidigt. Manche Frauen singen christliche Lieder bei der Arbeit, aber da sind immer noch etliche unter uns, die diese Lieder nicht kennen und auch nicht lernen wollen. In den Dörfern, in denen Kirchen stehen, sind die Christen in der Überzahl, aber in den Wäldern und auf den Wiesen gibt es immer noch Steinkreise, wo wir unsere schlichten Gaben jenen Göttern und Göttinnen darbringen, die keine Kirche und keine kostbaren Dinge brauchen, um zu wissen, dass sie verehrt werden.

Die Fußböden der Werkstätten sind aus Stein und werden stets sauber gefegt und geschrubbt, damit die feinen Seidenfäden nicht verschmutzen, sollten sie einmal hinunterfallen. Das Tuch wird vorsichtig gehandhabt, nicht nur aus Angst vor den Beschwerden der reichen Auftraggeber, sondern auch aus Handwerksstolz. Unsere Stickarbeiten sind sehr gefragt und locken ausländische Kaufleute nach London. Heute, da auf dem Markt so vieles vom Kontinent stammt, ist unsere Stickerei eine der wenigen Handwerkskünste, in denen der Geist der Sachsen fortlebt. Wenn wir sticken und weben, dann freut sich Ragnell die Weberin.

Wandbehänge für König Edwards Palast sind Arbeiten, die Königin Edith selbst in Auftrag gibt, und sie sind ihr größtes Vergnügen. Die Herrin hat feine Gewänder und kostbare Juwelen und einen goldenen Becher zum Trinken, aber viel mehr bedeuten ihr die Wandbehänge, denn sie betrachtet sie als Fenster, durch die sie die geheimen Landschaften ihrer Fantasie schauen kann.

Viele der neueren Wandbehänge im Palast sind von Odericus entworfen. Ich habe den Mönch schon bei dieser Arbeit beobachtet. Er beugt sich über eine Leinwandbahn oder ein Wolltuch, als gäbe es auf der Welt nichts außer seinem Stift und dem Stoff. Odericus' Alter ist schwer zu schätzen. Er ist hoch gewachsen und bewegt sich mit der Anmut eines Höflings. Seine Haut ist walnussfarben, wie von der Sonne gebräunt, obwohl er kaum je Tageslicht sieht. Seine Finger sind lang und geschmeidig. Er hat Hände, deren weiche, schrundenlose Haut vom Beruf ihres Besitzers kündet. Sie haben nie etwas anderes gehandhabt als das Handwerkszeug des Schreibers und Zeichners: den Federkiel und den Steinmetzstift. Odericus hat einen schnellen Verstand und eine sanfte Art, aber seine Augen offenbaren einen Gefangenen, der in der Festung seines Körpers eingesperrt ist. Ein Körper, der nie geliebt hat, muss seiner eigenen Seele doch fremd sein.

Als ich noch jünger war und Odericus das erste Mal fragte, ob er mich das Schreiberhandwerk lehren würde, setzte ich schlau hinzu, »damit ich Gottes Wort kennen lernen kann«. Er erwiderte, dass Gottes Wort in meiner Stickerei so klar und deutlich niedergelegt sei wie im Werk des Schreibers. Ich musterte meine Stickerei eingehend und erklärte dann, dass ich Gottes Handschrift nicht lesen könne. Das bescherte mir das Vergnügen, den Mönch lächeln zu sehen. Er liebt es, in Rätseln zu sprechen, und ich liebe es, ihn lächeln zu sehen, und inzwischen ist jeder von uns an die Art des anderen gewöhnt.

Es gibt vieles, was Odericus und seine Schreiber nicht aufzeichnen, weil sie nicht täglich im Palast sind, so wie ich. Inzwischen habe ich dem Mönch längst meine ersten Niederschriften gegeben, damit er sieht, dass seine Novizin mit den Worten umzugehen versteht. Wir trafen uns nach Sonnenuntergang im Palasthof, da die Übergabe der Schriftstücke heimlich vor sich gehen muss. Es ist nicht normal, dass sich eine Frau fürs Schreiben interessiert, und es gibt genügend Kleingeister, die mir Schwierigkeiten machen könnten. Viele Männer mögen es nicht, wenn eine Frau denkt. Eine Frau mit einem eigenen Kopf könnte sich fragen, warum sie immer nur im Haus und auf dem Feld arbeiten soll, warum sie ihrem Mann gehorchen und Kinder zur Welt bringen muss. Oder im Kindbett sterben.

Mein Mann Jon gehört nicht zu den Männern, die Angst vor dem Verstand einer Frau haben. Er ist ein robuster, stiller Mensch, der mir meine Fragen nicht verübelt und meinen Verstand nicht neidet. Wenn ich ihn nach einer Schlacht oder einem Jagdritt frage, erzählt er mir davon, wenn auch oft in blutigeren Einzelheiten, als mir lieb ist. Dass er meine Neugier achtet, ist der Grund, warum ich mich damals in ihn verliebt habe und ihn immer noch liebe.

Wir lernten uns in Canterbury kennen, als ich nicht viel älter war als unsere Mary jetzt und er ein frischwangiger Soldat, gerade erst in die Leibgarde des Königs aufgenommen und so stolz auf seinen blauen Waffenrock. Er ritt das erste Mal mit der Garde, als Königin Edith wieder einmal die Bibliothek besuchte, und während die Herrin den ganzen Tag bei ihren Büchern verbrachte, vergnügten sich die Wachen in den Schänken von Canterbury. Jon war zu jung, um von den anderen Männern zum Trinken eingeladen zu werden, also wanderte er durch die Straßen der Stadt und stieß zufällig auf unsere Werkstatt, wo er nach einem Stück Tuch suchte, um es seiner Mutter zu schenken. Er tat mir Leid, denn bei seinem mageren Sold hatte er nicht genug Geld für anständige Ware, deshalb suchte ich ihm ein paar größere Reste zusammen, die einen hübschen Schal ergeben würden.

Zuerst hielt ich ihn für einfältig, denn als er wiederkam, folgte er mir, ohne ein Wort zu sagen, zum Fluss, wo ich neues Tuch waschen wollte. Damals war er noch nicht so breit und kräftig wie heute. Doch dann aßen wir gemeinsam unser Brot am Fluss, belauschten das zotige Geschwätz zweier Waschweiber und mussten davonrennen, weil wir fürchteten, unser Lachen könnte sie erzürnen.

Jon sagt, ich sei wie der Vogel, der glitzernde Gegenstände sammelt, weil ich immerfort lausche. Das stimmt, aber ich lausche nur und meide den Klatsch und Tratsch, der wie ein Nest von Giftnattern ist. Mich interessiert, was die Köchin, das Milchmädchen und die Waschfrau über den Palast wissen, wenn ich auch jedes Mal feststelle, dass ich mehr weiß.

Königin Edith redet in ihrem Gemach mit ihrer Hofdame Isabelle, wenn sie über ihrer Seide und ihren bunten Fäden sitzen, und manchmal werde ich hinzugerufen, zu Beratungen über ein Gewand aus flandrischem Tuch oder aus Stoff vom südlichen Kontinent. Ich glaube, sie vergessen bisweilen ganz, dass ich auch da bin und dass ich Ohren habe.

Am Montagmorgen erwachte Madeleine vom Klingeln ihres Weckers. Zuerst begriff sie gar nicht, was los war, aber dann musste sie gleich wieder an ihre Mutter denken, wie jeden Morgen während der vergangenen zwei Wochen. Anfangs hatte sie gedacht, diese Todesgedanken wären nur die Fortsetzung eines Albtraums, doch inzwischen wuchs ihre Bereitschaft, sich mit der Wirklichkeit abzufinden.

Zu dieser Wirklichkeit gehörte auch, dass sie nun wieder arbeiten musste. Passenderweise würde sie heute Morgen als Erstes über Europa vor der Eroberung Englands durch die Normannen sprechen – also genau über die Epoche, in der Leofgyth geschrieben hatte.

Während sie im Bett lag und auf die Jugendstilverzierungen an der Zimmerdecke starrte, dachte sie darüber nach, warum die Tagebuchübersetzung geheim bleiben sollte. Bisher wussten nur sie und die Schwestern Broder von der Existenz dieses Buches. Und Lydia natürlich. Nicht einmal der »Käufer«, von dem Margaret Broder gesprochen hatte, schien eingeweiht zu sein, obwohl er allem Anschein nach regelmäßig mit Mary und Margaret Geschäfte machte. Aber auch die Schwestern hatten keine Ahnung davon, was in dem Buch stand, also war sie, Madeleine, die einzige Hüterin des Geheimnisses. Sie wünschte sich sehnlichst, es mit jemandem teilen zu können – aber gleichzeitig wollte sie es unbedingt für sich behalten. Eigentlich käme sowieso nur Rosa in Frage. Und was war mit Peter? Er könnte ihr viel besser helfen als Rosa. Gestern hatte sie ihn angerufen – und vorher natürlich nicht bedacht, dass der Sonntag für einen katholischen Priester der wichtigste Arbeitstag war. Er musste dringend in irgendeinen Gottesdienst und verlor kein Wort über Lydia, sondern versprach nur, sich im Lauf der Woche zu melden. Wie immer ärgerte sie sich über seinen vollen Terminplan. Aber zumindest war ihr die Entscheidung, ob sie ihm nun von dem Tagebuch erzählen sollte oder nicht, vorerst erspart geblieben.

Sie überflog noch einmal, was sie am Samstagabend und am Sonntag in ihr Notizbuch geschrieben hatte. Insgesamt waren es sechs Seiten – schnell hingekritzelt, vieles ausgestrichen und darüber geschrieben, Randbemerkungen, Fragezeichen und Kringel. Sie schämte sich ein bisschen, dass die Stickerin in der Übersetzung fast wie eine Frau aus dem einundzwanzigsten Jahrhundert klang. Aber sie musste das schöne Latein ja nun mal in eine Sprache übertragen, die Leofgyth selbst gar nicht verstanden hätte.

Was Leofgyth schrieb, unterschied sich stark von den Texten anderer mittelalterlicher Frauen. Das weibliche Geschlecht war damals zum Schweigen verdammt gewesen, und die wenigen schriftlichen Äußerungen, die erhalten waren, stammten fast ausschließlich von Mystikerinnen: Heloise, die Äbtissin, deren Briefe an Abälard, ihren Geliebten, beinahe ein ganzes Jahrtausend überdauert hatten; Christina von Markyate, die Eremitin; Hildegard von Bingen, eine Nonne aus dem zwölften Jahrhundert, die komponierte, dichtete und wissenschaftliche Studien betrieb … Bisher war nie eine Dienerin unter den Schriftstellerinnen des Mittelalters gewesen, und die Aufzeichnung der Ereignisse hatten damals hauptsächlich die Verfasser der Sachsenchronik übernommen. Außerdem gab es noch die Biografien von Königen und Adligen, in denen ihre Wohltaten gepriesen wurden. Diese Biografien waren aber größtenteils von den betreffenden Herrschern selbst in Auftrag gegeben worden und deswegen nicht ganz ernst zu nehmen.

Der Teppich von Bayeux galt als die einzige Chronik jener Jahre, über die auch Leofgyth schrieb – aber er war natürlich nur eine Art Bildergeschichte, eine über siebzig Meter lange Stickerei, welche die Ereignisse zwischen 1064 und 1066 darstellte. Der Teppich hing in einem Museum in Bayeux. Im achtzehnten Jahrhundert war er in den unterirdischen Gewölben der Kathedrale entdeckt worden. Madeleine hatte ihn sich schon ein paar Mal angeschaut, immer in Begleitung von Peter, der ja in Bayeux lebte.

Bereits eine Stunde später saß sie an ihrem Schreibtisch in der Universität, umgeben von dem üblichen Chaos, das in dem kleinen Büro unvermeidlich schien. Ihr Kollege Philippe, Dozent für Mittelalterliche Geschichte, war noch nicht da. Mit skeptischem Blick studierte sie die Post, die in den letzten vierzehn Tagen für sie eingetroffen war – Rundschreiben der Verwaltung und ähnliche

Dinge, um die sie sich so bald wie möglich kümmern sollte. Sie gähnte, und genau in dem Moment kam Philippe hereingeschlurft. Wie immer trug er eine graue Kordsamthose und einen grauen Pullover, passend zu dem zerzausten Bart und der Nickelbrille. Seine gesamte Erscheinung war aschgrau, selbst seine Haut – bis auf die feinen roten Äderchen auf seiner langen Nase.

Wie gewöhnlich begrüßte Madeleine ihn zuerst.

»Guten Morgen, Philippe. Hattest du ein schönes Wochenende?«

»Ach, frag nicht – die üblichen Familienkatastrophen, durchgedrehte Enkelkinder und zu viel guter Wein.« Offenbar fiel es ihm schwer, Madeleine sein Beileid auszusprechen – er machte ein Gesicht, als hätte er Zahnschmerzen. Schließlich räusperte er sich und sagte: »Es tut mir Leid, Madeleine – wegen deiner Mutter. Wirklich, sehr Leid.«

Madeleine rettete ihn – und sich. »Danke, Philippe. Ich komme ganz gut damit zurecht. Meistens jedenfalls.«

In dem Moment klingelte sein Telefon, und Madeleine atmete erleichtert auf. Philippe war ein hoch angesehener Wissenschaftler, der über die letzten tausend Jahre europäischer Geschichte beängstigend gut Bescheid wusste. Seine sozialen Fähigkeiten waren dabei leider auf der Strecke geblieben. Er kannte nur eine Leidenschaft: die mittelalterliche Kriegsführung. Madeleine hatte einmal bei ihm eine Vorlesung über die Schlacht von Agincourt gehört und miterlebt, wie er sich vom zerstreuten Professor in einen mitreißenden Redner verwandelte.

Jetzt schaute sie auf die Uhr. Ihr blieben nur noch zehn Minuten, um ihre Vorlesung vorzubereiten, und ihre Aufzeichnungen steckten irgendwo in diesem Dschungel aus Papier und Büchern.

»1064 war das Jahr, in dem Harold Godwinson, der Bruder von Königin Edith, dem Normannenherzog William einen geheimnisvollen Besuch abstattete.« Entgegen ihrer Gewohnheit begann Madeleine ihre Vorlesung nicht mit einer allgemeinen Einleitung, sondern stieg gleich in den eigentlichen Stoff ein. Die Studenten im Hörsaal kramten verdutzt nach ihren Notizblöcken, und als Madeleine das Gefühl hatte, dass alle so weit waren, fuhr sie fort: »Interessanterweise gibt es in der Sachsenchronik im elften Jahrhundert insgesamt nur vier Jahre ohne Eintrag. Dass ausgerechnet das Jahr 1064 nicht auftaucht, breitet einen Schleier des Mysteriums über das Ende der Sachsenherrschaft in England und gibt Anlass zu endlosen Spekulationen. Selbst heute noch, mehr als neunhundert Jahre später, wird heftig darüber diskutiert, wie Harolds Reise in die Normandie verlief und ob er tatsächlich eine Absprache mit William über die Nachfolge traf.«

Die Studenten schrieben eifrig mit, und Madeleine legte eine kurze Pause ein. Die Zeitspanne zwischen 1064 und der normannischen Eroberung 1066 kam immer gut an, weil sich in diesen Jahren ungeheuer dramatische Dinge abgespielt hatten. Ob die Stickerin in ihrem Tagebuch wohl noch ausführlicher auf die Ereignisse eingehen würde? Plötzlich merkte sie, dass ihre Studenten sie erwartungsvoll anschauten, während sie in irgendwelche Tagträume abzudriften drohte ... Lächelnd sprach sie weiter: »Es stand sehr viel auf dem Spiel, und sicherlich ist es für die Geschichte Europas von entscheidender Bedeutung gewesen, was sich bei dem Treffen zwischen Harold und William abspielte. Wir wissen nicht, was die beiden ausgehandelt haben – ja, wir haben nicht einmal stichhaltige Beweise dafür, ob die Begegnung überhaupt stattgefunden hat. Allgemein nimmt man an, dass Harold als Vertreter von König Edward in die Normandie geschickt wurde. Er sollte William anbieten, nach Edwards Tod die Sachsenkrone zu übernehmen. Dabei schwor er einen heiligen Eid, Williams Verbündeter zu sein. Die angelsächsische Version der Geschichte lautet, dass Harold mit einem Trick hereingelegt wurde und nur deswegen diesen Eid geschworen hat. Die zweite – und letzte – Begegnung zwischen diesen beiden ehrgeizigen Männern fand auf englischem Boden statt – bei der Schlacht von Hastings.«

Plötzlich schoss ihr ein Gedanke durch den Kopf, bei dem sie fast zusammenzuckte. Wusste die Stickerin womöglich etwas über Harolds Besuch in der Normandie? Wenn dem so wäre, hätte sie ein historisches Dokument von unschätzbarem Wert in Händen. Nur mit Mühe konnte sie sich auf ihre Vorlesung konzentrieren.

»Vor der normannischen Eroberung war die englische Thronfolge das dringlichste europäische Problem. Dass England im Europa des elften Jahrhunderts eine so zentrale Rolle spielte, lag daran, dass die westsächsischen Könige, allen voran Alfred der Große, eine Wirtschaftsordnung und eine Kultur geschaffen hatten, die ihr Land zu einem der reichsten machten. Weil es Alfred gelang, das Königreich zu einen, war die Insel außerdem der Staat, der am besten mit Verteidigungsanlagen befestigt war. Jedenfalls bis zur Zeit von König Ethelred, unter dessen Herrschaft es zur Invasion der Wikinger kam. Ethelred war der Vater von König Edward dem Bekenner, wenn ich Sie noch einmal daran erinnern darf.« Nach der Reaktion ihrer Zuhörer zu urteilen, wusste es keiner mehr. »Ethelred ließ zu, dass die skandinavischen Wikinger die königliche Erblinie durchbrachen, die mehrere Jahrhunderte lang unangefochten gewesen war. Deshalb war es 1064 so wichtig, wer nach Ethelreds Sohn – das heißt, nach Edward dem Bekenner – den Thron besteigen würde. Die Tatsache, dass Edwards Ehe mit Edith kinderlos geblieben war, bedeutete, dass der englische Thron nach Edwards Tod ›frei‹ würde, und selbstverständlich herrschte kein Mangel an Interessenten – unter ihnen der Normannenherzog William und natürlich Harald Hardraada, der König von Norwegen. Dass auch Harold Godwinson, der mächtigste Mann an Edwards Hof, Ansprüche anmeldete, dafür gibt es eigentlich keine Anhaltspunkte.«

Während sie ihren üblichen Exkurs über die Machtspielchen unter König Edward vortrug, hätte sie am liebsten eingefügt, es gebe zwar keine Beweise für Harolds Thronambitionen, aber sie habe Grund zu der Annahme, dass er durchaus König werden wollte ... Aber sie durfte keine Thesen vortragen, die sie nicht mit Quellen belegen konnte.

Überhaupt musste sie sich zusammenreißen, um den Rest der Vorlesung mit Anstand hinter sich zu bringen, und atmete erleichtert auf, als sie endlich in die Zielgerade einbog.

»Aber es gab tatsächlich einen legitimen Erben für den Sachsenthron, und das war Edgar Aethling, der Sohn eines anderen Aethlings, des ermordeten Neffen von Edward dem Bekenner. Es war damals nichts Ungewöhnliches, dass Bluterben unter rätselhaften Umständen starben – Sie dürfen nicht vergessen, dass der Name ›Aethling‹ für jeden verwendet wurde, der Anspruch auf den Thron besaß. Besonders gern wurden unerwünschte Kandidaten mit Gift beseitigt. Edgar ist diesem Schicksal vielleicht nur deswegen entronnen, weil man dachte, er sei noch zu jung, um eine wirkliche Bedrohung darzustellen.«

Als sie am späten Nachmittag nach Hause ging, dachte sie wieder an das Tagebuch. Wieso war sie bereit, jedes Wort zu glauben? Schob sie alle Zweifel an der Echtheit des Textes einfach beiseite, weil sie unbedingt weiterübersetzen wollte? Um sich die Authentizität bestätigen zu lassen, müsste sie an die Öffentlichkeit gehen, und zu diesem Schritt war sie noch nicht bereit, trotz aller Schuldgefühle. Im wirklichen Leben, das wusste doch jeder, wurden einem nicht aus heiterem Himmel lateinische Manuskripte überreicht, die aus dem elften Jahrhundert stammten und in perfektem Zustand waren.

Madeleine seufzte tief. Früher hätte sie so ein Wunder für möglich gehalten. Was war passiert? Sie hatte Geschichte studiert, hatte gelernt, logisch zu denken – aber das war nicht alles. Manchmal hatte sie den Eindruck, dass ein wichtiger Aspekt ihrer Persönlichkeit verlorengegangen war, und dieses Gefühl hatte sich seit Lydias Tod noch verstärkt. Davor hatte sie noch irgendwie geglaubt, sie könnte die Leere füllen und das Verloren gegangene wieder finden. Als sie mit Peter zusammen war, hatte sie sich oft »ganz« gefühlt, aber in Wirklichkeit hatte ihr Peter wenig gegeben – außer seiner eigenwilligen Form von Zuneigung. Eine Weile schien das zu genügen. Doch je älter sie wurde, desto deutlicher spürte sie, dass sie aus eigener Kraft »ganz« werden musste.

Es war noch hell, kühlte aber schon spürbar ab. Zwischen dem vornehmen Universitätsviertel und dem etwas bescheideneren Stadtteil, in dem sie wohnte, verlief eine schmale Straße mit zahlreichen Cafés. Aber Madeleine achtete kaum auf die vielen Menschen, die hier nach der Arbeit noch einen Espresso tranken. Nein, sie war völlig absorbiert von dem Gedanken, was wohl ihre Mutter von dem Tagebuch gehalten hätte. Lydia hatte Geheimnisse und Rätsel geliebt. Bestimmt hätte sie versucht, das Tagebuch möglichst lang für sich zu behalten. War sie selbst genauso eine Geheimniskrämerin wie ihre Mutter?

Madeleines Wohnung lag anderthalb Kilometer von der Universität entfernt. Noch bevor sie die Wohnung damals besichtigt hatte, war ihr klar gewesen, dass sie sie unbedingt haben wollte, denn die Zimmer gingen nicht auf die Straße hinaus, sondern auf die alte Musikschule.

Das rote Backsteingebäude stammte aus den zwanziger Jahren und war nicht besonders gepflegt, aber man spürte noch den Glanz vergangener Tage, wenn man die schwarzweiß gefliese Eingangshalle betrat, von der das breite Treppenhauses abging. Madeleine kramte in den Tiefen ihrer Tasche nach den Schlüsseln. Auf einmal erfüllte Klaviermusik das Gebäude – nicht die stockenden, klimpernden Tonleitern, die gelegentlich von der Musikschule herüberwehten, sondern ein Konzert von Bach. Die Klänge kamen aus der Wohnung im Erdgeschoss, die vor Madeleines Englandreise noch leer gestanden hatte. Offensichtlich waren neue Mieter eingezogen.

Im dritten Stock angekommen, bückte sie sich nach einem weißen Zettel, der unter ihrer Tür durchgeschoben worden war: eine Einladung, in schnörkeliger Handschrift:

Bitte, kommt alle zu unserem Einweihungsfest am Freitagabend. Hoffentlich habt ihr Zeit, denn dann müssen wir kein schlechtes Gewissen haben, falls die Musik zu laut ist oder es etwas später wird. Und außerdem würden wir euch sehr gerne kennen lernen.
Tobias & Louise

Die neuen Mieter. Madeleine klemmte den Brief unter den herzförmigen Magneten an ihrem Kühlschrank. Der Magnet war ein Geschenk von ihrem letzten Freund, einem Architekten, mit dem Rosa sie zusammengebracht hatte. Als sie ihn kennen lernte, lebte er seit kurzem von seiner Frau getrennt, doch verblüffenderweise wurde diese plötzlich von ihm schwanger. Aber weil das Magnetherz so praktisch war, hatte Madeleine es trotzdem behalten.

Sie las die Einladung noch einmal durch. Eigentlich mochte sie grundsätzlich keine Partys, vor allem, wenn sie keine Menschenseele kannte. Nachdenklich füllte sie ein Glas mit Wasser, goss es aber gleich wieder in die Spüle und schenkte sich stattdessen ein Glas Wein ein.

Sie musste Rosa anrufen. Dass sie weder ihr noch Peter von dem Tagebuch erzählen wollte, bereitete ihr fast ein schlechtes Gewissen. Sie vertraute beiden bedingungslos, daran gab es keinen Zweifel. Nein, das Problem lag woanders: Sie genoss es einfach, ein Geheimnis zu haben.

Bald würde die Nacht ihren dunklen Schleier über alles breiten und die Zeit anonym und dehnbar erscheinen lassen. Das bunte Treiben in der Welt des Tageslichts würde in Vergessenheit geraten. Erst dann wollte Madeleine das Kästchen mit dem Tagebuch wieder öffnen, vorher nicht.

Sie nippte an ihrem Wodka und trat ans Fenster. Die vertraute Aussicht schlug sie immer noch in ihren Bann. Durch die kahlen Bäume war die Musikschule deutlich zu sehen; im Sommer sah man den Abglanz der untergehenden Sonne auf der Fassade, und Madeleine sehnte sich oft danach, sich in ihren letzten wärmenden Strahlen zu räkeln, so wie die Katzen aus der Nachbarschaft. Mit Rosa war sie sich darin einig, dass Katzen eine höhere Stufe der Evolution erreicht hatten, da sie so wunderbar genießen konnten.

Doch dann merkte sie, dass sie nicht länger warten konnte. Sie kapitulierte und holte die Schatulle, die sie jetzt in einen weichen Schal aus Lammwolle gewickelt hatte, vorsichtig aus ihrem Aktenschrank, den sie als einzigen Schrank abschließen konnte.

Als sie das Tagebuch aufschlug, studierte sie noch einmal die feine Handschrift der Stickerin Leofgyth. Das Pergament hatte die Farbe von vergilbtem Elfenbein und fühlte sich zwar brüchig an, aber das mittelalterliche »Papier« war aus hauchdünn gegerbtem Kalbs- und Ziegenleder gefertigt und würde sicherlich noch ein weiteres Jahrtausend überleben. Auf der Seite, die Madeleine jetzt aufgeschlagen hatte, befand sich nach zwei Dritteln eine Naht aus winzigen Stichen, die zwei Teile zusammenhielten. Der Faden war aus Seide und hatte die Jahrhunderte genauso gut überstanden wie das Pergament.

21. Juni 1064

Von dem Mönch Odericus weiß ich einiges über die Stämme und Herrscher, die dieses Land hat kommen und gehen sehen. Odericus ist kein Sachse; sein Vater war ein römischer Beamter, seine Mutter eine normannische Edelfrau. Er selbst wurde aus dem normannischen Kloster Mont Saint Michel hierher gebracht, als Edward auf den Thron kam. Der König wollte normannische Priester und Edelleute an seinem Hof haben, als Gegengewicht zu Earl Godwins sächsischen und dänischen Verbündeten.

Der Mönch kennt unzählige Geschichten, von den Römern, den westsächsischen Königen, dem nördlichen und dem südlichen Kontinent. Er sitzt stundenlang über den Büchern in der Bibliothek von Canterbury, wo, wie er sagt, neben hebräischen Schriften auch die Chroniken jener Klosterbrüder lagern, die die feindlichen Einfälle in den Tagen des letzten Sachsenkönigs, Ethelred, miterlebt haben. Odericus erzählt mit der Inbrunst eines Geschichtenerzählers, wie sich die Raubzüge an der Südküste immer weiter ausdehnten, bis schließlich London in Brand gesteckt wurde, und dass sie erst endeten, als die

Sachsen in der Schlacht von Maldon in Essex vernichtend geschlagen wurden. Die Eindringlinge nahmen König Ethelred als Geisel, um Lösegeld gegen Frieden zu erpressen, doch als er ihnen das ganze geforderte Gold gab, kehrten sie Jahr für Jahr zurück, um noch mehr zu rauben. Schließlich beging König Ethelred einen weiteren törichten Fehler: Er rächte sich, indem er hunderte dänischer Siedler ermordete, worauf der Zorn des Dänenkönigs endgültig über das Land hereinbrach. Obwohl ich schon fünfunddreißig Jahre zähle, bin ich doch zu jung, um die mächtigen schwarzen Langboote der dänischen Invasoren selbst gesehen zu haben, die wie finstere Seeungeheuer unsere Küsten heimsuchten. In der Lebensspanne meiner Mutter haben zwei Generationen Dänenkönige unser Land regiert und so die Erblinie der westsächsischen Könige gekappt. Noch nie zuvor hatte ein Fremder dieses Königreich beherrscht. Und jetzt, da die nordischen Krieger in ihre eisigen Lande zurückgekehrt sind, hat den Thron ein König inne, der mehr Normanne als Sachse ist, wenn auch das Blut der Dänenkönige in Edwards Gemahlin Edith noch gegenwärtig ist.

König Edwards normannische Sitten und seine kinderlose Ehe mit Earl Godwins Tochter weckten Geflüster, dass der König auf diese Weise seine Verachtung für Godwins Haus zeige. Bei Edwards Thronbesteigung hatte Godwin als Earl von Essex bereits das höchste Amt im Königreich inne. Er hatte die Gunst der Dänenkönige errungen, so wie er auch die Gunst der Kirche zu erringen suchte. Zudem war Godwin so klug, in das dänische Königshaus einzuheiraten, um auf diese Weise sein Bündnis mit den Nordländern zu festigen. König Edward versuchte, Godwins Macht zu schmälern, indem er die sächsischen Kirchenfürsten, die unter Godwins Schutzherrschaft standen, durch normannische Äbte und Bischöfe ersetzte. Doch der Einfluss der Godwins blieb unvermindert, da sie mindestens ebenso viel Land und militärische Macht besaßen wie die Krone.

Ich erinnere mich an Godwin – er kam oft nach Canterbury, auf der Suche nach Geschenken für Edelleute, denen er schmeicheln wollte, oder nach Tuch für seine Gemahlin. Der Graf war auch Schutzherr des Klosters St. Augustin, deshalb weiß Odericus so viel über ihn. Der Mönch sagt, sie hätten ihn den Königsmacher genannt, weil er mit so viel Geschick den Dänenkönigen auf den Thron geholfen hatte, und jetzt, da Godwin tot ist, scheint ihm von allen Blutsverwandten sein Sohn Harold, der Earl von Wessex, am ähnlichsten.

Ich sehe Harold nur selten, und er hat noch nie meine Dienste in Anspruch genommen, denn er ist Heerführer und Staatsmann, kein Mensch, der Sinn für feine Stickereien hat. Aber mein Mann Jon reitet oft mit ihm und sagt, er sei der Anführer, den das Land brauche. Jon beurteilt einen Mann nach seinen kriegerischen Fähigkeiten, und so gesehen ist Harold vorbildlich. Er kann zwei Tage reiten, ohne zu schlafen oder zu essen, und kann dann als tapferer Feldhauptmann seine Männer in die Schlacht führen. Harold ist kräftig und wirkt groß, obwohl er in Wirklichkeit nur von mittlerer Statur ist. Sein Haar ist so dunkel wie die schwarzen Drachen, die auf seine Unterarme tätowiert sind, und seine Augen sind vom selben hellen Blau wie die seiner Schwester, wenn sie sich auch verdüstern, sobald er erzürnt ist.

Das sah ich einmal, als ich in Königin Ediths Gemach gerufen worden war, um über einen Wandbehang zu sprechen, für dessen Anfertigung ich Sorge trug. Es war ein großes Stück, zu groß, um es bei uns im Turmzimmer bewältigen zu können, und ich sollte dafür sorgen, dass die Vorsteherin der Werkstatt in Winchester genau verstand, was meine Herrin wünschte. Die Königin zeigte mir ihre Entwürfe von mantelverhüllten Reitern auf einer Waldlichtung, und als ich gerade in Bewunderungsrufe ob ihrer Zeichenkunst ausbrechen wollte, stürmte ihr Bruder Harold unangekündigt ins Gemach. Ihm folgte Isabelle, die mit ihrer Stickerei im kleinen Nebenzimmer gesessen hatte, ihn aber nicht hatte aufhalten können, da sein Zorn so groß war. Bei Harold bricht das Wikingerblut seiner Mutter durch, wenn er verärgert ist, und an seiner Wut war etwas Irrsinniges, das mir Angst machte. Seine Schwester zuckte mit keiner Wimper, erhob sich nur langsam und legte ebenso langsam ein Stück Pergament über ihre Zeichnung, woraus ich den Schluss zog, dass Harold sie nicht sehen sollte. Ich weiß nur, dass dieser Streit zwischen den beiden Geschwistern irgendetwas mit ihrem jüngeren Bruder Tostig zu tun hatte, den die Königin in allem in Schutz nimmt.

Harold begann Edith zu beschimpfen, wegen einer Besprechung zwischen ihr und Tostig, zu der er nicht eingeladen worden war. Dann bemerkte er meine Anwesenheit und schickte mich hinaus. Zuerst dachte ich, meine Herrin würde Einspruch dagegen erheben, aber sie schien es ebenfalls für das Beste zu halten, wenn ich ging.

Harold hatte genau wie sein Vater darauf gedrängt, dass seine Schwester den König heiratete, weil er unbedingt mehr Einfluss für die Familie wollte, aber inzwischen fürchtet er vielleicht sogar, Edith könnte seine eigenen Ziele gefährden. Ediths Kinderlosigkeit bringt Harold der Krone näher, aber sie gibt meiner Herrin andererseits Grund, Edgar den Aethling als ihren Sohn und Erben aufzuziehen.

Edgar ist noch jung, aber er wird von Edith und von Tostig auf den Thron vorbreitet, damit, wenn Edward stirbt, außer Frage stehen wird, dass der Aethling fähig ist, die Last der Krone zu tragen. Diejenigen von uns, die Edgar unterstützen, unterstützen Königin Edith und über sie die Blutslinie der wahren Sachsenkönige. Aber noch schläft der Drache.

Am nächsten Abend erzählte sie Rosa von dem Tagebuch. Sie saßen in einer Tapas-Bar, ein paar Straßen von Madeleines Wohnung entfernt, und waren gerade dabei, die zweite Karaffe Sangria zu leeren. Die Beichte war nicht geplant.

»Die Schwestern Broder haben es dir gegeben?« Rosa starrte Madeleine fassungslos an, die Karaffe in der Hand. Sie vergaß völlig, ihr Glas nachzufüllen, und schüttelte nur den Kopf. »Ich kann's nicht fassen, dass du mir das jetzt erst erzählst, Maddy. Und wo hast du ihn versteckt, diesen mittelalterlichen Schatz?«

»In meiner Wohnung. Willst du mir nicht endlich den Rest eingießen?«

Da Rosa sich immer noch nicht rührte, nahm Madeleine ihr schließlich die Karaffe aus der Hand, um selbst die Gläser zu füllen. Sie fühlte sich irgendwie komisch, aber vor allem erleichtert.

Rosa nahm einen kräftigen Schluck. »Komm, trink aus – wir gehen zu dir.«

Draußen wehte ein eisiger Wind, und sie rannten beinahe, um möglichst schnell wieder ins Warme zu kommen. Aus der Erdgeschosswohnung war dieselbe Musik von Bach zu hören wie am Vorabend. Als die Haustür krachend hinter ihnen ins Schloss fiel, stockte das Klavier einen Moment, setzte dann aber schwungvoll wieder ein.

Während Madeleine das Tagebuch aus seinem Versteck holte, suchte Rosa in der Küche nach etwas Trinkbarem und entdeckte dabei am Kühlschrank die Einladung zu der Einweihungsparty. »Du hast doch hoffentlich nicht vor zu kneifen, Maddy. Und noch beleidigter wäre ich, wenn du mich nicht mitnimmst.«

Madeleine kam mit der Tagebuch-Schatulle ins Zimmer und tat so, als hätte sie Rosas Bemerkung nicht gehört. Insgeheim bedauerte sie es schon fast, ihr Geheimnis so bereitwillig preisgegeben zu haben. Doch als sie auf dem Sofa saßen, das Kästchen vor sich auf dem Couchtisch, konnte Madeleine Rosas Reaktion kaum mehr erwarten.

»Sie hat auf Lateinisch geschrieben. Das gleiche Latein haben die Chronisten von Canterbury für ihre Klostergeschichte und für andere Manuskripte verwendet«, erklärte sie. »Die meisten Dokumente wurden damals in Altenglisch oder in Anglo-Normannisch abgefasst, aber weil sie bei einem Mönch gelernt hat, schrieb sie Lateinisch.«

Rosa saß eine ganze Weile reglos da, und später, nach einer längeren Diskussion darüber, ob Leofgyth wohl in den Mönch Odericus verliebt gewesen war, sagte sie: »Ich hoffe, du willst dieses Tagebuch nicht für dich behalten, Maddy. Das ist völlig unmöglich. Dieses Manuskript enthält doch vielleicht wichtige historische Informationen.«

Rosa hatte Recht, dennoch ärgerte sich Madeleine. Sie war die Hüterin dieses Tagebuchs – niemand durfte ihr Vorschriften machen. »Ich will es erst mal zu Ende übersetzen«, entgegnete sie. »Außerdem ist es schon sehr spät, und wir müssen beide morgen früh zur Arbeit.«

Rosa zuckte die Achseln. »Ich muss zwar nicht besonders früh raus, aber wenn du mich unbedingt rauswerfen willst – meinetwegen.«

Ihr Abschied fiel diesmal etwas weniger herzlich aus als sonst.

5. Kapitel

24. Juni 1064

Die Sonne geht gerade auf, und durch die offene Tür fällt genug Licht, dass ich ohne Kerze schreiben kann. Der Säugling schläft jetzt tief und fest neben mir, auf meinem Schal, obwohl er mich vorhin aus meinen Träumen gerissen hat. Es ist die Tages- und Jahreszeit, da, wie meine Mutter mir einst erzählte, das Elfenvolk unterwegs ist, denn heute ist Sonnwendfeier. Von meinem Platz an der Tür sehe ich die Felder, golden von reifem Weizen, und dahinter den Himmel, glühend wie von Feuer.

Als ich die Tür öffnete, um den Tag zu begrüßen, kam gerade die Hebamme Myra mit ihrem Korb vorbei, auf dem Weg in den Wald. Sie wird heute viele Heilkräuter sammeln, denn zur Sonnwende sind die Pflanzen am wirksamsten gegen Krankheiten und zur Erleichterung der Niederkunft.

Später am Tag wird man in den Straßen zahlreiche Feuer entzünden, und die Nachbarn werden miteinander teilen, was sie an Essbarem haben. Ich habe Honigbrot gebacken und Küchlein aus den Brombeeren, die Mary und Klein-Jon gesammelt haben. Heute gehe ich nicht in den

Palast, ich bleibe bei meinen Kindern, um alles für die Feier vorzubereiten. Wir werden Kränze winden, aus Birke und Fenchel und allem, was wir an weißen Blüten finden.

Das ist ein Brauch unseres alten Glaubens, nicht der Christen, aber sie haben diesen Tag zum Tag ihres heiligen Johannes ernannt, um nicht hinter unseren Festlichkeiten zurückzustehen. Jon und ich scherzen insgeheim, dass dieser Festtag seinen Namen trägt, weil wir uns bei der Sonnwendfeier das erste Mal geküsst haben. Ich hatte ihn ein paar Wochen nicht gesehen, seit jenem Tag, an dem wir gemeinsam unser Vesper am Fluss verzehrt hatten, denn er war mit Earl Harold auf die Jagd geritten. Erstmals hatte Jon zu jenen Männern gehört, die Harold unter König Edwards Huskarls auswählte, um sie in die Wälder seines Bruders Gyrth in der Nähe von Canterbury mitzunehmen. Harold waren Jons scharfe Augen und treffsichere Bogenschüsse aufgefallen.

So kam es, dass Harold und seine Mannen zur Sonnwende durch Canterbury ritten und Jon mich erneut besuchte. Wir tranken mehr Bier, als wir vertrugen, und stahlen uns von den Feuern auf dem Marktplatz davon, auf eine Wiese hinter der Kirche. Dort tanzten wir beide zur Musik der Pfeifer und Trommler, bis wir umfielen, und da wir beide am Boden lagen, zu betrunken, um aufzustehen, schien es nur natürlich, dass wir uns küssten. Jon hätte gern mehr getan, als mich nur zu küssen, und seine Hand hatte bereits den Weg unter die Schnürbänder meiner Bluse gefunden, aber ich war nicht so dumm vom Bier, dass ich meine Jungfräulichkeit so leicht hingegeben hätte.

Jetzt ist die Sonnwendfeier unsere Jubiläumsfeier, und wenn Jon daheim ist, tanzen wir und küssen uns so wie damals, und wenn wir ein geschütztes, dunkles Plätzchen finden, dann mag seine Hand hinfinden, wohin sie will. Aber zu dieser Sonnwendfeier ist mein Mann nicht in

West Minster, denn inzwischen reitet Earl Harold nie mehr ohne seinen Ersten Bogenschützen.

Am nächsten Tag sah Madeleine ihre Freundin gar nicht. Sie hatte noch bis spät in die Nacht an ihrer Übersetzung gearbeitet, weshalb sie ohnehin müde und schlecht gelaunt war. Ihre Stimmung hatte allerdings weniger mit dem chronischen Schlafmangel zu tun, als mit den Verpflichtungen, die ihr Job mit sich brachte. Die Kluft zwischen ihren abendlichen Übersetzungen und ihrer normalen Tagesexistenz wurde immer größer. Bei allem, was sie tagsüber tat und dachte, spürte sie die Gegenwart des Todes, doch abends fühlte sie sich in eine andere Welt versetzt.

Am Donnerstag rief Joan Davidson an. »Guten Abend, Madeleine. Ich hoffe, ich störe nicht. Ich habe einiges über die Familie Broder herausgefunden und dachte, es würde Sie interessieren.«

Madeleine freute sich, Joans vertraute Stimme zu hören, außerdem war sie sehr gespannt auf deren Neuigkeiten. »Oh, ja, ich möchte liebend gern etwas über meine mysteriösen Vorfahren erfahren.«

»Sie wissen ja sicher, dass in London Wappen und Familien-Urkunden aufbewahrt werden, und zwar seit 1538 – ich glaube, damals hat der Erzbischof von Canterbury eine Volkszählung angeordnet. Der Name Broder wurde seit 1538 zweimal geändert, aber er geht mit ziemlicher Sicherheit auf das sächsische Wort ›Borda‹ zurück. Das hat etwas mit ›Borte‹ zu tun und heißt so viel wie Stickerei. Und wissen Sie, was daran besonders interessant ist? Im Jahr 1561 hat Königin Elizabeth I. der Werkstatt der Brodiers urkundlich verbriefte Privilegien eingeräumt. Sie waren sehr bekannte Sticker. Und eine Kopie dieses Dokumentes befindet sich im Staatsarchiv.«

»Und Sie meinen, dass die Brodiers und die Broders ohne Zweifel die gleiche Familie sind?« Madeleine konnte kaum an sich halten. Selbstverständlich ahnte Joan nichts von einer möglichen Verbindung zu der Verfasserin des Tagebuchs.

»Mit an Sicherheit grenzender Wahrscheinlichkeit. Im dreizehnten und vierzehnten Jahrhundert wurden Nachnamen erblich. Ende des neunzehnten Jahrhunderts hat jemand über die Broders gewisse Nachforschungen angestellt. Eine Ihrer Ururgroßmütter hat jemanden damit beauftragt. Bei wohlhabenden viktorianischen Familien war das ganz üblich. Sie wollten vor allem erfahren, ob sie vielleicht Anspruch auf einen Titel hatten. Möglicherweise reicht der Familienname ›Brodier‹ noch viel weiter zurück.«

»Haben Sie etwa irgendwelche Anhaltspunkte dafür?«

»Nein, ich sage nur, es könnte sein. Aber wir wissen ja beide, dass es vor 1538 kaum zuverlässige Zeugnisse gibt. Das *Domesday Book* habe ich allerdings noch nicht überprüft. Vielleicht sollten Sie da noch einmal nachforschen.«

»Ja, das ist eine gute Idee.«

»Hören Sie, Madeleine – gerade bringt mir mein wunderbarer Ehemann einen Brandy und sagt, ich soll Ihnen viele Grüße bestellen. Ach, übrigens – ich nehme an, Sie müssen zur Testamentseröffnung hierher kommen? Ich hoffe doch sehr, dass wir uns sehen, wenn Sie in Canterbury sind.«

»Aber selbstverständlich! Ich freue mich schon darauf.«

Nachdem Madeleine sich verabschiedet hatte, blieb sie noch eine Weile neben dem Telefon sitzen. Lydia hatte in ihrem Brief eine Textilhändlerin erwähnt: die Großmutter ihrer Mutter. Stammte das Familienvermögen, das ihre Tanten Stück für Stück verscherbelten, von einem Unternehmen, dessen Wurzeln bis ins sechzehnte Jahrhundert zurückreichten, wenn nicht weiter? Und gab es eine Verbindung zwischen der Stickwerkstatt der Familie Brodier und Leofgyths Tagebuch?

Am Freitag stieß Madeleine an der Theke der Uni-Cafeteria mit Rosa zusammen. Rosa sah völlig erschöpft aus, aber als Madeleine sie darauf ansprach, erntete sie nur einen vorwurfsvollen Blick.

»Du siehst auch nicht gerade strahlend aus. Wenigstens habe ich mich gestern Abend amüsiert – und nicht irgendwelche lateinischen Texte übersetzt wie eine vertrocknete alte Büchermaus.« Wenn Rosa schimpfte, wirkte sie wie ein kleines Mädchen, und Madeleine musste lachen. Einen Moment lang bemühte sich Rosa, ihre grimmige Miene beizubehalten, doch dann konnte sie sich ein Grinsen nicht mehr verkneifen.

Sie stemmte die Hände in die Hüften. »Ich finde, es gibt nur ein probates Mittel gegen einen Kater – und das heißt Alkohol. Gibt's nicht heute Abend bei dir im Haus eine Party? Ich hab so was in Erinnerung …«

»Oh, bitte, red nicht davon!«

»Sei keine Spielverderberin.« Rosa schaute auf die Uhr und stöhnte. »Mist, ich muss los.« Ehe sie verschwand, rief sie noch: »Aber Maddy, ich mein's ernst. Diesmal gibt's kein Entkommen. Ich ruf dich später an.«

In dem kleinen Büro saß Philippe an seinem Chaosschreibtisch und murmelte vor sich hin, während er, offensichtlich auf der Suche nach irgendetwas, einen Papierstapel durchblätterte. Er bemerkte kaum, dass Madeleine eintrat, schaffte es aber immerhin, als Antwort auf ihren Gruß kurz die Hand zu heben.

»Woran arbeitest du gerade, Philippe?«

»Wie bitte? Oh, guten Morgen, Madeleine.«

»Schreibst du einen Aufsatz?«

»Ja, ja. Das heißt, von Schreiben kann leider noch keine Rede sein. Ich stecke mitten in den Recherchen. Aber ich muss ihn nächste Woche fertig haben.«

»Über welches Thema?«

»Sprache und Literatur.«

Madeleine runzelte die Stirn.

»Ach, ehrlich? Klingt interessant. Welche Epoche?«

»Es geht um die Klöster – vom Abschluss der Christianisierung und der Einigung des Reiches unter König Alfred dem Großen im neunten Jahrhundert bis zum Ende des dreizehnten Jahrhunderts.«

»Das heißt, nichts als Kirchenpropaganda, von Männern über Männer?« Madeleine merkte, dass sie sarkastischer klang als beabsichtigt.

Philippe blinzelte und nahm seine Nickelbrille ab. »Falls du darauf anspielst, dass männliche Akademiker sich nicht für weibliche Zeitzeuginnen interessieren, wird es dich sicher freuen zu hören, dass ich vorhabe, sowohl Heloise als auch Hildegard von Bingen zu erwähnen.«

»Aber sie sind beide Mystikerinnen und nicht gerade für ihren politischen Durchblick und ihren Intellekt berühmt.«

Auf Philippes farblosen Wangen erschienen zwei rötliche Flecken, als er begriff, dass er zu einer Diskussion herausgefordert wurde.

»Selbstverständlich gibt es in der mittelalterlichen Literatur wichtige Frauen, aber ihre Werke waren völlig anders als die der männlichen Schreiber und Chronisten – sie waren viel … na ja, sagen wir mal nachdenklicher. Reflektierend. Und du weißt ja, dass ich mich eher für politische und militärische Schriften interessiere.«

Madeleine nickte. »Ja, natürlich. Und was ist mit Christine de Pisan? Sie hat selbstständig Geschichte, Physik und Dichtkunst studiert und schließlich sogar von ihrer schriftstellerischen Arbeit gelebt. Wenn sie ein Mann gewesen wäre, hätte man sie garantiert nicht Jahrhunderte lang ignoriert ...«

Philippe seufzte genervt.

»Meine liebe Madeleine, ich würde nie behaupten, dass es eine Frage der Intelligenz ist, ob jemand lesen und schreiben kann. Ich weiß, Bildung ist ein kulturelles Privileg und hat viel mit Chancen und mit der wirtschaftlichen Situation zu tun. Was Christine de Pisan angeht, wissen wir beide, dass ihre Arbeiten für eine Frau ihrer Zeit höchst ungewöhnlich waren. Das Niveau ist mindestens so hoch wie bei ihren männlichen Zeitgenossen – oft sogar höher, so viel steht fest. Aber sie hat nun mal im vierzehnten Jahrhundert gelebt und fällt damit einfach nicht mehr in den Zeitrahmen, den ich mir gesteckt habe.«

Madeleine zuckte die Achseln. Ihr fielen plötzlich keine Argumente mehr ein, und sie kam sich albern vor. Sie war mindestens so verdutzt wie Philippe, dass sie so einen feministischen Eifer an den Tag legte. Aber im Gegensatz zu Philippe wusste sie, was dahinter steckte. Sie gestattete dem Tagebuch – und Leofgyth –, in ihren Alltag einzudringen.

Ihr Telefon klingelte und sie zuckte zusammen, weil sie gedankenverloren auf den Bildschirmschoner gestarrt hatte. Hektisch nahm sie den Hörer ab, ehe es noch einmal klingeln konnte. Am anderen Ende meldete sich Judy, die Fakultätssekretärin.

»Hallo, Madeleine. Ich habe vorher einen Anruf für dich entgegengenommen – von einem Mann, aber seinen Namen hat er nicht genannt. Er hatte einen Akzent, den ich allerdings nicht identifizieren konnte ...«

»Vielen Dank, Judy. Das war sicher mein Vater – obwohl er mich eigentlich nie bei der Arbeit anruft ... Er telefoniert furchtbar ungern, und manchmal spricht er mit Akzent – er ist Philosophieprofessor.«

»Ach so – verstehe. Okay – bis demnächst.«

Madeleine wählte Jeans Nummer in Paris, erreichte aber nur seinen Anrufbeantworter. »Ich bin's, Madeleine. Ich versuch's heute Abend noch mal, damit wir einen Termin für meinen Besuch ausmachen können. Ähm – ich hoffe, es geht dir gut ...« Kopfschüttelnd legte sie wieder auf. Warum nahm Jean nie das Telefon ab? Garantiert saß er an seinem riesigen alten Schreibtisch und dachte über irgendwelche abgehobenen Probleme nach.

Kaum dass Madeleine zu Hause zur Tür hereinkam, rief Rosa an und wollte wissen, wann sie auf die Party gehen würden. Ob Madeleine überhaupt hingehen wollte, fragte sie erst gar nicht. Widerstand war zwecklos.

Eine Stunde später stand sie mit einer Flasche Sekt vor ihrer Tür. Sekt war ihrer Meinung nach ein zuverlässiges Mittel für die richtige Partylaune. Sie setzten sich auf den Fußboden, prosteten sich zu, und Rosa lächelte verschwörerisch. Ihre Augen blitzten.

»Na, du Verbrecherin – wie läuft's mit deiner Übersetzung?«

»Ach, hervorragend.« Madeleine versuchte, dem prüfenden Blick ihrer Freundin auszuweichen.

»Kann ich noch mal einen Blick darauf werfen?«

Madeleine musterte sie misstrauisch.

»Ach, komm schon, Maddy – bitte, bitte! Ich werd schon nicht damit durchbrennen.«

Madeleine verdrehte die Augen und erhob sich widerstrebend, während Rosa vor Entzücken wie ein kleines Kind in die Hände klatschte.

Sie brachte das Kästchen ins Wohnzimmer. Das Tagebuch holte sie nicht heraus, sondern öffnete nur den Deckel der Schatulle, so dass man den groben Ledereinband mit dem matten Blattgoldglanz sehen konnte. An ihren Sektgläsern nippend starrten die beiden Frauen ehrfürchtig darauf.

Madeleine druckste eine Weile herum, rückte schließlich aber doch damit heraus. »Ich weiß, ich brauche es dir eigentlich nicht noch mal zu sagen, aber das Ding hier ist ein großes Geheimnis, weißt du ...«

»Stimmt – du hättest es nicht sagen müssen. Ich würde es auch nie jemandem verraten, darauf kannst du dich verlassen.« Sie legte den Kopf schief und horchte. »Klingt fast so, als würde es da unten langsam losgehen!«

Man hörte das beharrliche Wummern immer lauter werdender Bässe.

»Weißt du was?«, sagte Rosa. »Ich glaube, es würde dir gut tun, wenn du dich ein bisschen betrinkst.«

»Ich bin doch jetzt schon beschwipst«, entgegnete Madeleine und weigerte sich, vom Sofa aufzustehen. »Ehrlich, Rosa – ich fühle mich gar nicht gut heute Abend und ...« Aber Rosa zog sie hoch, ehe sie ihren Satz zu Ende bringen konnte, und bugsierte sie in Richtung Schlafzimmer, schloss die Tür hinter ihr und rief: »Du darfst erst rauskommen, wenn du was Verführerisches angezogen hast.«

Eine Viertelstunde später stand Madeleine vor einem Kleiderhaufen: lauter Sachen, die sie aus dem Schrank geholt, erwogen und wieder verworfen hatte. Eigentlich kam nur ein einziges Kleid in Frage – ein weinrotes Seidenchiffonkleid, das sie gekauft hatte, als sie mit Rosa in Paris war.

Ohne länger zu überlegen, zog sie es an und drehte sich prüfend vor dem Spiegel hin und her. Eleganter Schnitt, knapp knielang, tiefer Ausschnitt, durchsichtige Ärmel. Es hatte Stil, war aber zu auffällig. Sie schlüpfte in ihre höchsten Pumps und stakste vorsichtig über den Kleiderhaufen.

Mit einem verlegenen Lachen strich Madeleine das Kleid glatt. »Findest du's gut?«

Rosa war sicherlich beeindruckt.

»Sehr gut sogar. Und ich bin mir sicher, dass ich diese Meinung mit sämtlichen Männern auf der Party teilen werde. Maddy, es ist mehr als zwei Jahre her, seit dieser – wie hieß er doch gleich? – na ja, seit dieser Typ seine Frau geschwängert hat. Du bist doch noch jung, jedenfalls relativ jung, und du siehst hinreißend aus. Sieh zu, dass du dich endlich einmal ein bisschen amüsierst.«

Sie nahm Madeleine an der Hand, zog sie hinaus ins Treppenhaus und die Stufen hinunter zum Erdgeschoss, wo die Musik die Wände erzittern ließ.

Die Tür war nicht abgeschlossen, und weil selbst ein Pistolenschuss in der Musik untergegangen wäre, hatte es wenig Sinn zu klingeln, also traten sie einfach ein. Die Wohnung war größer als Madeleines Apartment und sparsam, aber stilvoll eingerichtet. Etwa vierzig Leute standen herum, tranken, tanzten, plauderten. Ein Hauch von Gras und Zigarettenrauch lag wie eine feine Wolke über den Räumen. Aus dieser Wolke tauchte nun ein großer, schmaler Mann mit roten Wuschellocken auf. Er trug ein violettes Dinnerjackett und ein neonbuntes Nylonhemd, in der einen Hand hielt er ein Martiniglas, in der anderen eine Zigarettenspitze mit einem langen, perfekt gerollten Joint.

Er klemmte die Zigarettenspitze zwischen die Zähne und streckte ihnen die Hand hin. »Ich bin Tobias. Louise ist irgendwo unterwegs.« Er deutete mit einer vagen Handbewegung auf die Menge. »Wollt ihr was trinken?«

Offensichtlich kümmerte es ihn wenig, in welche Gästekategorie sie gehörten. Als Madeleine ihm die Hand reichte, beehrte er sie mit einem galanten Handkuss.

»Ähm – ich bin Madeleine«, murmelte sie etwas verdutzt. »Ich wohne im dritten Stock. Und das hier ist meine Freundin Rosa.«

»Sehr erfreut«, rief Tobias und begrüßte auch Rosa mit einem Handkuss. Dann geleitete er die beiden durch die Menschenmenge. Im Flur stieß er mit einer Frau zusammen, die er zur Entschuldigung auf den Hals küsste.

»Entschuldige, liebste Monique – bedauerlicherweise bin ich etwas benebelt«, sagte er mit einem charmanten Lächeln. Offenbar gehörte er zu den beneidenswerten Menschen, die auch in betrunkenem Zustand vollständige Sätze zustande brachten.

Schließlich gelangten sie in die kleine Küche, in der sich mindestens ein Dutzend Leute drängten, Gläser in der Hand, und sich lebhaft unterhielten. Mit dramatischer Geste deutete Tobias auf einen Küchenschrank, der in eine wohl sortierte Bar umfunktioniert worden war. Sofort wurde er allerdings von einer Frau mit einer toupierten blondierten Haarpracht abgelenkt und vergaß seine neuen Gäste völlig.

»Ich wette, das ist auch nicht Louise«, zischte Rosa, nahm eine Flasche Wodka und schaute Madeleine fragend an. Diese nickte zustimmend und ließ ihren Blick über die Anwesenden schweifen. Die meisten Gäste sahen aus wie Ende zwanzig, Anfang dreißig und waren ausgesprochen hipp gekleidet. Tobias selbst wirkte etwas älter, und hier und da hatte auch jemand graue Schläfen.

In ihrem roten Kleid kam sie sich vor wie die Feuerwehr bei einem Begräbnis, aber niemand schien sie weiter zu beachten. Rosa unterhielt sich bereits mit einem schwarz gekleideten, auf altmodische Weise gut aussehenden Knaben. Madeleine drückte sich an die Wand. Situationen wie diese konnte sie am besten ertragen, wenn sie sich in die Rolle der Beobachterin flüchtete. Vielleicht half ihr ja der Wodka, sich ein bisschen zu entspannen. Langsam, aber sicher arbeitete sie sich in eine spärlich beleuchtete, eher menschenleere Ecke vor. Rosa hatte nur noch Augen für ihren hübschen Gesprächspartner. Tobias verließ, seinen Joint paffend, die Küche. Aber kurz darauf kam er in Begleitung eines blonden Mannes zurück, der nicht so recht zu den übrigen Gästen passte. Er schien älter, vielleicht Ende vierzig, und Madeleine wusste nicht, ob sie seine scharfen Gesichtszüge hässlich oder attraktiv finden sollte. Er war braun gebrannt, hatte aber leicht pockennarbige Haut. Sie trank einen Schluck Wodka. Bildete sie sich das nur ein – oder deutete Tobias tatsächlich auf sie?

Der blonde Mann goss sich einen Drink ein und lauschte Tobias' Redeschwall, aber seine Augen wanderten hellwach über die versammelten Gäste. Er musterte Madeleine, schaute weg, kehrte dann wieder zu ihr zurück und fixierte sie.

»Rauchen Sie?« Er stand vor ihr und hielt ihr eine Packung Gitanes hin. Eine Zigarette ragte bereits heraus, sie musste nur zugreifen.

»Danke.« Sie bediente sich und wartete darauf, dass er ihr Feuer gab.

»Ich heiße Karl. Karl Muller.« Den Nachnamen fügte er hinzu, als wäre ihm gerade erst eingefallen, dass die Regeln der Höflichkeit das verlangten. Madeleine stellte sich ebenfalls vor.

»Sind Sie eine Freundin von Tobias?«, fragte er mit einem gewinnenden Lächeln. Seine Stimme war sehr sympathisch. Überhaupt hatte er nichts Schmieriges, im Gegenteil, und Madeleine erwiderte unbefangen sein Lächeln.

»Ich bin eine Nachbarin.«

»Arbeiten Sie hier in Caen?« Madeleine glaubte einen leichten Akzent zu entdecken. War er vielleicht Deutscher? Grammatikalisch war sein Französisch allerdings lupenrein.

»Ich unterrichte an der Universität.«

»Ach, ja? Darf ich fragen, welches Fach?«

»Geschichte. Mittelalter.« Kurz überlegte sie, ob sie ihn mit einem Vortrag über die Könige von Aquitanien vergraulen sollte. Andererseits – er wirkte doch ganz passabel. »Mittelalterliche Geschichte eignet sich nicht besonders gut für Smalltalk«, sagte sie.

Karl nickte verständnisvoll. »Ich finde Smalltalk sowieso öde – man sollte immer über echte Themen reden, sonst kann man sich die Mühe gleich sparen.«

»Was machen Sie beruflich?«, erkundigte sie sich.

»Ach, ich arbeite im Finanzbereich, könnte man sagen.« Er lächelte vergnügt.

Madeleine verzog automatisch das Gesicht. »Von Geldgeschäften verstehe ich leider wenig … Ich weiß nur so viel: Je mehr Nullen hinter einer Zahl, desto besser.«

»Viel mehr gibt es eigentlich auch nicht zu verstehen – im Grunde ist das ganze Finanzbusiness reine Zahlenspielerei.« Karl bemerkte, dass ihr Glas leer war. »Was trinken Sie?«, fragte er, ehe er für Nachschub sorgte. Madeleine hatte den vagen Eindruck, dass er ihr mindestens einen dreifachen Wodka brachte.

Karl zündete sich eine Zigarette an. »Erzählen Sie mir ein bisschen vom mittelalterlichen Caen – da gibt es doch bestimmt jede Menge Geschichten. Stammt nicht William der Eroberer von hier?«

Madeleine nickte. Er schien sich tatsächlich ernsthaft unterhalten zu wollen, und sein Blick war bis jetzt kein einziges Mal zu ihren Brüsten gewandert. »Woher kommen Sie?«, fragte sie ihn.

»Aus Dänemark.«

»Oh, ein Wikinger! Die Wikinger waren schon lange vor William hier.«

»Ja, aber für das schlechte Benehmen meiner Vorfahren kann ich nicht die Verantwortung übernehmen.«

»Geschichtsschreibung ist im Grunde nichts anderes als die Dokumentation sich ständig wiederholender Verbrechen gegen die Menschheit – wir sollten uns alle verantwortlich fühlen, sonst wird sich niemals etwas ändern.«

Karl schien beeindruckt. »Aber wir haben doch alle auch unsere eigenen Probleme«, wandte er ein. »Müssen wir die nicht zuerst lösen?«

Madeleine seufzte. Sie fühlte sich ziemlich betrunken. »Ja, klar, aber vielleicht gelingt es uns ja gerade dadurch, dass wir uns um unsere eigenen Probleme kümmern, auch die Welt zu verändern ... oder so ähnlich.«

»Sie sind traurig.« Mit diesem einfühlsamen Satz überschritt Karl eine Grenze. Dabei hatte Madeleine eigentlich nur mit einem Mann, den sie nie wieder sehen würde, ein einigermaßen interessantes Gespräch führen wollen.

Karl goss noch einmal nach, und unvermittelt fing Madeleine an, ihm vom Tod ihrer Mutter und von ihrer Englandreise zu erzählen, von ihrer letzten Beziehung, von der schwangeren Ehefrau und schließlich von ihrem Wunsch, eine Katze zu sein. Sie redete ohne Punkt und Komma – und wusste schon ein paar Sekunden später nicht mehr, was sie gerade gesagt hatte. Als ihr das schließlich bewusst wurde, entschuldigte sie sich bei Karl, sagte, ihr sei gerade eingefallen, dass sie das Bügeleisen angelassen habe, und machte sich auf den Weg nach Hause.

Rosa saß im Wohnzimmer auf dem Fußboden und lachte über irgendetwas, was der hübsche Knabe gesagt hatte. Als sie Madeleines Blick bemerkte, schüttelte sie nur den Kopf. Offenbar wollte sie eine Nachtschicht einlegen.

Todesmutig kletterte Madeleine über die ganzen Gäste, die auf dem Boden herumsaßen und -lagen und teilweise kaum noch reagierten. Im Treppenhaus setzte sie sich auf die unterste Stufe und zog die Schuhe aus, um besser gehen zu können. Sie blieb noch einen Augenblick lang schuhlos sitzen, den Kopf ans Geländer gelehnt, und spürte, wie sich alles um sie drehte. Da öffnete sich die Tür von Tobias' Wohnung, und Karl trat heraus. Er griff in die Tasche seines langen schwarzen Ledermantels und holte ein winzig kleines silberfarbenes Handy heraus. Madeleine bemerkte er gar nicht, und während er redete, wandte er ihr den Rücken zu. Was er sagte, konnte sie nicht verstehen. Erst nach einer Weile begriff sie, dass Karl Dänisch redete. Schließlich steckte Karl sein Handy wieder ein und drehte sich um. Als er sie sah, schien er überrascht.

»Ist alles in Ordnung, Madeleine?«

»Ja, klar, ich wollte mich nur kurz ausruhen. Ich hatte noch keine Lust auf die Treppen…«

Karl hob ihre schwarzen Stilettos auf und reichte ihr die Hand. »Ich helfe Ihnen.«

Sie zögerte einen Moment, ergriff dann aber dankbar Karls Hand, der sie hochzog und die Treppe hinauf begleitete. Während sie vor sich hin stolperte, überlegte sie, ob sie ihn noch hineinbitten sollte. Sie wollte nicht unhöflich sein.

»Möchten Sie eine Tasse Kaffee?«, fragte sie, oben angekommen.

»Wenn Sie sowieso welchen machen, hätte ich nichts dagegen.«

»Ich mache immer Kaffee. Meine englische Hälfte versagt, wenn es um Tee geht. Schon der Geruch stößt mich ab – ich muss sofort an Spülwasser denken. Es sei denn, es ist Brandy drin …«

Die Küche war durch eine Bar vom Wohnzimmer abgetrennt, und während Karl durchs Zimmer wanderte, einen präraffaelitischen Druck betrachtete und ihre CDs studierte, merkte Madeleine voller Schrecken, dass auf dem Couchtisch immer noch das offene Kästchen mit dem Tagebuch stand. Welch unverzeihlicher Leichtsinn! Sie wurde schlagartig wieder nüchtern. Wie erstarrt blieb sie stehen.

Karl blickte inzwischen mit zusammengekniffenen Augen auf die Schatulle. Auch ihr Notizbuch mit der Übersetzung lag auf dem Tisch, aber zum Glück nicht aufgeschlagen. Er beugte sich vor, berührte vorsichtig den Buchdeckel. Madeleine hielt den Atem an. *Nicht öffnen, bitte, bitte, nicht öffnen,* betete sie. Behutsam klappte Karl das Buch auf und pfiff leise durch die Zähne. Madeleines Gedanken überschlugen sich – sie musste sich etwas einfallen lassen, irgendetwas, und zwar sofort.

»Ist das so alt, wie es aussieht?«, fragte er nach einem Augenblick respektvollen Schweigens.

»Nein, nein, es ist überhaupt nicht alt. Es gehört … zu einem Film, zu den Requisiten. Meine Freundin Rosa – die heute Abend auch auf der Party war –, sie macht solche Sachen. Sie ist unheimlich gut – sieht doch total echt aus, oder?«

Nun galt Karls prüfender Blick ihr, nicht mehr der Schatulle. »Ja, sie ist gut«, murmelte er. »Wirklich sehr, sehr gut.«

Als am folgenden Nachmittag das Telefon klingelte, ließ Madeleine gerade Wasser in die Wanne laufen. Sie wusste gleich, dass es Rosa war. Rosa war an allem schuld.

Ihretwegen hatte sie jetzt einen Kater, und ihretwegen hatte Karl das Tagebuch gesehen.

»Du hättest mich zwingen sollen, gleichzeitig mit dir zu gehen«, klagte Rosa am Telefon. »Du bist so brav – du gehst früh ins Bett, du trinkst nie zu viel …«

Madeleine unterbrach sie. »Gestern Abend habe ich viel zu viel getrunken, Rosa. Und ich habe einen fremden Mann mit in meine Wohnung genommen.«

»Maddy! Vielleicht gibt es ja doch noch Hoffnung!«

»Keine Sorge, es ist nichts passiert. Das heißt, doch – er hat das Buch gesehen, Rosa. Ich habe es nicht weggeräumt, bevor wir los sind.«

»So ein Mist!«

»Genau. Ich habe ihm gesagt, es sei nicht echt, und habe alles dir in die Schuhe geschoben. Ich habe behauptet, du würdest Filmrequisiten herstellen. Keine Ahnung, ob er mir geglaubt hat, aber andererseits ist er ja kein Experte für mittelalterliche Kunst, nehme ich an.«

»Was macht er denn beruflich?«

»Irgendwas mit Finanzen. Und darf ich fragen, wie jung dein gestriger Begleiter war?«

»Geht dich gar nichts an. Er ist fantastisch. Nächstes Wochenende fahren wir zusammen nach Rom.«

Rosas rasantes Liebhaber-Tempo verblüffte Madeleine immer wieder. Sie hätte gern noch länger geredet, aber Rosa verabschiedete sich, weil sie eine Verabredung hatte, und Madeleine wandte sich wieder ihrem Badewasser zu.

Karl hatte nichts mehr über das Buch gesagt, sondern charmant über alles Mögliche geplaudert und sich nach einer angemessenen Zeit höflich verabschiedet. Aber war nicht gerade dieses superkorrekte Verhalten verdächtig? Wie sie es auch drehte und wendete – irgendetwas an der ganzen Geschichte machte sie nervös.

Als sie in dem nach Rosen duftenden Badewasser lag, entspannte sie sich wieder. Ein Lächeln umspielte ihre Lippen, gleich würde sie wieder das Tagebuch aufschlagen ...

25. Juni 1064

Der Tag nach der Sonnwendfeier hat immer etwas Stilles und Träges, und ich ging schon früher als sonst in den Palast, weil ich hoffte, ein paar Stunden für mich zu haben, um meine gestrige Abwesenheit wettzumachen. Ich überließ es Mary, Haferbrei zu kochen und den Säugling zu hüten, obwohl ihr immer noch schlecht ist von dem vielen Apfelwein, den sie gestern Abend mit dem Steinmetzsohn getrunken hat.

Als ich in den breiten Gang kam, der zur Turmtreppe führt, sah ich Edgar den Aethling auf dem steinernen Sims eines Fensters sitzen, durch das die Morgensonne fiel. Er las in einem kleinen Buch und war so in seine Studien vertieft, dass er mich erst bemerkte, als ich schon vor ihm stand. Er blickte erschrocken auf und lächelte mich dann so freundlich an, dass ich ihn ganz unbefangen fragte, was er denn da lese. Er war erstaunt, dass mich das interessierte, aber noch viel erstaunter war ich, als er mir die Schriften König Alfreds zeigte. Alfred lernte, nachdem er König geworden war, lesen und schreiben, weil er glaubte, dass Wissen und Wahrheit genauso wichtig wären wie die neun Schlachten, die er im ersten Jahr seiner Herrschaft geschlagen hatte. In dem Glauben, dass ich es nicht selbst erkennen könnte, erklärte mir Edgar freundlich, was er da studierte, und als ich ihn fragte, was er von König Alfred lerne, antwortete er mit einer Weisheit, die mich für einen Moment seine Jugend vergessen ließ: »Er war Krieger und Gelehrter. Er glaubte, dass wir aus den Fehlern der Vergangenheit lernen und für eine bessere Zukunft kämpfen müssen.«

Ich überließ ihn seiner Lektüre, in dem Wissen, dass er das Zeug zum König hat.

Doch mit Edwards Kräften schwindet auch die Hoffnung, dass Edgar sein Erbe sein wird, obwohl er der letzte Prinz ist, in dessen Adern das Blut der westsächsischen Könige fließt. Edgar wurde in Ungarn geboren, wo seine Familie in der Verbannung lebte, so wie Edward und sein Bruder Alfred im normannischen Exil gelebt haben. Alle Blutsverwandten König Ethelreds waren von den nordischen Eindringlingen verbannt worden, damit keiner der Aethlinge des Hauses Sachsen die Krone der Väter einfordern konnte. Als Edgars Vater ermordet wurde, kamen er und seine beiden Schwestern hierher in den Palast, wo sie für das kinderlose Königspaar an Kindes statt traten. Auf dem Markt, wo Wahrheit und Lüge oft durcheinander gehen, wurde behauptet, Earl Godwins Schergen hätten Edgars Vater umgebracht, so wie sie auch Edwards Bruder Alfred ermordet hätten. Vor vielen Jahren bezichtigte der König Earl Godwin des Mordes an seinem Bruder, der vor Edward aus dem Exil zurückgekehrt war, um Anspruch auf die Krone des Vaters zu erheben. Alfred wurde gefangen gesetzt und gefoltert, wobei man ihm die Augen ausstach. Schließlich starb er an seinen schrecklichen Verletzungen. Godwin wurde wegen seines Bundes mit den Dänenkönigen des Mordes an Alfred beschuldigt, obwohl er immer leugnete, an dessen Tod Schuld zu tragen. Vor über zehn Jahren wurde Godwins gesamte Sippe nach Irland verbannt, und alle Titel und Ländereien wurden ihr entzogen – so groß war Edwards Furcht. Selbst Königin Edith wurde weggeschickt, in das Nonnenkloster von Wilton. Edward sagte, es geschehe zu ihrem Schutz und nur, bis die Gefahr gebannt sei, aber wahrscheinlicher ist, dass er sich nicht sicher war, ob die Königin zu ihrem Gemahl oder zu ihren Brüdern halten würde. Zwölf Monate später kehrten die Godwins mit einer Flotte von Verbündeten – Dänen und Sachsen – zurück, und da König Edward kein Heer aufbieten konnte, das die Godwins hätte schlagen können, war er so klug, Frieden zu schließen. Die Godwins erhielten ihre Ländereien und Titel zurück, und Edith wurde aus dem Kloster geholt.

Es wird erzählt, Godwins Tod wenig später sei der Beweis dafür, dass er Edwards Bruder ermorden ließ. Der Earl saß mit dem König an der Tafel, trunken vom Bier, und prahlte mit seinen Eroberungen. Edward verlieh seiner Trauer um den ermordeten Bruder Ausdruck, und Godwin, der sich erneut beschuldigt glaubte, beteuerte seine Unschuld und erklärte, wenn er Alfreds Mörder sei, wolle er an dem Fleisch, das er esse, ersticken. Kaum dass er das gesagt hatte, blieb ihm auch schon ein Knöchlein der gebratenen Taube im Halse stecken, und das war sein Tod. Die Geschichte mag wahr sein oder auch nur so viel Wahrheit enthalten wie die Geschichten von Ungeheuern und Helden, die für unsere Nadeln entworfen werden.

Jedenfalls hielt es Edward nach Godwins Tod für gefahrlos, Edgars Vater aus Ungarn zurückholen zu lassen, was sich als Irrtum erwies. Nach der Ermordung seines Vaters blieb nur noch der Aethling als Erbe des Thrones von West Minster. Es mag ja sein, dass der König am Leben bleibt, bis der Knabe alt genug ist, die Krone zu tragen, aber inzwischen beschäftigt die Frage der Nachfolge jeden Händler auf dem Markt und jeden Huskarl. Selbst die Stickerinnen im Turmzimmer sorgen sich wegen der ungeregelten Thronfolge, auch wenn sie solche Dinge normalerweise für Männerangelegenheiten halten. Ich bin da anders, ich habe noch nie gedacht, dass die Sorge für das Wohl dieses Landes nur in den Händen der Männer liegen sollte. Weder mein Körper noch meine Instinkte taugen für die Schlacht, aber mein Verstand ist so klar und rege wie der eines Kriegers, jedenfalls sagte das meine Herrin, als ich sie das letzte Mal traf.

Ich habe im Palast meistens im Turmzimmer zu tun, wenn ich auch das Gemach der Königin aufsuche, sooft sie mich rufen lässt. Am Tag vor der Sonnwende schickte sie Isabelle nach mir, und ich dachte, wir würden uns in ihr Gemach begeben, aber stattdessen gingen wir in die Räume des Königs. Ich war zuvor erst ein Mal in Edwards Räumen gewesen, und auch diesmal verschlug mir deren Pracht die Sprache. Isabelle führte mich in das Gemach, wo der König Besucher empfängt, wenn er sich nicht wohl genug fühlt, um Hof zu halten. Die Wände sind mit schwerem Tuch behangen, und in den Szenen aus der Heiligen Schrift erkannte ich die Hand des Mönchs Odericus. Die Böden bedecken bunte Teppiche aus Wolle und Seide, gefertigt auf den Webstühlen Persiens. In diesem Raum gibt es kaum Möbel, nur unterm Fenster einen mächtigen Tisch, fast so lang, wie der Raum breit ist, und ringsherum ein Dutzend Stühle, alle aus glänzend dunklem Holz.

Im großen, steinernen Kamin brannte ein Feuer, obwohl es ein warmer Tag war, und dort am Feuer saßen der König und die Königin an einem niedrigen Tisch, in dessen Platte Quadrate aus Ebenholz und Elfenbein eingelegt waren, während der Sockel die Form eines liegenden Löwen hatte. Sie spielten jenes Schachspiel, das ich so oft auf dem Markt beobachte. Ich kann eine ganze Stunde damit zubringen, ohne es zu merken. Die Herrin hatte mich rufen lassen, um ein paar Fragen zu einem neuen Kleid zu klären, und legte mir diese dar, während es an ihrem Mann war, eine der Goldfiguren zu bewegen. Ich hörte nur halb zu, weil ich verfolgte, wie der König sein Rössel genau in den Weg des Rössels der Königin zog, ohne zu bedenken, dass beide Figuren sich auf die gleiche Art bewegen und sie die seine daher leicht schlagen konnte. Sie muss an meinem Gesicht gesehen haben, dass ich diese Torheit bemerkte, denn später, als Edward eingenickt war, fragte sie mich, wie meiner Meinung nach sein nächster Zug aussehen würde. Ich studierte das Brett, das, wie Jon sagt, ein Schlachtfeld darstellt, und zeigte der Herrin, wie ihr Gemahl ihre Dame mit seinem Läufer schlagen konnte. Sie wusste so gut wie ich, dass er nicht mehr den Verstand für Schlachtstrategien hatte, aber sie freute sich, dass ich das Spiel durchschaute. Weil sie am Zug war, brachte sie ihre Dame in Sicherheit und erklärte, niemals dürfe sich eine Königin einem »Priester« – so nannte sie den Läufer – ergeben.

Nicht immer ruft mich die Herrin zu sich, denn sie hat keinen Standesdünkel und kommt ebenso oft zu mir ins Turmzimmer. Ich glaube, sie mag diesen kleinen Raum, so hoch über dem Erdboden. Aus dem Westfenster sieht man den Wald hinter West Minster und die von den Römern erbaute Straße, die nach Bristol führt, wo Harold Godwinson Hof hält. Durchs Ostfenster sieht man die Stadt London daliegen.

Hier sitzt Königin Edith in der Frühsonne über ihrer Stickerei. Oder sie beobachtet am späten Nachmittag durchs Westfenster, wie sich der Himmel verfärbt und dunkler wird, sobald die Sonne im Wald versinkt. Von Edith geht eine Einsamkeit aus, die klarer als alle Worte von dem Schatten auf ihrem Herzen kündet, wenn sie auch seit der Ankunft des Knaben Edgar weniger düsterer Stimmung ist. Ihr Körper ist keusch wie der von Odericus, aber im Gegensatz zu dem Mönch hat sie kein Keuschheitsgelübde abgelegt.

Sie ist ja ein Jahr Kloster von Wilton gewesen, wo sie großes Geschick mit der Nadel erwarb, da die Nonnen dort die Gewänder für die Bischöfe fertigen. Die Königin galt auch vorher schon als gute Stickerin, aber die langen Tage ohne andere Vergnügungen als die Handarbeit schulten ihre Hand noch weiter. Frauen jedes Standes lernen das Handarbeiten, aber Edelfrauen üben es nur als Zeitvertreib aus, nicht weil sie alte Kleider flicken oder ein paar Pennys verdienen müssten. Mary ist dreizehn und kommt jetzt mit mir in den Palast, wenn es Perlen oder Edelsteine auf Tuch zu nähen gilt. Ihre Stiche sind noch nicht ordentlich genug, um ihr Silberfaden anzuvertrauen, denn auf die Beherrschung der Nadel ist sie nicht so bedacht wie auf ihr Äußeres, wenn sie auf den Markt geht und hofft, dass der Steinmetzsohn sie bemerkt. Und er hat sie ganz offensichtlich bemerkt, denn er und sein Apfelweinkrug brachten sie bei den Sonnwendfeuern zum Lachen. Sie ist hübsch und langgliedrig wie ihr Vater. Ihr Haar ist wie meins, goldbraun, und auch ihre Augen sind wie meine, wie Kastanien, sagt Jon. Vom Gemüt her gleicht sie eher ihrem Vater – sanft und verträumt.

6. KAPITEL

AM SONNTAGMORGEN BLIEB MADELEINE lange im Bett liegen und schaute durch die hauchdünne weiße Gardine an ihrem Schlafzimmerfenster. Es hatte die ganze Nacht geregnet, und das dämmrige Halbdunkel verlockte sie dazu, zwischen den beiden Welten, die sie zur Zeit bewohnte, hin und her zu wandern.

Leofgyths Tagebuch warf ein neues Licht auf Ereignisse, über die seit Jahrhunderten spekuliert wurde. Dass die letzten Tage der angelsächsischen Herrschaft in England dramatisch gewesen waren, das wusste man, aber gleichzeitig lag ein Schleier des Geheimnisses über dieser Epoche, denn es gab keine zuverlässigen Dokumente. In Gedanken ging Madeleine noch einmal die Fakten durch, von denen im Allgemeinen ausgegangen wurde und die sie bisher ohne größere Zweifel an ihre Studenten weitergegeben hatte. In den sechziger Jahren des elften Jahrhunderts beherrschten die Godwins die meisten Grafschaften des Königreichs; Gyrth und Leofwine waren die Grafen von East Anglia und Sussex, Harold von Wessex und Tostig von Northumbria. Der »Putsch« der Godwins und Tostigs Rivalität mit seinem Bruder Harold schienen ebenfalls verbriefter Bestandteil dieser Entwicklung, die

1066 in der Schlacht von Hastings gipfelte. Edith selbst verfügte über sehr viel Grundbesitz, besaß im Gegensatz zu ihren Brüdern allerdings keinerlei Regierungsgewalt – von der Macht waren Frauen ausgeschlossen.

Dass Edith und Tostig den Aethling Edgar unterstützten, tauchte in der offiziellen Version nicht auf, genauso wenig wie die Tatsache, dass die Krankheit Edwards des Bekenners schon 1064 begonnen hatte. Den Anfang seines Siechtums datierte man sonst auf Ende 1065. Aber wenn er früher krank geworden war, konnten auch die verdeckten Vorbereitungen für seine Nachfolge schon viel eher begonnen haben – und genau das schien das Tagebuch anzudeuten.

Madeleine fröstelte. Warum gab es in der Sachsenchronik keinen Eintrag für 1064? Was hatte es mit diesem Jahr auf sich? Sie ging in die Küche, um sich eine Tasse Kaffee zu machen.

Die mittelalterlichen Chronisten schrieben in der Regel im Auftrag des Palastes. Vielleicht war Edward in seinem kranken Zustand nicht mehr imstande gewesen, den Schreibern klare Anweisungen zu geben? Leofgyth hatte den normannisch-italienischen Mönch Odericus als Chronisten Edwards benannt. Das klang logisch, da der König den Angelsachsen an seinem Hofe generell misstraute. War Odericus als Zeichner und Wissenschaftler des Hofes so beansprucht gewesen, dass ihm für die zusätzliche Aufgabe des Chronisten keine Zeit mehr blieb? Aber wäre das eine ausreichende Erklärung für das Fehlen eines gesamten Jahres? Was hatte es zu bedeuten, dass Leofgyth ausgerechnet in dem Jahr, das ihr Mönchsfreund nicht dokumentierte, ihre eigene Chronik begann? Wenn Leofgyth schrieb, Edgars Rolle als der rechtmäßige Thronfolger sei in Gefahr, weil er noch zu jung und unerfahren sei, bewies das, dass schon 1064 mit Edwards Tod gerechnet wurde.

Während Madeleine auf ihren Kaffee wartete, musste sie an ihre Auseinandersetzung neulich mit Philippe im Büro denken, bei der sie Christine de Pisan als typisches Beispiel für eine intelligente, gebildete Frau des Mittelalters angeführt hatte. Ähnlich wie Leofgyth hatte Christine autobiographische Schriften verfasst, aber auch ihre Meinung über die Politik und das Leben bei Hofe zum Besten gegeben. Sie galt als die erste Frau, die über Frauen schrieb. Aber Madeleine war dabei, das Tagebuch einer Frau zu übersetzen, die dreihundert Jahre früher lebte und über eine Königin berichtete, die von der Geschichtsforschung bisher weit gehend ignoriert wurde. In den unzähligen Büchern über das Ende der Sachsenherrschaft in England und die normannische Eroberung blieb die Gestalt von Königin Edith meist sehr blass. Jeder wusste, dass 1066 die verschiedenen Thronanwärter um die englische Krone kämpften und starben, aber gab es auch da noch Hintergründe, von denen niemand etwas ahnte?

Nachdem sie gefrühstückt hatte – ein Pain au chocolat vom Vortag –, regnete es zwar nicht mehr, doch der Himmel schien auch keinen sonnigen Wintertag zu versprechen.

Die Versuchung, zum Tagebuch zurückzukehren, war stark, aber genauso stark war ihr Wunsch, Peter zu sehen. Er hatte während der Woche eine Nachricht auf ihrem Anrufbeantworter hinterlassen und vorgeschlagen, Madeleine solle am Sonntag nach dem Gottesdienst bei ihm vorbeikommen. Am besten wäre es, gleich aufzubrechen, dann würde sie in Bayeux sein, wenn er gerade von der Kirche zurück war.

Eine ganze Weile starrte sie auf die Schublade ihres Aktenschrankes, die das Tagebuch beherbergte. Bisher wusste Rosa als Einzige, wo es sich befand. Sollte sie Peter einweihen?

Es war dann doch fast Mittag, als sie losfuhr. Das große Notizbuch mit ihrer Übersetzung nahm sie vorsichtshalber mit. Unterwegs warf sie immer wieder einen Blick
auf ihre Tasche und fand es irgendwie tröstlich, dass eine
Ecke des Heftes herauslugte.

Auf der Autobahn war ziemlich viel Verkehr, als wollten alle Leute trotz der niedrigen Temperatur und des
bleigrauen Himmels ans Meer fahren. Aber wahrscheinlich hatten sie nur vor, in Cherbourg die Fähre nach England oder Guernsey zu nehmen.

Das hübsche Stadtzentrum von Bayeux wirkte am frühen Nachmittag wie ausgestorben, was Madeleine allerdings wesentlich besser gefiel als das Gedränge während
der Touristensaison. Sie fuhr direkt zu Peters Büro. Es lag
hinter dem Pfarrhaus, das er sich mit drei anderen Priestern
teilte. Im Pfarrhaus selbst war Damenbesuch angeblich
nicht gern gesehen. Madeleine empfand das als Kränkung
– sie hatte den Verdacht, dass Peter seine Freundschaft mit
ihr vor den anderen geheim halten wollte.

Das »Büro«, das auch als Peters Jugendberatungsstelle
diente, war eigentlich nur eine umgebaute Garage. An der
Tür hing eine an alle Besucher adressierte Mitteilung:

Musste wegen einer dringenden Angelegenheit kurz weg,
komme aber gleich wieder.

Madeleine kritzelte einen Gruß auf den Zettel, mit der
Bitte, sie auf ihrem Handy anzurufen, und machte sich
auf die Suche nach einem Lokal, um eine Kleinigkeit zu
essen.

In den verwinkelten Straßen der Altstadt hatten so gut
wie alle Geschäfte und Restaurants geschlossen. Madeleine erinnerte sich vage, dass sie einmal mit Peter in
einem kleinen, ganz passablen Café in irgendeiner Neben-

straße außerhalb des Zentrums gegessen hatte. Wenn in ganz Bayeux sonst nichts mehr los sei, könne man immer in dieses Café gehen, hatte damals Peter gesagt.

Ein leichter Nieselregen hatte eingesetzt und durchnässte ihr Haare und Kleidung, während sie sich auf die Suche machte. Als sie schon aufgeben wollte, sah sie endlich auf der anderen Straßenseite eine verblasste Markise über einem großen Fenster mit der Aufschrift *Chez Eva.*

Die Tür ging auf, und ein kleiner Mann, der aussah wie ein alt gewordener Tintin – also wie Tim ohne Struppi –, kam heraus und zündete sich auf dem Gehweg eine Zigarette an. Genau wie bei der Comic-Figur standen seine schneeweißen Haare vorne senkrecht in die Luft, während sie am Hinterkopf kurzgeschnitten an den Kopf geklatscht waren. Er trug eine Art Reithose und Kniestrümpfe, dazu eine Weste mit Hemd und Krawatte. Madeleine wartete nur noch auf Tintins Begleiter, den kleinen weißen Hund … Der Mann nickte ihr zu, sie grüßte zurück und betrat das Café. Es war leer, nicht besonders geschmackvoll eingerichtet, aber trotzdem ganz gemütlich – genau wie sie es in Erinnerung hatte.

Kein Mensch war zu sehen. Madeleine wollte schon rufen, um sich bemerkbar zu machen, da erschien durch den Streifenvorhang hinter der Theke eine Frau mit gelbem Turban. Zu einer Bluse mit grell orange-pinkfarbenem Blumenmuster trug sie einen schwarzen Nylontrainingsanzug, ihre auffallend schmalen Füße steckten in kleinen Slippern mit bunten Federbüscheln.

Die extravagant gekleidete Dame, bei der es sich wohl um Eva handelte, musterte Madeleine mit durchdringendem Blick.

»Sie sehen aus, als hätten Sie Hunger. Leider habe ich um diese Uhrzeit nicht mehr viel – wenn Sie um die Mittagszeit gekommen wären, hätte ich Ihnen das beste

Gulasch der gesamten Normandie serviert. Aber ich habe noch eine Quiche – mit Süßkartoffeln, Basilikum und Ziegenkäse. Die schmeckt Ihnen bestimmt.«

Madeleine nickte eingeschüchtert. Sie hätte nicht gewagt, Evas Quiche abzulehnen, selbst wenn sie gegen sämtliche Zutaten allergisch gewesen wäre.

»Und wie wär's mit 'nem doppelten Espresso?«

Wieder nickte Madeleine. Ahnte die Besitzerin eigentlich immer, was ihre Gäste trinken wollten? Sie holte sich eine alte Zeitschrift aus dem Ständer bei der Theke und setzte sich an einen Tisch beim Fenster.

Die Quiche erschien, und schon allein ihretwegen hätte sich die Fahrt nach Bayeux gelohnt. Madeleine vergaß sogar den nervigen Zettel an Peters Bürotür. Kaum dass sie den letzten Bissen hinuntergeschluckt hatte, brachte Eva nicht nur einen Espresso, sondern zwei, und nahm ihr gegenüber Platz. Madeleine nippte etwas verlegen an ihrem Kaffee. Als sie aufblickte, merkte sie, dass Evas Interesse nicht ihr zu gelten schien, sondern dem Notizbuch, das neben ihr auf dem Tisch lag.

Mit einer Kopfbewegung deutete Eva auf das Heft. »Ich kann Sie beraten.«

Madeleine hatte das Gefühl, keine Luft mehr zu bekommen. Wusste diese Frau etwas von ihrer Übersetzung?

»Wie meinen Sie das?«, fragte sie zaghaft.

Eva kniff ein Auge zusammen, und Madeleine wurde noch misstrauischer. »Ich meine, wenn Sie mit Ihrer Arbeit fertig sind, kann ich Sie beraten, wenn Sie wollen. Sie müssen arbeiten?« Ihr Blick wanderte wieder zu dem Notizbuch.

»Ja, ja, ich muss noch etwas machen. Was meinen Sie mit ›beraten‹?«

»Ich bin Runenleserin.« Sie klang jetzt nicht mehr

streng, sondern konspirativ. »Ich bin sehr gut – Sie werden zufrieden sein. Aber vorher sollten Sie Ihre Arbeit abschließen.«

Mit einem letzten Blick auf das Notizbuch stand sie auf. Hatte sie bemerkt, wie nervös sie Madeleine machte? Dabei konnte dieses abgetakelte Hippiemädchen doch unmöglich etwas von ihrer Übersetzung ahnen. Fast hätte Madeleine laut gelacht, weil sie so angespannt war, aber sie riss sich zusammen und sagte mit möglichst neutraler Miene: »Vielen Dank – ich habe kein Interesse daran, mir die Zukunft vorhersagen zu lassen. Aber darf ich Sie fragen, wie Sie darauf kommen, ich würde das ... wollen?«

Eva zuckte die Achseln. »Für dreißig Euro erfahren Sie alles. Der Preis schließt das Mittagessen ein.«

Sie räumte das Geschirr ab und ging. War sie sauer? Als sie wieder hinter dem bunten Streifenvorhang verschwunden war, schlug Madeleine ihr Heft auf. Am vergangenen Abend hatte sie es vor lauter Müdigkeit nicht mehr geschafft, ihre Übersetzung des letzten Tagebucheintrags noch einmal durchzulesen.

7. August 1064

Die Ernte ist eingefahren, und in meinem Mehlkasten ist genug Mehl für Winterbrote. Wie immer bin ich erleichtert, wenn das Korn gemahlen und eingelagert ist und ich daran gehen kann, ein paar zusätzliche Handarbeiten anzunehmen, denn Klein-Jons Füße passen schon nicht mehr in die Stiefel vom letzten Winter.

Isabelle sagt mir Bescheid, wenn Edelfrauen am Hof sind und nach Stickereien fragen, denn wir sind auf dem ganzen Kontinent als die besten Stickerinnen bekannt. Isabelle weiß, dass ich annehme, was ich kann, und jüngst habe ich die Gewänder von Tostigs Gemahlin Judith und König Edwards Nichte Lydia, die mit einem schottischen Prinzen verheiratet ist, mit Perlen besetzt. Beide Edelfrauen kamen auch an unseren Hof, um ihre Anteilnahme und ihr Mitgefühl unter Beweis zu stellen, da bekannt ist, dass die Königin ihren kranken Gemahl pflegt.

Die letzten Wochen war die Herrin ständig in den Gemächern ihres Gatten, und überall, in den Stallungen wie in den Küchen, flüstert man dasselbe – dass der König den Verstand verloren hat.

Das Turmzimmer, in dem ich arbeite, liegt ein ganzes Stück von Edwards Gemächern entfernt, aber manchmal höre ich sein Lachen durch die steinernen Säle hallen. Es ist bar jeder Heiterkeit. König Edward ist in seinen Gewohnheiten mehr Normanne als Sachse. Er trinkt lieber Wein als Bier und besteht darauf, dass die Tafel mit sauberem, ungefärbtem Linnen bedeckt wird. In letzter Zeit ist der König reinlichkeitsversessen, und wenn das Linnen nicht so weiß ist wie Milch und sein Silberbecher nicht so blank poliert, dass er sein ausgemergeltes Gesicht darin spiegeln kann, dann wird er unleidlich. Die Waschfrauen hassen das Tafellinnen, denn selbst wenn sie die Wein- und Bratenflecken herausschrubben, beklagt sich Edward regelmäßig über irgendeinen Makel. Die Köchin, die jähzornig ist wie Thors Weib, schreit die Wäscherinnen oft an, die die Gesichter in die Haufen von beflecktem Linnen senken, sodass ihre Schinderin glaubt, sie versteckten sie aus Scham, aber das Linnen riecht besser als der Zwiebelatem der Köchin, und die Waschfrauen verbergen so nur ihre Nasen und ihr Lachen.

Die Königin hat auch jene Stickerei wieder aufgenommen, die sie begann, als ich heimlich zusah. Ich fand das

Tuch, noch immer nicht von der Bahn abgeschnitten, als ich ins Turmzimmer ging. Wo sich anfangs nur die bloße Ranke den Rand des Leinens entlang wand, sind jetzt weitere Einzelheiten mit Wollgarn in drei Farben ausgestaltet. Die goldene Ranke ist von blauen, gelben und grünen Fäden umhüllt und windet sich um eine gerade Borte, wobei sie Seitentriebe zeitigt, die aussehen wie Hirschgeweihe. Aber das Ungewöhnlichste ist ein Torbogen, unter dem eine Gestalt sitzt. Ich habe die Herrin schon Entwürfe zeichnen sehen, aber noch nie für ihre eigene Nadel. Die vielen Wandbehänge im Palast – von Heiligen, Königen und Kriegern – hat die Herrin in Auftrag gegeben, und entworfen wurden sie dann von einem Klosterbruder. Das Bildnis, das die Königin jetzt stickt, ist im Stil den Bildern der Mönche sehr ähnlich, nur weicher. Die Gestalt, die unter dem Torbogen sitzt, ist der König, da bin ich mir sicher, obwohl die Herrin erst einen Teil der Krone mit gelber Wolle gestickt hat. Sie hat Edwards Gesicht runder und jünger dargestellt, so wie es vor seiner Krankheit aussah. Das Bild zeugt von ihrer Liebe zu ihrem Gemahl, wenn diese Liebe auch offensichtlich nicht die zwischen Liebesleuten ist, sondern eher die Liebe einer Tochter zum Vater. Ich glaube, sie bringt mit dieser Stickerei Edward einen Tribut dar, solange sie ihn noch gesund in Erinnerung hat.

Madeleine schaute durch die verschmierte Fensterscheibe. Tintin stand immer noch auf dem Gehweg und paffte eine Zigarette nach der anderen. Wo steckte Eva? Braute sie hinter dem Vorhang in einem riesigen Kessel einen Zaubertrank? Bei der Vorstellung musste Madeleine lächeln.

Die Runen, von denen Eva gesprochen hatte, waren alte skandinavische Symbole, die für die Wahrsagekunst verwendet wurden und außerdem als Alphabet dienten. Vor der römischen Invasion waren sie auch in Britannien verwendet worden. Danach hatte die lateinische Schrift die Runen nach und nach verdrängt. Wäre es nicht doch spannend, zu erfahren, was sie vorhersagten? Madeleine fiel es schwer, sich einzugestehen, dass sie plötzlich diesen Wunsch verspürte – aber seit dem Tod ihrer Mutter interessierte sie sich verstärkt für die Bereiche jenseits der sichtbaren Welt. Was hatte sie zu verlieren – außer dreißig Euro?

In dem Moment rauschte Eva durchs Café. Sie ging hinaus auf die Straße, um Tintin anzuschnauzen. Dieser drückte widerstrebend seine halb aufgerauchte Zigarette aus und folgte ihr mit gesenktem Kopf. Als Eva an Madeleines Tisch vorbeikam, gab sie ihr durch eine Handbewegung zu verstehen, sie solle ihr folgen – als hätte sie gewusst, dass ihr Angebot diesmal nicht abgelehnt würde.

Das Zimmer hinter dem Plastikvorhang war unglaublich geschmacklos. Madeleine schaute sich um, während Eva anfing, in der Schublade einer alten Kommode zu wühlen. Das Fenster ging auf einen dunklen Hinterhof hinaus. Die violettroten Samtvorhänge hatten jede Menge Mottenlöcher. In einer Ecke stand ein riesiger alter Fernsehapparat mit einem Gehäuse aus Holzimitat. Irgendeine amerikanische Seifenoper flimmerte über den Bildschirm; der Ton war abgedreht. Der Kamin war in eine Gasheizung umfunktioniert worden, deren Flammen um falsche Holzscheite züngelten. Auf dem Kaminsims standen lauter winzige Porzellanfigürchen, vor allem Katzen und Schäferinnen, dazu eine Herde grellbunter kleiner Glaselefanten. Das Sofa und die beiden Sessel waren mit braun-gelb gemustertem Velour bezogen, und der zottige Teppich auf dem Boden war schmutzig grün.

Mit einem triumphierenden Schrei beförderte Eva einen kleinen Beutel ans Tageslicht, der aussah, als wäre er aus Resten des Vorhangstoffs genäht. Als sie Madeleine zulächelte, blitzte ihr Goldzahn.

»Wissen Sie, was Runen sind?«

Madeleine nickte, obwohl sie eigentlich nicht viel mehr wusste, als dass das Runenalphabet normalerweise aus vierundzwanzig Zeichen bestand und man annahm, jedes dieser Zeichen besitze auch eine tiefere, esoterische Bedeutung. Die Runen sahen aus wie Zweige in verschiedenen Konfigurationen und wurden traditionellerweise in Holzstücke oder Knochen geritzt und dann von einem Seher oder einer Seherin »gelesen«. Die Wikinger hatten die Gewohnheit, vor ihren Beutezügen in Europa hexenähnliche Runenleserinnen zu befragen.

»Hat schon mal jemand für Sie die Runen gelesen?« Eva beäugte sie ungläubig, als wäre Madeleine ihrer Einschätzung nach der letzte Mensch, dem sie Erfahrungen auf diesem Gebiet zutraute.

Madeleine empfand das fast als Kränkung. »Nein, aber ich unterrichte Geschichte.«

Eva nickte. »Dann sind Sie bestimmt wegen der *Tapisserie de la Reine Mathilde* hier?«

Die Franzosen bezeichneten den Teppich von Bayeux immer noch als den »Wandteppich der Königin Mathilda«, weil sie glaubten, die rätselhafte Stickerei, die Bayeux berühmt gemacht hatte, gehe zurück auf einen Auftrag Mathildas, der Frau von William dem Eroberer.

»Nein, ich will einen Freund besuchen«, entgegnete Madeleine. Gott sei Dank, Eva wusste doch nicht alles über sie. »Die Tapisserie habe ich früher schon besichtigt – sogar mehrmals.«

Wieder nickte Eva und reichte ihr den Beutel. »Gut, dann wollen wir mal sehen, was wir hier haben.«

Auf dem ersten Holztäfelchen aus Evas Samtbeutel stand das Zeichen *Eoh*, das aussah wie ein senkrechter Blitz. Es sei das Symbol der Eibe, des Lebensbaums, erklärte Eva, und gelte als eines der stärksten Zeichen. Als die erste ausgewählte Rune repräsentiere sie die eigentliche Thematik hinter dem vordergründigen Anliegen des Fragenden. Mit halb geschlossenen Augen schien Eva auf etwas hinter oder über Madeleines Kopf zu blicken. Es irritierte Madeleine etwas, dass ihre wimpernlosen Lider grellgrün geschminkt waren. »*Eoh* birgt die Magie von Leben und Tod, von Tod und Wiedergeburt. Die Eibe ist giftig und kann töten, aber sie lebt länger als alle anderen Bäume.« Sie redete sehr melodramatisch, und Madeleine musste sich beherrschen, um nicht vor lauter Aufregung loszukichern.

Die Botschaft des *Eoh* sei sehr klar, fuhr Eva fort. *Eoh* bedeute Zugang zum »Jenseits«. Bei diesem Wort stöhnte Madeleine leise auf, und Evas Blick wurde noch starrer. »Ist jemand gestorben?«, fragte sie. Madeleine nickte, brachte aber kein Wort über die Lippen.

Die zweite Rune war das Symbol *Sigel*, die Rune der Sonne. Sie sah aus wie ein zackiges »S«. In der nordischen Mythologie besiegt die Sonne immer das Böse. Sie gilt als die Spenderin des Lebens, die Zerstörerin des Eises. Bestimmt war in England die Sonnenanbetung etwas sehr Natürliches gewesen, angesichts des regnerischen Klimas. Das erklärte auch, weshalb die Angelsachsen die nordische Naturreligion übernahmen. Eva deutete die Rune *Sigel* als Triumph des Lichtes über die Finsternis, als Sieg des Lebens über den Tod. Als zweite Rune stand sie als Zeichen für das, was eventuell geschehen würde, um die Situation zu verändern – obwohl bisher gar keine eindeutige »Situation« beschrieben worden war, soweit Madeleine es sehen konnte.

»Eine mächtige Heilkraft«, krächzte Eva. »Wenn die Sonne zurückkehrt, wird alles besser.«

Die dritte und letzte Rune sah aus wie eine Pfeilspitze. Sie trug den Namen *Ken* und vertrat das Element Feuer. Eva nickte wissend, als dieses Symbol auftauchte, und grinste so breit, dass ein zweiter Goldzahn sichtbar wurde.

»Ein gutes Omen. In grauer Vorzeit verwandelte das Feuer unedles Metall in schimmerndes Metall, das heißt, die Krieger gewannen durch das Feuer Zauberwaffen. Diese Rune transformiert. Verstehen Sie, was ich meine?«

Madeleine wollte schon den Kopf schütteln, aber inzwischen war ihr Wunsch, endlich fortzukommen, stärker als ihre Neugier. Sie brauchte dringend frische Luft – und eine Zigarette.

Zu ihrer Erleichterung legte Eva die Runentäfelchen wieder in den Beutel. »Das ist das Wesen des *Wyrd*, des Runen-Gewebes, das alles miteinander verbindet. Der Tod bedeutet nichts; alle Dinge existieren außerhalb der Zeit, in die wir sie einordnen. Stellen Sie sich ein Netz vor, ein Gewebe, ähnlich wie die Tapisserie – alle Fäden sind zu einem Ganzen verwoben und verknüpft. Vielleicht verstehen Sie besser, was ich sage, wenn Sie sich den Teppich noch einmal anschauen.«

Eine halbe Stunde später verließ Madeleine das Café, in der Hand einen Zettel, auf den sie die Symbole gekritzelt hatte.

Während sie in Richtung Zentrum ging, kehrte ihre alte Skepsis zurück. War sie womöglich doch hereingelegt worden? An ihrer Reaktion musste Eva gemerkt haben, dass ihr das Wort »Jenseits« nahe ging – und daraus hatte sie dann messerscharf geschlossen, dass es in Madeleines Leben vor kurzem einen Todesfall gegeben hatte ...

Gedankenverloren ging Madeleine weiter. Sie dachte an Evas Beschreibung des *Wyrd* und den Vergleich mit einem Netz. Eva hatte dieses Netz noch ausführlicher beschrieben. Das *Wyrd* war die kollektive Bezeichnung für die drei Nornen: die weiblichen Gottheiten, die Vergangenheit, Gegenwart und Zukunft beherrschten. Sie waren zuständig für das Schicksal, das unmittelbar Bevorstehende und das Unvermeidliche. Spannte sich dieses Netz auch über die Jahrhunderte? Gab es etwa einen tieferen Grund dafür, weshalb sie in den Besitz von Leofgyths Tagebuch gekommen war?

Bei diesem Gedanken schüttelte Madeleine unwillig den Kopf. War sie wirklich schon so weit, dass sie sich die Prophezeiungen einer Wahrsagerin mit grünem Lidschatten zu Herzen nahm?

Sie merkte, dass sie gar nicht darauf geachtet hatte, wo sie hinging. Inzwischen war es fast vier Uhr, und sie befand sich in einem etwas höher gelegenen kleinen Park, von dem man auf die Dächer von Bayeux hinunterblickte. Es hatte wieder angefangen zu nieseln, und die hohe Luftfeuchtigkeit hüllte den Turm der Kathedrale in eine Art Heiligenschein. Sie zuckte richtig zusammen, als in den Tiefen ihrer Handtasche das Handy klingelte. Es war Peter.

»Hallo, Maddy – ich bin's. Wo steckst du?«

»Ich weiß es nicht genau ... Wo bist du?«

»In der Gehirnzelle. Sollen wir uns treffen?«

Die »Gehirnzelle« war Peters Büro. Er hatte es so genannt, weil er dort am besten nachdenken konnte; Madeleine hasste dieses Wort, wenn sie auch der Ansicht war, dass vor allem »Zelle« voll ins Schwarze traf.

»Ja – ich bin in einer Viertelstunde an der Kathedrale«, sagte sie und schaltete ihr Handy ab. Zur Kirche zu kommen konnte nicht allzu schwer sein – sie durfte nur den Turm nicht aus den Augen verlieren.

Wieder wanderten ihre Gedanken in die Vergangenheit. Die Kathedrale von Bayeux war etwa um die Zeit erbaut worden, als die Stickerin ihr Tagebuch schrieb. Schon bald nach der Invasion war sie geweiht worden – von Williams Halbbruder Odo, dem Bischof von Bayeux. Alle Berichte sprachen dafür, dass dieser Odo ein ausgesprochen ehrgeiziger, skrupelloser Mann gewesen war. Es gab auch die Theorie, dass Odo den Teppich von Bayeux in Auftrag gegeben hatte, nicht Mathilda – angeblich für seine neue Kathedrale, um die Gläubigen stets daran zu erinnern, dass Gott bei der Schlacht von Hastings auf Seiten der Normannen gewesen war.

Als Madeleine die Kathedrale erreichte, blieben ihr noch ein paar Minuten. Sie ging den Mittelgang hinunter. Der Altarraum war eine eigenwillige Mischung aus mittelalterlichen Steinmetzarbeiten und zwanzigstem Jahrhundert. Rechts vom Hauptaltar befand sich die Marienkapelle. Madeleine setzte sich auf eine der dunklen Holzbänke in der kleinen Nische und betrachtete die Madonnenstatue mit dem traditionell blassblauen Umhang und der goldenen Krone. Was wusste sie über die Marienverehrung, die zur Zeit von Königin Edith in der mittelalterlichen Kirche begonnen hatte? Da die Himmelskönigin einen Sohn geboren hatte, der die Welt erlösen und Gottes Reich auf Erden schaffen sollte, waren die mittelalterlichen Königinnen von dem Gefühl beseelt, sie hätten eine heilige Berufung zu erfüllen und ihre Söhne müssten als Könige ihre Reiche erretten. Mit ihrem leidenschaftlichen Wunsch, ihren Pflegesohn Edgar den Aethling auf den Thron zu bringen, entsprach auch die kinderlose Edith durchaus diesem Klischee.

Jemand tippte ihr auf die Schulter und holte sie aus ihren Grübeleien.

Peter sah müde aus – die Ringe unter seinen grauen Augen waren noch dunkler als sonst, seine Augen schienen tief in den Höhlen zu liegen. Er setzte sich neben Madeleine, und sie schwiegen beide. Peter schloss die Augen. Betete er? Oder wollte er sich nur kurz ausruhen?

Madeleine studierte sein Gesicht. Im Lauf der Jahre waren seine knabenhaft hübschen Gesichtszüge schärfer geworden, aber seine widerspenstigen braunen Locken waren immer noch sehr dicht und nur ganz leicht angegraut. Und er trug immer noch die gleiche Art von Brille wie damals an der Universität, eine kreisrunde Nickelbrille.

Plötzlich schlug er die Augen auf und schaute ihr direkt ins Gesicht – einen Moment lang verhakten sich ihre Blicke ineinander, bis Peter als Erster wegschaute.

»Wie geht es dir, Maddy?« Die besorgte Teilnahme in seiner Stimme ließ sie fast vergessen, wie gefährlich sein Mitleid für sie sein konnte – sie wollte sich nicht dem Schmerz und der Trauer hingeben, die so nahe an der Oberfläche waren, denn dann würde sie sich Peter schluchzend in die Arme werfen.

»Danke, gut«, sagte sie befangen.

Er nickte. »Wie wär's mit 'nem Drink?«

»Weißt du was? Ich würde mir schrecklich gern noch mal den Teppich von Bayeux anschauen.«

Peter schien etwas verdutzt, weil er ja wusste, dass sie die Tapisserie sehr gut kannte, erklärte sich aber achselzuckend einverstanden.

Eine Gruppe Schulkinder kam ihnen entgegen, als sie sich dem Centre Guillaume le Conquérant näherten. Dort waren zahlreiche Kunstwerke des elften Jahrhunderts ausgestellt, doch die größte Attraktion war zweifellos die

Tapisserie. Seit sie im achtzehnten Jahrhundert in der Kathedrale von Bayeux entdeckt worden war, war sie mehr als gründlich analysiert worden. Sie hatte natürlich endlose akademische Debatten ausgelöst, ständig wurden neue Argumente und Thesen vorgebracht und Bücher veröffentlicht, mehr als über jedes andere Stück Stoff der Welt – außer vielleicht das Turiner Grabtuch.

Madeleine ging vor Peter den verdunkelten Gang entlang und betrachtete das vertraute schmale Stück Stoff. Die Scheinwerfer waren gedämpft, das dicke Glas zum Schutz der empfindlichen Farben lichtabweisend. Da außer ihnen kaum Besucher da waren, konnten sie das sagenumwobene Kunstwerk ungestört betrachten.

Das Linnen zog sich die ganze Wand entlang, bog dann um eine Ecke und füllte noch einen zweiten Raum – der Teppich war fast siebzig Meter lang. An manchen Stellen war er zerrissen, an anderen hauchdünn, aber trotz allem erstaunlich gut erhalten. Er hing stolz, aber auch wie ein eigenwilliger Fremdkörper in seiner modernen Umgebung, als hätte er überlebt, um diese Ehrung auszukosten. Die satten Farben der pflanzlich gefärbten Stickwolle besaßen immer noch eine verblüffende Leuchtkraft, und wie jedes Mal war Madeleine entzückt von den wunderschönen Abbildungen von Königen, Kirchen, Pferden und Schlachten.

Am Ende angekommen – Williams berittene Soldaten verlassen triumphierend das blutige Schlachtfeld von Hastings –, spürte sie zum ersten Mal seit Jahren eine gewisse körperliche Spannung in Peters Gegenwart. Sie geriet fast in Panik. Diese Flamme war doch längst erloschen – oder? Madeleine hatte sich noch lange nach ihrer Trennung schrecklich nach seinen Berührungen gesehnt, seine Zärtlichkeiten nie ganz vergessen. Daran konnten auch spätere Liebhaber nicht viel ändern. Doch inzwischen lag das alles hinter ihr, und sie war stolz darauf, ihr Verlangen überwunden zu haben. Für Peter schien das Zölibat etwas ganz Natürliches zu sein, er hatte sich problemlos damit abgefunden.

Nein – diese seltsame Spannung kam von der spezifischen erotischen Ausstrahlung, die Madeleine gelegentlich in Kirchen und Museen empfand – als wäre die Stille erfüllt von all den Emotionen und Leidenschaften, aus denen heraus die Kunstwerke geschaffen wurden.

Sie spürte Peters prüfenden Blick, als sie wieder zum Anfang des Teppichs zurückkehrten. Um sich abzulenken, begann sie, den ersten Abschnitt so genau zu studieren, dass sie mit der Nase fast das Glas berührte. Das gestickte Abbild Edwards des Bekenners schien ihren Blick zu erwidern. Der König saß unter dem stilisierten Bogen seines Palastes. Die gelbe Wollkrone auf seinem Kopf war wunderschön gearbeitet und unverkennbar königlich. Plötzlich wurden ihr die Knie weich, sie stöhnte leise und musste sich an einem der Absperrpfosten festhalten. *Eine gelbe Wollkrone ...*

»Ist alles okay, Maddy?«, fragte Peter besorgt. »Du siehst aus, als wäre dir gerade ein Gespenst erschienen.«

»Ja, das stimmt auch. Ich meine – nein, nein, alles okay.« Sie fasste sich schnell wieder. »Dieser Teppich – ich finde ihn einfach jedes Mal ergreifend. Weil ich diese Epoche unterrichte, glaube ich.« Die Erklärung klang hohl, das hörte sie selbst.

Mit raschen Schritten ging sie noch einmal den Glaskasten entlang, während Peter zurückblieb. Es war, als nähme sie den Teppich das erste Mal wirklich wahr. Harold, der mit seinen Männern zur Küste ritt, um den Kanal in Richtung Normandie zu überqueren. Die Überfahrt. Die Verhaftung durch Gesandte des Grafen von Pontieu, auf dessen Gebiet sie gelandet waren. Dann die

Rettung durch den Normannenherzog William, die Begegnung zwischen Harold und William …

Sie verlangsamte ihren Schritt. War der Stil der Stickerei eigentlich einheitlich? Überall die gleiche Fantasie-Architektur, und der Stil der Ranken aus dem ersten Abschnitt – Leofgyth hatte von »Seitentrieben, die aussehen wie Hirschgeweihe« gesprochen – wurde in den folgenden Darstellungen aufgenommen, sie bildeten anmutige Bäume, die gelegentlich eine Szene von der nächsten trennten und immer ein bisschen anders gestaltet waren.

Sie blieb vor der Szene stehen, die das größte Rätsel des gesamten Teppichs darstellte: Eine mysteriöse Dame namens Aelfgyva stand zwischen zwei Säulen, die von Drachenköpfen gekrönt waren, welche über ihr eine Art Bogen bildeten. Außerhalb dieses »Rahmens« stand ein Mann, der zwischen den Säulen hindurchfasste und ihr über den Kopf strich. Es handelte sich eindeutig um einen Mönch – die Tonsur bewies, dass er zum Klerus gehörte.

Aelfgyva war im elften Jahrhundert ein relativ häufiger Name. Es kamen also mehrere Edelfrauen in Betracht. Allgemein wurde angenommen, dass die hier dargestellte Dame bewusst anonym bleiben sollte. Madeleine fühlte sich seit jeher zu dieser geheimnisvollen Frau hingezogen. Hatten sie beide nicht die gleiche Dummheit begangen und einem Priester erlaubt, sie zu berühren?

Die Ränder des Teppichs – schmale Streifen über und unter den zentralen Abschnitten – waren mit ländlichen Szenen und mit Fabeltieren ausgeschmückt; manche Historiker vermuteten darin chiffrierte Mitteilungen. Bei Aelfgyva war im unteren Rand eine nackte Männergestalt mit erigiertem Penis zu sehen. Dieser nackte Mann folgte einer anderen nackten Figur, die eine Axt aus einer Kiste holte. Madeleine wurde ganz schwindelig, weil ihr so viele halb fertige Gedanken durch den Kopf schossen …

Konnte es sein, dass der legendäre Teppich von Bayeux die von Königin Edith begonnene unorthodoxe Stickerei war, deren Entstehung eine Stickerin namens Leofgyth beobachtet und in ihrem Tagebuch beschrieben hatte? Nein, das war nicht möglich. Leofgyth schilderte ein Kunstwerk, das diesem Teppich auffallend ähnelte. Mehr nicht. Andererseits – wenn ein über neunhundert Jahre altes Manuskript in ihre Hände gelangen konnte, warum sollte dieses nicht den berühmten Teppich beschreiben? Falls es sich bei Ediths Nadelwerk tatsächlich um den Teppich von Bayeux handelte, dann konnte dieser nicht von einem Normannen in Auftrag gegeben worden sein – weder von Williams Ehefrau Mathilda noch von Odo von Bayeux. Und er war dann auch nicht erst in dem Jahrzehnt nach der Eroberung Englands durch die Normannen entstanden, wie man allgemein annahm. Oft wurde der Teppich als ein »Schauspiel in zwei Akten« bezeichnet. Weshalb sollte der erste Akt – der die Geschichte der Angelsachsen erzählte – erst nach der Eroberung entstanden sein? Madeleines Gedanken schlugen Purzelbäume, als ihr die Konsequenzen klar wurden. Das Tagebuch beschrieb detailliert, dass Edward unter einem Bogen saß und Edith mit Wolle auf ungefärbtes Linnen stickte. Normalerweise hätte eine Königin Goldfaden und Edelsteine verwendet. Konnten der Bogen über den beiden Türmen und Edwards gelbe Wollkrone reiner Zufall sein? Gab es eine zweite Stickerei, auf die diese Beschreibung ebenso zutraf wie auf die erste Szene des Teppichs von Bayeux? Das schlagendste Argument gegen Madeleines Theorie war, dass der siebzig Meter lange Teppich unmöglich von einer einzigen Person bestickt worden sein konnte – diese Person wäre ihr ganzes Leben damit beschäftigt gewesen.

Madeleine las noch einmal den Text über der Szene:

UBI : UNUS: CLERICUS: ET: – / AELFGYVA. *Wo ein Geistlicher und Aelfgyva.* Mehr nicht – als sollte das, was zwischen der Dame und dem Kirchenvertreter vorgefallen war, nicht weiter erörtert werden. Der lateinische Text, der sich über den gesamten Teppich hinzog, nahm bei der Beschreibung der Ereignisse, die zur Invasion Englands führten, und auch bei der Darstellung der Invasion selbst eindeutig für die Normannen Partei. Falls Königin Edith dahinter stand – hätte sie nicht dafür gesorgt, dass der Text die Sache der Angelsachsen vertrat?

Peter trat neben sie. »Ich glaube, sie wollen schließen«, sagte er mit einer Kopfbewegung zu dem Aufseher, der sich ihnen näherte.

Sie beschlossen, in Peters Büro zu gehen, um dort etwas zu trinken. Als sie ankamen, zog Peter den dunkelblauen Mantel aus, und seine langen, lockigen Haare fielen auf den Priesterkragen. Sein schmales, ausgemergeltes Gesicht sah unter der Deckenbeleuchtung noch blasser aus als vorher. Er mixte ihnen Wodka und Preiselbeersaft – eine Gewohnheit aus der Studienzeit. Die Flaschen hatte er raffiniert hinter einer Reihe besonders Ehrfurcht gebietender Geschichtsbücher versteckt.

Die umgebaute Garage befand sich hinter dem eigentlichen Pfarrhaus und besaß einen separaten Eingang. Im Winter war es hier immer leicht unterkühlt – die einzige Wärmequelle war ein kleiner elektrischer Heizstrahler. Madeleine setzte sich so nahe wie möglich davor, hatte aber die ganze Zeit Angst, ihre Kleidung könnte in Flammen aufgehen. Außer einem Schreibtisch und einem alten Sofa gab es keine Möbel, nur einen Plattenspieler, zwei Kartons mit Schallplatten und jede Menge Bücher. Wenn ein Mitglied der »Heiligen Liga«, wie Madeleine Peters Priesterkollegen nannte, kritische Fragen stellte, rechtfertigte Peter seinen Rückzug in diese unorthodoxe Privatsphäre, indem er den Raum als »Beratungszimmer« deklarierte. Die Musik brauche er, weil er so seinen jungen Besuchern helfen könne, sich bei ihm wohl zu fühlen. Dabei war sich Madeleine sicher, dass seine Platten aus den Sechziger- und Siebzigerjahren den »problematischen Jugendlichen« unmöglich gefallen konnten. Im Grunde war die Garage nichts anderes als eine Zelle für seinen Geist. Er ist *in der Festung seines Geistes eingesperrt*, dachte sie. So ähnlich hatte die Stickerin ihren Mönchsfreund Odericus charakterisiert. Nur sprach sie von der Festung des Körpers. Wieder sah Madeleine einen mysteriösen Verbindungsfaden zwischen ihr und der Tagebuchschreiberin. Hatte es mit Evas Runengewebe doch etwas auf sich?

»Erzähl mir von England«, unterbrach Peter jetzt ihre Überlegungen.

»Es war alles irgendwie unwirklich ... Ich muss bald wieder hinfahren und Lydias Angelegenheiten regeln ...« Sie konnte nicht weitersprechen, weil ihre Kehle wieder wie zugeschnürt war. Peter merkte, was mit ihr los war, und um sie zu schonen, wechselte er das Thema.

»Was hast du den ganzen Nachmittag gemacht?«

»Ach, nichts Besonderes. Das heißt, doch – ich war bei einer Wahrsagerin. Bei einer Runenleserin. Sie ist die Besitzerin des kleinen Cafés, in dem wir letztes Jahr mal waren, erinnerst du dich? Wir haben ein hervorragendes Kaninchengulasch gegessen.«

»Stimmt, ich erinnere mich. Aber ich dachte immer, du interessierst dich nicht für so was wie Wahrsagerei.«

»Ich war neugierig.«

»Was heißt neugierig? Wolltest du erfahren, was die Zukunft bringt? Ich weiß noch genau, dass du mal zu mir gesagt hast: Es ist besser, wenn man nicht weiß, was kommt. Ich glaube, das bezog sich auf deine damalige

Beziehung. Oder hast du dich wieder verliebt und willst wissen, wie's weitergeht?« Er klang sehr sarkastisch. War er eifersüchtig? Aber vielleicht war es auch nur Ausdruck seiner allgemeinen Müdigkeit und Desillusionierung.

»Nein. Es hat mit dem Tod meiner Mutter zu tun.« Der bittere Tonfall war nicht beabsichtigt, aber unüberhörbar, das merkte sie an Peters betroffener Miene.

»Und außerdem musst du gar nicht so heilig tun, Peter. Ich dachte, die Kirche ist gegenüber heidnischen Ritualen nur dann argwöhnisch, wenn irgendwelche dunklen Mächte herumspuken. Wahrsagerei ist harmlos.«

»Da bin ich anderer Meinung – ich finde so was extrem gefährlich. Ich verstehe ja, dass du zur Zeit eine Art Beistand brauchst, Maddy, aber du bist sehr verletzlich.«

»Ich finde, du solltest es ruhig mir überlassen, wie ich damit umgehe. Trotzdem, vielen Dank.«

Wieder dieser anklagende Unterton. Sie würde lieber aufbrechen, ehe sie noch anfing, richtig mit ihm zu streiten. Von dem Tagebuch konnte sie ihm ja später noch erzählen.

Als sie bei Anbruch der Dunkelheit nach Caen zurückfuhr, merkte sie, dass ihre krampfhafte Weigerung, Peter loszulassen, sie für alles andere blind gemacht hatte. Erst jetzt fiel es ihr wie Schuppen von den Augen: An die Stelle der früheren Intimität war keine Freundschaft getreten, wie sie sich immer einredete – nein, zwischen ihnen klaffte ein tiefer Abgrund. Peter würde sich nie ändern – er würde auch weiterhin versuchen, seinen eigenen Schmerz und seine innere Verwirrung zu überbrücken, indem er die Seelen anderer rettete. Und Madeleine spürte, dass sie ihn darin eigentlich nicht mehr unterstützen konnte.

Wieder dachte sie an den Teppich von Bayeux. Sie hatte in dem Buch über mittelalterliche Stickkunst, das sie sich in Lydias Cottage angeschaut hatte, zwar nur ein paar Seiten gelesen, aber sie wusste seither, dass sowohl Königin Edith als auch Mathilda, die Frau von William dem Eroberer, sehr begabte Stickerinnen gewesen waren. Aber dass Edith auch eine überragende Zeichnerin war, hatte sie bisher noch nie gehört. Unter Kunsthistorikern würde diese These vermutlich eine heftige Diskussion auslösen. Sollte sie Rosa darauf ansprechen? Als feministisch gefärbte Dozentin für Kunstgeschichte und als Expertin für Textilien hatte sie bestimmt eine Meinung dazu.

Auf einmal stieg wieder Panik in ihr hoch. Durfte sie das Tagebuch mit gutem Gewissen noch länger verheimlichen? Ihr momentanes Verhalten stand in krassem Gegensatz zu ihrem Berufsethos: Letztlich war es ihre Aufgabe, das Wissen über die Vergangenheit, über das sie verfügte, anderen zu vermitteln. Aber schon verspürte sie wieder diesen Besitzanspruch – das Tagebuch gehörte *ihr*, und unter keinen Umständen wollte sie es aus der Hand geben. Noch nicht.

Um ihre Schuldgefühle loszuwerden, redete Madeleine sich ein, dass es sich bei der Stickerei, die Leofgyth heimlich beobachtet hatte, unmöglich um den Teppich von Bayeux handeln konnte. Königin Ediths Werk war mit Sicherheit verloren, genau wie die anderen Textilien, von denen Leofgyth sprach: Edwards Krönungsmantel, der üppig bestickte Wandbehang von Alfred dem Großen auf seinem Schlachtross sowie die kunstvollen Tapisserien an den Wänden des Palastes und in der Bibliothek von Canterbury. Stoff war ein Material, das schneller zerfiel als die meisten anderen historischen Dokumente.

Die Fahrt verging wie im Flug. Zu Hause angekommen, fiel ihr ein, dass sie am Samstag vergessen hatte, in den Briefkasten zu schauen. Ein Brief aus Canterbury erwartete sie. Noch auf der Treppe riss sie ihn auf. Es war ein Schreiben von Lydias Anwalt. Der Termin der Testamentseröffnung passte ihr gut – er fiel, wie vereinbart, in die vorlesungsfreie Woche in der Semestermitte.

Auf ihrem Anrufbeantworter warteten zwei Nachrichten. Die erste von Jean. Wie üblich wurde ihre Kommunikation über die Maschinen abgewickelt. Die zweite Botschaft stammte von Karl Muller, und beim dunklen Timbre seiner Stimme spürte Madeleine ein komisches Grummeln in der Magengegend. Er sei während der nächsten Wochen in Paris, und ob sie nicht Lust habe, sich einmal mit ihm zum Mittagessen zu verabreden? Sie lächelte vor sich hin, während sie die Nachricht ein zweites Mal abhörte – um seine Stimme noch einmal zu hören. Er gab keine Nummer an, unter der sie ihn erreichen konnte, sondern versprach, sich bei ihr zu melden, wenn der Termin seiner Frankreichreise näher rückte.

Dennoch schob sie den Gedanken an ihn mühelos beiseite, denn jetzt lockte das Tagebuch.

10. August 1064

Auf dem Markt heißt es jetzt, der König sei wahnsinnig geworden, wenngleich das schon vor zehn Jahren behauptet wurde, als er Earl Godwin befahl, seinen Bruder Alfred von den Toten aufzuerwecken. Doch inzwischen verlässt der König sein Gemach tagelang nicht mehr, und er schreit im Schlaf. Die persischen Ärzte sagen, er habe keinen Lebenswillen mehr. Der König fehlte bereits bei zwei Sitzungen des Witan, des Rates der Bischöfe, Earls und Edelleute, der über die Staatsgeschäfte berät.

Dass die letzte Zusammenkunft des Witan im Streit

endete, ist kein Geheimnis, denn Harold kam wütend aus dem großen Saal gestürmt und schlug den Stalljungen, der zu lange brauchte, um seinen Hengst vorzuführen. Harold sprengte ohne seine Leibwache aus dem Palasthof, und alle Frauen im Turmzimmer liefen ans Westfenster, um die Staubwolke zu verfolgen, die sein Pferd auf der Straße nach Bristol aufwirbelte. Seit dem Schachspiel in Edwards Gemach spricht Königin Edith in meiner Gegenwart offen mit Isabelle. So habe ich ihren Bericht über die Ratsversammlung mitbekommen. Harold stritt sich mit Tostig wegen der Zustände in Northumbria, Tostigs Earldom. Edward verlangt in letzter Zeit immer häufiger, dass Tostig ihm Gesellschaft leistet, und seine Zuneigung zu dem jüngeren der beiden Brüder ist offenkundig. Doch in Tostigs Abwesenheit haben in der nördlichen Grafschaft erneut Gesetzlosigkeit und Korruption um sich gegriffen. Wie ihr Mann schätzt auch Königin Edith Tostig sehr, und es war ebenso ihr Werk wie das ihres Gatten, dass er zum Earl erhoben wurde.

Kurz vor der Zusammenkunft des Witan erreichte West Minster die Kunde, dass die northumbrischen Edelleute Gamel und Ulf ermordet worden waren und dass ihre Thane Tostigs Schergen der Tat bezichtigten. Die beiden Ermordeten waren Anhänger Gospatrics, den viele Northumbrier für ihren wahren Earl halten. Jetzt lauern die northumbrischen Thane Reisenden auf und erpressen Lösegeld, und Kirchenmänner fordern, dass ihre Abgaben verringert würden. Harold stellte Tostig wegen dieser Dinge zur Rede und verlangte, dass sein Bruder nach Northumbria zurückkehren und den Konflikt bereinigen solle. Aber Tostig ist genauso willensstark und stur wie Harold und lässt sich nicht herumkommandieren. Er erwiderte nur gelassen, dass das nördliche Earldom seiner Herrschaft unterstehe und er sich allein dem König gegenüber verantworten werde. Als Tostig andeutete, sein Bruder sei vielleicht ebenfalls mit Gospatric im Bunde, stürmte Harold wütend aus der Versammlung und aus dem Palast.

Die Northumbrier sind ein Mischvolk aus Dänen und Sachsen, und Tostig ist genau der richtige Mann, um dort im Norden zu regieren. Er spricht sowohl die Sprache seines sächsischen Vaters als auch die seiner dänischen Mutter, aber in den Augen des northumbrischen Adels ist er dennoch ein Westsachse. Die Fehden dort im Norden dauern schon an, seit das Blut der Stämme durch Heirat vermischt wurde, aber bis jetzt gab es unter Tostigs Herrschaft noch keine ernsthaften Schwierigkeiten.

Seit jenem Tag ward Harold nicht mehr gesehen, wenn er auch vor der Sonnwende nach Männern aus der Leibgarde des Königs schickte, so auch nach meinem Jon. Der König weigert sich inzwischen, weiter nordwärts zu reiten als bis nach Shropshire, deshalb hungern die Huskarls nach Gelegenheiten, aus dieser Gegend herauszukommen. Als Jon mit fünfzig weiteren Männern aus dem Palasthof ritt, wusste er nicht, welcher Art die Reise sein würde. Einige Männer meinten, es sei ein Jagdausflug nach Flandern, andere behaupteten, Harold wolle seine Verbündeten auf dem Kontinent aufsuchen, um festzustellen, wer von ihnen seinen Anspruch auf die Sachsenkrone unterstützen würde. Aber geredet wird immer, und die Wahrheit werden wir erst erfahren, wenn sie zurück sind.

14. *August 1064*

Inzwischen weiß Mary von meiner Schreiberei, da sie meine Schlaflosigkeit geerbt hat, sodass sie öfter in den frühen Morgenstunden wach liegt und dem Schnarchen ihrer

Brüder lauscht. Sie wird mein Geheimnis hüten, denn sie sagt, sie möchte diese Kunst selbst gern erlernen. Sie arbeitet jeden Samstag in der Gerberei und fegt dort die Böden. So kann sie mir Abfälle von Häuten mitbringen, die ich in kochendem Wasser einweiche, mit meinem alten Brotmesser schabe und dann zu grobem Pergament dehne. Ich habe weder Kalk noch das rechte Werkzeug, um feines Pergament herzustellen, und muss oft zwei Stücke zusammennähen, weil sie so klein sind.

Mary hat offensichtlich das Augenmerk des Steinmetzsohns Ed auf sich gelenkt. Ed ist sechzehn und jetzt schon größer als sein Vater. Er ist ein frischer, freundlicher Bursche, aber wenn er meine Tochter betrachtet, ist sein Lächeln mehr als nur freundlich. Ich werde Mary nicht heiraten lassen, ehe sie fünfzehn ist, ich könnte nicht ohne sie auskommen, wenn sie auch bereits davon spricht, sich neben der Gerberei noch eine andere Arbeit zu suchen, damit sie mitverdienen kann.

Unter den Frauen meines Standes sind nicht nur Spinnerinnen und Gürtlerinnen, sondern auch Vertreterinnen von Handwerken, die zumeist von Männern ausgeübt werden. Da sind Schmiedinnen, Vergolderinnen und Kesselmacherinnen, viele davon durch den Krieg verwitwet und Mütter unmündiger Kinder. Nur Schreiberinnen gibt es keine, denn es weckt immer Missbilligung und Argwohn, wenn eine Frau Interesse an der Kunst der Wörter zeigt, es sei denn natürlich, ihr Ziel wäre es, die Heilige Schrift lesen zu können.

Als Odericus mir die erste Lektion im Schreiben gab, war es schon viele Jahre her, dass ich ihn mit meinen Fragen zu plagen begonnen hatte. Wir lernten uns kennen, als ich fast noch ein Kind war und noch nicht lange in jener Werkstatt arbeitete, wo mein Geschick mit der Nadel aufgefallen war, als meine Mutter mich erstmals dorthin mitgenommen hatte. Der Mönch war damals noch ein junger Mann, der erst kurz zuvor aus der Normandie gekommen war und als Novize im Skriptorium der Abtei diente. Er besuchte die Werkstatt mit einem älteren Mönch, der Entwürfe für die frisch gekrönte Königin zeichnete, und während die Vorsteherin der Stickwerkstatt mit seinem Herrn über einen Wandbehang für den Palast beriet, wanderte Odericus im Raum umher, um unsere Arbeit zu betrachten. Er blieb bei mir stehen und beobachtete mich neugierig, da ich die jüngste im Raum war, lobte dann meine flinken Finger und feinen Stiche.

Ich war zuerst sehr schüchtern, aber er brachte mich bald zum Reden, und als ich erst einmal angefangen hatte, überschüttete ich ihn mit Fragen nach dem Skriptorium und der Bibliothek der Abtei. Er beantwortete sie, so gut er konnte, und sooft er wiederkam, suchte er meine Gegenwart. Um sich in unserer Sprache zu üben, sagte er. Ich dachte, dass der Grund wohl eher seine Einsamkeit war, und bald schon wurden wir Freunde.

Ich bat Odericus oft, mich das Schreiben zu lehren, aber er erklärte stets, das sei doch verboten, wenn er mir auch nie sagte, von wem.

Als ich mit Mary schwanger und elend und allein war und nichts tun konnte, als mit einer Handarbeit daheim am Feuer zu sitzen, kam mich der Mönch besuchen, um mir ein Geschenk zu machen. Er sah zu, wie ich den Riemen um die Ledermappe löste und in Freudenrufe ausbrach, als ich die Pergamentbögen erblickte und den Gänsekiel und das Fässchen mit öliger schwarzer Tinte, die die Brüder selbst aus Wiesenpilzen herstellen. Ich kam mir töricht vor, als mir die Tränen kamen, aber Myra, die Hebamme, hat mir erklärt, dass Schwangere nahe am Wasser gebaut haben.

Inzwischen koche ich mir meine Tinte selbst aus den dunklen, giftigen Pilzen, und ich bin sparsam mit dem guten Pergament, damit es vorhält, bis Odericus mir neues bringen kann. Meine Schreibkiele mache ich mir jetzt aus Raubvogelfedern, die ich im Wald finde, aber ich muss Jons scharfes Jagdmesser nehmen, um die Spitzen zuzuschneiden. Diese Waffe legt Jon nur zum Schlafen ab, sonst hängt sie stets an seiner Hüfte, damit er sie jederzeit ziehen kann. Ich löse sie des Nachts, wenn er schnarcht, so vorsichtig wie eine Diebin aus seinem Gürtel. Wenn er schläft, sehe ich wieder den jungen Burschen, der er war, als wir uns kennen lernten, damals, als er noch weniger Sorgen zu tragen hatte und seine Schultern noch nicht so breit waren. Jetzt ist es sein größter Ehrgeiz, ein Held in der Schlacht zu sein, Harolds Lob zu erringen und ein Than mit eigenem Land zu werden.

Falls sich Jons Wünsche erfüllen sollten, werden wir nicht mehr so schwer arbeiten müssen, aber um den Preis der Lehenstreue. Meinem Mann erscheint das ein erstrebenswertes Leben, und er wünscht es sich nicht nur für sich selbst, sondern auch für mich und für unsere Kinder. Ich würde mir auch wünschen, genügend Feuerholz, Essen und Kleidung zu haben und weniger zu arbeiten, nicht aber, Harold Godwinsons Vasall zu sein.

Jetzt ist das Feuer am Verlöschen, und ich darf kein Feuerholz mehr verschwenden. Es ist Sommer und nachts nicht mehr kalt, aber das Feuer leistet mir Gesellschaft, wenn mein Bett leer ist. Wie immer in den Monaten, da ich allein schlafe, frage ich mich, ob ich je wieder Jons warmen Atem in meinem Nacken spüren, seinen Geruch nach Schweiß und Erde riechen werde.

Odericus reitet diesmal ebenfalls in Harolds Gefolge, also bin ich ohne Ehemann und ohne Freund. Es ist ungewöhnlich, dass Harold sich von einem Priester der römischen Kirche begleiten lässt. Er ist ein gottesfürchtiger Mann, aber nicht kirchenfürchtig, und Jon sagt, Harold leistet seinen Gottesdienst in Gestalt von Goldmünzen, mit denen er sich die Gunst der Bischöfe zu erkaufen sucht. Aber er macht Halt, damit seine Männer in einer Kirche beten können, denn sie glauben, sich durch Gebete Schutz erkaufen zu können, und dieser Glaube macht sie tapfer. Harold zahlt Rom nur dann Tribut, wenn es seinen Zielen nützt, und er und seine Brüder stehen nicht in der Gunst der Mächtigen dieser Kirche, da sie zu oft auf Seiten der Christen von den keltischen Inseln sind.

Mein Mann spricht genau wie ich eher mit den Waldgeistern als mit dem strengen Christengott, aber in seinen Augen ist Harolds Verhalten notwendig und klug. Jon wird nie ein Wort gegen Harold Godwinson sagen.

Mir fehlt Jons beruhigendes Schnarchen neben mir, wenn auch aus der gegenüberliegenden Ecke das leisere Schnarchen von Klein-Jon kommt, dessen Kopf in Marys Armbeuge ruht. Er wird niemals wach, nicht mal, wenn der Säugling in der Nacht schreit. Manchmal beneide ich ihn um seinen festen Schlaf, denn in den Winternächten, wenn die Träume endlich zu mir gefunden haben und ich bis ins Mark müde bin und meine Finger und Handgelenke von der stundenlangen Handarbeit schmerzen, ist es hart, in den frühen Morgenstunden hochzuschrecken, weil der Säugling nach Milch schreit. Und dann meine warmen Brüste der kalten Nachtluft auszusetzen. Aber ich denke auch oft, dass es nur gut ist, wenn mein Schlaf nicht so fest ist wie der anderer Leute, da diese Nachtstunden die einzigen sind, die ich mein Eigen nennen kann.

Es ist eine große Erleichterung, dass Mary den kleinen James hütet, wenn ich im Palast bin, und es ist ein Segen, dass meine Nachbarin mehr Milch hat, als ihr eigener

Säugling braucht. Klein-Jon ist jetzt alt genug, um Holz und Wasser zu holen, die Hühnereier einzusammeln und bei der Schafschur und der Ernte zu helfen. Wenn diese Arbeiten anstehen, packen Jung und Alt zu, obwohl so vieles, was wir mühsam erwirtschaften, dem König gehört. Alle Pächter des Königs zahlen, genau wie die Pächter der Thane, die Pacht in Naturalien. Von den Früchten unserer Arbeit und der Arbeit unserer Nachbarn zieht der Sheriff des Königs alljährlich zehn Fässchen Honig, dreihundert Laibe Brot, zweiundvierzig Fässer Bier, zehn Schafe, zwanzig Hennen, zehn Käse, ein Fass Butter, fünf Lachse, einhundert Aale und zwanzig Pfund Grobfutter ein.

Mein Haus liegt am Waldrand, wo ein Bach fließt und wir leicht an Brennholz und Wasser gelangen, und inzwischen vermag Klein-Jon bereits mit seiner Steinschleuder einen Vogel vom Himmel zu schießen. Oft gibt es auch Kaninchen, weil der Pfeil meines Mannes Jon nie sein Ziel verfehlt. Es ist jetzt Spätsommer, aber die Tage sind immer noch lang genug, dass das Brot in der warmen Sonne gehen kann. Sobald die Wintermonate kommen, muss ich das Haus verlassen, wenn die Sonne kaum aufgegangen ist und Raureif auf dem dunklen Wald liegt, und ich kehre erst in der Dunkelheit zurück. Es sind aber nur zwei Meilen, die ich täglich zum Palast laufen muss, und manchmal, wenn Jon ein Pferd aus dem Stall des Königs hat, schwinge ich mich hinter ihn, und wir reiten zusammen hin.

Wenn ich im Palast anlange, trete ich sachte auf, damit die Steinböden nicht von meiner Ankunft künden. Ich komme und gehe leise, denn die Wachsoldaten langweilen sich oft. Wenn es heftig geregnet hat, halten sie nach mir Ausschau, in der Hoffnung, dass ich meine Röcke raffe, damit sie nicht durch den Matsch schleifen. Manchmal erbarme ich mich und gönne ihnen ein Lächeln, aber ich bin Jons, des Bogenschützen, Frau, und sie sprechen von meinem Mann als dem »Starken Jon« und »Jon, dem Riesen«, und das klingt nicht nach dem sanftmütigen Burschen, den ich kenne.

7. Kapitel

In Lydias Cottage war es kalt und düster, als Madeleine zögernd von Zimmer zu Zimmer ging. Nichts hatte sich verändert seit ihrer Abreise – die Vorhänge waren noch geschlossen, nur auf dem Tisch im vorderen Zimmer stand ein Strauß frischer Blumen in einer Vase, außerdem war nirgends ein Körnchen Staub zu sehen.

Joan hatte als Einzige einen Schlüssel zum Cottage. Bestimmt war sie am Morgen hier gewesen, um Madeleine den kleinen Willkommensgruß hinzustellen.

Madeleine hatte versucht, sich auf die Gefühle vorzubereiten, die Lydias Wohnung bei ihr auslösen würde. Doch viel genützt hatte das nicht. Dass ihr jetzt die Tränen kamen, lag weniger an Joans teilnahmsvoller Geste als daran, dass ihr das Haus so unendlich leer erschien. Ihre eigene innere Leere schien hier widerzuhallen. In Frankreich schaffte sie es irgendwie, ihren Schmerz unter Kontrolle zu behalten, weil sie geografisch weit weg war von den Erinnerungen an Lydia. Mit bedächtigen Schritten ging sie jetzt die Treppe zum Gästezimmer hinauf. Das Bett war frisch bezogen, auf dem Kopfkissen lag ein Briefumschlag mit ihrem Namen. Sie öffnete ihn und zog einen hübschen blassblauen Briefbogen heraus.

Willkommen in Canterbury, liebe Madeleine! Bitte, lassen Sie uns wissen, wenn wir Ihnen in irgendeiner Weise behilflich sein können. Wir würden uns freuen, Sie zu sehen, sobald Sie richtig angekommen sind.
Mit vielen Grüßen
Joan

Madeleine setzte sich auf die Bettkante. Sie war todmüde. Die letzten zwei Wochen waren extrem anstrengend gewesen, weil sie einerseits jede Menge für die Uni hatte tun müssen, andererseits so oft wie möglich das Tagebuch weiter übersetzt hatte. Noch nie hatte sie ihre Lehrverpflichtung als dermaßen belastend empfunden. Aber jetzt war alles, was sie in den letzten vierzehn Tagen übersetzt hatte, in ihr Notizbuch übertragen, und vor ihr lag eine ganze Woche, in der sie den Text noch einmal durchlesen und sich in aller Ruhe ihre Gedanken darüber machen konnte.

Heute war Samstag. Lydias Testament sollte am Montag eröffnet werden. Madeleine ging nach unten, um zu telefonieren, doch als sie den Hörer abnahm, war die Leitung tot. Ach ja, sie hatte den Anschluss bei ihrem letzten Besuch schon abgemeldet. Sie kramte in der Handtasche nach ihrem Handy, um Joan anzurufen.

Don nahm ab. Er schien sich ehrlich zu freuen, ihre Stimme zu hören. Sie wechselten ein paar Worte, dann kam Joan an den Apparat.

»Madeleine, wie schön, dass Sie sich melden.«

»Hallo, Joan. Vielen Dank, dass Sie an mich gedacht haben. Es ist mir nicht leicht gefallen, nach Canterbury zu kommen. Da hat es gut getan, dass ...« Sie konnte nicht weitersprechen. In letzter Zeit passierte ihr das immer wieder.

»Nicht der Rede wert«, sagte Joan schnell. »Sie sind sicher müde nach der langen Reise, deshalb dürfen Sie

ruhig ›Nein‹ sagen, wenn Sie nicht mitkommen möchten
– aber heute Abend findet hier eine interessante Veranstaltung statt …«

»Was für eine Veranstaltung?«, fragte Madeleine vorsichtig.

»Nichts Offizielles – Drinks und ein kleiner Imbiss, in
einem der hiesigen Hotels. Alle zwei Jahre trifft sich die
Historische Gesellschaft in Canterbury. Vielleicht tut
Ihnen ein bisschen Ablenkung ganz gut.«

Joan hatte Recht. Madeleine nahm sich vor, tapfer zu
sein. »Ja gerne, klingt interessant«, log sie, und Joan versprach, sie am frühen Abend abzuholen.

Die Historische Gesellschaft versammelte sich in einem
kleinen, altmodischen Hotel namens *White Unicorn*. Im
ersten Stock befand sich ein weitläufiger Konferenzraum
mit hoher Decke und ein paar roséfarbenen Polstersitzrei-
hen vor einem niedrigen Podium. An der Wand standen
zwei lange Tische, der eine mit Rot- und Weißwein, Gläsern, Teetassen und einer enormen Teekanne, der andere
mit hübsch arrangierten Schnittchen und Canapés. Die
Gäste standen in kleinen Grüppchen herum und unterhielten sich gedämpft. Madeleine hätte sich am liebsten
sofort irgendwo verkrochen, merkte aber bald, dass es kein
Versteck gab. Nicht einmal eine Anschlagtafel mit interes-
santen Mitteilungen, die sie hätte studieren können.

Mit einem Glas Rotwein bewaffnet, hielt sie sich
krampfhaft in Joans Nähe. Gemeinsam bahnten sie sich
einen Weg durch die Menschentrauben und wurden bald
von einem Mann angesprochen, der Joan offensichtlich
kannte. Er war ganz in Beige gekleidet. Krawatte, Lei-
nenschuhe – alles beige. Seine Brille erinnerte an eine
Taucherbrille, die seine Augen grotesk vergrößerte, und
die letzten ihm noch verbliebenen weißgelben Haar-

strähnen hatte er sorgsam über seine schimmernde Glatze gezogen.

»Guten Abend, Professor Thorn«, begrüßte Joan ihn höflich, aber Madeleine glaubte zu bemerken, dass sie dabei, kaum merkbar, das Gesicht verzog.

»Darf ich vorstellen – Madeleine l'Eglise, Lydia Broders Tochter.«

Begeistert ergriff Professor Thorn Madeleines Hand und schüttelte sie kräftig.

»Sehr erfreut, Sie kennen zu lernen, Madeleine. Wirklich – sehr erfreut. Und ich darf Ihnen sagen, wie traurig wir alle sind, dass Ihre Mutter von uns gegangen ist. Eine wunderbare Frau! Mit einem höchst bemerkenswerten Verstand. Sehr bedauerlich.«

»Professor Thorn ist der Leiter der Renaissance-Studien an der Universität Canterbury«, erklärte Joan. Und an den beigefarbenen Mann gerichtet fügte sie hinzu: »Madeleine unterrichtet mittelalterliche Geschichte – in der Normandie.«

Bei dieser Mitteilung leuchteten Thorns Augen auf, und er wollte sie offensichtlich in ein Gespräch verwickeln, doch Joan packte Madeleine am Arm. »Sie müssen uns leider entschuldigen, Professor Thorn, aber ich möchte Madeleine noch einen Freund vorstellen – und ich glaube, er ist bereits auf dem Absprung.« Mit diesen Worten steuerte sie Madeleine durch die Menge und ließ den enttäuschten Professor einfach stehen.

»Es ist besser so«, flüsterte sie ihr ins Ohr und lächelte verschmitzt. »Kommen Sie, ich möchte Ihnen gern Nicholas vorstellen.«

An der »Bar« stand ein großer, schlanker Mann mit dunklen Haaren. Er hatte gerade sein leeres Weinglas auf den Tisch zurückgestellt und knöpfte seinen schwarzen Ledermantel zu, offensichtlich um zu gehen. Als er die beiden Frauen bemerkte, rief er freudig: »Oh, guten Abend, Joan. Ich dachte schon, Sie kommen nicht mehr.«

»Nicholas – darf ich Ihnen Madeleine l'Eglise vorstellen? Madeleine, das ist Nicholas Fletcher.«

Nicholas reichte ihr die Hand. Er war kein Unbekannter, und sie merkte an seinem Blick, dass er sie ebenfalls erkannte – Nicholas war der Mann aus dem Archiv. Etwas verlegen begrüßte sie ihn.

Als Joan sich entschuldigte, um einem Arbeitskollegen Hallo zu sagen, wandte Nicholas sich direkt an sie und erkundigte sich ganz unbefangen: »Wie lange sind Sie hier in Canterbury, Madeleine?«

»Nur eine Woche. Ich muss Verschiedenes erledigen ... Das Testament meiner Mutter ...«

»Das ist alles sicher nicht einfach für Sie«, sagte Nicholas leise. Und nach einer Pause fügte er hinzu: »Ich glaube, ich habe mich ein bisschen unhöflich benommen, als wir uns neulich im Archiv begegnet sind. Verzeihen Sie mir. Darf ich Sie vielleicht zu einem Drink einladen, um meinen Fauxpas wieder gutzumachen?« Seine blauen Augen blickten sie vergnügt an.

Madeleine nickte. »Ja, gern – aber ich dachte, Sie wollten gehen. Lassen Sie sich nicht aufhalten.« Insgeheim wünschte sie sich fast, er würde tatsächlich gehen, weil sie sich in seiner Gegenwart etwas befangen fühlte. Sie war sich nicht sicher, ob sie ihn sympathisch fand oder nicht. Eine gewisse distanzierte Arroganz ging von ihm aus, aber gleichzeitig wirkte er so unbeschwert, als hätte er keine Lust, sich an die strengen Höflichkeitsrituale seiner Landsleute zu halten. Diese Kombination verlieh ihm eine fast beunruhigende Intensität.

Am besten würde es sein, wenn sie ihn ein bisschen ausfragte. Immerhin hatte er sich selbst als Restaurator bezeichnet. Und von Joan wusste sie, dass er den Besitz des Stadtarchivs systematisch katalogisierte.

»Darf ich Sie nach Ihrer Arbeit fragen? Es würde mich interessieren, ob Sie schon mal auf irgendwelche brisanten Dokumente gestoßen sind.«

»Ja, selbstverständlich. Aber das ist alles streng geheim, und ich möchte Sie nicht in Gefahr bringen, indem ich Ihnen verrate, was sich in den Kellern und Gewölben von Canterbury verbirgt.«

»Ach, dann haben Sie bestimmt das Versteck der Reliquienschreine des heiligen Augustinus gefunden«, sagte Madeleine lachend. Nicholas schien beeindruckt. »Heißt das, Sie kennen sich in unserer Lokalgeschichte aus? Ach ja, stimmt – Sie haben mir erzählt, dass Ihre Mutter mit geschichtlichen Nachforschungen beschäftigt war.«

»Außerdem unterrichte ich Geschichte.«

Als sie das sagte, glaubte sie in seinem Blick etwas Neues zu entdecken. Interesse?

»Dann sind Sie hier« – er deutete auf den erlauchten Historikerkreis – »weil Sie sich an den fesselnden Diskussionen beteiligen wollen?«

»Genau. Und ich muss sagen, Sie machen Ihre Sache gar nicht schlecht.«

Nicholas grinste breit, wodurch seine etwas schiefen, aber perlweißen Zähne sichtbar wurden.

»Wissen Sie was? Ich muss unbedingt eine Zigarette rauchen. Unten befindet sich eine echte Bar – hier oben scheint keiner diesem Laster zu frönen ... Außerdem will Thorn demnächst eine Rede halten, vermutlich über ein hochbrisantes Thema. Sie rauchen nicht zufällig?«

»Doch. Und ich hätte nichts gegen ein paar Züge.«

Sie schaute sich nach Joan um, die in ein Gespräch mit Professor Thorn vertieft war. Daraus schloss Madeleine, dass ihr genug Zeit für eine Zigarette blieb, ehe Joan sich auf die Suche nach ihr machen würde.

In der Hotelbar knisterte ein einladendes Feuer im Kamin, vor dem ein paar sehr gemütliche Sessel standen. Nach dem riesigen, grell erleuchteten Konferenzraum kam man sich hier vor wie in einer schummrigen, kuscheligen Höhle.

»Was hätten Sie denn gern?«

»Ach – entscheiden Sie.«

Madeleine setzte sich in einen Sessel, zündete sich eine Zigarette an und schaute Nicholas nach. Er war mindestens eins neunzig groß und sehr schlank, fast mager, aber breitschultrig. Die dunklen Haare hatte er zu einem Pferdeschwanz zusammengebunden, genau wie bei ihrer ersten Begegnung.

Er kam mit zwei Single Malt Whiskys zurück.

»Ich hoffe, Sie sind einverstanden – meiner Meinung nach gibt es nichts Besseres.«

Der Whisky war weich und torfig und schmeckte genauso angenehm rauchig, wie er roch.

Nicholas holte eine Packung Camel aus seiner Jacketttasche, dazu ein altes Sturmfeuerzeug. Seine Hände mit den langen weißen Fingern sahen aus, als könnte er wunderbar Klavier spielen.

»Es gibt übrigens nur einen verschwundenen Reliquienschrein.«

Bei dieser Bemerkung zuckte Madeleine fast zusammen, weil sie so in den Anblick seiner Hände vertieft war.

»Wie bitte?«, fragte sie. Hoffentlich klang sie nicht allzu geistesabwesend.

»Ich rede von den Reliquienschreinen des heiligen Augustinus. Angeblich wurden zwei von den dreien gefunden – aber ich bin bei solchen Dingen von Natur

181

aus extrem skeptisch. Jeder ›verlorene Schatz‹ wird schnell zu einem Mythos.«

»Wer behauptet, sie gefunden zu haben?« Nun hatte er ihre ungeteilte Aufmerksamkeit.

»Lokale Pfarreien. Sie wissen ja, dass sich die Auflösung der Klöster über einige Jahre hinzog, und das gab den Mönchen genügend Zeit, um ihre Schätze aus den Abteien hinauszuschmuggeln – ehe die Vertreter von Henrys neuer Kirche bei ihnen antanzten.« Nicholas trank einen Schluck Whisky und lehnte sich in seinem Sessel zurück.

»Und?«, fragte Madeleine ungeduldig. Worauf wollte er hinaus?

»Im Grunde sind das alles nur Gerüchte. Schon die Geschichte, dass es drei Schreine gibt, ist nicht sehr plausibel.« Nicholas setzte sich wieder aufrecht hin und fixierte Madeleine mit seinen sehr blauen Augen. »Sie wissen ja, die Archive sind voll mit Dokumenten aller Art – vergilbte Zertifikate für Gott weiß was, juristische Urkunden, Testamente aus der Zeit Jakobs I. Aber hin und wieder finde ich auch etwas wirklich Spannendes – deshalb macht mir meine Arbeit Spaß. Sie dürfen mich nicht falsch verstehen – eigentlich ist das Inventarisieren gar nicht mein Gebiet. Meine wahre Leidenschaft gilt dem Restaurieren und Erhalten. Manchmal arbeite ich im Handschriftensaal der British Library. Die besitzen eine phänomenale Sammlung.«

»Und haben Sie hier in Canterbury schon etwas ›wirklich Spannendes‹ gefunden?«

»Ach, für mich ist vieles spannend – vor allem Geheimschriften. Es gab ja immer tausend Gründe, weshalb bestimmte Dokumente verschlüsselt werden mussten. Gerade zur Zeit der Klosterauflösung. Aber das ist ein völlig anderer Forschungsbereich. Ich habe in London einen Freund, der Tag und Nacht kryptische Handschriften für Museen und Bibliotheken entschlüsselt. Er findet das supertoll. Ich nehme an, manche Leute brauchen so was als Gehirntraining.«

»Bei den meisten Geheimschriften handelt es sich um Runen, oder?«, fragte Madeleine im Gedanken an Evas Café.

Nicholas musterte sie neugierig. »Welche Epoche unterrichten Sie?«

»Mittelalter.«

Er nickte, als wäre damit alles erklärt. »Sehr schön. Hochinteressante Epoche. Und wonach hat Ihre Mutter geforscht?«

»Ehrlich gesagt – ganz genau weiß ich es immer noch nicht. Es ging um ihre eigenen Vorfahren, aber bisher bin ich nur so weit gediehen, dass ich zwei seltsame Cousinen von ihr aufgetrieben habe, die ich vorher nicht kannte. Ach ja, und Joan hat mir erzählt, dass es in der Familie möglicherweise eine alte Geschäftstradition gibt – die Stickerei.«

Was würde Nicholas wohl zu dem Tagebuch sagen? Es passte genau in sein Spezialgebiet ...

»Sie sollten es vielleicht doch noch einmal mit unserem Archiv versuchen. Die Assistenten sind viel kooperativer als ich. Aber wenn Sie vorbeikommen, dann melden Sie sich doch auch bei mir unten im Keller. Ich freue mich über jede Möglichkeit, zwischendurch mal an die frische Luft zu kommen. Vielleicht kann ich Sie sogar in die verbotenen Gefilde hinunterschmuggeln, damit Sie sich ein bisschen umsehen können. Aber ich muss Sie warnen – ich übernehme keine Garantie dafür, dass Sie sich nicht entsetzlich langweilen.«

»Okay – vielleicht schaue ich tatsächlich noch mal vorbei. Ich muss sehen, wie viel Zeit mir bleibt. In der Woh-

nung meiner Mutter gibt es noch unglaublich viel zu tun.«
Sie schaute auf die Uhr. Demnächst sollte sie sich wieder
oben bei den Historikern blicken lassen.

Nicholas trank seinen Whisky aus und erhob sich.
»Schön, dass wir uns richtig kennen gelernt haben, Madeleine. Ich wünsche Ihnen, dass die Woche nicht zu anstrengend für Sie wird.«

Mit einer gewissen Beklommenheit ging Madeleine
wieder nach oben in den Konferenzraum. Professor
Thorns Rede über die Renaissance-Architektur in Rom
hatte sie glücklicherweise verpasst, und als Joan vorschlug, sie könnten von ihr aus nach Hause fahren, war
sie richtig erleichtert. Joan erkundigte sich nicht nach
Nicholas, aber Madeleine fragte sich, ob sie ihn vielleicht
mit ihr verkuppeln wollte. Klar, er hatte etwas Faszinierendes und es machte Spaß, sich mit ihm zu unterhalten,
aber aufs Ganze gesehen hatte sie den Eindruck, dass er
keinen großen Wert auf Beziehungen legte. Indirekt hatte er sich ja als nicht besonders umgänglich beschrieben,
was auf ein gewisses Maß an Selbsterkenntnis hinwies.

Als Joan sie vor Lydias Cottage absetzte, bedankte sich
Madeleine bei ihr und bemühte sich, möglichst munter
zu klingen, damit Joan sich keine Sorgen machte.

Im vorderen Zimmer des Cottage zog sie den kleinen
elektrischen Heizofen möglichst nahe an den Tisch und
räumte genug Platz für ihr Notizbuch frei. Auf diesen
Augenblick hatte sie sich seit der Abfahrt von Caen gefreut
– endlich ungestört ihre Übersetzung noch einmal durchlesen zu können, ohne schlechtes Gewissen, weil sie wegen
Leofgyth die Klausuren ihrer Studenten vernachlässigte.

19. September 1064

Heute war ich auf dem Londoner Markt, um ein paar Seidenbänder und etwas violett gefärbtes Tuch für ein Kleid für Isabelle zu kaufen. Als die Köchin von meinem Vorhaben hörte, konnte sie sich die Gelegenheit nicht entgehen lassen, mir ihre Einkäufe auch gleich in Auftrag zu geben. Also muss ich jetzt auch noch Nelken, Ingwer und Gewürzkuchen finden sowie einen Laib Käse, weil die Milchmagd angeblich durch ihr Ungeschick die letzten beiden Käse verdorben hat. Die Köchin wollte nicht zugeben, dass sie das Mädchen durch ihr Gebrüll so erschreckt hatte, dass es den Käse in einen Bottich Apfelwein fallen ließ.

Ich notierte mir diese Dinge mit einem Silberstift auf einem kleinen Linnenfetzchen, das ich in meinen Ärmel steckte. Ich hüte mich, jemanden merken zu lassen, dass ich schreiben und lesen kann. Diese Heimlichkeiten machen mir nicht mehr so viel aus wie früher, ja, ich glaube, inzwischen genieße ich sie sogar.

Der Londoner Markt ist ein lauter, geschäftiger Platz, wo mandeläugige Kaufleute aus dem Orient Gewürze, Seidenstoffe und geschnitzte Schachfiguren feilbieten und maurische Händler unsere Wolle und unser fein besticktes Linnen kaufen. Da gibt es eine Reihe Stände, wo die Tuchmacher ihre Ware zur Schau stellen, und ich war versucht, etwas Wolltuch in einer aus Kornblumen gewonnenen Farbe zu kaufen. Das Tuch war weich und vom Farbton des sommerlichen Nachthimmels und hätte ein wunderschönes neues Kleid für Mary abgegeben, aber der Yard kostete einen halben Penny, und Mary ist jetzt schon so groß und kräftig, dass ich mindestens drei Yard gebraucht hätte, um ihr ein Kleid zu nähen, das ihr auch im nächsten

Winter noch passen würde. Wir müssen uns mit dem begnügen, was ich selbst spinne und webe, und im Frühjahr, wenn die Blumen blühen, werde ich ihr zeigen, wie sie die Farbe herstellen kann, die sie haben möchte.

Also habe ich stattdessen weiche Lederstiefel für Klein-Jon gekauft. Und ich habe auch dunkelgrünes Beinlingstuch für Jon gekauft, denn er hat nur ein Paar Beinlinge, und die sind schon ganz dünn gewetzt. Jon hat mich gebeten, grünes Tuch zu kaufen, weil seine Beine dann dieselbe Farbe hätten wie der Wald und der wilde Eber ihn vielleicht für einen bemoosten Baum halten würde. Ich habe noch immer nichts von Jon gehört, und die Angst um ihn kommt jeden Tag aufs Neue, wie eine Art Übelkeit.

Ich ging auf dem Markt herum, zwischen den Standreihen, den Fasanenverkäufern und Käsern, Karrenmachern, Lederzurichtern und Knoblauchhändlern, durch das ganze bunte Gewimmel. Der Geruch nach Fisch und faulendem Gemüse, lieblichen Gewürzen und frisch gebackenem Brot, das laute Gehämmer der Schuster und Kesselschmiede und die Rufe, die zwischen den Händlern hin und her fliegen, das alles ist zunächst betörend, dann aber erschlagend.

Manchmal verlangt es mich danach, die hübschen Seidenbänder, das weiche Tuch und andere schöne Dinge zu kaufen, aber sobald ich den Markt wieder verlasse, vergesse ich das alles rasch. Ich habe Glück, dass ich ein Handwerk beherrsche und genug verdiene, um meinen Kindern Stiefel oder einen wollenen Mantel für den Winter kaufen zu können. Es sind nicht nur die Waren der fremdländischen Händler, welche die Armen von einem vollen Geldsäckel träumen lassen. Es sind auch schlichte, notwendige Dinge wie ein neuer Korb zum Sammeln von Eiern und Holz oder ein neuer Kochkessel, weil der alte undicht ist.

Ich sah Myra, die Hebamme, unter ihrem Zelt aus Häuten, das mit Vierecken aus bunter Seide benäht ist. Ihre getrockneten Heilkräuter hingen büschelweise unterm Zeltdach, und auf einem kleinen Tisch standen lauter Töpfchen mit Heilpulvern und -tränken. Ich blieb nicht stehen, um mit ihr zu reden, denn sie unterhielt sich gerade mit einem persischen Arzt, der auch im Palast ein und aus geht. Der Arzt hat neue Heilkräuter aus dem Orient mitgebracht, die er gegen Pflanzen aus den Kräutergärten der Klöster einzutauschen sucht. Myra hat keine Zeit für die Mönche, obwohl diese von ihrem Wissen gewaltig profitieren würden. Sie verachtet den Gott, den die Römer mitgebracht haben, und ihre Verehrung gilt allein den Hütern des Waldes und des Wassers, der Sonne und des Mondes. Das sind die Mächte, die uns am Leben erhalten oder sterben lassen, und sie sind unendlich viel mächtiger als der unsichtbare, erbarmungslose Gott Roms.

Einige Christinnen fürchten, dass Myra über Zauberkräfte verfügt und sie verfluchen könnte, weil die Hebamme nicht wie sie in der Angst vor dem Jüngsten Gericht lebt. Myra isst kein Fleisch und färbt ihre Kleider mit Ringelblumen und Mohn statt mit Zwiebelhäuten. Aber wenn ein Kind krank oder eine Schwangerschaft schwierig ist, dann gehen sie heimlich zu ihr und bitten sie um einen Trank oder einen Zauberspruch. Mir macht Myra keine Angst, ich habe selbst schon bei ihr Rat gesucht.

23. September 1064

Ich hörte den Hufschlag, irgendwann gegen Mitternacht, dachte mir aber nichts dabei, denn die Straße vor unserem Haus führt in den Wald und dann südwärts, nach Winchester. Doch der Hufschlag hielt vor meiner Haustür inne, und da packte ich, von jäher Angst erfüllt, meine Näherei fester. Ich wollte keinen Boten an meiner Tür. Meine Nachbarin ist die Witwe eines Huskarls, und sie schickten einen Boten aus dem Palast zu ihr, um ihr zu sagen, dass ihr Mann in einer Schlacht an der walisischen Grenze gefallen war.

Die Kinder regten sich nicht, und es dauerte eine Ewigkeit, bis ich Schritte vor meiner Haustür hörte. Dann ging die Tür langsam und lautlos auf, und die breite Gestalt meines Mannes füllte den Rahmen aus. Er sagte ein paar leise Worte zu dem Reiter, der ihn heimgebracht hatte, und der Hufschlag entfernte sich wieder. Ich ließ meine Näherei in den Korb fallen, und schon war ich in seinen Armen, das Gesicht in die raue Wolle seines blauen Waffenrocks gepresst. Jon umarmte mich, dass ich dachte, er würde mir die Knochen zerdrücken, hob mich hoch und wirbelte mich herum, und bei alledem waren wir ganz still, um die Kinder nicht zu wecken.

Nachdem wir uns ans Feuer gesetzt hatten und er mir den Kuss, der mir zur Sonnwende entgangen war, zehnfach nachgeliefert hatte, aß er etwas Brot und trank das Bier, das noch in seinem Horn war. Dann stieg er in seinen feuchten Kleidern ins Bett, zu müde, um sich auszuziehen. In seinem einen Beinling ist ein langer Riss und in seinem Bein eine ebenso lange Wunde. Nur gut, dass ich ihm neue Beinlinge aus grünem Tuch genäht habe. Die Geschichte seines Ritts werde ich erst morgen hören.

Am Sonntagmittag hatte sie mit dem Inhalt von Lydias Aktenschrank einige Fortschritte gemacht und die Oberfläche des Tischs weit gehend geräumt. Unter den vielen Papieren fand sie auch das Notizbuch wieder, das an ihrem ersten Abend in Canterbury aufgeschlagen auf dem

Tisch gelegen und in dem sie später den zweiten Tagebucheintrag entdeckt hatte.

Madeleine setzte sich damit in einen Sessel, um es in
aller Ruhe durchzublättern.

Viele Notizen schienen sich gar nicht auf die Genealo-
gie der Familie Broder zu beziehen, sondern auf allge-
meinere Ereignisse. Zur Auflösung der Klöster Mitte des
sechzehnten Jahrhunderts hatte Lydia sich Fragen notiert,
denen sie offenbar nachgehen wollte.

*Heinrich der Achte wollte den Grundbesitz der enteigne-
ten Kirche an sich bringen. Hat er in seiner Gier nach den
Kirchenländereien den zweiten Reichtum der Abteien,
ihre Reliquien, Manuskripte und Textilien, großenteils
übersehen?*

*Steine aus den Ruinen der Abtei St. Augustin wurden
verwendet, um kleinere Kirchen in der Gegend zu reno-
vieren. Waren dies die Kirchen, welche die Schätze der
Abtei verbargen?*

Madeleine versuchte, Lydias Gedanken nachzuvollziehen.
Hatte ihr Hauptinteresse der Frage gegolten, welche
Kunstwerke aus der Abtei St. Augustin abtransportiert
wurden? Sowohl Joan als auch der Pastor meinten, Lydia
habe sich vor ihrem Tod besonders intensiv für Kirchen-
geschichte interessiert. Aber wieso? Ein zusammengefal-
teter Zettel, den Madeleine beim Weiterblättern fand, half
ihr ein Stückchen weiter. Es war die Fotokopie eines Briefes oder eines Testaments, abgefasst in einer ungewöhnlich eleganten Handschrift.

*Es gibt jedoch eine Sache hier, welche noch nicht gesagt
wurde und über welche ich nun schreiben muss.*

In den frühen Wintermonaten des Jahres 1539 besuch-

te Theresa, eine Schwester aus Winchester, dieses Haus. Sie war die Gesandte der Äbtissin ihres Klosters, zu dem unsere Werkstatt Stoff schickt, damit er bestickt werde.

Theresa überbrachte, in größter Heimlichkeit, ein Buch, das seit Menschengedenken in ihrem Kloster aufbewahrt wird. Es ist das Buch der heiligen Edith, flüsterte sie, als dürfte sie diese Worte nicht laut aussprechen, nicht einmal in den vier Wänden meines Hauses. Es ist nicht mehr in Sicherheit, sagte Theresa, das Buch kann nicht länger in der Obhut der Äbtissin bleiben.

Die Nonnen von Winchester verlassen nun ihr Kloster, manche kehren zurück in den Schoß ihrer Familien, und diejenigen ohne Angehörige versuchen, so gut es geht, durchzukommen. Theresa war von Kummer gequält, als sie die Flucht ihrer Schwestern beschrieb.

Die kleine Schwester konnte mir nicht viel über das Buch mitteilen, welches sie zwischen Winchester und Sempting bewacht hat, und nach dem Essen, das ich ihr reichte, wollte sie nicht bleiben.

Also stellte ich eigene Nachforschungen an und besuchte schon bald meine Freundin, die gute Äbtissin des Klosters von Winchester. Wir sprachen lange, bis tief in die Nacht, bis schließlich die Müdigkeit das Sprechen erschwerte. Gemeinsam klagten wir über das ungewisse Schicksal vieler Menschen in diesen unruhigen Zeiten, und ich fragte sie, ob ihrer Meinung nach auch unser Gewerbe bedroht sei. Sie ist eine weise Frau, und sie hat meine Befürchtungen zerstreut; tatsächlich gibt es kein Wort vom Königspalast, das besagt, dass man dort kein Seidentuch und keine Stickerei mehr kaufen will. Die Kirche von Canterbury hat nur noch wenig Bedarf an Chormänteln und Altartüchern, die wir so lange geliefert haben, doch wenn der König erst seine neuen Bischöfe ernannt hat, wird unser Gewerbe wohl erneut aufblühen.

Die Companie Brodier ist berühmt auf dem ganzen Kontinent, und wir haben noch immer zahlreiche Kunden, die sich über die Ergebnisse unserer Webstühle und unserer Nadeln freuen.

Als ich wegen des Buches der heiligen Edith nachfragte, sagte mir die Äbtissin, dass ihr Kloster es lange geschützt habe und dass das Stickereigewerbe nicht die einzige Treueverbindung zwischen ihrem Kloster und meiner Familie sei. Das Buch, sagte sie – und wie Theresa flüsterte sie nun leise –, sei von einer meiner Vorfahrinnen dem Kloster zu treuen Händen übergeben worden, als dieses Land eine andere Niederlage erlitten habe – die Niederlage der Sachsen durch die Normannen. Sie sagte, es sei ein gefährlich Ding und enthalte geheimes Wissen über die Patronin ihres Klosters, Königin Edith. Es erzähle ferner von der wahren Natur einer heiligen Reliquie, welche die Kirche Roms vielleicht suchen werde, nachdem ihre Vertretung aus diesem Land vertrieben wurde.

Die Äbtissin bat mich, das Buch zu hüten wie ein Kind an meinem Busen und es keusch unter Frauen zu bewahren. Denn der Gnade der Himmelskönigin sei es zu verdanken, dass es so lange erhalten geblieben sei.

Nun habe ich gesprochen, dass ich diesen Schwur gehalten habe, und ich erkläre somit, wie es kommt, dass das Buch zu den irdischen Besitztümern der Familie Brodier gehört.

Elizabeth Brodier

Madeleine atmete tief durch und las den Text noch einmal durch. Sie hatte eine Gänsehaut auf den Armen, ein Schauder lief ihr über den Rücken. Es war wieder dieser geisterhafte Atemhauch, den sie in den letzten Wochen so oft gespürt hatte.

8. Kapitel

Am Montagmorgen zog Madeleine ihr klassisch geschnittenes schwarzes Hosenkostüm an, darüber den langen warmen Mantel. So gekleidet fühlte sie sich den bevorstehenden Ereignissen einigermaßen gewachsen. Als sie vor die Haustür trat, sah sie, dass die Grashalme vom Morgenreif silbern glitzerten. Am hellblauen Februarhimmel schimmerten ein paar rosarote Wölkchen, und eine blasse Sonne beschien die winterliche Szenerie.

Ihr Termin bei Lydias Anwalt war erst um neun Uhr, also blieb ihr noch Zeit, um irgendwo zu frühstücken.

Das einzige Café, das schon offen hatte, war ein Starbucks. Madeleine setzte sich vorne ans Fenster, trank ihren Espresso und kaute lustlos ihren Muffin, während sie die eilig vorbeihuschenden morgendlichen Fußgänger beobachtete. Sie konnte an nichts anderes denken als an das fotokopierte Dokument, das sie gestern gefunden hatte.

Elizabeth Brodier hatte offensichtlich im sechzehnten Jahrhundert die *Companie Brodier* geleitet. Wenn sie wirklich zu den Vorfahren der Broders gehörte und Leofgyth eine ihrer Vorfahrinnen war und wenn es sich bei dem erwähnten »Buch« um das Tagebuch handelte – dann war es neunhundert Jahre versteckt gewesen, die

Hälfte der Zeit in einem Kloster in Winchester. Und wenn Leofgyth mit den Brodiers des sechzehnten Jahrhunderts verwandt war, dann musste sie ja auch mit ihr, Madeleine, verwandt sein.

Dass das Tagebuch als »Buch der heiligen Edith« bezeichnet wurde, schien nicht völlig abwegig. Im Mittelalter hatte es durchaus eine Art Kult um sie gegeben, so viel wusste Madeleine. Begonnen worden war er von einem der damaligen »Biographen« der Heiligen. Dieser hatte sowohl Edward den Bekenner als auch seine tugendhafte Gemahlin Edith als Heilige bezeichnet. Es war ja durchaus denkbar, dass das Kloster seine Patronin inoffiziell heilig gesprochen hatte.

Dem Dokument zufolge wurde das Tagebuch von Winchester nach Sempting gebracht. Hatte Elizabeth Brodier womöglich in dem großen Herrenhaus gelebt, in dem jetzt die beiden Cousinen ihrer Mutter herumschlurften?

Und schließlich – wo befand sich das Original dieses Dokuments, das angeblich Mitte des sechzehnten Jahrhunderts abgefasst worden war? Wussten die Schwestern Broder davon? Hatten sie es Lydia gegeben? Ach, wenn sie doch nur die Möglichkeit gehabt hätte, all diese Fragen mit ihrer Mutter zu besprechen.

Madeleine trank ihren Kaffee aus und warf einen Blick auf die Uhr. Die Anwaltskanzlei lag zwar ganz in der Nähe, aber sie wollte auf keinen Fall zu spät kommen. Die Kanzlei befand sich in einem grauen, unauffälligen Gebäude. Die Büros im ersten Stock waren jedoch eleganter, als das Äußere des Hauses vermuten ließ. Eine junge, blonde Sekretärin nahm Madeleine den Mantel ab.

Nervös schaute sie sich in dem kleinen Empfangszimmer um: frisch gestrichene magnolienfarbene Wände, an denen dezente Aquarelle hingen. Stilvoll. Die junge Gehilfin erklärte Madeleine mit einem freundlichen Lächeln,

Charles, der Anwalt – der offensichtlich in einem Dorf außerhalb von Canterbury wohnte –, sei leider im Verkehr stecken geblieben, werde aber gleich da sein. Schon hörte man unten den Schlüssel im Schloss, die Haustür wurde geräuschvoll zugeknallt, dann folgten eilige Schritte auf der Treppe.

Charles war groß, um die fünfzig, ein temperamentvoller Mann mit jovialen Umgangsformen. Madeleine fühlte sich in seiner Gegenwart sofort wohl, er sorgte für eine entspannte Atmosphäre – ganz anders, als sie erwartet hatte.

»Kommen Sie mit, treten Sie ein, Madeleine. Tut mir schrecklich Leid – aber durch diese dumme Baustelle sind wir alle aufgehalten worden.« Er komplimentierte sie in sein Büro und schloss die Tür hinter sich.

»Bitte, nehmen Sie doch Platz.« Er deutete auf einen der Polsterstühle, die um einen runden Mahagonitisch gruppiert waren. Der Tisch war fast leer: ein Ordner, ein großer Glasaschenbecher, eine Wasserkaraffe, zwei Gläser und zwei Stifte.

Charles zog seine Jacke aus, hängte sie über die Rückenlehne eines Stuhls und begann, in seiner Aktentasche nach seiner Lesebrille zu fahnden.

Durchs Fenster konnte Madeleine auf die Straße hinunterschauen. Draußen ging mit langsamen Schritten eine bucklige ältere Frau vorbei. Sie stützte sich auf einen Stock, der fast so krumm war wie ihr Rücken. Unvermutet blieb sie stehen, um ihr buntes Kopftuch fester zu binden, dann schaute sie nach oben, und ihre Augen begegneten Madeleines Blick. Sie lächelte ihr freundlich zu und neigte grüßend den Kopf, ehe sie ihren Weg fortsetzte.

Diese schlichte Geste erschien Madeleine wie ein Versprechen, dass alles gut werden würde. Sie schaute Charles, der inzwischen seine Brille gefunden und ihr gegenüber Platz genommen hatte, erwartungsvoll an.

»Also gut.« Er musterte sie wohlwollend über seine Halbbrille hinweg. »Sind Sie bereit?«

Madeleine schluckte kurz, nickte und sagte: »Ja, ich bin bereit.«

Als sie ihre Umgebung wieder bewusst wahrnahm, stand sie schon vor dem Eingang zur Abtei St. Augustin.

Hätte sie länger über Lydias Testament nachgedacht, wäre ihr klar gewesen, dass es außer ihr keine Erben gab. Das Cottage und eine bescheidene Geldsumme, bestehend aus Wertpapieren und Ersparnissen, waren nun in ihren Besitz übergegangen. Lydia war nach der Trennung von Jean nicht mittellos gewesen, und sie hatte schon immer mit Geld umzugehen gewusst.

Wie immer trug Madeleine ihr Notizbuch bei sich. Das Dokument von Elizabeth Brodier hatte sie noch am Abend in ihre Handtasche gesteckt, um alle »Beweismittel« beisammen zu haben. Sie kaufte sich eine Eintrittskarte für die Abtei, durchquerte rasch das kleine Museum und trat hinaus auf die Rasenfläche. Außer ihr war kein Mensch da. Kaltes, gespenstisches Licht breitete sich wie ein Leichentuch über die Ruinen.

Fast wie in Trance wanderte Madeleine zwischen den traurigen Überresten dieses einst so majestätischen Bauwerks hin und her. Sie wünschte sich, die Steine würden zu ihr sprechen und ihr enthüllen, was sich zur Zeit der Klosterauflösung hier abgespielt hatte. Soweit sie wusste, gehörte die Abtei St. Augustin nicht zu den Einrichtungen, die sich gegen Heinrich den Achten aufgelehnt hatten. Dennoch erschienen ihr die Ruinen wie eine stumme Anklage. Hatten die Gesandten des Königs die Schatzkammer geplündert und ihre Beute weggeschleppt, darunter die

»heilige Reliquie«, von der Elizabeth Brodier sprach? Schrieb Leofgyth auch über diese vom Vatikan gesuchte Reliquie?

Madeleine ging ein paar Stufen hinunter, die in eine leere Krypta führten. Dort setzte sie sich zusammengekauert auf einen moosbewachsenen Stein, und ohne lang zu überlegen, holte sie ihr Notizbuch aus der Tasche.

20. September 1064

Inzwischen weiß ich einiges über den höchst ungewöhnlichen Jagdausflug, von dem Jon und die übrigen Männer aus Harolds Trupp unversehrt zurückgekehrt sind. Sie ritten im Spätsommer von West Minster südwestwärts, nach Guildford in Sussex, wo ein weiterer Godwin-Bruder, Leofwyn, als Earl herrscht. Dort blieben sie über Nacht, als Gäste Earl Leofwyns, dessen Ländereien, laut Jon, genauso groß sind wie die von König Edward.

Am zweiten Tag gelangten sie in einem strammen Ritt nach Bosham, wo Odericus die Messe las und die Männer um gutes Wetter und Westwind beteten, damit sie ins flandrische Boulogne segeln könnten. In Flandern besitzt die Familie von Tostigs Frau Judith ausgedehnte Wälder, wo Harold die Beizjagd pflegt und seine Hunde Füchse und Kaninchen hetzen.

In Bosham gönnten sich die Männer ein Festgelage und warteten auf den richtigen Wind. Am vierten Tag drehte der Wind auf Nordwest. Harold sagte, das sei ein Zeichen des Himmels, und befahl den Männern, die Segel zu setzen. Niemand wagte es, Harold Godwinson zu widersprechen, obwohl sich alle fragten, warum er nach Süden, in Richtung Normandie, zu segeln wünschte.

Als bereits Land in Sicht war, flaute der Wind ab, und sie ruderten zum nächstgelegenen Küstenstrich – Ponthieu, zwischen Flandern und der Normandie. Dort wurden sie bald von den Männern Graf Guys, des Herrschers von Ponthieu, abgefangen und unter Bewachung in dessen Burg in Beaurain gebracht. Jon schildert den Grafen von Ponthieu als einen dicken, tückischen Mann mit öligem Haar und kleinen schwarzen Krähenaugen. Er wollte wissen, was sie in seiner Grafschaft suchten. Harold erwiderte, in Ponthieu suchten sie gar nichts, sie seien nur wegen einer Flaute zufällig hier gelandet. Er sagte, ihr eigentliches Ziel sei Flandern. Der Graf lächelte, aber seine Krähenaugen waren daran nicht beteiligt. Er erklärte Harold, dass er nach den Gesetzen des französischen Königs das Recht habe, von jedem, der auf seinem Gebiet lande, Lösegeld zu fordern.

Ich fragte Jon, wie sich der Graf von Ponthieu und Harold unterhalten hätten, da Harold nur Britisch spricht. Jon sagte, Graf Guy spreche kein Britisch, daher hätten sie Odericus als Dolmetscher benutzt, den einzigen Mann, der beide Sprachen beherrschte.

Jon weiß nicht, welches Lösegeld für Harolds Freilassung gefordert wurde, entnahm aber dessen düsterer Miene, dass es eine große Summe sein musste, die zu zahlen er sich weigerte. Also weigerte sich Graf Guy seinerseits, ihn und seine Männer ziehen zu lassen.

Nach drei Tagen war da plötzlich Lärm vor den Burgmauern, und der Stallmeister berichtete den Gefangenen, zwei Reiter seien von Westen gekommen und verlangten im Namen des Normannenherzogs William den Grafen Guy zu sprechen. Der Graf trat ihnen mit seiner Leibwache entgegen. Die beiden Reiter saßen auf ihren großen, schweißnassen Rössern, ohne Waffen und ohne Männer. Ihr Herr, der Normannenherzog, verlange die Freilassung des Harold Godwinson, Earl von Wessex, und seiner Mannen. Mit William wollte sich Graf Guy wohl nicht anlegen, denn er gab ärgerlich den Befehl, die Gefangenen freizulassen.

Jon sagt, sie erhielten frische Pferde und wurden von den beiden normannischen Reitern in den Ort Eu in der Normandie eskortiert, wo der Herzog selbst sie erwartete. Er sagt, William der Bastard sei ein mächtiger Mann, sowohl körperlich als auch in seinem ganzen Auftreten, und habe erklärt, es sei ihm eine Ehre und ein Vergnügen, endlich Harold Godwinson kennen zu lernen. Odericus ritt an Harolds Seite, aber seine Dolmetscherdienste waren nicht nötig, da William fließend Britisch spricht. Jon sagt, später habe er Odericus und William miteinander reden und lachen sehen. Er habe zwar nichts verstanden, aber es sei klar gewesen, dass sie sich bereits kannten.

Allmählich kann ich mir denken, warum Harold den Mönch auf diese Reise mitgenommen hat. Odericus ist oft mit dem König und der Königin zusammen, zum einen, weil der König seine normannische Abstammung schätzt, zum anderen, weil er der Schreiber, Priester und Vertraute beider ist. Vielleicht bezeugt ja die Tatsache, dass er mit in der Normandie war, Harolds Entschlossenheit, enge Verbindung zu denen zu halten, die enge Verbindungen zum König haben.

Madeleine klappte ihr Heft wieder zu und stand auf. Sie konnte nicht weiterlesen, weil die eisige Luft ihr im Gesicht weh tat und ihre Hände und Füße von der Kälte ganz taub wurden.

Mit eiligen Schritten ging sie zurück ins Museum, um sich aufzuwärmen. Die Aussicht, den Rest des Tages im Cottage zu verbringen, erschien ihr nicht verlockend, aber bei dem unfreundlichen Winterwetter war auch ein Stadtspaziergang keine echte Alternative.

Ohne sich bewusst dafür zu entscheiden, ging sie schließlich in Richtung Archiv. Als sie vor der Tür stand, war es noch nicht zwölf Uhr mittags, und Madeleine rechnete sich gute Chancen aus, einen der wissenschaftlichen Assistenten anzutreffen.

Tatsächlich war diesmal der Schreibtisch besetzt: Eine recht streng dreinschauende Frau mit braunen Haaren blickte sie über ihren Computerbildschirm hinweg an.

»Guten Tag, kann ich Ihnen behilflich sein?«, fragte sie höflich.

»Ja, hoffentlich«, entgegnete Madeleine, ohne recht zu wissen, wie sie anfangen sollte. »Ich interessiere mich für die Kunstwerke, die aus der Abtei St. Augustin entfernt wurden ...« Doch dann unterbrach sie sich und nahm noch einmal Anlauf. »Ich bin auf der Suche nach Schriftstücken, die mit diesen Schätzen zu tun haben – gibt es vielleicht eine Art Inventar, ein Dokument, irgendetwas ... Ich recherchiere zu diesem Thema.«

Die höfliche Miene der jungen Assistentin hatte sich nicht verändert, aber ihre Stimme klang in Madeleines Ohren etwas angeödet. »Darüber haben wir leider gar nichts. Sie wissen ja sicher, dass die Bibliothek der Abtei abgebrannt ist. Wir können deshalb nur Vermutungen anstellen, dass sich dort Hunderte von Manuskripten befanden und vielleicht auch Inventarlisten über die Schriften, die verloren gingen.«

»Aber es gibt doch Gerüchte, die Mönche hätten manche Gegenstände herausgeschmuggelt und in Kirchen in der Umgebung oder sogar in Privathäusern versteckt.«

Die Dame am Schreibtisch rümpfte pikiert die Nase. »Solche Gerüchte gibt es selbstverständlich, aber keine Beweise. Es tut mir schrecklich Leid, aber ich kann Ihnen wirklich nicht weiterhelfen.«

»Vielleicht doch«, sagte Madeleine betont freundlich.

»Ja, bitte?«

»Ich wüsste gern, ob Nicholas da ist.«

Die junge Frau zog die Augenbrauen hoch. »Ach, Sie sind eine Freundin von Nicholas? Darf ich fragen, wie Sie heißen?«

»Madeleine.«

Sie warf einen letzten Blick auf ihren Bildschirm und ging zu der Tür, durch die Nicholas bei ihrem ersten Besuch gekommen war, drückte auf den Knopf der Gegensprechanlage. »Nick, hier ist jemand für dich – eine gewisse Madeleine«, flötete sie zuckersüß. Kein Zweifel, die junge Dame hatte ein Auge auf ihn geworfen.

Wenig später hörte man Schritte auf der Treppe, und Nicholas erschien. Diesmal trug er die schwarzen Haare offen, und er hatte ein verwaschenes blaues Baumwollhemd an, das seine blauen Augen heller erscheinen ließ.

»Hallo, Madeleine. Wie schön, dass Sie beschlossen haben, in die Unterwelt von Canterbury hinunterzusteigen. Kommen Sie doch mit.« Bevor er wieder verschwand, nickte er der jungen Assistentin zu, die verzückt lächelte.

»Willkommen in meinem Büro«, sagte er, unten angekommen, und deutete mit ausholender Geste auf einen dämmrigen Raum mit niedriger Decke. Die Gesamtgröße des Kellers konnte man schwer abschätzen, weil sich die endlosen Regale bis in die dunklen Ecken erstreckten.

In dem etwas helleren Teil standen drei lange Tische auf Holzböcken, jeder voll gepackt mit Stapeln von vergilbten Dokumenten, die fast alle in schützenden Plastikhüllen steckten. Auch Bücher waren dabei, einige hand-gebunden, manche schon leicht verschimmelt, viele so dick wie Madeleines Geschichtslehrbücher.

»Wie Sie sehen – ich muss nicht allzu viel Wirbel machen, damit man meinen Vertrag hier verlängert«, sag-te Nicholas trocken.

Er ging zu einem Schränkchen in der Ecke, auf dem ein Wasserkocher stand.

»Kaffee? Keine Sorge, es ist kein Pulverkaffee«, sagte er, als er merkte, dass Madeleine zögerte. »Ich würde es nie wagen, einem Gast aus der Normandie etwas ande-res anzubieten als echte Bohnen.«

Madeleine nickte. Er löffelte gemahlenen Kaffee in eine Cafetiere und füllte Wasser in den Kocher.

»Das sind ja unglaublich viele Bücher – müssen Sie die alle noch sichten?«, fragte sie mit einem Blick auf die Tische und die vielen Regale im Hintergrund.

Er zuckte die Achseln. »Ein Teil ist bereits katalogi-siert, etwa zwei Drittel.« Nachdem er das kochende Was-ser in die Cafetiere gegossen hatte, kam er zu den Tischen zurück. »Hier – ich möchte Ihnen etwas zeigen.« Er zog ein Paar weiße Baumwollhandschuhe über und zog vor-sichtig ein Stück Pergament aus seiner Plastikhülle. Es war über und über mit Runenzeichen beschriftet.

»Wir haben uns doch neulich abends über das Runen-alphabet unterhalten – deshalb dachte ich, das interes-siert Sie vielleicht. Ich kapiere überhaupt nichts, obwohl ich die Grundzeichen kenne. Sie wissen ja selbst, damals war es kinderleicht, eine Geheimschrift zu erfinden, weil die meisten Leute sowieso nicht lesen und schreiben konn-ten. Immerhin habe ich schon so viel herausbekommen, dass es teilweise in Gedichtform abgefasst ist. Und irgend-wie geht es um den Eibenbaum. Eiben galten ja früher als unglaublich heilig. Wir schicken dieses Dokument unserem Mann in London – ich glaube, er löst sogar auf der Toilette irgendwelche superkryptischen Kreuzworträtsel.«

Madeleine warf einen neugierigen Blick auf das Pergament. Nicholas gab es nicht aus der Hand, sondern hielt es behutsam zwischen seinen behandschuhten Fingern – man sah, dass er sehr genau wusste, wie man mit dem empfindlichen Material umgehen musste.

»Von wann stammt der Text – wissen Sie das?«

»Aus dem sechzehnten Jahrhundert, vermute ich. Er gehört zu den frühesten Kirchenaufzeichnungen aus East Sussex. Das heißt, wenn ich genauer schätzen soll – zwischen 1538 und 1550.«

»East Sussex ist in der Nähe von Kent, stimmt's?«

Nicholas nickte. »Tolle Gegend. Einer meiner Lieblingsorte liegt in East Sussex, ein Dorf namens Yarton. Dort gibt es eine kleine Kirche, die für ihre mittelalterlichen Wandgemälde berühmt ist. Ich finde es unglaublich schade, dass nur so wenige Fresken überlebt haben.«

Madeleine musste daran denken, dass Lydia sie einmal in eine Dorfkirche mitgenommen hatte, um ihr ein paar wunderschöne Fresken zu zeigen.

»Die meisten sind zerstört worden«, fuhr Nicholas fort. »Oder man hat sie während der Reformationszeit übermalt. Noch so ein unsinniger heiliger Krieg, aus dem wir nichts gelernt haben.«

Dieser leidenschaftliche Nachsatz passte gar nicht zu seiner sonst so nüchterner Art. Madeleine schaute ihn verdutzt an, und als er ihren Blick bemerkte, meinte er: »Ja, ich weiß, ich werde nicht dafür bezahlt, mir ein Urteil über den Irrsinn der Geschichte anzumaßen.«

Sie lachte. »Sie haben mich missverstanden. Ich dachte nur, dass ich Sie bisher noch nicht so … so engagiert erlebt habe.«

»Stimmt, meistens bin ich ein alter Zyniker.« Er grinste, offensichtlich nicht gekränkt. »Und Sie – wie kommen Sie mit Ihrer Arbeit voran?«

Auf diese Frage war sie nicht vorbereitet. »Ach, danke, gut. Ein bisschen zu langsam vielleicht. Eigentlich dürfte ich gar nicht hier sein …«

»Doch, es ist gut, dass Sie hier sind. Und – hat man Sie da oben zuvorkommend behandelt?«, erkundigte er sich mit einer Kopfbewegung in Richtung Treppe.

»Kann ich nicht gerade behaupten. Dabei hatten Sie mir doch gesagt, die wissenschaftlichen Assistenten seien ›umgänglicher‹!«

Er lachte laut. »Tja, Sie hatten leider das Pech, an Penelope zu geraten. Sie kann gelegentlich ein bisschen streng sein. Ich sage nur: Oxford«, fügte er hinzu.

»Ihnen gegenüber ist sie aber nicht besonders streng.«

Madeleine merkte plötzlich, dass sie mit ihm redete wie mit einem alten Bekannten. Aber er schien sich über ihre Bemerkung zu amüsieren.

»Ach, Gott – Sie wollen doch nicht behaupten, dass Penelope es auf mich abgesehen hat, oder?«

»Doch«, sagte Madeleine, und sie lachten beide.

In dem Moment fiel ihr ein, dass sie ihn ja noch um etwas bitten wollte. »Ich habe Ihnen doch erzählt, dass meine Mutter Nachforschungen über die Stickereiwerkstatt meiner Familie angestellt hat.«

Er nickte. »Ja, ich erinnere mich sehr gut, und falls ich auf etwas stoße, werde ich gern die Schweigepflicht verletzen. Wie hieß die Werkstatt?«

»Brodier. Später wurde der Name in Broder umgeändert.«

»Versprechen kann ich natürlich nichts. Sie sehen ja selbst, dass ich fast in Papier ersticke. Sie sind noch bis Ende der Woche hier?«

Madeleine nickte, und zum ersten Mal trat verlegene Stille ein.

Nicholas steckte das Pergament mit den Runen zurück in seine Plastikhülle. Er schaute Madeleine nicht an, als er sagte: »Ich habe diese Woche einen Tag frei. Meinen Sie, es würde Ihnen Spaß machen, einen Nachmittag mit mir rauszufahren, vielleicht nach Yarton? Wissen Sie, Nichtstun zählt nämlich zu meinen Lieblingsbeschäftigungen. Und für Sie wäre es doch sicher auch nicht schlecht, wenn Sie Ihre Pflichten ein bisschen vernachlässigen würden, meinen Sie nicht?«

Als Madeleine ins Cottage zurückkam, setzte sie sich in den großen Sessel vor der Gasheizung, um ihre restlichen Übersetzungen der letzten beiden Wochen zu lesen. Leofgyths Einträge wurden spürbar unruhiger, jetzt, da Jon und Odericus nach England zurückgekehrt waren, nachdem sie Harold Godwinson in die Normandie begleitet hatten; man ahnte, dass Intrigen gesponnen wurden. Allerdings gab es noch keine neuen Informationen über die rätselhafte Reise. In ihrer letzten Vorlesung über dieses Thema hatte Madeleine wie immer sehr gewissenhaft sowohl die Perspektive der Angelsachsen als auch die der Normannen dargestellt. Persönlich empfand sie weder für William noch für Harold viel Sympathie. Beide Männer schienen keine großen Menschenfreunde zu sein. Ihre Biografen rühmten vor allem ihre Errungenschaften als Kriegsherren. Madeleine hatte noch keinen einzigen Bericht über die berühmte Begegnung in der Normandie gehört oder gelesen, der wahrheitsgetreu klang oder sie dazu veranlasst hätte, Partei zu ergreifen.

2. Oktober 1064

Die Feindseligkeit zwischen Tostig und Harold lebt wieder auf, seit Harold nach monatelanger Abwesenheit zurückgekommen ist und seinen jüngeren Bruder noch immer in West Minster vorfand. Jon sagt, dass Harold eingreifen müsse, weil es den Ruf der Godwinsons als starke und tüchtige Anführer untergrabe, wenn Tostig nie in Northumbria sei. Aber ich weiß, dass Tostig die ganze Zeit in den Gemächern des Königs oder in Beratungen mit seiner Schwester verbracht hat, nicht aber auf Turnieren oder Jagden, jenen Vergnügungen, die ihm vorgehalten werden.

Inzwischen frage ich mich, ob Harolds Zorn nicht gerade daraus erwächst – aus dem Wissen, dass, wenn er ausreitet oder in Bristol ist, sein Bruder und seine Schwester Staatsgeschäfte regeln, ohne ihn dazu anzuhören.

Diese unguten Gefühle zwischen Harold und Tostig kommen überraschend – bisher war die Bruderliebe ihre große Stärke. Erst letztes Jahr ritten sie beide gegen König Gruffyd und errangen schließlich gemeinsam den Sieg. Diese Schlacht erfüllte manche Ehefrau mit Angst, denn die Waliser sind zwar nicht sonderlich groß und kräftig, aber sie sind grimmige Krieger, und die Streifzüge nach Wales haben schon viele Frauen zu Witwen gemacht. Als Jon zurückkam, ohne mehr davongetragen zu haben als eine kleine Wunde am Bein, wo ihn die Pfeilspitze eines walisischen Bogenschützen geritzt hatte, da war ich so außer mir vor Freude, ihn am Leben zu sehen, dass ich mir Teile der Geschichte erzählen ließ.

So erfuhr ich, wie Tostig mit seinen Mannen von Norden herangeritten und Harold von Bristol aus zur Südküste von Wales gesegelt war und sie mit vereinten Kräften so viele walisische Edelleute getötet oder auf ihre Seite gezogen hatten, dass sich die übrigen schließlich ergaben und König Gruffyd in die Wälder im Norden floh. Am Ende waren es die eigenen Männer, die den walisischen König erschlugen und Harold seinen Kopf brachten.

Als Harold Gruffyds Witwe Alditha zur Frau nahm, war Tostig bei der Trauung zugegen, und es gab ein zweitägiges Fest in West Minster. Aber das ist nur dem Namen nach eine Ehe, und das Hochzeitsfest erfreute weder Harolds frischgebackene Frau noch seine Geliebte Edith Schwanenhals.

5. Oktober 1064

Heute Morgen kam Königin Edith in mein Turmzimmer. Sie hatte ein Stück tiefgelbe persische Seide dabei. Ich bewunderte die Farbe des Tuchs, die satter und goldener war als das Gelb, das wir aus der Rinde des Holzapfelbaums gewinnen. Sie erklärte mir, die Farbe sei aus Safran hergestellt, einer persischen Pflanze. Aus dem Tuch will die Königin ein Gewand genäht haben, für Alditha, Harolds Gemahlin, die aus Bristol zu Besuch kommt. Es soll auf normannische Art geschnitten sein, eng in der Taille und um die Hüften, ohne Tunika und ohne Kordel um die Mitte. Ärmel und Mieder sollen mit Goldfaden und kleinen Bernsteinperlen bestickt werden. Mich wundert, dass die Königin ihrer Schwägerin ein so prächtiges Gewand schenken will. Ich wusste nicht, dass sie Freundinnen sind. Das Kleid muss zugeschnitten, genäht und bestickt sein, bis Alditha nächste Woche hier eintrifft.

Ich arbeitete bis spät in die Nacht, schnitt das Safrantuch zu und ging sehr vorsichtig zu Werk, um nichts zu verderben. Ich habe mir ein Gewand von Isabelle ausgeliehen, eins aus Flandern, wo sich die Edelfrauen auf diese Art kleiden. Isabelle sagt, Alditha habe die gleiche Statur wie sie, aber ich werde das Kleid genau anpassen, sobald Harolds Gattin hier ist. Am Abend kam Königin Edith wieder ins Turmzimmer, um mit ihrer Stickerei fortzufahren, und ich bat sie, das Linnen in ihrem hölzernen Stickrahmen sehen zu dürfen. Sie beobachtete mich genau, während ich ihre Arbeit betrachtete, aber ich konnte nichts sagen, weil ich von der Schönheit der Stickerei so ergriffen war. Ich berührte die Wolle, fuhr mit dem Finger den Söller eines Turms nach und lächelte, um ihr zu zeigen, wie angetan ich war. Während ich Aldithas Kleid fertig zuschnitt, spürte ich, wie mich die Herrin ansah, als wollte sie etwas sagen. Ich blickte auf und in ihre Augen, die von der nächtlichen Wache am Krankenlager ihres Mannes dunkel umschattet sind. Sie fragte mich nach meinen Kindern, wie alt sie seien, wie sie hießen und ob das Kleine gesund sei. Ich erzählte von Mary und Klein-Jon und dem Säugling James, und sie hörte schweigend zu.

Jetzt schlafen meine Kinder, und ich schreibe über meine Herrin. Die Frau, deren Brüder über die Hälfte des Königreiches Britannien beherrschen, die einen König zum Mann hat und Land und kostbaren Schmuck und Seidengewänder besitzt, aber keinen Liebhaber und kein Kind hat. Allmählich wird mir klar, dass – ohne einen wahren König, der sowohl Ritter als auch Herrscher wäre – die Königin nur ein einziges leidenschaftliches Verlangen hat, nämlich Edgar den Aethling zu krönen. Er ist der letzte Prinz aus der Blutslinie des Drachen, der einzige, der dieses Königreich noch retten kann. Wenn Edgar der Aethling gekrönt ist, hat Edith ihre Pflicht als Königin erfüllt: Dann hat sie ihrem Königreich einen Retter beschert.

10. Oktober 1064

Ich bin jetzt mit Aldithas Kleid fast fertig. Ich habe Ausschnittrand und Ärmel mit kleinen goldenen Kreuzen bestickt, und jetzt befestige ich in der Mitte eines jeden Kreuzes eine Bernsteinperle. Ich werde so weit sein, ehe Harolds Gemahlin morgen in West Minster eintrifft.

Aldithas und Harolds Ehe ist eine strategische Verbindung, denn Harold ist ein Heerführer, und wenn er sein Heer durch Ehebande stärken kann, nützt das der Kriegführung. Harold hat die Witwe des Königs von Wales nicht nur ihrer walisischen Verbündeten wegen geheiratet, sondern auch, weil sie die Schwester Graf Edwins ist. Edwin ist Earl von Mercia, dem größten Earldom und dem einzigen, das nicht von den Godwin-Brüdern beherrscht wird. Aldithas anderer Bruder, Morcar, ist stets an Edwins Seite, und der Feind des einen Bruders ist auch der Feind des anderen.

Es heißt, seit der Hochzeit habe Alditha Harolds Festung in Bristol nur verlassen, um über die Klippen zu wandern, die den Fluss Avon zum Meer geleiten. Man weiß wenig über Harolds walisische Gemahlin, aber Isabelle sagt, sie sei eine stille Frau, die gern Gedichte liest und sanft und lieblich Harfe spielt. Alditha muss in Bristol sehr einsam sein, und ich frage mich, ob sie weiß, dass die Abwesenheit ihres Mannes nicht immer militärische Gründe hat. Edith Schwanenhals hat Harold schon zwei Kinder geschenkt, und ihr gehört sein Herz, wenn auch bekannt ist, wie sehr er die Gesellschaft der Frauen liebt. Den Namen hat Harolds Geliebte von ihrem schlanken, weißen Hals, der bei jenen, die nie bei der Feldarbeit von der Sonne versengt wurden, als Merkmal großer Schönheit gilt. Harold und Edith Schwanenhals sind nach wie vor ein Liebespaar, wenn auch die Kirche und damit der

König ihre Verbindung nie billigen werden. Rom wird allein Harolds Söhne aus der Ehe mit Alditha als dessen Erben anerkennen.

In der Küche bereitet man das Willkommensmahl für Harolds Gemahlin. Die Köchin schwitzt bis spät in die Nacht beim Backen von Honigkuchen und Fasanenpasteten, und den ganzen Tag ist der Palast von lieblichem Bratengeruch erfüllt. Auch die Einwohner von West Minster werden an dem Fest teilhaben, so als wäre es der Tag eines Heiligen oder ein Feiertag, und es werden auch Spielleute da sein.

Heute sah ich Edgar den Aethling mit seinen beiden Schwestern im Hof heiße Kuchen essen. Mit seinem natürlichen Liebreiz bringt Edgar sogar die Köchin dazu, ein paar von ihren Gewürzlaiben herauszugeben. Die Schwestern hatte der Kuchenduft von ihrer Handarbeit weggelockt, und ihre Wangen glühten vor Vorfreude auf das Fest. Edgar ist nicht groß, aber mit ebenmäßigen, geschmeidigen Gliedmaßen gesegnet, sodass er einer jungen Weide ähnelt; und er hat dieselbe blasse Hautfarbe wie sein Onkel, der König. Doch anders als bei Edward spricht aus seiner Haltung ein Selbstvertrauen, das ihn weit reifer wirken lässt, als es seinen Jahren entspricht, und wenn seine Arme auch dünn sind, sind sie doch sehnig und kräftig vom Bogenschießen und Fechten.

Bei einem meiner Besuche in ihrem Gemach vertraute Edith Isabelle an, dass Harold meint, der Knabe tauge eher für die Gelehrsamkeit als für das Schlachtfeld. Die Herrin sagte, wohl mehr zu sich selbst als zu Isabelle, dass nicht allein Tapferkeit einen König ausmache und dass es, wenn Tostig Edgars militärischer Berater würde, keinen Grund gebe, warum der Knabe nicht Edwards Nachfolger werden sollte. Edgar der Aethling ist der Kindheit rasch entwachsen, weil ihm die Königin erklärt hat, dass er eines Tages das Gewicht der Krone tragen werde. Dass er König wird, ist ihr größter Wunsch. Dann hat sie ihre Pflicht diesem Königreich gegenüber erfüllt.

12. Oktober 1064

Gestern Abend, zu Aldithas Willkommensmahl, war der große Saal des Palastes bis in den letzten Winkel gefüllt. Die Leute aus dem Ort saßen an langen Tischen im hinteren Teil des Raums und aßen begierig von den Platten mit Fleisch, Eiern und Pastetchen, die von jungen Aufwärtern dampfend heiß hereingetragen wurden. Die sonnenverbrannten Gesichter blickten zufrieden und glühten von der Feuerwärme und dem Bier, das in Krügen herumgereicht wurde. Unter den Tischen zankten sich Jagd- und Hütehunde um Fleischfetzchen und Knochen, die heruntergefallen oder ihnen von Kindern zugesteckt worden waren. Solche Festgelage sind immer Anlass, so viel wie möglich zu essen und zu trinken und verstohlen einzustecken, was irgend in die Taschen und Falten der Kleidung passt. In dieser Gegend hier blüht der Handel, und durch den Bau der Abteikirche gibt es viel zu tun. Da ist Arbeit genug für alle Hände, und nur wenige Menschen hungern, aber ein Festmahl bietet die seltene Gelegenheit, im Gefühl der Fülle zu schwelgen.

Ich saß mit den Meinen an einer der Längswände des Saals, zwischen anderen Huskarls und deren Familien. Am nächsten Tisch saßen Grundbesitzer und Kaufleute und dahinter, näher bei der Tafel des Königs, der Hofadel, die Priester und Ritter. Diese Gruppen waren nicht so fröhlich wie die lärmenden Tischrunden weiter hinten im Saal. Man plauderte leise untereinander und trank Wein aus Zinnbechern. Genug zu essen zu haben und im

Warmen zu sein ist nichts, was der Adel feiern würde, denn es ist ja sein Privileg.

Am oberen Ende des Saals befand sich die Tafel des Königs, wenn auch Edward selbst bei dem Mahl nicht zugegen war. Die Königin saß zur Linken seines schnitzereiverzierten Stuhls, das lange, schimmernde Haar zu zwei Zöpfen geflochten. Sie trug einen Goldreif, besetzt mit winzigen bunten Edelsteinen, die im Kerzenschein glitzerten. Die Mondsteine am Halsausschnitt ihres tiefblauen Gewands funkelten ebenfalls wie kleine Sterne an einem dunklen Himmel. Neben der Königin saß Harolds Gemahlin Alditha, in dem safranfarbenen Kleid, das ich am Nachmittag ihrer zierlichen Gestalt angepasst hatte. Sie war hochzufrieden mit meiner Arbeit und gerührt ob dieses Geschenks der Königin. Alditha und die Königin sprachen die meiste Zeit angeregt miteinander, und es war offenkundig, dass ihre Worte nicht für andere Ohren bestimmt waren.

Harold saß zur Linken Aldithas, bog aber den Körper so weit wie nur irgend möglich von ihrem weg. Er unterhielt sich den ganzen Abend mit Odericus, der links von ihm saß, und richtete nicht ein einziges Wort an seine Gemahlin, ja, sah sie nicht einmal an. Rechts vom leeren Stuhl des Königs saß Bischof Stigand, dann folgten Harolds Brüder Gyrth und Leofwyn, die Earls von Sussex und East Anglia. Earl Edwin und Morcar, Aldithas Brüder aus Mercia, saßen am Ende der königlichen Tafel. Earl Tostig war nicht anwesend.

Als ich diesen Bildteppich von zerlumpten Dörflern, Kindern, Tieren, Edelleuten, Kriegern und Mönchen betrachtete, sah ich darin verschiedene Welten vereint. Da waren die Annehmlichkeiten des Reichtums und die Armut der einfachen Leute. Der Unterschied zeigte sich nicht nur in der Güte des Tuchs und der Helligkeit der

Haut, sondern auch in der Stimmung. Ich sah keinen einzigen Edelmann das Essen genießen, laut lachen oder Zärtlichkeiten mit seiner Gemahlin tauschen. Ich sah keine einzige Edelfrau, die sich in ihrer Haut und in ihrer Tischrunde wohl zu fühlen schien. Als ich zum Tisch des Königs hinüberguckte, bemerkte ich, dass Odericus Harold gar nicht zuhörte, obgleich seine Haltung den Eindruck erweckte, dass ihn die Worte des Earls zutiefst interessierten. Der Mönch beobachtete die Königin. Sein Blick kehrte immer wieder zu ihr zurück, als ob er nirgends anders hinsehen könnte, und er schien die Ohren zu spitzen, um mitzukriegen, was sie mit ihrer Schwägerin sprach. Ich bekam es mit der Angst und wandte den Blick ab.

Spät am Abend schließlich erschien König Edward, mit schlurfendem Gang und von Tostig am Ellbogen gestützt. Der König wirkt um Jahre gealtert, obwohl es nur zwei Wochen her ist, dass er zuletzt sein Gemach verlassen hat. Es war ganz still im Saal, als er seinen Platz neben seiner Frau einnahm, doch als er sich dann Bischof Stigand zuwandte und ein paar leise Worte mit ihm wechselte, setzte das laute Gerede wieder ein. Tostig begab sich auf seinen Platz zwischen seinen Brüdern Gyrth und Leofwyn.

Tostig ist der hübscheste der Godwin-Brüder. Nur er und Edith haben das goldene Haar ihrer Mutter, obwohl sie vom hohen Wuchs ihres Vaters Godwin sind. Tostig ist auch nicht so streng wie seine Brüder, und die Tadler ziehen daraus rasch den Schluss, dass er sich am wenigsten zum Anführer eignet. Ehe er Judith von Flandern heiratete, wäre manches Edelfräulein gern seine Frau geworden. Von Isabelle weiß ich, dass Harold unter den Brüdern derjenige ist, der die Gunst der Frauen erwidert, während der Earl von Northumbria nur für den König Zeit hat.

Edward umgab sich immer schon gern mit erlesenen Dingen und mit Menschen, die seine höfischen Neigungen teilen, und in all dem hat er in Tostig einen würdigen Gefährten gefunden. Edward verbrachte seine Jugend in Müßiggang, auf Jagden und Gesellschaften am normannischen Hof, und war vielleicht schlecht darauf vorbereitet, dass ihn der Gang der Ereignisse auf den Sachsenthron versetzte. Ich sah dem König an, dass es ihm nicht gut ging, und dachte, dass sein Wahnsinn vielleicht nur schwelende Angst war. Edward muss wissen, dass die Thronbewerber darauf warten, von allen Seiten einzufallen, und dass er nicht in der Lage ist, seinem Heerführer Befehle zu erteilen, sollte es zu einem Angriff kommen. Aber es wird keinen Angriff geben, solange der König am Leben ist, denn sie lauern alle auf seinen Tod. Vielleicht fürchtet er ja, dass sein Gott ihn im Tod nicht aufnehmen wird, denn mehr als jeder andere König dieses Landes sucht Edward den einen Gott Roms für sich einzunehmen. Wenn der römische Gott nicht mit einem König zufrieden ist, der ihm einen solchen Palast wie die große Abteikirche von West Minster erbauen lässt, dann ist er wahrhaftig ein Gott, dem man es schwer recht machen kann.

Als alle so viel gegessen und eingesteckt hatten, wie sie nur konnten, wurden die Platten weggebracht und noch mehr Wein und Bier aufgetragen. Dann tanzten die Akrobaten und Jongleure herein, zur Musik einer Blechflöte und einer Trommel. Sie trugen Rot und Grün und verschiedenfarbige Beinlinge. Ihre Stiefel klingelten von Glöckchen, und ihre Hüte hatten die Form von Pilzen und Kürbissen. Sie gaben ihre Vorstellung in der Mitte des Saals, jonglierten, balancierten Schwerter auf Nase und Kinn, vollführten Handstände. Ein Mitglied der Truppe war ein muskulöser Zwerg, der gelbe Tücher, Blumen und schließlich eine Maus unter den Hüten seiner Gefährten hervorzog. Die Kinder krabbelten näher heran, setzten sich auf den Fußboden und sahen mit großen Augen zu. Sie lachten am lautesten und hatten die größte Freude an diesem Spektakel.

Als die Akrobaten abgingen, kam ein Barde, ein wandernder Geschichtenerzähler, den wir alle schon kannten. Ein Mann, den wir Frettchen nennen, weil er ein spitzes, pockennarbiges Gesicht und eine lange Nase hat. Frettchen setzte sich auf einen Schemel an der anderen Längswand. Er begann mit der wohlbekannten Geschichte vom Wikingerkrieger Beowulf, die wir alle schon oft gehört haben. Aber Frettchen hat so eine Art, die Zuhörer zum Schweigen zu bringen, Pausen zu machen, damit sie mit angehaltenem Atem darauf warten, dass er sie erlöst. Wenn er spricht, sind selbst die kleinsten Kinder still.

Als die Geschichte zu Ende war, schickten sich die Leute aus dem Ort an zu gehen. Sie gürteten ihre Mäntel und verabschiedeten sich voneinander. Die meisten waren zu betrunken, um zu bemerken, dass der König auf seinem Stuhl eingeschlafen war und Edith und Tostig ihn jetzt sachte weckten und ihm aufhalfen. Harold war auf die andere Tischseite umgezogen, wo er mit seinen Brüdern Gyrth und Leofwyn geredet und Tostig ignoriert hatte. Ich dachte, dass Odericus den Saal verlassen hätte, sah ihn dann aber am Feuer stehen und in die Flammen starren. Jon trug Klein-Jon wie einen Sack Weizen über der Schulter, also drückte ich James Mary in die Arme und sagte, ich käme gleich nach.

Der Mönch war in Gedanken versunken. Ich blieb ein Stückchen weiter stehen und dachte, dass es vielleicht besser wäre, ihn nicht zu stören. Aber er spürte meine Gegenwart, drehte sich um und lächelte. Ich erinnere mich genau an unser Gespräch.

»Leofgyth, meine Freundin, komm her, stell dich zu mir ans Feuer. Ich habe gehofft, dass wir heute Abend noch miteinander reden würden.«

Ich stand neben ihm und sah zu, wie der Stamm eines kleinen Baums loderte und verkohlte. Wer uns sah, wäre nie auf die Idee gekommen, dass uns etwas Außergewöhnliches verband, denn ich spreche oft mit Mönchen über Priestergewänder und Behänge für die Kirche. Zwischen uns besteht eine Freundschaft, die über so viele Jahre gereift ist, wenn auch keiner sagen könnte, warum, wo unsere Götter doch verschiedene Namen tragen. Als ich noch ein junges Mädchen war, dachte ich eine Zeit lang, dass Odericus über das Reich der Geister ebenso viel wissen müsste wie über die Stämme des Kontinents, aber sein Wissen stammt nur aus der Heiligen Schrift, und die ist von Menschen geschrieben. Ich achte das gewaltige Wissen des Mönchs ebenso wie sein aufrechtes Herz, denn wenn ich ihn auch für fehlgeleitet halte, was seinen Glauben angeht, ist er doch jemand, der wahrhaft glaubt und nach seinem Glauben lebt. Ich weiß nicht, was Odericus anfänglich meine Gesellschaft suchen ließ, aber ich halte es für möglich, dass er auf meine Art zu leben genauso neugierig war wie ich auf seine. Mehr als einmal schien es ihn zu verblüffen, dass ich nicht die Gesetze einer Kirche suche, um mir sagen zu lassen, wie ich mein Leben leben soll.

Jetzt senkte er die Stimme und sagte: »Ich muss dich etwas fragen.« Er beobachtete eine Gruppe von Londoner Händlern, die auf einer Bank in der Nähe des Feuers saßen. Die Männer debattierten über die Preise für Wolle aus Sarum und beachteten uns gar nicht. »Earl Harold hat mich gebeten, über seine ... Unterredung mit dem Normannenherzog zu schweigen und keinen schriftlichen Bericht über die Reise zu verfassen. Als Chronist des

Hofes und der Kirche kann ich meine Pflicht nicht guten Gewissens vernachlässigen, aber ich kann mich Earl Harold auch nicht widersetzen. Aber da du dich als würdige Schreiberin erwiesen hast, habe ich eine Idee. Verstehst du meinen Plan?«

Ich nickte.

»Gut. Ich werde demnächst ins Turmzimmer kommen. Jetzt sag, geht es dir gut?«

Ich stand eine Weile mit Odericus am Feuer und erzählte ihm vom Fortschreiten der Arbeit an einem neuen Wandbehang für die Bibliothek von St. Augustin. Er hörte so genau zu wie immer, doch ich merkte, wie seine Aufmerksamkeit erlahmte, als die Königin in den Saal zurückkehrte, nachdem sie ihren Gemahl in dessen Gemächer geleitet hatte. Sein Blick folgte ihr, bis sie sich auf ihren Platz gesetzt und ihr Gespräch mit Lady Alditha wieder aufgenommen hatte.

Am Freitagmorgen rief Nicholas an, um sie zu fragen, ob sie mit ihm »eine Sause machen« wolle. Madeleine musste nachfragen, was dieser Ausdruck bedeute, und meinte lachend, sie müsse ihn unbedingt in ihren aktiven Wortschatz aufnehmen – und ja, sie komme gerne mit.

Sie saß an dem Tisch beim Fenster, als er mit einem flaschengrünen VW-Käfer vorfuhr – einem sehr alten Modell, aber gut gepflegt.

»Hübsches Haus«, sagte er anerkennend, als sie ihm öffnete.

»Ja, finde ich auch. Aber ich weiß nicht recht, was ich damit tun soll. Es zu behalten hat nicht viel Sinn, weil ich ja nicht vorhabe, hierher zu ziehen.«

»Sie können es doch jederzeit vermieten.«

Sie zuckte die Achseln. »Ja, wahrscheinlich. Ach, keine Ahnung.«

»Dann machen Sie am besten erst mal gar nichts.« Er lächelte sie an, als wäre tatsächlich alles ganz einfach. »Okay – wollen wir los?«

Sie nickte.

Auf der Strecke zwischen Canterbury und Yarton kamen sie immer wieder an historischen Ruinen vorbei, und die kleinen Dörfer, die sie passierten, wirkten menschenleer, wären da nicht die ordentlichen winterlichen Gärten und die rauchenden Schornsteine gewesen. Zwischendurch mussten sie gelegentlich im ersten Gang hinter einem riesigen Traktor herzuckeln. Als er wieder einmal gezwungenermaßen das Tempo drosselte, griff er auf den Rücksitz, um einen Kasten mit Kassetten zu holen, den er Madeleine auf den Schoß stellte. Dabei kam er ihr so nahe, dass sie den herben Geruch seines Eau de Cologne wahrnahm. »Sollen wir Musik hören?«, fragte er. »Suchen Sie was aus.«

Die meisten Titel kannte sie gar nicht, doch ein paar gehörten auch zu ihren Lieblingsstücken. Sie entschied sich für Nick Caves' melancholisches Album »The Boatman's Call«. Der Text des ersten Songs berührte sie so tief, dass sie aus dem Fenster schauen musste, um die aufsteigenden Tränen zu verbergen.

»*I don't believe in the existence of angels, but looking at you I wonder if that's true – But if I did I would summon them together and ask them to watch over you ...* « – Ich glaube nicht an die Existenz von Engeln, aber wenn ich dich anschaue, frage ich mich, ob das richtig ist – Doch wenn ich an sie glaubte, würde ich sie herberufen und sie bitten, über dich zu wachen ...

Nicholas klopfte mit den Fingern den Takt aufs Lenkrad. Er schien gar nicht zu merken, dass sie mit den Tränen kämpfte, aber als sie wieder nach vorn schaute, spürte sie, dass er sie musterte.

»Zu schwermütig, diese Musik?«

Sie schüttelte den Kopf. »Nein, mir macht es manchmal gar nichts aus, wenn ich traurig bin – es ist eine Art von Zuflucht, glaube ich. Vielleicht klingt das ein bisschen depressiv, aber …«

»Ich glaube, ich verstehe genau, was Sie meinen. Man kann traurig sein, ohne in Depressionen zu verfallen. Mich stört es jedenfalls überhaupt nicht, und was die Existenz der Engel betrifft – tja, da haben wir heute noch eine Verabredung, die wir einhalten müssen.«

Als Madeleine ihn verdutzt anschaute, grinste er vergnügt. »Sie werden schon sehen. Nur Geduld.«

Yarton war nicht größer als die anderen schläfrigen Dörfer, durch die sie gefahren waren, besaß aber durch seine alte angelsächsische Kirche eine gewisse Bedeutung. Am Dorfeingang stand ein großes Schild, das die Besucher in der Heimat »der ältesten erhaltenen Kirchenfresken Englands« begrüßte.

Madeleine wurde plötzlich von Erinnerungen überschwemmt. Instinktiv hielt sie sich den Mund zu.

»Ist alles in Ordnung?«, fragte Nicholas.

»Ich glaube, hier war ich schon mal.«

»Wirklich? Mit Ihrer Mutter?«

»Ja. Wir haben die Kirche besichtigt.«

Die schiefen Grabsteine auf dem alten Friedhof waren mit Moos bedeckt, ihre Inschriften längst nicht mehr zu entziffern. In einer besonders verwunschenen Ecke stand ein riesiger knorriger Eibenbaum, der von einem kleinen Holzzaun umgeben war.

»Sieht aus, als wäre er so alt wie die Kirche«, sagte Nicholas, als Madeleine vor dem Baum stehen blieb, um ihn sich näher anzusehen – wie damals mit Lydia. »Diese Bäume wurden in Friedhöfen gepflanzt, weil man sie für unsterblich hielt – sobald der alte Baum abzusterben beginnt, wächst aus dem Stamm ein neuer Schössling. Deshalb spricht man ja auch vom Lebensbaum. Mit der Eibe verbinden sich viele heidnischen Zauberrituale – der Baum ist giftig, und sein Holz eignet sich erstklassig für Bögen.«

Madeleine hörte ihm nur mit halbem Ohr zu. Sie wollte sich an ihren letzten Besuch hier erinnern. An jedes Detail …

»Ich glaube, das Gemäuer hat auch schon bessere Tage gesehen«, seufzte Nicholas, als sie um die Kirche herumgingen. »Seit der Zeit der Angelsachsen wurde in jeder Epoche daran herumgebastelt. Und es hört nicht auf. Jetzt wird die Krypta freigelegt. Kommen Sie, wir gehen hinein.«

Auch das Innere war eine Mischung verschiedener Stile und Epochen: dunkle Holzbalken, Mosaikfliesen aus der Spätrenaissance und gotische Steinmetzarbeiten an den schlichten angelsächsischen Mauern.

Die Fresken verbargen sich in einer schmalen Passage, die seitlich zum Hauptschiff verlief. Daran erinnerte Madeleine sich sofort. Obwohl die Malerei nur matt beleuchtet war, lief ihr bei ihrem Anblick ein Schauder über den Rücken, und sie musste tief durchatmen.

»Fantastisch, was?«, flüsterte Nicholas. »Sie sind im siebzehnten Jahrhundert übermalt worden. Die Mönche wollten sie vor den Reformatoren schützen – vor Cromwells Puritanern. Ikonen und Kirchenkunst galten ja damals als Teufelswerk. Erst Mitte des neunzehnten Jahrhunderts wurden sie wieder entdeckt.«

Mit langsamen Schritten gingen sie die schmale Passage entlang. Das Licht kam nur von den hohen Fenstern an beiden Enden, aber die satten Pigmente besaßen trotzdem eine unbeschreibliche Leuchtkraft. Dargestellt waren biblische Szenen, von Mariae Verkündigung bis zur Ankunft der heiligen drei Könige. Vor den Weisen aus dem Morgenland, die einem hellen Goldstern folgten, um dem neugeborenen Kind ihre Geschenke darzubringen, blieb Nicholas stehen.

»Hier – das ist hochinteressant. Aus irgendeinem Grund wurde die Szene verändert. Vermutlich im Jahrhundert vor der Reformation. Sehen Sie den König mit dem Kästchen?«

Madeleine nickte.

»Das Kästchen wurde verändert, genauso wie der Turm hier.« Er deutete auf den prächtigen Palast, auf den die drei Weisen zustrebten – offensichtlich repräsentierte er die irdische Wohnung des Gottessohnes. Sowohl bei dem Kästchen als auch beim Turm unterschied sich die Farbgebung vom Rest des Bildes, sie war heller, strahlender.

»Ich finde, der Palast sieht aus, als wäre er der Architektur hier angeglichen worden«, sagte Nicholas.

Neugierig betrachtete Madeleine die veränderten Stellen. Bei genauem Hinsehen waren die Unterschiede ganz eindeutig – der Turm ähnelte tatsächlich dem Glockenturm der kleinen Kirche von Yarton. Das goldene Kästchen war mit glitzernden Edelsteinen verziert; am unteren Seitenrand verlief ein geheimnisvolles Muster.

Das letzte Bild war eine Engelsversammlung. Die golddurchwirkten Schwingen und die schimmernden Heiligenscheine verbreiteten einen überirdischen Glanz. Diese Engel waren Lydias Lieblinge gewesen. Wieder bekam Madeleine feuchte Augen und biss sich auf die Unterlippe.

»Die Existenz der Engel«, murmelte Nicholas leise.

9. Kapitel

15. Oktober 1064

Es ist schon spät, und die Luft im Haus ist abgekühlt. Das Feuer ist heruntergebrannt, aber ich wage nicht, Holz nachzulegen, weil der Holzstoß zwar hoch ist, aber für den ganzen Winter reichen muss. Meine Finger sind steif vor Kälte, während ich dies hier schreibe, und mein Körper sehnt sich danach, zu Jon ins warme Stroh zu kriechen, aber ich weiß, ich würde nur wach liegen, weil meine Gedanken immer wieder zu dem zurückkehren, was seit jenem Abend im Saal des Palastes geschehen ist.

Am Tag nach dem Festmahl kam Odericus, wie angekündigt, zu mir ins Turmzimmer. Aus dem Ärmel seiner Kutte zog er mehrere Bögen Pergament, mit einem Wollfaden zusammengebunden. Als er sie mir gerade reichte, trat plötzlich die Königin ein. Sie sah mich das Pergament entgegennehmen und musste merken, dass dies ein heimliches Treffen war. Sie blieb kurz stehen, aber da ich die Augen niedergeschlagen hatte, konnte ich nicht sehen, welcher Art der Blickwechsel zwischen ihr und Odericus war. Dann ging sie wortlos wieder hinaus.

Als ich aufblickte, schaute der Mönch ihr hinterher. Er

trat ans Westfenster und sah eine Weile stumm hinaus, und als er sich wieder umdrehte, fiel sein Blick auf ihre Handarbeit, die ganz oben in einem Linnenkorb lag, so gefaltet, dass nur ein Teil der Stickerei sichtbar war. Er bewunderte laut die feinen Stiche und ergriff das Tuch, um mehr davon sehen zu können. Er fragte, ob das meine Arbeit sei, und ich sagte, nein, dieses Kunstwerk stamme von der Hand der Königin. Odericus inspizierte das Tuch eingehend, bestaunte stumm den kunstvollen Entwurf.

Die Stickerei nimmt lediglich ein paar Zoll des langen, schmalen Tuchstreifens ein und ist nur mit schlichtem Wollfaden ausgeführt. Die Gestalt des Königs sitzt jetzt auf einem Thron, den ein Löwenkopf ziert. Edwards Kleidung ist in zwei Schattierungen von Salbeigrün und in Zwiebelschalenbraun gehalten. Die Mauern des Palasts, den die Königin für ihre Stickerei ersonnen hat, sind mit kleinen farbigen Vierecken geschmückt, wie die Keramiken, die die Mauren auf dem Londoner Markt verkaufen.

Der Mönch faltete das Tuch zusammen und legte es behutsam in den Korb zurück. Er schien abgelenkt, ob nun mehr durch das plötzliche Auftauchen der Königin oder durch ihre Stickerei, vermag ich nicht zu sagen. Als er sich mir wieder zuwandte, lächelte er und zeigte keine Spur von Beunruhigung. »Die Herrin hat das Geschick eines gelernten Zeichners«, sagte er und fragte mich dann, ob ich mit ihm im Palastgarten spazieren gehen würde, damit wir offen reden könnten. Mein Gesichtsausdruck besagte wohl, dass ich viel zu tun hatte, denn er versprach, mich nicht lange aufzuhalten.

Im Garten roch es nach dem Nahen des Winters, und überall am Boden lagen bunte Blätter. Wir gingen durch den Hain von noch immer belaubten Feigenbäumen, wo wir vor umherschweifenden Blicken geschützt waren. Nach einer Weile setzten wir uns auf eine Steinbank, die

die Sonne ein wenig erwärmt hatte. Das Gesicht des Mönchs hatte die Farbe kalter Asche, als er mir erzählte, was dort in der Normandie zwischen William und Harold vorgefallen war.

Harold Godwinson hatte Herzog William anvertraut, dass seine Schwester Edith jedem im Wege stehe, der den Thron von England besteigen wolle. Er sagte, viele Edelleute teilten ihre Zuneigung zu Edgar dem Aethling, und es sei ihr Wunsch, dass nach dem Tod ihres Mannes weder er, Harold, noch der Normannenherzog William König würde. Darauf fragte William Harold, ob er selbst nach Edwards Krone strebe, und Harold erwiderte, da könnten sie vielleicht zu einer Einigung kommen, denn ihm gehe es vor allem darum, die Interessen seiner Familie zu wahren.

Mich fror plötzlich, als ob sich eine Wolke vor die Sonne geschoben hätte, dabei war der Himmel immer noch klar. Ich konnte nicht glauben, dass Harold Godwinson so mit dem Normannenherzog gesprochen haben sollte.

Odericus starrte wie ein Blinder auf eine eingemeißelte Inschrift im Stein vor uns am Boden und erzählte dann weiter, den Kopf mit der Mönchstonsur in die Hände gestützt. William habe lange Zeit geschwiegen, während Harold sein Angebot darlegte. Dieses lautete, dass er, wenn der König stürbe, dem Normannenherzog zur Krone verhelfen werde, dass ihm dafür aber, wie auch seinen Brüdern, alle Ländereien und Titel erhalten bleiben müssten. William solle seinen Einfluss in Rom geltend machen und die Kirche daran hindern, so viel Land zu beanspruchen, dass sie mehr Macht hätte als die Godwinsons. Schließlich hatte er den Mönch angesehen und ihn gefragt, ob er sich zuvörderst seinem normannischen Blut, den Geboten seines Gottes oder seinem König verpflichtet fühle, denn was er jetzt zu hören bekäme, würde von ihm verlangen, mindestens eine dieser Loyalitäten aufzukündigen. Odericus hatte geantwortet, die römische Kirche sei die Vertretung seines Gottes auf Erden, und ihr beuge er sich vor allem anderen. Diese Antwort schien Harold zu befriedigen, und er sagte, Rom wolle einen christlichen König, kein Kind, in dessen Adern das Blut derer fließe, die falsche Götter verehrt hätten.

Odericus' Stimme zitterte, als er mir von Harolds finsterem Plan erzählte. William sollte einen Meuchelmörder – eine Kunst, für die die Normannen berühmt sind – finden, der Harolds Schwester Edith ermorden würde, sobald der König seinen letzten Atemzug täte, denn in der allgemeinen Verwirrung und ohne Ediths Betreiben würde Edgar der Aethling nicht König werden.

Da schnappte ich nach Luft, und meine Hände krallten sich um den Stein, auf dem wir saßen. Der Kopf des Mönchs sank jetzt noch tiefer in seine Hände, und ich konnte ihn nicht trösten, denn mir war so kalt und ich blieb reglos wie der Stein selbst. Ich hatte Angst, man könnte uns sehen und sich wundern, was wir zwei da im Feigenhain machten – beide leichenblass vor Angst. Ich sagte es, so sanft ich konnte, und verspürte eine dunkle Übelkeit von dem, was ich erfahren hatte. Doch er sagte, das sei noch nicht alles, und meine Hände legten sich auf meinen Magen, als wollten sie ihn schützen.

Und da erzählte mir Odericus, wie dieser Pakt zwischen den beiden heimtückischen Männern besiegelt wurde. William schlug vor, sie sollten zu diesem Zweck einen Eid auf einen heiligen Gegenstand schwören. Er holte einen Schrein hervor und sagte, sein Vater, Herzog Robert, habe ihm diesen Schrein gegeben, als er auf Pilgerfahrt nach Jerusalem gegangen sei. Er sei ein Geschenk des heiligen römischen Kaisers und habe ursprünglich König Knut von Dänemark gehört. Auf diesem Schrein stand, laut Odericus, ein Gedicht in der dänischen Runenschrift, und die

Buchstaben waren, wie es die Handwerkskünstler jener Länder verstehen, mit Gold und kleinen Edelsteinen eingelegt. Der Deckel war gerundet wie die aufgehende Sonne, sagte Odericus, und leuchtete auch wie diese, von Bernstein und Rubinen. Die Schmalseiten zierte je ein christliches Kruzifix in Gold und Silber. Der Schrein enthielt, laut Odericus, die Reliquien des heiligen Augustinus. Er wurde ihm übergeben. William verlangte, dass er den Schrein segne, zur Vorbereitung des Schwurs, der geleistet werden sollte, sobald sie gespeist hätten. Doch Odericus nahm statt dessen die wenigen Knöchlein, die in dem Schrein lagen, heraus, damit niemand, dessen Hand darauf läge, einen heiligen Eid leisten würde.

Nach der Schwurzeremonie brachte William den immer noch leeren Schrein in seine Kapelle zurück. Vor ihrem Aufbruch aus der Burg von Caen bat Odericus, den Schrein noch einmal segnen zu dürfen, um eine sichere Heimreise zu erbitten. Er hatte vor, dabei die Knochen an ihre Ruhestatt zurückzulegen. Als er seinen Mantel holen wollte, merkte er jedoch, dass die Dienstmagd beim Ausfegen seiner Schlafkammer den Mantel zusammen mit seinem Bettzeug durchs Fenster ausgeschüttelt hatte, denn der braune Wollstoff war nicht mehr mit Straßenstaub bedeckt und die Knöchlein waren verschwunden.

Da nun richtete Odericus sich auf und sah mir direkt in die Augen, und ich fragte ihn, was er dann getan habe, weil ich unbedingt wissen wollte, wie er sich aus dieser heiklen Situation befreit hatte. Also erzählte er mit gesenktem Blick, er habe den Schrein aus der Kapelle genommen und dann William gemeldet, er müsse wohl gestohlen worden sein. William hatte getobt und geschimpft, das komme nur daher, dass sein Hof voller diebischer Wikinger sei, die alles einsteckten, was glitzere, das liege ihnen nun mal im Blut.

Nachdem Odericus mir noch erzählt hatte, wie er den Schrein zwischen seinen Habseligkeiten versteckt und auf der ganzen Heimreise niemanden an sein Bündel gelassen hatte, sah er mir wieder ins Gesicht. Ich begriff, dass ich ihm helfen sollte, die Königin zu beschützen, auch wenn es gefährlich war. Ich sagte, ich würde Augen und Ohren offen halten, weil es das ist, was ich am besten kann.

Das Pergament, das mir der Mönch gab, benutze ich für das, was ich jetzt schreibe, und der Rest liegt wohlversteckt bei meinen Aufzeichnungen und meinen Federkielen, in die Ledermappe gehüllt und mit Seidenfaden verschnürt, damit die Feuchtigkeit und die Insekten in dem Loch hinter der Ummantelung der Feuerstelle nicht dran kommen.

Am nächsten Tag kam ich erst später im Turm an, und ehe ich das Turmzimmer betrat, hörte ich drinnen Stimmen. Ich spähte durch mein Guckloch und sah Odericus auf seine ruhige Art mit der Königin reden, konnte aber nicht verstehen, was er sagte. Er stand mit dem Rücken zur Tür, aber ihr Gesicht konnte ich deutlich sehen. Sie musterte ihn beim Zuhören, als sei sie nicht sicher, ob sie ihm trauen könne. Dann sagte sie, jetzt habe sie Gewissheit, dass Harold den Aethling als Thronfolger nicht unterstützen werde, und jetzt verstehe sie auch, warum ihr Bruder gleich nach seiner Rückkehr aus der Normandie eine Audienz bei Edward verlangt habe. Ihr Mann habe ihr später erzählt, dass Harold ein Lehen in East Wessex fordere, große Ländereien, die erst kürzlich der Kirche abgekauft worden seien. Jetzt lohe seine Gier nach Besitz und Macht noch heißer. Falls die Königin auch Angst um ihr eigenes Leben hatte, ließ sie es sich nicht anmerken. Vermutlich hatte Odericus ihr nicht die ganze Geschichte erzählt, so wie mir dort im Feigenhain.

Ich verharrte an meinem Guckloch, unfähig, mich zu

rühren, obwohl ich natürlich wusste, dass ihr Gespräch
nicht für meine Ohren bestimmt war. Was sie dem Mönch
dann erzählte, wusste ich zum Teil bereits. Die Königin
hofft, Edwin und Morcar von Mercia über deren Schwester, Harolds walisische Gemahlin Alditha, auf ihre Seite
ziehen zu können. Alditha empfindet keine Zuneigung zu
ihrem neuen Ehemann, der dafür sorgte, dass sie König
Gruffyd, ihren Liebsten, ohne Kopf begraben musste.
Alditha wirkt sanftmütig, aber ihre Mutter war jene Lady
Godiva, die gegen die hohen Abgabenforderungen ihres
Mannes protestierte, indem sie nackt durch die Straßen
von Coventry ritt. Die dunklen Briten von Wales warten
ab, was aus der Ehe ihrer einstigen Königin Alditha mit
Harold Godwinson erwächst. Der Westwind trägt
Gerüchte heran, dass die Waliser um ihre entführte Königin ebenso trauern wie um ihren ermordeten König, und
diese Unruhe passt gut in Ediths Bündnispläne. Allmählich verstehe ich diese Freundschaft zwischen Harolds
Gemahlin und seiner Schwester, denn beide Frauen haben
Grund, sich in die Frage der Thronfolge einzumischen,
und beide haben Verbündete in den angrenzenden König-
reichen.

Im Norden ist da König Malcolm von Schottland, Tostigs Freund, der glaubt, dass nur ein künftiger König aus
der sächsischen Blutslinie das Königreich zusammenhal-
ten und ihm erlauben wird, Schottland in Frieden zu regieren. Unter den Schotten und Walisern herrscht der
schlichte Glaube, dass die Nachfahren des großen Königs
Alfred die einzig würdigen Erben seiner Krone sind. Das
ist ein Glaube, den auch ich teile. Diese Insel ist von vielen Stämmen besiedelt, aber seit dem Abzug der Römer
haben nur die westsächsischen Könige deren Einheit
gefördert. Jon kommt mit den Huskarls weit herum, und
er sagt, selbst in diesen Friedenzeiten sei klar, dass nur

eine gemeinsame Armee unsere Küsten gegen die unausweichlichen Invasionsversuche verteidigen könne. Wir hören, dass Harald Hardraada, der letzte der norwegischen Kriegerkönige, seine Streitaxt schärft, um sich für König Edwards Tod zu rüsten. Auf dem ganzen Kontinent gibt es Prätendenten, die Edwards Thron begehren und auf seinen Tod warten wie Aaskrähen. Es ist nur passend, dass sich die Wikinger just diesen Vogel auf die Unterarme tätowieren.

Durch den Türritz sah ich Odericus wieder gedankenversunken ans Westfenster treten. Er blieb eine ganze Weile reglos und stumm dort stehen, und ich dachte, er bete vielleicht. Als er sich wieder zur Königin umdrehte, sah ich sein Gesicht. Er wirkte in diesem Moment jünger, so wie an jenem Abend im großen Saal, als er sie betrachtete. Ich lauschte, als seien meine Glieder plötzlich aus Stein, während Edith den Mönch zu ihrem Beichtvater machte. Sie vertraute ihm gefährliches Wissen an, so wie er mir welches anvertraut hat. Sie erklärte ihm, dass ihre Brüder Gyrth und Leofwyn, deren Earldoms Westminster am nächsten liegen, mit großer Sicherheit Harold in allen Dingen unterstützen würden. Doch wenn sie Morcar und Edwin von Mercia auf ihre Seite ziehen könnte, dann hätte sie Verbündete im gesamten Norden, bis hin zu Tostigs Earldom Northumbria und selbst Schottland, wenn Malcolm sich ihnen ebenfalls anschlösse. Sie erzählte Odericus, dass sie sich mit Tostigs Frau, Judith von Flandern, getroffen habe und auch mit einer Verwandten am schottischen Hof – einer Cousine von Edgar dem Aethling. Sie hat viele Freundinnen, die Hofdamen und Prinzessinnen sind und die Betten und Geheimnisse mächtiger Männer teilen, und ich muss jetzt daran denken, wie oft ich ein Gewand für eine fremde Edelfrau bestickt habe, die Königin Edith besuchte, um ihr ihre Unterstützung zu bekunden.

Mir war klar, dass ich entweder den Turm verlassen oder das Turmzimmer betreten musste, weil ich jederzeit entdeckt werden konnte, wenn Odericus oder die Königin ohne Vorwarnung herauskam. Ich öffnete hustend und polternd die Tür, und beide drehten sich zu mir um. Auf dem Boden lag etwas, das ich durch mein Guckloch nicht hatte sehen können. Der Leinwandstreifen, der auf einer Ecke Ediths Stickerei trug, war an der gegenüberliegenden Wand von einem Ende des Raums bis zum anderen ausgebreitet. Der Mönch begrüßte mich und erklärte, er versuche gerade, die Königin zu überreden, mit ihrer Stickarbeit fortzufahren, wenn sie auch eigentlich nur ein Bildnis ihres Gemahls habe sticken wollen. Aber sie habe das Tuch ja noch nicht auf die geplante Größe zugeschnitten. Er schlage vor, dass da noch eine Gestalt beim König sein solle oder vielleicht auch zwei … Vielleicht Earl Harold, der den König von einer geplanten Reise zu fremden Gestaden in Kenntnis setze. Die Stickarbeit der Königin könne doch weitergehen, eine Geschichte, erzählt mit Zeichenstift und Nadel.

Er schien ganz begeistert von diesem Plan, und Königin Edith war fasziniert von der Vorstellung, dass sich der Wandbehang in eine Art Pergamentrolle verwandelte, nur dass der Inhalt statt mit Worten mit Bildern erzählt würde. Odericus schlug vor, dass wir Harold mit seinen Mannen nach Bosham reiten sähen, wo der Priester die Messe liest, ehe sie sich alle zur Seereise über den Kanal einschiffen. Der Priester, der die Messe gelesen hatte, war Odericus, und Edith sah den Mönch scharf an, als würde ihr in diesem Moment klar, was er meinte, und da begriff auch ich seinen Plan. Er will, dass die Geschehnisse, die er miterlebt hat, so aufgezeichnet werden, dass man eines Tages vielleicht diese Chronik entdecken wird.

Dieser Wandbehang ist ein gefährliches Unterfangen

und muss mit aller Vorsicht geplant werden. Ich habe noch nie von einer solchen Form der Aufzeichnung gehört – es ist ein ehrgeiziger Plan, aber auch mich erregt die Vorstellung, eine Geschichte auf diese Weise zu erzählen.

Edith dachte eine Weile über den Vorschlag des Mönchs nach. Sie runzelte die Stirn und starrte auf das reine Linnen, als ob sie überlegte, wie sie es anstellen könnte. Schließlich sagte sie, ihre Fähigkeiten reichten nicht aus, um allein ein solches Werk anzugehen. Odericus lächelte. Er wandte sich halb zu mir und sagte: »Aber Ihr werdet nicht allein sein, Herrin, denn Ihr habt ja die treue Unterstützung einer der besten Stickerinnen des Königreichs und auch die meine. Gemeinsam werden wir diesen Wandteppich doch zustande bringen?«

Edith zögerte nur noch einen kurzen Moment, ehe ihre Stirn sich glättete und ihr Gesicht sich aufhellte. Sie sagte, wir müssten sichergehen, dass niemand etwas von dieser Arbeit sähe oder erführe, und nach dem Vorzeichnen würde das Aussticken sehr viel Mühe machen, daher müssten wir Entwurf und Garnfarben schlicht halten, denn schließlich solle dieser Wandbehang ein Dokument sein und kein Schmuckstück.

Madeleine saß noch lange am Tisch. Sie zündete sich eine Zigarette an, rauchte aber nur einen einzigen Zug und vergaß sie dann im Aschenbecher. Sie starrte auf den Abglanz der untergehenden Sonne auf der Fassade der Musikschule und versuchte, sich die Szenen vorzustellen: Harold und William, die planten, Edith zu ermorden; die Knochen des heiligen Augustinus, die mit Odericus' staubigem Mantel aus dem Fenster von Williams Schloss geschüttelt wurden; das lange, nackte Stück Stoff auf dem

Fußboden, und der Mönch, die Königin und die Stickerin, die gemeinsam das planten, was später der Teppich von Bayeux werden sollte. Denn für Madeleine gab es inzwischen keinen Zweifel mehr, dass es sich bei dem Wandbehang, den Edith zu sticken begonnen hatte, um eben dieses Kunstwerk handelte.

Sie fühlte sich wie betäubt von dieser Erkenntnis. Das war mehr, als sie je zu hoffen gewagt hätte. Wenn sie in einem Geschichtsbuch darüber gelesen hätte, wäre sie natürlich auch sehr ergriffen gewesen, aber Leofgyths Bericht aus erster Hand vermittelte ihr das Gefühl, selbst in eine Verschwörung verwickelt zu sein. Sie bangte um Leofgyth, nicht um Edith, denn deren Geschichte kannte sie ja, zumindest auszugsweise.

Den ganzen Tag hatte sie übersetzt, doch jetzt erst spürte sie, dass ihr Nacken ganz verspannt war und ihre Augen brannten. Vorsichtig klappte sie das Tagebuch zu und legte es zurück in seine Schatulle. Sie sah aus wie ein Schmuckkästchen. Ob sie wohl früher einmal Elizabeth Brodier gehört hatte? Was mochte diese darin aufbewahrt haben? Ihr Geschmeide? Oder vielleicht die Stickseide und die silbernen Nadeln? Sie stand auf und streckte sich. Wie steif ihr Rücken und ihre Schultern waren. Morgen musste sie wieder an die Uni, aber sie konnte sich im Moment kaum vorstellen, vor hundert Studenten zu treten.

Der gestrige Abend war schon so weit weg, dass er fast unwirklich erschien. Sie war – buchstäblich – in ihre Wohnung gestolpert und sofort erschöpft ins Bett gesunken. Sie zog eine Grimasse. Im Grunde hatte sie sich seit ihrer Rückkehr ausschließlich in Leofgyths Welt aufgehalten. Sie wanderte rauchend durch ihre Wohnung, als suchte sie nach Hinweisen auf die vergangenen vierundzwanzig Stunden. Ihre deutlichste Erinnerung war, dass Nicholas sie zu Lydias Cottage zurückbrachte und besorgt nach-

fragte, ob der Besuch in Yarton sie nicht zu sehr aufgewühlt habe. Sein Einfühlungsvermögen verblüffte sie; er
zeigte keine übertriebene Fürsorge, aber seine Anteilnahme schien von Herzen zu kommen. Hätte sie je erwartet,
dass ein Mann sich so verhalten könnte?

Im Schlafzimmer stand ihr kleiner Koffer unausgepackt
auf dem Fußboden. Das Bett war nicht gemacht. Und als
sie mit wenig Erfolg in der Küche nach etwas Essbarem
fahndete, fiel ihr ein, dass sie ihren Anrufbeantworter
noch nicht abgehört, geschweige denn in den Briefkasten
geschaut hatte.

Unten in der Eingangshalle war es dunkel und kalt. Ihre
Briefe hatte jemand ordentlich in dem Fach mit ihrer
Apartmentnummer gesammelt. Da steckte bestimmt
Tobias dahinter. Sie war ihm ein paar Mal begegnet, wenn
sie morgens zur Arbeit ging, und hatte beobachtet, wie
er mit fast irritierender Sorgfalt die Post sortierte. Tobias hatte sehr verbindliche Umgangsformen und grüßte sie
immer betont herzlich. Madeleine mochte ihn intuitiv.

Die Sonntagszeitung lag zusammengerollt mitten auf
dem Fußboden. Tobias hatte die Zeitung abonniert – war
er übers Wochenende weggefahren? Sie holte ihre Briefe
aus dem Fach und hob die Zeitung auf, doch ehe sie diese vor Tobias' Wohnungstür legen konnte, stand er plötzlich in einem fast durchsichtigen weißen Seidenkimono
vor ihr und verneigte sich tief.

»Madeleine – wie nett, dass du mir meine Zeitung bringen wolltest. Entschuldige bitte meinen Aufzug. Ich hatte nicht erwartet, dass ich im Hausflur jemandem begeg-
ne. Ich bin heute ja so was von faul. Normalerweise stehe
ich sonntags immerhin schon im Lauf des Nachmittags
auf. Aber gestern bin ich leider erst furchtbar spät ins
Bett gekommen.« Er gähnte und hielt sich die Hand mit
den langen, gepflegten Fingern vor den Mund, blinzelte

schläfrig und band sich die Schärpe seines Kimonos fester um die Taille. Darunter war er nackt. Madeleine bemühte sich, ihm ins Gesicht zu sehen. Tobias grinste ohne jede Spur von Verlegenheit.

»Kaffee?«

»Ja, gern – wenn Sie – ich meine …«

»Komm rein. Und sei bitte nicht so förmlich. Da fühle ich mich gar nicht wohl. Louise ist joggen gegangen. Oder sie macht sonst irgendwas Obszönes. Diese Frau ist völlig zwanghaft.«

»Ich wollte, ich wäre auch zwanghaft im puncto Fitness …«, begann Madeleine.

»Ach, nein, bei ihr geht es nicht um Fitness, sie will nur ihre Anatomie in minimalistischer Sportkleidung zur Schau stellen.« Tobias führte sie durch das große Wohnzimmer, das heute völlig anders aussah als bei der Party. Unter den hohen Fenstern mit den elfenbeinfarbenen Vorhängen stand ein schwarz schimmernder Stutzflügel.

In der Küche lud Tobias sie ein, auf einem der chromsilbernen Metallstühle Platz zu nehmen. Er schraubte eine kegelförmige Espressomaschine auf und gab frisch gemahlenen Kaffee hinein.

»Morgens brauche ich ihn immer superstark. Ich hoffe, du hast ein gutes Herz«, sagte er.

Madeleine entspannte sich – trotz des kalten Metallsitzes. Offenbar hatte sie etwas mit Tobias gemeinsam. Dass er von »morgens« sprach, amüsierte sie – draußen war es bereits wieder dunkel. »Ich bin gerade aus England zurückgekommen, deshalb habe ich schon fast vergessen, wie richtiger Kaffee schmeckt.«

»Ja, stimmt, die Engländer verstehen nichts von Kaffee – absolut gar nichts. Hast du Urlaub gemacht?«

»Nein, meine Mutter ist gestorben. Sie ist Engländerin und hat in Canterbury gelebt.«

»Ach, Chérie – das tut mir ja so Leid. Ich hatte keine Ahnung. Aber andererseits erklärt das einiges.«

»Was heißt ›einiges‹?«

»Zum Beispiel diese – diese *tragische* Aura, die dich umgibt. Du erinnerst mich an die Lady von Shallot, mit deinen traurigen Augen und diesen zauberhaften roten Haaren. War deine Mutter sehr krank?«

Madeleine schüttelte den Kopf. »Nein, jedenfalls wusste man von nichts. Sie hat nur immer wieder über starke Kopfschmerzen geklagt. Sie ist an einem blutenden Aneurysma gestorben. Sagen die Ärzte. Von meinem Vater hat sie sich schon vor vielen Jahren getrennt – sie ist nach London zurückgegangen, um dort an der Uni zu unterrichten. Als sie vor drei Jahren in den Ruhestand ging, ist sie nach Canterbury gezogen.«

Tobias nickte verständnisvoll. »Und jetzt hast du Schuldgefühle, weil du nicht bei ihr warst, als sie gestorben ist? Aber weißt du, Chérie – der Tod ist eine sehr persönliche Erfahrung, die eigentlich nur den Sterbenden etwas angeht, obwohl die Lebenden nicht umhin können, sich einzureden, dass sie etwas damit zu tun haben. Ich habe das auch schon öfter durchgemacht.« Einen Augenblick lang sah er ganz traurig aus, und sein Blick wanderte zu der Fotomontage auf dem Kühlschrank. »Inzwischen glaube ich, dass unser Ego uns weismachen will, der Tod eines nahe stehenden Menschen sei *unsere* Angelegenheit. Das Ego ist der Fluch der Menschheit, aber andererseits bewahrt es uns auch vor der Mittelmäßigkeit.«

Als er kurz aus dem Raum ging, studierte Madeleine die Fotos auf dem Kühlschrank. Waren alle diese Leute Freunde von Tobias? Die meisten waren junge Männer. Auf ein paar Bildern küsste Tobias einen Mann auf die Lippen. Dass er schwul war, hatte Madeleine sich ohnehin schon gedacht. Also war Louise nur eine Freundin. Wieso war sie Louise eigentlich noch nie begegnet? Vielleicht existierte sie überhaupt nicht. Die gesamte Post war auch immer nur an Tobias adressiert.

Er kam mit einer Keramikschale zurück und stellte sie auf den Küchentisch. In ihr schien er alles aufzubewahren, was für einen Joint gebraucht wurde. Tobias unterdrückte ein Gähnen, während er sich seinen Joint drehte. »Ich nehme an, du warst den ganzen Tag in deiner Zelle eingesperrt und hast Geschichten von mittelalterlichen Prinzessinnen gelesen, stimmt's?« Er zündete den Joint an, inhalierte tief und wollte ihn Madeleine reichen. Sie schüttelte den Kopf. So verlockend es sein mochte, sich zuzudröhnen – es half ihr nichts, wenn ihr Gehirn langsamer arbeitete, sie brauchte etwas anderes. Aber was meinte Tobias mit »mittelalterliche Prinzessinnen«? War es eine gezielte Anspielung oder nur so dahingesagt?

»Dein Freund neulich hat mir übrigens gut gefallen«, sagte er unvermittelt, nachdem er noch einen Zug geraucht hatte. »Letzte Woche habe ich ihn zufällig wiedergesehen – bei einem Konzert in Paris. Er saß ganz woanders als ich, aber seine nordischen Wangenknochen kann man kaum übersehen. Er bewegt sich in den richtigen Kreisen, glaube ich.«

»Er ist nicht mein Freund ... ich kenne ihn gar nicht richtig, ehrlich gesagt.«

»Ach, dann brauche ich es ja nicht für mich zu behalten, dass er sich in Begleitung einer sehr attraktiven Blondine befand.«

Madeleine versuchte, sich ihre Enttäuschung nicht anmerken zu lassen. »Was meinst du mit ›er bewegt sich in den richtigen Kreisen‹?«

»Na ja, er war mit René Deveraux zusammen – du weißt schon, mit dem berühmten Antiquitätenhändler.

Auf seiner Kundenliste steht angeblich sogar der Vatikan.«

Der Kaffee in der Espressomaschine gurgelte plötzlich laut, und Tobias stand auf, um sich darum zu kümmern. Er band die Kimonoschärpe etwas fester und goss die heiße Flüssigkeit in zwei dreieckige Tassen aus Edelstahl. »Milch? Zucker?«

Madeleine merkte erst gar nicht, dass er sie meinte, weil sie darüber nachdachte, was Karls Kontakt mit René Deveraux bedeuten könnte. »Nein, danke – ohne alles«, sagte sie schnell.

Klar, es machte sie nervös, immerhin hatte er zufällig das Tagebuch gesehen. Aber selbst wenn er den renommiertesten Antiquitätenhändler von ganz Frankreich kannte, hieß das noch lange nicht, dass er selbst etwas von alten Büchern verstand. Das Unbehagen wollte jedoch nicht weichen, und sie bekam nicht viel von dem mit, was Tobias über die »Reichen und Schönen« berichtete, die sich in Paris bei diesem Konzert getroffen hatten. Als sie in ihre Wohnung zurückkam, raste ihr Puls wie verrückt, was sicher nicht nur an Tobias' starkem Kaffee lag.

Auf ihrem Anrufbeantworter waren mehrere Nachrichten, davon zwei von Peter, der total vergessen hatte, dass sie nach Canterbury fahren wollte. Das war bei ihm nicht anders zu erwarten – sie wusste doch längst, dass sie der unwichtigste Faktor in seinem Leben war. Trotzdem steigerte es nicht gerade ihre Laune. Genauso wenig wie die Tatsache, dass Karl mit einer »attraktiven Blondine« gesichtet worden war. Und sollte er tatsächlich etwas mit Antiquitäten zu tun haben, war seine Anfrage neulich, ob sie mit ihm essen gehen wolle, vermutlich rein professioneller Natur gewesen.

Jean hatte angerufen und Madeleine für Mittwochabend nach Paris eingeladen. Eigentlich passte ihr das gar nicht, aber auch bei ihrem Vater konnte sie nichts anderes erwarten. Sie seufzte. Na gut, es gab eine günstige Zugverbindung zwischen Caen und Paris, und ihre Vorlesung am Donnerstag begann erst am späten Vormittag. Sie rief Jean an und teilte seiner Maschine mit, sie werde kommen. Hatte ihr Vater etwa eine neue Freundin? Das würde erklären, warum er etwas so Konkretes tat und ein Treffen mit Termin vorschlug. Auf einmal schien alles darauf hinzuweisen, dass sie als Einzige unfähig war, eine Beziehung zu führen.

Sie schüttelte sich, um das sinnlose Selbstmitleid loszuwerden. Da sie sich durch das Koffein im Blut so aufgeputscht fühlte, verschob sie das Essen auf später und ging in ihr Arbeitszimmer. Was sie mit Karl machen sollte, würde sie sich später überlegen – am besten erst morgen. Rosa hatte bestimmt eine gute Idee.

2. November 1064

Seit zwei Wochen kommt Odericus jetzt fast täglich ins Turmzimmer, um sich mit der Königin zu treffen. Sie haben einen Zuschneidetisch unters Westfenster gestellt, und darauf liegt der Leinenstreifen, auf dem Edith, wie Odericus vorschlug, die Szenen vom Aufbruch ihres Bruders und seiner Männer zu entwerfen begonnen hat. Die Herrin zeichnet Figuren mit ruhiger und geschickter Hand, und die Geschichte, die der Mönch nicht aufschreiben darf – von Harold Godwinsons Besuch in der Normandie —, wird jetzt ein Wandbehang.

Zur ursprünglichen Darstellung Edwards auf seinem

Thron sind inzwischen zwei weitere Figuren hinzugekommen, links vom König, wo das Tuch vorher nackt war. Eine davon ist Harold, der leicht zu erkennen ist, weil er einen langen schwarzen Schnurrbart nach Art der Skandinavier trägt. Harold teilt dem König mit, dass ihn Geschäfte ins Ausland rufen. Diese Figuren sind mit einem Steinmetzstift vorgezeichnet, und ich sticke sie mit gelber und brauner Wolle aus. Ich habe zwar noch andere Stickereien in Auftrag, aber die Königin hat mich angewiesen, sie in die Londoner Werkstatt zu geben und irgendeine Begründung zu finden, die anderen Frauen aus dem Turmzimmer fern zu halten, solange dieser Wandbehang entworfen wird.

Das ist nicht schwer, denn die Frauen kommen nur dann zum Sticken dorthin, wenn ich sie anfordere. Sie stammen zum größten Teil aus London und finden auch in den dortigen Werkstätten leicht Arbeit.

Odericus sagte, die Zeichnungen der Königin stünden denen in den Psalmbüchern der Bibliothek von St. Augustin nicht nach, und sie erklärte ihm, dass sie eben dort ein Bildnis des heiligen Benedikt auf einem Thron gesehen habe, von dem sie sehr angetan gewesen sei, und dass vor allem diese Zeichnung Vorbild für ihre Darstellung König Edwards gewesen sei. Odericus sah sie eigenartig an und fragte sie, in welchem Psalter sie das Bild des heiligen Benedikt gefunden habe. Als sie die Handschrift nannte, erklärte ihr der Mönch, dieses Bild sei von ihm.

Königin Edith hat in Wilton Literatur studiert und ist, wie so viele Edelfrauen, in den schönen Künsten beschlagen, aber eine Hand, die zu zeichnen versteht, ist eine besondere Gabe und selbst unter den Brüdern von St. Augustin selten. An Odericus' Augen konnte ich ablesen, wie hoch er die Königin achtet. Mit ihrem goldenen Haar, der weißen Haut und dem kräftigen Knochenbau der skandinavischen Stämme ist sie vieler Gaben teilhaftig geworden, und der Mönch ist nicht der erste Mann, der dem Zauber ihrer Schönheit erlegen ist. Aber kein Mann wagt es, um die Gunst der Gemahlin des Königs zu werben, und die Herrin selbst sucht keines Mannes Arme, Lippen oder Geschlecht.

5. November 1064

Heute hat Edith mit dem Steinmetzstift die feinen schwarzen Umrisse von Pferden und Reitern vorgezeichnet. Der Anführer ist ihr Bruder mit seinem schwarzen Bart und seinem Jagdfalken auf dem Handgelenk. Fünf Hunde laufen an der Spitze der Reisegesellschaft, die den Palast in Richtung Küste verlässt. In der Kirche von Bosham kniet Harold im Gebet, und ich weiß, dass ich nicht die Einzige bin, die sich fragt, worum Harold dort gebetet hat. Dann folgt ein Festgelage in einem großen Saal.

Odericus beugte sich über das Tuch, um der Königin von nahem beim Zeichnen zuzusehen, und eine Strähne gelben Haars fiel ihr über die Mantelschulter. Ich sah, wie sich seine Hand, ob des Keuschheitsgelübdes zitternd, ihrem Gesicht näherte und die Haarsträhne behutsam wieder hinter ihre Schulter zurückstrich. Sie sagte nichts und sah ihn auch nicht an, fuhr einfach nur fort, das Kruzifix auf dem Dach der Kirche von Bosham zu zeichnen.

Zwischen den Reitern und Hunden und der Kirche steht ein Baum, der den Fluss der Geschichte unterbricht, als ob man eine Buchseite umwendet. Die Äste des Baums kreuzen sich wie das Geflecht eines Korbs, sind aber so fein und zierlich wie die Ranke, die sich um die äußere Begrenzungsborte windet. Aus diesem Entwurf spricht die dänische Herkunft der Königin, denn er ähnelt den vielen nordischen Ornamenten und Symbolen, die inzwischen in der Steinmetz- und Schreiberkunst verwendet werden. Ihre Abbildung der Kirche von Bosham und des Saales, wo die Männer speisen, ist nicht aufwändig ausgestaltet, offenbart aber dennoch in den Einzelheiten den weiblichen Sinn für Schönheit und Anmut.

Inzwischen ist klar, dass Odericus nicht die gesamte Geschichte von Harolds Reise in die Normandie auf diesem einen Leinwandstreifen unterbringen kann, es bedarf eines weiteren, der etwa zweimal so lang ist wie der erste. Eine Stickerei dieser Größe ist zu viel für mich allein. Wenn ein Behang eine ganze Wand bedecken soll, dann sticken manchmal sogar zwanzig Frauen den Entwurf aus. Aber dieses Tuch kann man nicht in eine Werkstatt geben.

Es ist eine ungewöhnliche Form für einen Wandbehang. Das Linnen misst in der Breite nur etwa einen Fuß, obwohl es zwanzig Fuß lang ist. Es ist die Tuchbreite für das Mieder eines Kleids oder den langen Ärmel einer Tunika. Viel Nutzen wird der Behang nicht haben, da er wohl kaum genug Wandfläche bedeckt, um einen Raum warm zu halten. Aber das ist ja auch nicht der Zweck dieser Stickerei. Sie ist das Mittel, das Odericus gefunden hat, um eine Chronik zu verfassen, ohne sie niederzuschreiben. Wenn das Tuch entdeckt würde, ließe Harold es sicherlich vernichten. Und wenn Harold wüsste, dass seine Schwester und sein Priester gemeinsam mit diesem Werk befasst sind, würde er die beiden vielleicht ebenfalls vernichten lassen.

Es gibt noch weitere Spannungen in Ediths Familie, denn Tostig, der ja noch immer am Hof des Königs ist, hatte wieder Streit mit Harold. Diesmal ging es um die milden Steuerforderungen des jüngeren Bruders. Es ist wohlbekannt, dass die Abgaben in der nördlichen Grafschaft weit niedriger sind als im restlichen Königreich, und aus diesem Grund haben sich viele Leute auf den weiten Weg nach Norden gemacht, um dort zu siedeln. Harold verlangt, dass die Steuern in Northumbria denen im Süden angepasst werden. Tostig lehnt dies ab. Er sagt, das würde nur dazu führen, dass viele Männer abwandern, und es gebe im Norden auch ohne Steuererhöhungen schon genügend Unruhe. Die Brüder, längst schon keine Freunde oder Gefährten mehr, sprechen nicht miteinander. Harold hat mehr Zeit für seine anderen Brüder, Gyrth und Leofwyn, und die Wunde innerhalb der Familie schwärt.

In West Minster hat sich Tostig mit Edgar dem Aethling angefreundet. Er lehrt ihn weiterhin Bogenschießen und Fechten, und man sieht sie zusammen ausreiten. Selbst Jon sagt, Edgar sei mit dem Pfeil so treffsicher wie ein Huskarl und seine Arme verstünden sehr wohl ein Schwert zu schwingen, wenn sie auch so dünn seien wie Schösslinge. Das dürfte Harold ebenfalls gegen seinen Bruder aufbringen.

20. November 1064

Die Stickerei ist jetzt fertig vorgezeichnet, und einen solchen Wandbehang habe ich noch nie gesehen. Odericus' Geschichte wird da in Bildern erzählt, von Harolds Gespräch mit König Edward und der Landung seiner Schar an der normannischen Küste bis zu ihrer Gefangennahme durch Herzog Guy de Ponthieu und anschließenden Errettung durch den Normannenherzog William. Dann sieht man Harold bei einer Unterredung mit William, und darauf folgt etwas, das ich zuerst rätselhaft fand, inzwischen aber verstehe.

An dem Abend, an dem Odericus und Königin Edith mit dem Entwurf für den Wandteppich fertig wurden, blieb ich noch länger im Turmzimmer, um die Pferde der Jagdgesellschaft auszusticken. Das ist eine Zeit raubende Arbeit, und es strengt meine Augen an, wenn die Dunkelheit hereinbricht und nur noch Kerzen Licht spenden.

Schließlich ging ich, nachdem ich der Königin und dem Mönch, die in ein Gespräch über ihr Werk vertieft waren, eine gute Nacht gewünscht hatte. Draußen vor den Palasttoren merkte ich, dass ich das Kleid für Mary vergessen hatte. Ihr Geburtstag war am nächsten Tag, also ging ich zurück, um es zu holen.

Als ich mich der Tür näherte, war alles still, und ich dachte, da sei niemand mehr im Turmzimmer. Dennoch spähte ich aus Gewohnheit zunächst durch den Türritz. Die Königin saß mit dem Gesicht zur Tür, und im flackernden Kerzenschein sah ich ihren Umhang am Boden liegen. Ihr Haar war offen, und während ich noch hineinlinste, löste Odericus das Band, das ihr Kleid vorn zusammenhielt. Seine Hände waren ungeschickt, aber behutsam, als wäre sie ein zerbrechliches irdenes Gefäß, das Schaden nehmen könnte. Ihre Hände waren flinker, als sie die Kordel lösten, die seine Mönchskutte umgürtete. Ich wandte mich rasch ab.

Ich ging in dem Gefühl nach Hause, mich schuldig gemacht zu haben, indem ich sie zusammen gesehen hatte. Ich war froh, daheim zu sein, und dankbar für James' vertrautes Geschrei und Jons Klagen, weil ich darüber alles andere eine Zeit lang vergessen konnte. Mary hatte Feuer gemacht und ein Abendessen aus dicker Suppe und Brot zubereitet. Sie ist jetzt eine junge Frau, mit der ich reden und auf die ich mich verlassen kann, aber was ich heute gesehen habe, kann ich niemandem erzählen.

Jetzt verstehe ich jenen Teil des Entwurfs, der eine Edel-

244

frau in einem Torbogen darstellt. Den Torbogen zieren die Köpfe zweier sächsischer Drachen. Außerhalb des Torbogens steht ein Priester, der die Hand hindurchstreckt, um das Gesicht der Edelfrau zu berühren. Es ist ihre Signatur, und sie sind ein Liebespaar. Die Szene davor zeigt Harold und William bei ihrer Unterredung, und Harold deutet mit dem Finger in Richtung der Edelfrau und des Priesters. Was die beiden Männer besprechen, ist geheim, denn Königin Edith lässt Harolds andere Hand seinen Mund verdecken, während er William eröffnet, dass ihre ehrgeizigen Ziele durch seine Schwester gefährdet sind. Dass Odericus außerhalb der Mauern steht, die Edith umgeben, und die Hand hindurchstreckt, um seine Herrin zu berühren, beschreibt ihre Situation sehr deutlich. Da sind viele trennende Mauern zwischen ihnen, nicht zuletzt die Tatsache, dass der Mönch keinen Tropfen Sachsenblut in sich hat – weshalb er sich wohl allein der Königin wegen für unsere Sache einsetzt.

Als sie am Mittwochnachmittag zum Bahnhof fuhren, waren die Straßen völlig verstopft. Geschickt manövrierte Rosa ihren kleinen roten Renault durch das Gewühle, musste aber trotzdem einen Teenager auf seiner Vespa anhupen, um ihn nicht zu überfahren.

Sie kurbelte das Fenster nach unten und schickte ihm eine endlose Schimpfkanonade hinterher. Dann warf sie Madeleine einen skeptischen Blick zu. Diese hatte ihr gerade erzählt, Tobias habe Karl zusammen mit René Devereaux gesehen.

»Tja – meinst du trotzdem, dass er deine Geschichte mit der Filmrequisite für bare Münze genommen hat?«, fragte sie.

Madeleine zuckte hilflos die Schultern. »Keine Ahnung. Wie konnte ich nur so leichtsinnig sein und das Kästchen auf dem Couchtisch stehen lassen!«

»Aber irgendwie kann ich mir nicht vorstellen, dass er sofort begriffen hat, was da vor ihm steht. Selbst wenn er ein Freund von René ist. Grübel nicht so viel – entspann dich und mach dir einen richtig schönen Abend mit deinem Vater. Überlass die Sache mit Karl einfach mir, okay? Mir wird schon was einfallen, wie ich den alten Fiesling ausfindig mache und ordentlich ins Kreuzverhör nehmen kann. Ich habe ein paar Freunde, die ihn bestimmt kennen, falls er tatsächlich mit Antiquitäten zu tun hat.«

Direkt vor dem Bahnhof fuhr sie an den Rand, umarmte Madeleine kurz und brauste mit quietschenden Reifen wieder davon.

Als der Zug in den Gare du Nord einfuhr, war Madeleine erleichtert. Nun musste sie sich auf ihren Vater konzentrieren und konnte alles andere beiseite schieben. Sie waren im Quartier Latin verabredet, in einem Restaurant, wo sie sich früher oft mit ihren Uni-Freunden getroffen hatte.

Auf den Straßen war viel Betrieb; eine nachtaktive Stadt wie Paris lebte erst auf, wenn die Lichter angingen. Madeleine merkte, dass sie sich trotz aller Vertrautheit nicht mehr so richtig heimisch fühlte. Sie musste an Lydias Cottage denken, an die Fahrt nach Yarton, an das Gefühl von Frieden, das sie dort empfunden hatte. War es Lydia genauso ergangen, als sie nach England zurückkehrte? Bei diesem Gedanken blieb Madeleine so abrupt stehen, dass der Mann hinter ihr mit ihr zusammenstieß und ihr im Weitergehen einen misstrauischen Blick zuwarf. Lydia musste große Sehnsucht nach ihrer Heimat gehabt haben – eine Sehnsucht, die Madeleine erst allmählich zu verstehen begann.

Sie ging weiter, bis sie durch eine Menschenansammlung aufgehalten wurde: Ein Muskelprotz, nur mit einem Tanga bekleidet, gab eine Show auf einem drei Meter hohen Einrad. Tollkühn jonglierte er mit brennenden Fackeln. Madeleine schaute ihm eine Weile zu, bis die Welle der Traurigkeit, die sie vorhin überschwemmt hatte, wieder verebbte.

In dem verabredeten Lokal setzte sie sich an einen Tisch am Fenster, bestellte eine Flasche Merlot und ein bisschen Brot und beobachtete die flanierenden Passanten.

Als ihr Vater kam, musterte sie ihn aufmerksam. Er sah gut aus, was sie sehr erleichterte. Irgendwie hatte sie Angst davor gehabt, mit seiner Trauer konfrontiert zu sein.

Noch immer verströmte Jean das Selbstbewusstsein eines charmanten Beau. Man merkte es an seiner Körperhaltung, an seinem Gesichtsausdruck. Obwohl sein Kinn nicht mehr so kantig war wie früher und die Gesichtshaut schon etwas erschlaffte, war er immer noch ein unglaublich attraktiver Mann, und so benahm er sich auch. Bevor er sich setzte, beugte er sich zu Madeleine hinunter, um sie auf beide Wangen zu küssen, und sie ahnte sofort, dass er eine Freundin haben musste. Das Eau de Toilette hatte er bestimmt nicht ihretwegen aufgetragen.

»Wie geht's dir, Maddy? Wie wirst du mit … mit allem fertig?« Bei dieser Frage schaute er sie nicht an, sondern füllte erst einmal ihr Glas nach, ehe er sich selbst eingoss. Sie hatten nie viel über Lydia gesprochen, auch früher nicht. Gelegentlich hatte sich Jean nach ihr erkundigt, aber Einzelheiten wollte er nicht erfahren.

Madeleine holte Luft – und atmete wieder aus, ohne etwas zu sagen. Jean lehnte sich zurück. »Du brauchst nichts zu sagen, wenn du nicht willst. Es ist sicher nicht leicht für dich. Ich will dich nicht bedrängen.«

Madeleine kannte ihren Vater gut genug, um zu wissen, dass er das Gegenteil meinte und vermutlich möglichst viel hören wollte. Der Tod veränderte die Menschen, er eröffnete auch den Überlebenden völlig neue Dimensionen. Fühlte sich Jean durch den Tod wieder enger mit Lydia verbunden als während der letzten Jahre ihrer Ehe? Madeleine spürte wieder die Tränen hochsteigen. Aber sie wollte und konnte jetzt nicht weinen – Jeans Hilflosigkeit würde alles nur noch schlimmer machen.

Noch einmal atmete sie tief durch, trank einen Schluck Wein und begann zu erzählen.

»Sie hat in einem wunderschönen viktorianischen Cottage gewohnt, mit einem Garten, an dem ein Kanal vorbeifließt. Und sie war sehr beschäftigt. Ich glaube, sie war glücklich.«

»Bestimmt glücklicher als hier«, sagte Jean versonnen. »Ich habe sie nicht glücklich gemacht.« Er fuhr sich mit den Fingern durch die dichten, grau melierten Haare. Madeleine brachte kein Wort über die Lippen.

»Ich verstehe die Gefühlswelt der Frauen nicht, Madeleine. Deine Mutter hat einmal zu mir gesagt, ich würde mich mehr für die Rätsel der Galaxien interessieren als für andere Menschen. Und sie hatte Recht, am liebsten setze ich mich mit philosophischen Theoremen über Zeit und Raum auseinander. Da geht es nicht um Emotionen, sondern um universelle Gesetze.«

Madeleine legte ihre Hand auf seine und drückte sie. Manchmal machte es ihr Freude, mit ihm solche Fragen zu diskutieren, aber heute Abend hatte sie keine Lust dazu. Er schaute sie an und lächelte fast scheu.

Eine hübsche junge Kellnerin trat an ihren Tisch, um ihre Bestellung entgegenzunehmen, und sofort blühte Jean auf – es tat ihm gut, in seine Lieblingsrolle, die des alternden Casanovas, schlüpfen zu dürfen.

Nachdem die Kellnerin wieder gegangen war, drehte er gedankenversunken sein Weinglas hin und her. »Als wir noch jung waren und regelmäßig gemeinsam nach England gefahren sind, habe ich oft gedacht, dass es für Lydia die richtige Entscheidung war, ihr altes Leben hinter sich zu lassen. Ich fand alles dort unglaublich beklemmend. Jeder kennt die Schuhgröße seines Nachbarn. Aber in der Zwischenzeit bin ich dahinter gekommen, dass sie genau das vermisst hat. Es war ihr Zuhause.«

»Und es ist sehr schön dort«, ergänzte Madeleine.

»Aber doch nicht mit dem hier zu vergleichen«, entgegnete Jean und deutete mit einer ausholenden Handbewegung auf die glitzernden Straßen von Paris.

»Nein. Es ist anders.«

Jean nickte bedächtig, als würde er ganz allmählich etwas begreifen.

10. Kapitel

»Guten Morgen, Philippe.«

Philippe tat so, als wäre er unsichtbar, und steckte seine Nase noch tiefer in sein »Lehrbuch der mittelalterlichen Kriegsführung«.

Madeleine gab sich nicht so schnell geschlagen. »Meinst du, du könntest mir etwas helfen? Ich brauche ein paar Informationen über William den Eroberer, genauer gesagt über seinen Feldzug gegen den Bretonenherzog Conan 1064.«

Sie wusste, dass Philippe auf solche Fragen automatisch reagierte. Man brauchte nur irgendeine kleine Schlacht zu erwähnen, die vor mehr als vierhundert Jahren stattgefunden hatte, und schon spulte er sein gesamtes Wissen ab.

»Oh, guten Morgen, Madeleine, ich hab gar nicht gemerkt, dass du reingekommen bist. Hast du gesagt, 1064?« Er nahm die Brille ab, um sie mit dem Ärmel seines grauen Pullovers gründlich zu putzen. Dann hüstelte er kurz, schob ein paar Zettel hin und her und setzte die Brille wieder auf.

Madeleine startete ihren Computer und packte ihre Handtasche aus. Sie wollte den Eindruck erwecken, als wäre ihr die ganze Sache gar nicht so wichtig. »Ja, mir geht es dabei vor allem um die Darstellung des Feldzugs im Teppich von Bayeux.« Sie lud ihn praktisch ein, über sein Lieblingsthema zu sprechen. Und tatsächlich musste er nicht lange überredet werden. »Ja, es ist eigenartig, dass sich William und Harold zusammengetan haben und gemeinsam gegen Herzog Conan II. geritten sind. Aber am spannendsten ist dort nicht die Darstellung des Angriffs auf die Stadt Dol, sondern die der Schlacht von Hastings – einfach toll, bis ins Detail, mit einfachsten technischen Mitteln. Und da stellt sich gleich die Frage nach dem angelsächsischen Bogenschützen, nicht wahr? Sehr aufschlussreich. Wenn der Teppich Recht hat, gab es bei der gesamten Schlacht nur einen einzigen sächsischen Bogenschützen – ich fand das schon immer mehr als seltsam und habe es selbstverständlich symbolisch gedeutet. Dagegen kann man neunundzwanzig normannische Bogenschützen bei der gesamten Darstellung der Schlacht ausmachen – sechs in der Hauptgeschichte und dreiundzwanzig in dem unteren Bereich. Man muss den Angelsachsen aber wirklich zugute halten, dass sie sich erstklassig verteidigt haben, angesichts ihrer unterlegenen Position – die Normannen kämpften schließlich zu Pferde. Allerdings haben sicher viele Details auf dem Teppich symbolische Bedeutung. Schließlich kann der Zeichner unmöglich bei allem anwesend gewesen sein, und außerdem ist der Teppich sowieso erst Jahre später entstanden.«

Madeleine lief ein Schauder über den Rücken, als Philippe die weit verbreitete These wiederholte, die Stickerei sei erst ein Jahrzehnt nach der normannischen Invasion begonnen worden. Befand sie sich tatsächlich im Besitz eines Dokuments, das eine grundlegende Umdeutung notwendig machte? Ein Teil des Teppich war sicher-

252

lich im Rückblick entstanden, doch wann, konnte sie noch nicht mit Sicherheit sagen. Sie musste erst mehr übersetzen, um herauszufinden, ob Leofgyth die Fertigstellung der Stickerei miterlebt hatte.

Zu Philippe sagte sie: »Aber das ist doch auch nur eine Theorie – im Grunde weiß keiner, wann der Teppich gestickt wurde, oder?«

»Es gibt ein paar historische Figuren, die erst etwa ein Jahrzehnt nach der Eroberung zu Ansehen kamen – sie tauchen auf dem Teppich auf und wären bei einem früheren Entstehungsdatum garantiert nicht in eine normannische Auftragsarbeit integriert worden.«

»Falls es sich bei dem Teppich tatsächlich um eine normannischen Auftragsarbeit handelt«, entgegnete Madeleine.

In dem Moment kam Rosa völlig unerwartet hereinmarschiert, in einem engen Lederkostüm und hohen Stiefeln. Sie müsse unbedingt mit Madeleine einen Kaffee trinken gehen, und zwar sofort, verkündete sie, sonst könne sie das bevorstehende Kreuzverhör mit Karl nicht angemessen vorbereiten. Dass Philippe an seinem Schreibtisch saß, schien sie gar nicht zu bemerken. Er hielt den Kopf nach wie vor gesenkt, aber über seine Nickelbrille hinweg taxierte er Rosas Figur mit bewundernden Blicken, und auf seinen bleichen Wangen erschienen wieder einmal rosarote Flecken.

Rosa setzte sich provozierend mit übergeschlagenen Beinen auf die Kante von Madeleines Schreibtisch, beugte sich vor, so dass er ihr in den tiefen Ausschnitt sehen konnte, und schaute ihm mit einem strahlenden Lächeln direkt in die Augen. Dadurch geriet Philippe dermaßen in Verlegenheit, dass er sofort aufstand, fast den Stuhl umstieß und seinen Kopf in der Schublade des Aktenschrankes vergrub, bis Madeleine und Rosa sich verabschiedeten. Draußen konnten die beiden sich kaum halten vor Lachen.

Auf dem Weg zum Café erzählte Rosa von ihrer Romreise mit dem »Jüngling«. Der Höhepunkt sei ein Besuch im Vatikanstaat gewesen, sagte sie.

»Soll ich dir sagen, wie viel der neue Eingang zum Vatikanmuseum gekostet hat? In Dollar – zweiundzwanzig Millionen! Überall patrouilliert die Schweizergarde, und in den Straßen draußen betteln irgendwelche winzigen Schmuddelkinder, während im Petersdom die Messe gelesen wird. Natürlich wissen wir alle, wie verlogen die römisch-katholische Kirche ist, aber wenn es dir in dieser krassen Form vorgeführt wird – dieser Wahnsinnsreichtum hinter dem Schutzwall, und die grässliche Armut direkt vor der Tür, da wird einem kotzübel.«

Madeleine nickte. Sie hatte das, was Rosa beschrieb, schon mit eigenen Augen gesehen, und einen Moment lang schämte sie sich fast, dass sie solche Bilder dann doch wieder beiseite schieben konnte. Sie musste an eine Szene aus Leofgyths Tagebuch denken: Bauern, die bei Edwards Festmahl Lebensmittel stahlen. In den letzten tausend Jahren schien sich nicht viel verändert zu haben.

Das Café war sehr voll, vor allem mit Studenten. Die Belastung durch Referate und Hausarbeiten, die sich im Lauf des Semesters ins Unendliche steigern würde, hatte noch nicht eingesetzt. Das Aroma von frischem Kaffee vermischte sich mit Zigarettenrauch und dem Duft von Gebäck. Im Hintergrund hörte man eine kratzige Aufnahme von Edith Piaf.

»Du siehst schrecklich aus, Maddy«, sagte Rosa, als sie an einem der Tische gegenübersaßen und an ihrem Kaffee nippten. »Meinst du nicht, du solltest dich mal ein paar Tage ausruhen? Du hast abgenommen, und die Ringe unter deinen Augen werden jeden Tag dunkler.«

Madeleine nickte, obwohl sie gar nicht richtig zugehört hatte.

»Okay.« Rosa setzte sich. Ihr war klar, dass sie ihre wortkarge Freundin nur mit einem einzigen Thema zum Reden bringen konnte. »Erzähl mir von Jean.«

Sofort versank Madeleine wieder im Strudel der Gefühle. Rosa nahm tröstend ihre Hand.

»Ich weiß, es tut weh, aber niemand kann den Schmerz des anderen je so richtig nachfühlen. Ich wollte, ich könnte dir etwas davon abnehmen – ganz ehrlich …«

Madeleine umklammerte dankbar ihre Hand und starrte auf die perfekt lackierten roten Fingernägel.

»Genau das Gleiche habe ich gestern auch gedacht. Ich glaube, dass Jean unter der Oberfläche unglaublich traurig ist.«

»Du solltest erst mal an deine eigene Trauer denken«, erwiderte Rosa. »Er schafft das schon alleine.« Sie schaute Madeleine an und wechselte dann geschickt das Thema. »Ich nehme an, deine Tanten haben nicht vor, das Buch zu verkaufen, oder?«

Madeleine schüttelte den Kopf. »Aber sie haben schon andere Gegenstände verkauft – wahrscheinlich gibt's dieses Jahr nicht genug Apfelbrandy … Sie haben irgendeinen Kunsthändler an der Hand.«

»Na ja – Karl kann unmöglich wissen, wo das Buch herkommt. Und falls er tatsächlich im Geschäft ist, kann er es trotzdem nicht kaufen, wenn die beiden es nicht rausrücken wollen. So einfach ist das«, sagte Rosa nüchtern.

»Ich weiß nicht – wenn er was von Antiquitäten versteht, hat er sicher einen Blick für das Alter des Tagebuchs, und dann könnte er damit an die Öffentlichkeit gehen – meinst du nicht?«

»Wieso denn? Ich finde, du leidest unter Verfolgungswahn.« Sie kniff die Augen zusammen. »Aber dich treibt noch irgendwas anderes um, hab ich Recht?«

Madeleine nickte. »Es ist … unglaublich spannend, in vielerlei Hinsicht. Ich habe jetzt schon gut die Hälfte übersetzt. Und weißt du was?« Sie senkte die Stimme zu einem verschwörerischen Flüstern. »Ich glaube, es beschreibt die Entstehung des Teppichs von Bayeux.«

»Ach, red keinen Unsinn – das gibt's doch gar nicht. Der Teppich ist erst viele Jahre nach der Eroberung entstanden.«

»Aber Leofgyth hat zugeschaut! Ihr Freund – der Mönch – war der Geliebte der Königin, und er hat Harold auf seiner Reise in die Normandie begleitet.«

Rosa schüttelte ungläubig den Kopf, aber dadurch kam Madeleine erst richtig in Fahrt.

»Ich weiß, es klingt unwahrscheinlich, aber warum reagierst ausgerechnet du so engstirnig, Rosa? Ich meine, wenn ich mich nicht mehr darauf verlassen kann, dass du offen für neue Gedanken bist – an wen soll ich mich dann noch wenden? Du bist doch diejenige, die ständig von der Macht der Göttinnen redet. Wir wissen beide, dass sich die schöpferische Kraft der Frauen nicht erst in den letzten fünfhundert Jahren entwickelt hat.«

Aber Rosa war keineswegs überzeugt. »Willst du behaupten, die Arbeit an dem Teppich hätte schon vor der Eroberung begonnen? Aber alle Theorien besagen doch, dass er frühestens ein Jahrzehnt nach 1066 entstanden sein *kann*!«

Madeleine hatte sich wieder einigermaßen beruhigt. »Aber es kann auch anders gewesen sein«, sagte sie leise. »Hör zu: Harold und William hatten eine Verschwörung angezettelt. Sie wollten Edith umbringen lassen – nach Edwards Tod … ach, das ist alles völlig irre.«

»Tatsächlich?« Rosa musterte sie wie eine besorgte

Ärztin, die sich überlegt, ob sie ihrer Patientin lieber Beruhigungstabletten verschreiben sollte.

»Als ich jetzt in Canterbury war, habe ich noch was anderes herausgefunden«, flüsterte Madeleine. »Es gibt ein Gerücht, dass aus der Abtei St. Augustin ein Reliquienschrein entfernt wurde, als Heinrich der Achte die Klöster auflöste. Angeblich befanden sich darin die sterblichen Überreste des heiligen Augustinus. Dieser Schrein ist nie wieder aufgetaucht.«

»Ich hoffe, du erzählst mir jetzt nicht, dass er in deinem Tagebuch erwähnt wird – oder etwa doch?«

»Du kannst meine Übersetzung lesen, wenn du willst. Und um dir die Frage zu ersparen – ich habe alles akkurat übersetzt. Schließlich habe ich mich an der Uni nicht umsonst durch das mittelalterliche Latein gequält.«

Als Madeleine den Hörsaal betrat, war sie in Gedanken immer noch weit weg. Eine Weile starrte sie auf ihre Notizen, ohne etwas zu sehen und ohne zu merken, dass es im Saal bereits still geworden war und alle auf sie warteten. Schließlich drang die erwartungsvolle Stille doch zu ihr durch, sie blickte auf und schaute direkt in die Augen des jungen Mannes, der sich schon vor ein paar Wochen für sie zu interessieren schien. Auch jetzt grinste er provozierend. Madeleine seufzte. Sie warf ihm einen vernichtenden Blick zu und begann mit ihrer Vorlesung.

»Im mittelalterlichen England wurde von König Alfred ein Gesetz eingeführt, das man als die erste juristische Maßnahme gegen sexuelle Belästigung betrachten könnte. Die Grundaussage lautete, dass jede ›unerwünschte‹ Form der Aufmerksamkeit bestraft wurde – je schlimmer die körperliche Gewalt gegen die Frau, desto härter die Strafe. Bei ernsteren Vergehen musste der Mann ein im Feuer erhitztes Eisen in die Hand nehmen und damit neun

Schritte gehen. Die Wunde wurde eine Woche lang verbunden. Wenn die Verbrennungen zu eitern begannen, galt er als schuldig, und die Strafe lautete: Tod durch Erhängen.«

Der Student schaute weg. Madeleine lächelte verstohlen in sich hinein und fuhr fort: »Heute wollen wir uns allerdings den Normannen zuwenden. Sie waren vor allem darauf bedacht, im Gesetzbuch Strafen gegen anarchische Umtriebe festzuschreiben. Anfang der vierziger Jahre des elften Jahrhunderts einigten sich Williams Herzogtum und die Kirche auf einen ›Waffenstillstand Gottes‹: Man durfte während religiöser Feiertage zwischen Sonnenuntergang am Mittwoch und Montagmorgen nicht kämpfen. William drohte, jeder, der diesen Waffenstillstand breche, werde augenblicklich exkommuniziert. Da es damals sehr viele religiöse Feste gab, konnte William die potenziellen Kampftage beträchtlich reduzieren – und er hatte Gott auf seiner Seite. Diese Maßnahme richtete sich ganz besonders gegen eine Gruppe von aufsässigen Skandinaviern an seinem Hof – Wikinger, die sich nehmen wollten, was ihnen ihrer Überzeugung nach ohnehin gehörte. Die Wikinger waren die ursprünglichen Einwohner in der Normandie, das dürfen wir nicht vergessen.«

Madeleine schwieg und blickte sich um. Sie bemerkte weder Zeichen von Interesse noch von Langeweile.

»Zwischen der Kirche und ehrgeizigen Herrschern wie dem Normannenherzog William oder Harold Godwinson bestand letztlich nicht anderes als eine Interessengemeinschaft. Papst Leo der Neunte war mit dem Normannenherzog William überhaupt nicht einverstanden – erstens war er ein uneheliches Kind, und zweitens hatte er Mathilda von Flandern geheiratet. Dieser Ehebund wurde von der Kirche nicht gebilligt, weil William und

Mathilda verwandt waren. Familienangehörige durfte man nur heiraten, wenn sie mindestens Verwandte siebten Grades waren, sonst war es untersagt. Aber William scherte sich nicht um den Segen des Papstes und ebnete sich den Weg mit Geldgeschenken. Wie sich herausstellte, war seine Ehe mit Mathilda die dauerhafteste Partnerschaft in seinem Leben. In den verschiedenen Phasen seiner Herrschaft wandten sich entweder seine Untertanen, der Adel oder auch sein eigener Sohn gegen ihn – aber nie seine Ehefrau.

Mathildas Vater war Graf Baldwin von Flandern, und ihre Schwester war Judith, die Ehefrau von Tostig Godwinson. Die Blutsbande im europäischen Adel waren hoch kompliziert und weit verzweigt, und sie verhinderten keineswegs immer, dass angeheiratete Verwandte sich gegenseitig bekriegten, aber in der Regel tat man sich gern einen Gefallen. Graf Baldwins Hof in Lille war berühmt für seine Gastfreundschaft gegenüber dem englischen Adel, und deshalb war es politisch klug von William, Mathilda zu heiraten. Flandern war ein großes Land und Graf Baldwin ein mächtiger Bundesgenosse, nicht zuletzt deswegen, weil er auch ein Ritter des Heiligen Römischen Reiches war.«

Madeleine verstummte, weil sie sah, dass eine Studentin sich meldete. Sie nickte ihr ermunternd zu.

»Mathilda ist doch auch diejenige, die den Teppich von Bayeux in Auftrag gegeben hat, oder nicht?«

Madeleine zögerte einen Moment, ehe sie antwortete: »Ja, das ist eine von vielen Theorien.«

Tobias spielte Klavier, als sie am frühen Abend das Haus betrat. Oder war es Louise? Immer wieder kam Madeleine der Verdacht, dass Tobias und Louise in Wirklichkeit ein und dieselbe Person sein mussten. So ganz konnte sie sich das nicht vorstellen – aber so ging es ihr momentan mit vielen Dingen.

Müde stieg sie die Treppe hinauf. Rosa hatte Recht. So langsam machte sich bemerkbar, dass sie spät ins Bett ging und sehr konzentriert an ihrer Übersetzung arbeitete. Sie spürte es selbst.

Wie wäre es, wenn sie jetzt nach Hause käme und jemand sie in die Arme schließen würde … Er würde seine Lippen auf ihr Haar drücken und ihr ins Ohr flüstern, sie sei nicht allein und alles werde gut werden. Als sie in Paris mit Peter zusammen wohnte und kurz vor dem Examen stand, blieb er den ganzen Tag zu Hause, um seine Arbeit über Christologie zu schreiben; das genaue Thema lautete: »Kann man sich als Christ betrachten, auch wenn man nicht glaubt, dass Jesus Gottes Sohn war?« Peters Schlussfolgerung nach war das selbstverständlich nicht möglich.

Sie wohnte mit Peter im obersten Stockwerk eines alten Hauses, und wenn sie abends hier in Caen die Treppe hinaufging, wurde sie oft an diese Phase ihres Lebens erinnert. Damals hatte sie nie das Gefühl gehabt, ihre Schuhsohlen seien aus Blei. Der Unterschied lag darin, dass sie wusste, sie wurde erwartet. Manchmal hatte Peter sogar schon gekocht, obwohl sie ihr bisschen Geld eher für guten Wein als für Lebensmittel ausgaben. Die Zeit der Zufriedenheit dauerte fast drei Jahre und kam zu einem abrupten Ende, als Peter mit seiner Arbeit abschloss. Madeleine wusste, dass sich etwas verändert hatte – es war, als hätte er seine akademische Suche nach einer Erklärung für den Ursprung des Bösen in der Welt völlig verinnerlicht. Er zog sich immer mehr in sich selbst zurück, schaute kaum noch von seinem Buch auf, wenn Madeleine von ihrem unterbezahlten Job in einem kleinen Pariser Museum nach Hause kam.

Peters Depressionen wurden zu einem dunklen Schatten, der sie beide verfolgte. Nach einer Weile versuchte Madeleine gar nicht mehr, ihm zu helfen. Sie ermunterte ihn nicht mehr, sich einen Job zu suchen und neue Leute kennen zu lernen, weil sie merkte, dass er ihr ohnehin nicht zuhörte. Peter spürte selbst, dass er etwas unternehmen musste, hatte aber keine Ahnung, was. Ihr brach es das Herz, ihn so orientierungslos und verloren zu sehen, und sie wusste, so konnte es nicht weitergehen.

Eines Abends kam sie nach Hause, und das Treppenhaus erschien ihr kälter und leerer als sonst. Als sie die Wohnungstür aufschloss, merkte sie, dass die Veränderung eingetreten war: Peter war nicht mehr da.

Er hatte sich nicht wortlos verdrückt, sondern einen Brief hinterlassen: Er gehe nach Taizé, einem christlichen Zentrum südlich von Paris, um dort über seine Zukunft nachzudenken. Nicht über »unsere« Zukunft. In den Wochen, die folgten, fiel ihr auf, dass er in ihrer ganzen gemeinsamen Zeit nie irgendwelche Pläne schmieden wollte. Sie sah ihn zwei Jahre lang nicht. Als Peter nach Paris zurückkam, um ins Priesterseminar einzutreten, nahm sie in Caen die Stelle als Dozentin für mittelalterliche Geschichte an.

Peters Entschluss, Priester zu werden, schockierte sie weit mehr, als sie gedacht hätte. Im Grunde hatte sie die ganze Zeit auf ihn gewartet und gehofft, er würde seine Krise überwinden und zu ihr zurückkehren.

Als sie jetzt ihre Wohnung betrat, ließ sie ihre Jacke auf den Boden fallen, legte Nick Cave auf und goss sich ein Glas Claret ein. Es hatte doch seine Vorteile, allein zu leben. Sie konnte machen, was ihr passte. Gerade jetzt, da sie ihre Zeit zwischen zwei Welten aufteilte, die viele Jahrhunderte auseinander lagen, führte sie ihren Haushalt nicht besonders orthodox, und keiner meckerte. Mit dem Weinglas in der Hand begab sie sich in ihr Arbeitszimmer.

14. Januar 1065

An Michaelis wurde Gospatric, der Sohn Utrechts, des einstigen Earl von Northumbria, im Palast zu West Minster ermordet. Wenn Gospatric wirklich, wie manche Leute sagen, auf Königin Ediths Befehl umgebracht wurde, dann mag das wohl auch für Gamel und Ulf gelten, die letztes Jahr in Tostigs Abwesenheit in Northumbria getötet wurden. Die Herrin könnte damit einen schweren Fehler begangen haben, denn Gospatrics Anhängerschaft im Norden ist groß, und wenn seine Popularität auch Tostigs Herrschaft gefährdete, gibt sein Tod doch den northumbrischen Rebellen Grund zur Rache. Es gab Zeiten, da ich nie geglaubt hätte, dass die sanftmütige Königin eine solche Gewalttat befehlen könnte, aber vielleicht will sie ja jetzt ihrem Bruder Harold zeigen, dass sie ihm an Heimtücke durchaus gewachsen ist. Mich entsetzt der Gedanke, dass meine Herrin sich in die Welt der Männer begeben hat, wo solche Untaten keine Seltenheit sind, obwohl ich auch genau weiß, dass es nicht anders geht, wenn sie einen Sachsen zum König krönen will.

Zu Beginn des Winters, ehe der Boden zu hart gefroren war, fragte mich die Königin, ob ich reiten könne. Ich bejahte, da mein Vater, der auch schon Huskarl gewesen, mich als kleines Mädchen oft mitnahm auf seinem Pferd, und später erlaubte er mir dann, allein zu reiten. Die Königin hörte mir wie immer interessiert zu und unterbrach mich kein einziges Mal, als ich ihr davon erzählte.

Ich glaube, sie würde manchmal gern mehr von meinem Leben erfahren, damit sie sich vorstellen kann, was hinter ihren Mauern und Türmen ist. Dann bat sie mich, sie am selben Abend auf einem Ritt nach Somerset zu begleiten. Normalerweise wäre Isabelle mit der Herrin geritten, aber es war gerade die Zeit ihrer Monatsblutung, und da leidet sie immer sehr. Ich habe mir einmal die Freiheit genommen, ihr zu sagen, dass ich ihr einen Kräuteraufguss gegen die Schmerzen bereiten könnte, aber sie hat, wie so viele Christinnen, Angst vor Tränken, weil sie befürchtet, in irgendwelche Hexereien hineingezogen zu werden.

In Somerset war ich noch nie gewesen, aber ich kannte Geschichten von den magischen Bräuchen dort, wo noch viele dem alten Glauben anhängen. Es heißt, es gibt dort ein Binnenmeer, wo einst ein Priesterinnenorden auf einer heiligen Insel lebte.

Als wir uns am Abend draußen vor dem Palasttor trafen, entnahm sie ihrer Satteltasche einen Umhang aus dunkelgrüner Wolle, mit einem Futter aus Kaninchenfell und einer fein gearbeiteten silbernen Schließe, und sagte, ich solle ihn umlegen. Wir ritten mehr durch den Wald als auf der Straße, aber der Vollmond erhellte uns den Weg. Im ersten Morgengrauen wurde es kälter, und ich war froh über das Pelzfutter und die weiche Wolle ihres Umhangs und dankbar dafür, dass sie an mein Wohl gedacht hatte.

Kurz vor Sonnenaufgang erreichten wir eine Lichtung, und sie flüsterte, ich solle zwischen den Bäumen bleiben und Wache halten und, falls ich aus der Richtung, aus der wir gekommen waren, jemanden nahen hörte, so schnell und so leise wie möglich auf die Lichtung reiten und ihr Bescheid sagen. Mehr sagte sie nicht, also wartete ich auf dem breiten, kräftigen Rücken der Braunen, die mich durch die Nacht getragen hatte. Die weiße Stute der Königin schritt auf ihren schlanken Beinen lautlos durch den Nebel, und die Herrin selbst glich mit ihrem schwarzen Pelzumhang einem dunklen Engel. Sie zügelte ihr Pferd, verharrte reglos und still, wartete. Zu hören war nur das schwere Atmen unserer Pferde, und als im Baum über mir eine Eule schrie, erschrak ich so, dass mir fast ein Schrei entschlüpft wäre.

Bald schon durchbrach von Laub und weicher Erde gedämpfter Hufschlag die Stille. Er kam von Westen her. Ein mantelverhüllter Reiter erschien, dann noch einer und noch einer, insgesamt zwei von Süden, zwei von Westen und drei von Norden her.

Acht Pferde standen schließlich auf der Lichtung. Die Reiter warteten still, während sich der Nebel verzog und das blasse Licht der Wintersonne die satten Farben der Umhänge enthüllte. Ich fragte mich, warum sie nichts sagten, da das hier doch offensichtlich eine Zusammenkunft war. Und ich fragte mich auch, wer diese Reiter waren und ob ich den Blick abwenden sollte, wenn sie ihre Gesichter zeigten. Doch ich hatte keine derartigen Anweisungen, und meine Neugier war zu groß.

Die Sonne stieg höher, und ich war starr von Kälte und unruhig, und meine Lider waren schwer vom nächtlichen Ritt. Die verhüllten Gestalten saßen immer noch auf ihren Pferden, warteten stumm und geduldig.

Dann war noch ein weiteres Pferd zu hören. Es nahte in schnellem Galopp von Norden her. Ein mächtiges, schweißnasses schwarzes Tier erschien und sprengte aus dem Wald auf die Lichtung, dass der Umhang des Reiters flatterte. Die Gestalt saß ab und zog sich die scharlachrote, mit Fell gefütterte Kapuze herunter. Das Haar fiel ihr über die Schultern, loderte orangerot vor der tief stehenden Sonne. Ich erkannte Lady Lydia, die Verwandte

König Edwards, die in die schottische Familie Malcolms und Macbeths eingeheiratet hatte. Wie sorgsam hatte doch die Königin die Freundschaft zu jenen gepflegt, die ihr helfen konnten, die ebenfalls befürworteten, dass wieder ein Sachsenkönig den Thron bestieg. Lydia ist Ediths angeheiratete Nichte und hat sämtliche Männer ihrer Familie, der Familie Ethelreds, verloren – Vater, Brüder und mehrere Onkel, allesamt ermordet, ehe sie versuchen konnten, ihre Ansprüche auf den englischen Thron geltend zu machen. Die Dänen haben keinen Aethling am Leben gelassen.

Lydia hat einmal gesagt, wenn sie je mit der Herrschaftsausübung ihres Gatten unzufrieden wäre, würde sie es machen wie Lady Godiva, wenn auch nicht in den Wintermonaten. Sie ist berühmt für ihre Klugheit und kümmert sich wenig um die feinen Sitten der Normannen am Hof. Sie spricht, wann und wie es ihr beliebt.

Jetzt saßen auch die anderen Reiter ab und breiteten ihre Umhänge auf dem Boden aus. Sie zogen sich die Kapuzen herunter, und ich sah, dass es alles Frauen waren, darunter Tostigs Gemahlin, Judith von Flandern, und Harolds Gattin, Alditha von Wales. Da waren noch andere, die ich nicht kannte, die aber offensichtlich über eigenen Reichtum und Einfluss verfügten oder aber die Gattinnen oder Gefährtinnen von Edelleuten waren. Ihr Schmuck und ihre Kleidung kündeten eindeutig von ihrem Stand. Die Königin saß als Letzte ab, und sobald auch sie ihren Umhang am Boden ausgebreitet hatte, hielt sie eine Ansprache an die Versammelten. Sie sprach leise, aber mit Inbrunst, von ihrer Hoffnung, den Aethling Edgar als Erben des Hauses Sachsen die Nachfolge ihres Gatten antreten zu sehen, obwohl davon auszugehen sei, dass ihr Bruder Harold den Thron für sich begehre. Sie fragte alle, ob sie immer noch willens seien, den jungen

Prinzen Edgar zu unterstützen, auch wenn das hieße, sich gegen Harold Godwinson zu stellen. Judith von Flandern, eine schwarzhaarige Edelfrau mit dem scharfen Profil eines dunklen Reihers, sprach als Erste. Sie erklärte, ihr Mann Tostig sei, wie die Königin ja wisse, dem Königsknaben nach wie vor treu ergeben, halte aber Harolds Verbindung zu dem Normannenherzog William für ein böses Omen. Edith ließ sich nicht anmerken, dass sie von einer Allianz zwischen den beiden wusste, vielleicht aus Angst, die Versammlung ins Wanken zu bringen.

Harolds Gemahlin Alditha berichtete, ihr Bruder Edwin, Earl von Mercia, sei immer noch unentschieden, wem er Gefolgschaft leisten solle, weshalb auch ihr Bruder Morcar noch zögere. Sie sagte, am walisischen Hof herrschten Bedenken, ob Edgar der Aethling reif genug sei, die Krone zu tragen.

Schließlich wandte sich Edith an Lydia, ihre schottische Verwandte, die noch nichts gesagt hatte und die als Einzige dem Hause Sachsen durch Blutsbande verbunden ist. Lydia hätte eine Feuergöttin des alten Glaubens sein können, mit ihrem sonnenlodernden Haar. Sie wählte ihre Worte mit Bedacht, konnte aber ihr ungestümes Gemüt kaum im Zaum halten. Sie sagte, Malcolm von Schottland werde treu zu Tostig halten, und jedwedem Banner, das der Earl von Northumbria in die Schlacht trage, würden auch die Schotten folgen. Außerdem bot sie ihrem Verwandten Edgar Zuflucht an, sollte er je aus West Minster fliehen müssen. Edith lächelte, als sie hörte, dass die kühnen Keltenheere noch immer zu ihren Verbündeten gehörten.

Ich hatte meiner Familie erzählt, ich wolle zum Kloster von Winchester, um nach einem Wandbehang zu sehen, den die Nonnen dort für Edwards neue Abtei in West Minster fertigten. Als wir am nächsten Nachmittag zurückkehrten, schlief ich fast im Sattel, und die Königin schickte mich heim. Dort musterte mich Mary mit ernstem Blick, als ich mich auf einem Wolltuch ans Feuer legte und die Augen schloss, denn sie hatte mich noch nie bei Tag schlafen sehen.

Vor dem Einschlafen fiel mir ein, dass Edith im Entwurf für den Wandbehang dieses Treffen genauso dargestellt hatte: Reiter auf einer Waldlichtung, die Gesichter von Kapuzen verhüllt. Das war die Zeichnung, die sie so schnell versteckt hatte, als Harold unangemeldet in ihre Gemächer gekommen war.

Also war dieses Treffen nicht das erste dieser Art gewesen.

Madeleine legte ihren Stift weg und zündete sich eine Zigarette an. Als sie ins Wohnzimmer zurückging, sah sie die ganze Zeit die neun Frauen vor sich, die in ihren reich bestickten und mit Juwelen besetzten Gewändern auf dem Waldboden saßen und über die Zukunft Englands debattierten. Ein Festtag für alle Feministinnen.

Sie trat ans Fenster und blickte hinunter auf die Straße. Ein paar Nachtschwärmer befanden sich auf dem Weg nach Hause. Sie warf einen Blick auf die Küchenuhr. Kurz vor Mitternacht – und sie hatte noch nichts gegessen. Im Kühlschrank brauchte sie gar nicht erst nachzusehen – selbst die Oliven und die Schokolade waren inzwischen verzehrt. Immer, wenn sie Hunger bekam, fiel ihr ein, dass sie nicht eingekauft hatte, doch dann vergaß sie es sofort wieder – bis sie das nächste Mal hungrig wurde. Zum Glück gab es die Cafeteria in der Uni – das Essen dort war zwar nicht besonders gut, aber sie musste wenigstens nichts planen.

Sonst war es nicht ihr Stil, so desorganisiert zu sein – schon gar nicht in puncto Mahlzeiten. Eigentlich aß sie für ihr Leben gern. Jawohl, sie würde jetzt sofort losgehen, denn sie wollte auf keinen Fall noch einmal in diese Situation geraten – Gott sei Dank gab es ja den neuen Vierundzwanzig-Stunden-Supermarkt. Und außerdem brauchte sie Zigaretten.

Die Nachtluft war eisig. Im Gehen schlang sich Madeleine ihren langen Wollschal ein paar Mal um den Hals. Trotz Anfang März war von den Vorboten des Frühlings nichts zu ahnen.

Sie musste an Lydias Cottage denken. Wie sah es dort wohl aus, wenn alles grünte und blühte? Ihr nächster Gedanke galt Nicholas …

Beim Abschied hatte ein leises Bedauern in der Luft gelegen. Keine richtige Trauer – aber während der Fahrt nach Yarton hatte sich zwischen ihnen eine fröhliche Selbstverständlichkeit entwickelt. Das wurde ihnen erst so richtig bewusst, als sie Auf Wiedersehen sagten. Trotzdem gingen sie nicht so weit, Telefonnummern auszutauschen oder irgendetwas zu verabreden. Vielleicht würden sie sich wieder sehen, vielleicht auch nicht. Nicholas hatte gesagt, er werde mindestens bis Ende des Sommers im Archiv beschäftigt sein. Doch als Madeleine wissen wollte, was danach anstehe, zuckte er nur die Achseln. Dieses Achselzucken bedeutete so viel wie: Irgendwas wird sich schon finden. Wieder mal ein Mann, der nicht gerne Pläne schmiedete. Aber andererseits – wie sahen Madeleines eigene Pläne aus? Sie könnte jederzeit wieder als Kuratorin arbeiten, wenn ihr die Lehrverpflichtung zu anstrengend würde. Oder sie würde doch noch Friseurin werden, wie sie es sich als Kind immer gewünscht hatte.

Sie betrat den Supermarkt. Was würde sie jetzt gerne essen? In der Neonbeleuchtung wirkten die in Plastikfolie gepackten Lebensmittel alle dermaßen einschüchternd, dass sie sich schließlich doch für Brot und Käse entschied – und für eine Flasche Wein. Sie wollte noch nicht gleich schlafen, sondern mindestens noch eine Seite übersetzen. Leofgyths Nähe war für sie überdeutlich spürbar … Das hatte gar nicht unbedingt mit dem Inhalt der Geschichte zu tun, nein, es war eher so, als würde über die Jahrhunderte hinweg eine Stimme zu ihr sprechen.

Als sie schon an der Kasse wartete, entdeckte sie einen vertrauten roten Lockenkopf: Tobias beugte sich gerade über die Tiefkühltruhe voller verschiedener Eissorten und konnte sich offenbar nicht recht entscheiden. Madeleine musste grinsen, als er schließlich eine kleine Packung Praliné-Liqueur auswählte. Er entdeckte sie, als sein Blick auf der Suche nach der kürzesten Schlange über die verschiedenen Kassen wanderte. Unter seinem langen, erstklassig geschnittenen Wintermantel trug er einen Smoking.

»Du siehst aus, als kämst du direkt aus der Oper«, sagte Madeleine, als er sich zu ihr gesellte.

»Hallo, meine Schöne. Du gehst auch nicht gerade früh ins Bett, stimmt's?«, sprudelte er los. »Nein, ich war nicht in der Oper – soweit ich informiert bin, hat der Komponist, der heute Abend dran war, noch keine Oper geschrieben. Ich habe selbst gespielt – ein Klavierkonzert. Und was ist mit dir? Warst du unterwegs und hast dein Leben genossen, oder hast du dich wieder die ganze Zeit in deinen Elfenbeinturm eingeschlossen? ›Dort webt sie bei Tag und Nacht/Ein Zaubertuch in bunter Pracht‹ … Bist du wie die Lady von Shalott, die dazu verdammt ist, die Welt nur durch einen Zauberspiegel zu betrachten? Bis sie in diesem Spiegel den edlen Ritter Lancelot erblickt. Was machst du eigentlich immer da oben? Es ist nicht gut für die Seele, wenn man zu viel Zeit alleine verbringt, weißt du das? Warum kommst du nicht mit zu mir, wir essen Eis und rauchen einen Joint. Ich verspreche dir hoch und heilig, dass ich nicht versuchen werde, dich zu verführen. Es wäre viel zu kompliziert, wenn Louise je dahinterkäme. Sie ist wahrscheinlich selbst scharf auf dich. Außerdem, falls ich jemanden verführen wollte, dann wäre es dieses merkwürdige Wesen, mit dem deine Freundin die Party verlassen hat.«

»Du meinst den *Jüngling*?«

»So nennt ihr ihn? Ja, den meine ich.«

»Sie trifft sich heute Abend mit ihm. Ich weiß nicht, wie deine Chancen stehen.«

»Ach, keine Sorge, ich mein's nicht so ernst, Chérie. Mir reicht es schon, jemanden anzuschauen. Ich hab nichts gegen Sex, nicht dass du mich falsch verstehst, aber manchmal ist es fast genauso gut, nur mit den Augen zu genießen. Findest du nicht auch?«

Madeleine musste kichern. Tobias machte keine Anstalten, seine Lautstärke zu dämpfen, und inzwischen hatte sich hinter ihnen schon eine kleine Schlange gebildet.

»Ich würde dein Angebot ja gern annehmen, aber ich habe noch nichts gegessen. Ich bin nur hier, weil ich nichts mehr im Haus habe.«

Vorwurfsvoll musterte Tobias den Inhalt ihres Einkaufskorbs. »Das nennst du Essen? Du musst unbedingt mit zu mir kommen, damit ich dir was Richtiges machen kann. So wie du aussiehst, könntest du eine anständige Mahlzeit gut vertragen.«

Madeleine wollte widersprechen, aber ihr fiel keine gute Ausrede ein. Er hatte ja Recht – es tat ihr nicht gut, so viel Zeit alleine zu verbringen.

Als sie seine Wohnung betraten, tauschte Tobias als Erstes sein Smokingjackett gegen einen gelben Mohairpullover aus und goss ihnen beiden einen irischen Whisky ein. Madeleine nahm auf einem der kalten Metallstühle in der Küche Platz, während Tobias Champignons dünstete und über das Konzert plauderte, das er gerade gegeben hatte. Ihre Gedanken schweiften immer wieder ab, und sie merkte, wie fern sie sich der Welt fühlte, die Tobias schilderte. Dieses Gefühl von Distanz hing allerdings nicht nur mit Lydias Tod und dem Tagebuch zusammen, nein, sie hatte sich einfach verändert ... oder war sie schon immer so gewesen?

Tobias setzte ihr ein leckeres Pilzrisotto vor, und während sie aß, unterhielten sie sich angeregt über Paris. Dort hatte Tobias die meiste Zeit seines Lebens verbracht, ehe er nach Caen zog, um verschiedene »Gewohnheiten« ablegen zu können, die er gern loswerden wollte. Caen gefalle ihm gut, sagte er, aber er sei ein rastloser Charakter und würde am liebsten außerhalb von Frankreich leben. Zum Beispiel in Tokio ...

Nachdem sie gegessen hatten, führte er sie ins Wohnzimmer. Der makellos elfenbeinfarbene Brokat-Divan sah aus, als sollte man dort lieber nicht Platz nehmen. Also setzte Madeleine sich auf den Fußboden und lehnte sich mit dem Rücken an den Divan. Tobias drehte einen langen, dünnen Joint und paffte eine Weile, als rauchte er eine Zigarette. Als er ihn Madeleine anbot, zögerte sie. Gras machte sie schläfrig, und sie wollte doch später noch übersetzen.

»Kiffst du nie?«, fragte Tobias.

»Doch, schon, aber ich mache gerade – ich muss heute Abend noch arbeiten – für die Uni – « Sie war eine hoffnungslose Lügnerin.

Tobias zuckte die Achseln. »Tja – aber das Zeug ist erste Sahne, ich rauche manchmal sogar vor einem Konzert. Man ›schwebt‹ dann so schön.«

Das überzeugte sie. Ja, sie wollte schweben. Sie nahm den Joint, rauchte einen Zug, während Tobias aufstand, um Whisky nachzugießen und Musik aufzulegen. Chopin. Als er zurückkam, war Madeleine schon so weit, dass sie die Melodie mitsummte und verträumt zur Decke starrte.

»Ich würde dir gern einen Rat geben. Du kannst natürlich sagen, ich soll ihn mir in die Haare schmieren«, sagte Tobias leise.

Madeleine schreckte aus ihrer Trance hoch. »Was willst du mir raten?«

»Heute habe ich mich mit einer Freundin unterhalten, die auch auf meiner Party war. Sie kennt Karl und meint, er ist ein ziemlicher Frauenheld. Sie hat ihn schon öfter in Paris auf Modenschauen gesehen – immer in Begleitung von irgendwelchen Topmodels. Jede Menge Schotter, scheint es – steinreich. Er bekommt, was er will. Und immer unglaublich charmant. Ich weiß, du behauptest, er interessiert dich nicht weiter, und er hat sich ja an dem Abend um *dich* bemüht – aber ich glaube, der strahlende Ritter Lancelot ist er auf keinen Fall, Chérie.«

Madeleine lächelte. »Du brauchst dir keine Sorgen um mich zu machen, Tobias. Ich hab's dir ja schon gesagt – er ist nicht mein Freund. Auch nicht mein Liebhaber. Ich glaube, gegen so was bin ich längst immun. Das passiert, wenn man zu viele negative Erfahrungen macht.«

»Ach, wie grauenvoll zynisch. Dabei bist du noch so jung. Und so hübsch. Das darf doch nicht wahr sein. Du musst nur dem richtigen Drachentöter begegnen.«

Einen Drachen, der das Königreich rettete, hätte Königin Ediths Allianz gebraucht, dachte Madeleine, als sie die Treppe hinaufging. Schlief der sächsische Drache noch immer? Oder spürte sie nur die Wirkung des Joints? Ach, wenn sie durch Südengland fuhr, schien ihr die mystische

Welt der Stickerin Leofgyth immer ganz nahe. Vielleicht lag es ihr ja im Blut.

17. Januar 1065

Nach Gospatrics Ermordung durchsuchten Soldaten der königlichen Leibwache den Palast, ob tatsächlich in der Erwartung, dort eine Waffe oder gar den Mörder selbst zu finden, vermag ich nicht zu sagen. Vielleicht war es ja nur ein demonstrativer Akt, nachdem die Anwesenheit der Wachsoldaten während des gesamten Michaelisfests die Gewalttat nicht hatte verhindern können.

Als sie ins Turmzimmer kamen, war ich allein dort und hatte das Tuch für den Wandbehang bereits zwischen dem Tafellinnen im Korb versteckt, aber die Soldaten interessierten sich nicht für Stickereien, und als sie sahen, dass sich in dem kleinen Raum niemand verstecken konnte, zogen sie rasch wieder ab und hinterließen nur den Geruch ungewaschener Leiber in der Luft und Dreck auf dem Fußboden.

Inzwischen ist der Wandbehang aus dem Palast geschafft worden – die Gefahr, dass er hier entdeckt wird, ist zu groß; außerdem hat er inzwischen einen Umfang angenommen, den drei Frauen – die Königin, Isabelle und ich – unmöglich bewältigen könnten. Es wurde beschlossen, das Tuch doch in eine Stickwerkstatt zu geben, wofür natürlich nur die Werkstatt der Nonnen sicher genug schien.

Jetzt ist der Wandbehang in Nunnaminster, dem Nonnenkloster zu Winchester, dessen Äbtissin eine verlässliche Freundin von Edith ist.

Die Königin ist die Schutzherrin des Klosters, und für die Nonnen ist dieses Tuch nicht anders als all die anderen Wandbehänge, die sie dort bereits gefertigt haben. Sie sind zuverlässig, verbringen ihre Tage in Schweigen und Gebet und kommen kaum je aus dem Kloster heraus.

Die Königin hat die Schwestern im Gebrauch der Farben unterwiesen, und sie sticken mit blauer, grüner, brauner, ockerfarbener und gelber Wolle. Für dieses Tuch werden keine Gold- oder Silberfäden, keine Perlen oder Rubine verwendet. Kein Zierrat soll von der Geschichte ablenken.

Von Isabelle erfahre ich, wie die Arbeit fortschreitet, dass die Schwestern jetzt bei dem Teil sind, wo Harold den Normannenherzog William in Eu trifft und von dort zum Herzogspalast in Rouen reitet.

Die Färbemittel für die Wolle werden in London gekauft, aber das Färben selbst geschieht im Kloster. Es sind gebräuchliche Tuchmacherfarben, die man ohne weiteres beim Färbemittelhändler erhält. Odericus lässt sie von Wandermönchen nach Winchester bringen, aber seine Boten wissen nur, dass die Nonnen dort an einer Stickerei arbeiten, was ja nichts Ungewöhnliches ist. Bisher ist es uns gelungen, unser Geheimnis zu wahren.

3. Februar 1065

Es ist nicht leicht, Pergament für meine Aufzeichnungen zu finden. Odericus' Bögen sind fast aufgebraucht, und Mary hat sich Weihnachten mit der Gerbersfrau gestritten und ist seither nicht mehr in der Färberei gewesen. Ich bin sparsam mit dem kleinen Vorrat, den ich noch habe, und schreibe nicht oft. Seit dem letzten Mal war ich einmal in Winchester, um den Nonnen Anweisungen von Königin Edith zu überbringen, und habe zugesehen, wie sie mit ihren Fäden Farbe in das bloße Linnen wirkten. Fünf Tuchbahnen sind jetzt aneinander genäht, und damit passt der Wandbehang nicht einmal mehr auf die langen, schmalen Tische der Klosterwerkstatt. Ein Ende muss bei der Arbeit aufgerollt werden.

Der Wandbehang erzählt jetzt, wie Harold mit William zu einem Raubzug nach Britannien reitet, wo sie gegen den Grafen Conan von Dinan kämpfen. Er zeigt vier Bauwerke, von der ruhigen Hand der Herrin vorgezeichnet. Da ist die Kirche von Mont St. Michel, die wie ein großer Vogel auf der Spitze des Berges sitzt. Dann die Paläste von Dol, Rennes und Dinan, die ihr Odericus geschildert hat. Der Mönch ist auf dem ganzen Kontinent herumgereist und hat diese und viele andere Bauwerke mit eigenen Augen gesehen. Ich frage mich, ob er die Abtei von Mont St. Michel deshalb in den Entwurf aufgenommen hat, weil er dort Novize war, ehe er nach Canterbury kam. In der Stickerei hat ein und dieselbe Figur nicht immer denselben Mantel oder dieselben Beinlinge an, da die Nonnen mit dem arbeiten, was gerade an gefärbter Wolle zur Hand ist, und manchmal eine Farbe ausgeht, ehe Nachschub an Färbemitteln eingetroffen ist. Dennoch erkennt man Harold überall leicht an seinem langen Schurrbart und die Normannen an ihrer seltsamen Haartracht: am Hinterkopf kurz geschnitten.

Ich sah zu, wie die Nonnen schweigend vor sich hin stickten, in einem Raum, wo Hunderte von Kerzen an den Wänden genug Licht für die Arbeit spenden. Die Schwestern sitzen auf Bänken, das Leinen zwischen sich auf einem schmalen, rohen Holztisch ausgebreitet. Sie heben niemals den Kopf, um zu gucken, wer hereinkommt, und sie haben kein Fenster, durch das sie die Außenwelt sehen könnten. Für sie gibt es keine Welt jen-

seits ihrer Klostermauern, und in dieser Werkstatt wird
weder geredet noch gesungen. Mir erscheint ihr Leben
düster und leer und ihre Umgebung eher ein Gefängnis
denn ein Gotteshaus, aber die Formen, die ich sie aussticken sah, tanzen förmlich vor Farbe und Bewegung. Sie
haben den Wandbehang zum Leben erweckt, obwohl ihr
eigenes Leben so still und reglos ist.

6. Februar 1065

Jetzt bin ich vorsichtig, wenn ich in den Turm komme,
und spähe zuerst ausgiebig durch den Türritz, ehe ich das
Zimmer betrete. Nur einmal noch habe ich sie zusammen
gesehen, eines Morgens, als ich viel zu tun hatte. Ich kam
früher als sonst in den Palast, um eine Kasel für Erzbischof Stigand fertig zu stellen. Die kleinen goldenen Perlen waren nur schwer auf der glatten Seide zu befestigen,
und ich hoffte, die stillen Frühstunden ganz für mich zu
haben. Zuerst dachte ich, da sei niemand im Turmzimmer, aber dann fiel mein Blick auf den Fußboden, wo sie
lagen. Der schwarze Winterumhang der Königin war auf
dem kalten Fußboden ausgebreitet, das Bärenfell ein weiches Lager. Sie lag, auf einen Ellbogen gestützt, mit dem
Rücken zur Tür, und Odericus war durch ihren sanft
geschwungenen nackten Körper verdeckt. Ihr Haar war
offen und fiel ihr über den Rücken wie goldene Wellen
auf einem weißen Strand. Während ich noch hineinlinste, stand sie auf und streckte ihrem Geliebten die Hand
hin. Er nahm sie nicht sofort, sondern lag nackt da und
betrachtete ihren lang gestreckten weißen Körper. Das
Gesicht des Mönchs war, wie ich es noch nie gesehen hatte, jung und schön von Liebe.
Ich habe viel darüber nachgedacht, wie Odericus die

Treue der Königin zum Hause Sachsen teilt, wie ihn die Liebe zu seiner Herrin dazu treibt, wider sein eigenes Blut zu handeln, so wie er auch wider seine Keuschheitsgelübde handelt. Myra, die Hebamme, sagt, Rom verbietet den Priestern das Heiraten, damit keine Ehefrauen Anspruch auf den Besitz der Kirche erheben.

Ich freue mich für die beiden, dass sie ihre heimliche Lust aneinander haben, aber das ist eine gefährliche Liebe, und mir wird angst und bange, wenn ich daran denke, wohin sie führen könnte. Ich erinnere mich auch, dass Odericus einmal sagte, seine Gefolgschaftstreue gelte einzig und allein dem wahren König – seinem himmlischen Herrn –, und ich fürchte, er wird diesen Verrat eines Tages bereuen. Inzwischen habe ich ein Stückchen Holz gefunden, das genau in das Guckloch passt und ihr Verbrechen verbirgt.

7. Februar 1065

Ich habe Odericus um Pergament gebeten, und er schien überrascht, dass ich die Bögen, die er mir gab, schon verbraucht habe. Es ist mühsam für mich, Abfälle von Tierhäuten in Schreibbögen zu verwandeln. Wenn die Mönche Pergament machen, wird die Haut in einem Kalkbad eingeweicht, um das Fleisch abzulösen, und anschließend mit der Lunula, einem mondsichelförmigen Messer, geschabt. Die Haut wird dann über einen Holzrahmen gespannt, getrocknet und geglättet und in Stücke geschnitten. Mary hat gesagt, sie will ihren Streit mit der Gerbersfrau bereinigen, damit ich wieder meine Hautabfälle bekomme, und ich weiß, sie möchte mir gegenüber gern großmütig erscheinen, aber sie vermisst auch ihren Verdienst. Sie hat auf dem Londoner Markt dunkelrotes

Wolltuch gesehen und glaubt, es sich noch vor dem Maifest kaufen zu können, wenn sie wieder für ihre Meisterin arbeiten kann. Ich sagte, es wäre doch ein Jammer, ein neues Kleid am Maifeuer zu versengen, da die Mädchen am Maifest über die heruntergebrannten Feuer springen, damit sie einen guten Ehemann finden. Ich rechne allerdings nicht damit, dass Mary in dieser Sache auf meinen Rat hört.

Die Maifeuer spenden alle möglichen Formen von Glück und Schutz, vom sicheren Reisen bis zur glücklichen Niederkunft. Viele Leute nehmen auch, ehe die Glut zu schwach ist, einen Topf voll mit nach Hause, um ein neues Herdfeuer damit zu entzünden, das ihrem Heim Segen bringt. Und wenn die Asche erkaltet ist, wird sie auf die Felder gestreut, um die jungen Pflanzen zu schützen.

11. Kapitel

MADELEINE STARRTE ERLEICHTERT AUF die beiden riesigen Klausurenstapel, die sich auf ihrem Schreibtisch im Büro türmten. Ihretwegen hatte sie sich fast drei Wochen von ihrem Tagebuch fern halten müssen, weil sie nicht länger ignorieren konnte, dass sie mit den Korrekturen erheblich in Verzug gekommen war – ihre Studenten hatten sie schon zunehmend skeptisch gemustert, wenn sie sie von Woche zu Woche vertröstet hatte. Doch jetzt hatte sie sich endlich ihren Pflichten gestellt, auch wenn es ihr schwer gefallen war.

Alle Arbeiten waren korrigiert und benotet, und sie konnte sich auf die Osterferien freuen, ohne das schlechte Gewissen, das sie sonst immer einholte, wenn sie das Tagebuch zuklappte und zu müde war, um noch irgendetwas anderes zu tun.

Oben auf einem der Stapel lag ein fotokopierter Artikel mit einem gelben Aufkleber versehen, auf dem stand:

Dachte, das interessiert dich vielleicht.
Philippe

Madeleine begann zu lesen:

1792 stieß ein angesehener Anwalt und Stadtrat von Bayeux eines Abends auf eine Gruppe von Abtrünnigen, die die Stadt verlassen wollten. Das war damals, nach der Französischen Revolution, an sich nichts Ungewöhnliches.

Die Zivilsoldaten beluden ihre Wagen mit Gütern aller Art, ehe sie zu den Militärlagern aufbrachen. Die Wagen waren mit Leinen bespannt, doch der Stoff reichte nicht für alle, und irgendein einfallsreicher Kopf kam auf die Idee, das bestickte Leinen zu holen, das in der Kathedrale herumlag.

Der Anwalt, ein gewisser Monsieur Lambert Leonard-Leforestier, begegnete der Gruppe, als die Männer gerade dabei waren, das uralte Stück Leinen, heute bekannt als der Teppich von Bayeux, an einem der Wagen anzubringen. Entsetzt forderte er, sie sollten die Stickerei sofort entfernen und durch Sackleinen ersetzen. Es gelang ihm, die Revolutionäre zu überzeugen, dass es sich hierbei um einen Nationalschatz handle, der den größten Sieg darstelle, den die Franzosen je errungen hätten, und dass dieser Schatz erhalten bleiben müsse. Sie gaben nach, und Monsieur Leonard-Leforestier nahm die Stickerei mit in sein eigenes Büro, um sie dort aufzubewahren. Später übergab er sie wieder dem Bürgermeisteramt.

1803 befand Napoleon, dass er den Teppich, der die berühmte Niederlage seines Erzfeindes England darstellte, unbedingt sehen musste, und das Bürgermeisteramt von Bayeux erklärte sich nach anfänglichem Zögern bereit, ihn nach Paris zu senden. In der Hauptstadt wurde er in einem Museum ausgestellt, und Napoleon studierte ihn ausführlich. Vielleicht erhoffte er sich, eine verborgene Strategie zu entdecken, die ihm ermöglichen würde, erfolgreich in England einzufallen

Bei Ausbruch des Zweiten Weltkriegs wurde der Teppich in einen Luftschutzbunker gebracht. Als die deutschen

Truppen Frankreich besetzten, sahen auch sie in ihm ein ermutigendes Dokument, denn er zeigte den letzten erfolgreichen Überfall auf England. Hitler interessierte sich vor allem für die Szenen, welche die Vorbereitungen für die Überquerung des Ärmelkanals darstellen, sowie die der Schlacht von Hastings. Doch auch diesmal weigerte sich der Teppich, seine Geheimnisse preiszugeben, und es war die Invasion aus der entgegengesetzten Richtung, die siegreich verlaufen sollte.

1944 kam der Teppich nach Paris, in einen Keller des Louvre. Die Landung der britischen Truppen in der Normandie bedeutete das Ende der deutschen Besatzung – und die endgültige Rettung der neunhundert Jahre alten Stickerei. Der Teppich kehrte wieder nach Bayeux zurück – hoffentlich für immer.

Madeleine steckte die Fotokopie – der Artikel stammte von einem Pariser Professor – in ihr Notizbuch und setzte sich an ihren Schreibtisch. Sie starrte auf die Klausurenstapel, ohne sie richtig wahrzunehmen.

Was Philippe an dem Teppich interessierte, war seine Geschichte als Kriegsdokument. Sicher, es war faszinierend, was diese Stickerei in den vergangenen zweihundert Jahren alles durchgemacht hatte. Aber das eigentliche Rätsel lag wesentlich weiter zurück.

Als erste bekannte Erwähnung des Teppichs von Bayeux galt ein Inventar der Kathedrale von Bayeux aus dem fünfzehnten Jahrhundert. Dort war von einem langen Stück Leinen die Rede, das einmal im Jahr im Kirchenschiff der Kathedrale aufgehängt wurde – während des Festes der Reliquien. Aber wo der Teppich die ersten vierhundert Jahre seiner Existenz verbracht hatte, gehörte zu den vielen Mysterien, die ihn umgaben. Vielleicht hatte man ihn einfach in den Gewölben der Kirche vergessen.

Madeleine ging in Gedanken noch einmal die Fakten durch. Das große Paradox – und das gaben sogar die Franzosen zu – war nämlich, dass die handwerkliche Fertigung mit Sicherheit in englischen Stickereiwerkstätten stattgefunden hatte. Das stimmte mit den Aussagen des Tagebuchs überein. Die englischen Stickerinnen waren unumstritten die begabtesten im mittelalterlichen Europa, daher rührte ja auch der später in Mode gekommene Begriff *Opus anglicanum*. Im Verlauf der vergangenen zwei Jahrhunderte hatten sich die Experten die Theorie zurechtgelegt, der Teppich sei von den Normannen in Auftrag gegeben und von Angelsachsen ausgeführt worden.

Madeleine biss sich auf die Unterlippe. Es blieben mindestens dreißig Meter, die in Leofgyths Tagebuch bisher nicht beschrieben worden waren. Auf diesen Metern wurden die Ereignisse eindeutig aus normannischer Perspektive dargestellt. Da gab es beispielsweise den Überläufer, der den Kanal überquerte, um William über Harolds Verrat ins Bild zu setzen, und dann die detailgenauen Vorbereitungen auf die Invasion, die für die angelsächsischen Stickerinnen, die diese Szenen hatten ausführen müssen, bestimmt eine Qual gewesen waren. Danach kam die Überquerung des Kanals mit den Langbooten, in denen auch die Pferde der Normannen Platz fanden, und schließlich ihr legendärer Sieg in der Schlacht von Hastings.

Diese Szenen entsprachen dem, was Edith und Odericus ursprünglich mit dem Teppich beabsichtigt hatten. Sie seufzte. Ach, wie gern sie zu ihrer Übersetzung zurückkehren würde. Bei diesem Gedanken überkam sie plötzlich eine tiefe Sehnsucht nach ihrer Mutter. Das Tagebuch füllte einen Teil der Leere, die durch Lydias Tod in ihrem Leben entstanden war. Wenn sie Leofgyths Einträge las, wurde sie in eine andere Welt versetzt. Auf einmal dämmerte ihr, dass sie auch Angst davor hatte, die Übersetzung abzuschließen, denn dann würde sie Lydia wieder viel schmerzlicher vermissen.

Madeleine schaute auf die Uhr. Ihr blieb gerade noch genug Zeit, um vor der Vorlesung eine Zigarette zu rauchen.

In dem Moment klingelte das Telefon. Judy bat, den Anruf eines gewissen Nicholas Fletcher durchstellen zu dürfen.

»Hallo, Madeleine. Ich dachte, ich tue mal was Gutes und halte dich von der Arbeit ab. Oder störe ich dich gerade bei einer Bahn brechenden Erkenntnis?«

Madeleine schaute vorsichtshalber noch einmal auf die Uhr. Noch fünf Minuten.

»Na ja, ich muss leider in fünf Minuten eine Vorlesung halten.«

»Okay, ich mach es kurz. Erinnerst du dich noch an das Dokument mit den Runen, das ich dir gezeigt habe?«

»Ja, klar.«

»Tja, also, ich habe versucht, es zu entschlüsseln. Eigentlich sind Runen nicht gerade meine Spezialität. Verstehst du was davon?«

»Nicht viel. Ich weiß nur, dass sie für das Abfassen kirchlicher Schriften und Gedichte verwendet wurden …«

»Kannst du sie lesen?«

»Ach, du lieber Gott – nein. Du etwa?«

»Es fällt mir nicht leicht, aber ich hab's probiert. Um ehrlich zu sein – ich habe die letzten Abende damit verplempert. Ich weiß selbst nicht, warum ich mich darauf eingelassen habe. Eigentlich wollte ich das Schriftstück ja meinem Londoner Freund schicken. Tja, und gestern bin ich in die Bibliothek gegangen und habe mir ein paar Bücher ausgeliehen, um sicher zu gehen, dass ich auf der richtigen Spur bin.«

Irgendetwas in Nicholas' Stimme sagte ihr, dass er etwas Aufregendes herausgefunden hatte. Er klang nicht halb so distanziert wie sonst.

»Und?«

»Ich wollte dir erst mehr darüber sagen, wenn ich ein bisschen weiter bin. Vielleicht liege ich ja völlig falsch. Am liebsten würde ich den ganzen Tag daran arbeiten.«

»Ich weiß genau, was du meinst.« Madeleine musste sich beherrschen, um Nicholas nicht die Geschichte ihrer eigenen Besessenheit anzuvertrauen. Es wäre genau der richtige Moment, um ihm von dem Tagebuch zu erzählen.

»Du weißt, was ich meine?«, fragte er nach kurzem Schweigen. Wollte er mehr hören?

»Ach, ich muss in letzter Zeit unglaublich viel korrigieren«, sagte sie schnell. Der Impuls, ihm alles zu sagen, war verflogen. Die Schwestern Broder wollten nicht, dass sie über das Tagebuch redete, und sie hatte schon gegen die Schweigepflicht verstoßen, indem sie Rosa eingeweiht hatte.

»Das klingt öde – ich glaube, da entschlüssle ich lieber ein Runendokument.«

Madeleine musste lachen. »Ginge mir genauso.«

»Womit wir wieder beim Anlass meines Anrufs wären. Ich wollte dich fragen, ob du nicht Lust hättest, das Osterwochenende in Canterbury zu verbringen. Immerhin hast du hier ein Ferienhaus. Und ich würde dir das Dokument wirklich gerne zeigen.« Wieder glaubte Madeleine diesen rätselhaften Unterton in seiner Stimme zu hören. »Ich weiß, es ist nicht gerade um die Ecke – und der Flug ist nicht billig. Aber ich könnte dich in Gatwick abholen. Das ist nur eine gute Stunde von hier. Du kannst es dir ja mal überlegen.«

Aber Madeleine musste nicht lange überlegen. »Ach,

ich würde gern kommen. Solche Dokument finde ich unglaublich spannend.« Hätte sie lieber sagen sollen, dass sie ihn gern wieder sehen würde?

»Und ich würde es dir gern zeigen. Und dich würde ich auch gern wieder sehen«, sagte Nicholas.

Madeleine schloss die Augen und atmete tief durch. Im gleichen Augenblick fiel ihr wieder ein, dass sie längst im Hörsaal sein sollte! »Ich muss los«, sagte sie schnell, »sonst fragen meine Studenten wieder bei der Verwaltung nach, ob die Vorlesung ausfällt. Wäre nicht das erste Mal.«

»Klar – ich will nicht, dass du deinen Job verlierst.«

»Ach, im Augenblick hätte ich nichts dagegen.«

»Im Ernstfall wahrscheinlich schon«, meinte er trocken. »Ruf mich an, wenn du weißt, welchen Flieger du nimmst, einverstanden?«

Madeleine legte auf, schnappte ihre Handtasche und rannte los. Ihre Gedanken überschlugen sich. Was hatte es mit dem Dokument auf sich, dass er ihr am Telefon nichts darüber verraten wollte? Und galt ihr eigenes Interesse den Runen – oder Nicholas? Na ja, sie war gern mit ihm zusammen, mehr nicht. Es wäre Unsinn, sich auf jemanden wie ihn einzulassen – er war ein typischer Einzelgänger, ähnlich wie Peter. Er hatte auch diese Aura, und aus Erfahrung wusste sie, dass man sich mit solchen Männern nur Schwierigkeiten einhandelte.

Sie merkte gar nicht, dass Rosa ihr entgegenkam, bis sie vor ihr stand. Sie trug einen kirschroten Wollmantel mit Pelzkragen, dazu knalligen Lippenstift in derselben Farbe. »Wo hast du gesteckt?«

»Ich bin viel zu spät dran, Rosa – ich ruf dich heute Abend an.«

»Nein, ich rufe dich an. Du vergisst es doch sowieso. Und ich muss dringend etwas mit dir besprechen.«

»Okay, okay – aber ich muss jetzt los!«

Erst als sie die Tür zum Hörsaal öffnete, fiel ihr ein, dass sie die korrigierten Klausuren auf ihrem Schreibtisch vergessen hatte.

Als sie die Wohnungstür aufschloss, schrillte das Telefon. Aber es war nicht Rosa, sondern Joan Davidson.

»Hallo, Madeleine. Wie schön, dass ich Sie gleich erreiche. Bislang bringe ich es nämlich nicht über mich, mit diesen schrecklichen Maschinen zu sprechen, die jetzt alle Leute haben. Wie geht es Ihnen?«

»Danke, gut. Das heißt – mal so, mal so.«

»Das kann ich mir vorstellen. Es ist seltsam mit der Trauer – man denkt, der Schmerz würde einen umbringen, und dann wieder ist man wie betäubt. Ich bin mir nicht sicher, was schlimmer ist.«

»Mir geht es genauso.«

»Madeleine, ich hatte bisher leider nicht besonders viel Erfolg beim Staatsarchiv – obwohl es schon Monate zurückliegt, dass Ihre Mutter selbst in London war und die Suche angeleiert hat. Fest steht, dass die Werkstatt der Brodiers tatsächlich schon vor Elizabeth I. und den Kirchenregistern, die Lydia überprüft hat, existierte. Offenbar werden in den Inventaren reicher Familien im vierzehnten und fünfzehnten Jahrhundert mehrere Stickereien erwähnt, die das Markenzeichen der Brodiers tragen.

Madeleine hörte ihr nur mit halbem Ohr zu. »Sagten Sie, dass meine Mutter persönlich im Staatsarchiv war?«

»Ja. Im Londoner Stadtteil Kew.«

Madeleine bedankte sich bei Joan, legte auf und ließ sich aufs Sofa fallen. War sie je in ihrem Leben so erschöpft gewesen? Sie hatte das Gefühl, als bestünden ihre Knochen aus Zement.

Lydia war also in Kew gewesen. Bestimmt hatte sie dort

das Testament von Elizabeth Brodier entdeckt. Lange saß Madeleine reglos da, und als das Telefon wieder klingelte, nahm sie nicht ab, so dass der Anrufbeantworter im Flur ansprang.

Rosa rief streng: »Geh bitte sofort ans Telefon, Maddy – ich weiß, dass du da bist.«

Madeleine rührte sich nicht vom Fleck.

»Wenn du nicht augenblicklich abnimmst, komme ich persönlich vorbei!«

Ächzend griff Madeleine zum Hörer. Es hatte keinen Sinn, Widerstand zu leisten – Rosa war schlicht unwiderstehlich.

»Hallo, Rosa. Ich wollte dir nicht ausweichen. Ich konnte nur nicht …«

Rosa ließ ihr das nicht durchgehen. »Du musst dich zusammenreißen. Am besten, du machst 'ne Weile Urlaub. Bist du endlich fertig mit deiner Übersetzung?«

»Noch nicht ganz, aber bald. Ich habe beschlossen, an Ostern nach Canterbury zu fahren.«

»Meinst du, das ist eine gute Idee? Willst du das Tagebuch deinen Tanten zurückbringen?«

Madeleine zögert. Irgendwie hatte sie keine Lust, Rosa von Nicholas zu erzählen. Halbwahrheiten kamen ihr leichter über die Lippen.

»Ich muss ein paar Sachen am Cottage machen lassen. Und ich will nach London ins Staatsarchiv. Ich möchte herausfinden, wonach meine Mutter kurz vor ihrem Tod geforscht hat.«

»Aber bitte, übernimm dich bloß nicht. Und wenn es dir in dem Cottage zu … zu unheimlich wird, nimm dir lieber ein Hotelzimmer. Versprochen?«

»Ach, das ist wirklich nicht problematisch, Rosa. Vielleicht war's das ganz am Anfang, aber jetzt gefällt es mir dort. Es ist sehr friedlich … ich kann es nicht erklären.«

»Musst du auch nicht«, sagte Rosa ein bisschen sanfter. »Ich freue mich, dass es so ist. Dann hast du meinen Segen für die Reise.«

»Oh, vielen Dank, sonst hätte ich mich auch nicht getraut zu fahren.«

Rosa lachte. »Und willst du jetzt hören, was meine Detektivarbeit ergeben hat?«

»Welche Detektivarbeit?«

»Ich fasse es nicht – Karl natürlich!«

An Karl hatte sie gar nicht mehr gedacht. Seit über einem Monat hatte er sich nicht mehr bei ihr gemeldet.

»Er ist ein ganz bekannter Antiquitätenhändler. Er arbeitet in Rom und in Kopenhagen – seine Spezialität sind skandinavische Stücke, und er kauft auch ›privat‹. Wahrscheinlich nur zum Vergnügen, wenn man sich anschaut, was er sonst so an Land zieht, aber ich wäre sehr vorsichtig – pass auf, dass er deine Tanten nicht findet.«

»Das heißt, er wusste genau, was er vor sich hatte, als er nach Tobias' Party das Tagebuch gesehen hat.«

»Na und? Was soll schon groß passieren? Ich würde mir an deiner Stelle keine Sorgen machen, aber falls er anruft, musst du cool bleiben.«

»Meine Spezialität, danke, dass du mich daran erinnerst.«

»Na, wenigstens findest du langsam deinen Humor wieder. Und merk dir eins: Wenn ich dich nicht cool fände, würde ich mich niemals mit dir sehen lassen.« Mit einem übermütigen Kichern legte Rosa auf.

Madeleine erhob sich. Was Rosa über Karl herausgefunden hatte, beunruhigte sie. Was steckte hinter seinen Annäherungsversuchen?

Doch als sie jetzt ihr Arbeitszimmer betrat, fielen wie schon am Tag zuvor die Sorgen und ihre Müdigkeit sofort von ihr ab. Demnächst fingen die Ferien an – da konnte sie genug schlafen.

15. März 1065

Mary hat sich mit der Gerbersfrau ausgesöhnt und bringt mir wieder Hautabfälle und von der Meisterin gebrautes Bier. Der Winter ist lang, und man findet nur schwer Schlaf, wenn die Kälte nachts durch die Wandritzen kriecht. Die letzte Sommerschur hat genügend Lammwolle für einen warmen Schal erbracht, in den ich mich hüllen kann, wenn ich abends am Feuer sitze. Die Wolle ist weicher als das grobe Vlies der älteren Tiere, und ich habe sie in Salbei gekocht, um sie dicker und filziger zu machen und gleichzeitig hellgrün zu färben. Der Schal bedeckt mir Kopf und Schultern und ist lang und geschmeidig genug, dass ich beim Schreiben meine Hände hineinwickeln kann. Er riecht leicht nach Salbei.

Der König ward seit der Weihnachtsversammlung am Hof nicht mehr gesehen. Es liegt ein Schatten über dem Palast und dem Ort. Selbst die Marktweiber und Händler auf dem Londoner Markt sind leiser geworden, und das Warten hängt über uns allen wie eine schwere Wolke. Inzwischen wissen alle, dass Edward krank ist und keinen Thronerben hinterlässt. Viele Leute glauben, dass es Blutvergießen gibt, ehe ein Nachfolger gekrönt wird.

Die Huskarls und die Thane meinen, dass Harold König werden soll, obwohl er kein Blutsrecht auf den Thron hat. Harold Godwinson ist ein guter Heerführer und ein geschickter Redner. Ich hörte die Grundbesitzer sagen, er habe seine Fähigkeiten als Anführer bewiesen, indem er sich für Frieden aussprach, obwohl er durch den Kampf mehr hätte gewinnen können, sowohl in Wales als auch in Northumbria. Aber die Kaufleute sagen, Harold strebe zu sehr nach Reichtum und Macht, es werde Steuererhöhungen geben, und außerdem habe er kein königliches Blut. Die Leute, die weder Land noch ein eigenes Geschäft haben, interessiert das Ganze wenig, solange sie nur wissen, dass ihr König ein guter Mensch ist, der ihnen nicht so viel abnimmt, dass sie ihre Familie nicht mehr ernähren können, und der den Frieden wahrt, damit ihre Söhne und Ehemänner nicht getötet werden. Jon sagt, die Insel brauche einen Krieger als Anführer, aber es gilt doch auch Kämpfe zu bestehen, die nicht auf dem Schlachtfeld stattfinden. Es ist die Rede von Edgar dem Aethling, und es werden zweifelnde Fragen gestellt. Kann ein so junger Bursche das Land vor seinen Feinden schützen? In Dänemark lauert der Wikingerherrscher Hardraada nur auf König Edwards Tod, und in der Normandie wartet William ebenfalls. Harold zeigt nach wie vor kein Interesse für Edgar, obwohl er weiß, dass der Knabe Verbündete hat. Derzeit bereist der Earl von Wessex die Insel, um für sich zu werben. Seine Gegner sagen, er zeigt sich den Menschen, damit sie gut von ihm denken. Edith verschweigt weiterhin, dass sie nicht aufseiten ihres Bruders ist. In der Öffentlichkeit steht sie zu Edgar dem Aethling wie eine Mutter zu einem angenommenen Sohn. Sie ist klug, und bei uns, ihren Bundesgenossen, ist ihr Geheimnis in sicherer Hut. Und obwohl sie weiß, was ihr Bruder plant, ist sie so mutig, weiter heimliche Zusammenkünfte einzuberufen und dem Aethling mit ihrem Rat zur Seite zu stehen.

Heute habe ich Odericus auf der Straße zum Palast getroffen; zuerst wirkte er befangen, wollte mir nicht in die Augen sehen, mich nicht auf seine nette Art anlächeln. Er ist nicht mehr unschuldig. Ich wollte, ich könnte ihm

sagen, dass ich den Grund seiner Qualen kenne, ihm
erklären, dass er ein Mensch aus Fleisch und Blut ist, nicht
nur eine Seele, die nichts an diese Erde bindet. Ich fand
keine Worte, um ihn zu trösten, und fragte ihn stattdessen, was er getan habe, um den Schrein zu verstecken,
der die Reliquien seines heiligen Augustinus enthalten
hatte. Er nahm meinen Arm, und wir gingen den Pfad am
Fluss entlang, fort von den Wasser holenden Frauen und
den Kindern, die im Uferschlamm spielten.

Nach einer Weile erzählte mir Odericus, er habe den
Schrein in die Obhut des Abtes des Augustinerklosters zu
Canterbury gegeben.

Ob denn der Abt wisse, dass die Knochen des Heiligen
nicht mehr darin seien, fragte ich.

Darauf senkte der Mönch den Kopf, und die Kapuze
seiner braunen Kutte verbarg sein Gesicht vor mir. Er sagte eine ganze Zeit lang nichts und flüsterte dann so leise,
dass ich seine Beichte kaum verstehen konnte. Er habe
die wenigen Knöchlein durch Tierknochen ersetzt. Er
bringe es nicht über sich, zu gestehen, dass er den schänd-
lichen Verrat begangen habe, die Reliquien eines Heiligen aus dem Schrein zu nehmen.

Ich ermutigte ihn, sich weiter zu offenbaren, so groß
war mein Verlangen, zu hören, was kein anderer wusste.
Ich wurde zur Beichtmutter des Mönchs, und er erzählte mir, dass er dem Abt geschworen habe, dass der Reliquienschrein missbraucht worden sei, dass William das
Gold und die Edelsteine mehr bedeutet hätten als der
Inhalt. Er hatte den Abt davon überzeugt, dass dieser
Schrein und sein Inhalt hierher gehörten, in jene Mauern,
die der Heilige selbst geweiht habe.

Odericus sagte nicht, was ich selbst wusste – dass die
Kirche ebenso Schätze hortet wie jeder Herzog oder König.

Dann weiß also niemand außer mir, der Königin und

Euch von dem Pakt zwischen Harold und William?, fragte ich. Und der Mönch schüttelte den geschorenen Kopf. Ich schwieg und schaute in den winterlichen Fluss, an dem wir entlanggingen. Das Wasser war dunkel vor Kälte, und ich spürte den eisigen Nebel am Hals. Ich sagte nichts, ehe ich mir nicht sicher war, dass meine Stimme fest und stet sein würde, und fragte dann nach dem Wandbehang, da ich schon einige Zeit nicht mehr bei den Nonnen in Winchester war. Odericus sagte, die Nonnen gingen rasch und schweigend zu Werk, und ihre Stickerei sei prachtvoll. Sie hätten seine Geschichte jetzt beinahe fertig gestellt, nur das letzte Bild müsse noch vollendet werden. Es werde die gleiche Szene sein wie am Anfang, Edward und Harold bei einer Besprechung, nur diesmal nach der Rückkehr des Earls aus der Normandie.

Deutet der Wandbehang demnach an, fragte ich, dass Harolds Besuch in der Normandie mit Billigung des Königs erfolgte?

Der Mönch erwiderte, Edith habe auf diesem Schlussbild bestanden. Er sagte, sie halte das für einen Schutz, sollte das Tuch je entdeckt werden.

Madeleine kam am Donnerstagabend um neun in Gatwick an. Am Telefon hatte Nicholas nicht den Eindruck erweckt, als störe ihn ihre späte Ankunft, und als sie vorschlug, sie könne ja auch mit dem Bus nach Canterbury fahren, hatte er nur gesagt: »Sei nicht albern – dann sind alle Pubs schon zu, wenn du hier bist.«

Er erwartete sie in der Ankunftshalle. Dank seiner Größe konnte sie ihn schnell identifizieren.

Er kam auf sie zu, um ihr die Tasche abzunehmen und sie auf beide Wangen zu küssen.

»Hast du sonst kein Gepäck?«, fragte er mit einem Blick auf ihre Reisetasche.

Sie zuckte die Achseln. »Ich finde es besser, wenn ich nichts einchecken muss.«

Nicholas schaute auf die Uhr. »Wenn wir Glück haben, schaffen wir's sogar wirklich noch in den Pub. Auf dem Weg hierher war allerdings wahnsinnig viel Verkehr. Komm.«

Er bahnte sich einen Weg durch die wartenden Menschen hinaus auf den Parkplatz. Madeleine musste rennen, um mit ihm Schritt zu halten. Als sie auf der Autobahn waren, sprach Madeleine das Thema Runen an. »Bist du weitergekommen mit diesem Schriftstück? Ich kann's kaum erwarten.«

»Ich habe nicht mehr viel geschafft, seit wir vor drei Tagen das letzte Mal telefoniert haben. Wie geht's dir überhaupt?« Er warf ihr einen prüfenden Blick zu.

»So lala. Ich finde es schön, wieder hier zu sein.«

»Sehr gut – du magst good old England, obwohl du Französin bist.«

»Na ja – zur Hälfte bin ich Engländerin.«

»Ich finde, du siehst eher normannisch aus – jedenfalls die Gesichtszüge, der Teint. Und deine Haare sind absolut keltisch. Diese Wikinger haben ihre Gene über ganz Europa verteilt.«

Madeleine lachte. Insgeheim genoss sie es, dass er sie so genau beobachtete. »Was ist mit deiner Herkunft? Welches Blut fließt in deinen Adern?«

»Ich komme aus Wales. Meine Vorfahren sind Italiener und Bretonen – soweit ich weiß. Meine Eltern sind beide Waliser. Die sind bei den Engländern immer noch nicht besonders beliebt.«

»Aber war nicht König Arthur auch romanischer und walisischer Herkunft?«, sagte Madeleine.

»Ja, stimmt, jetzt, da du's sagst – bestimmt bin ich mit ihm verwandt. Hervorragende Idee!«

Als sie in die Abfahrt nach Canterbury einbogen, schaute Nicholas wieder auf die Uhr. »Wir liegen gut in der Zeit. Zapfenstreich ist erst in einer halben Stunde. Darf ich dich in meinen Lieblingspub einladen?«

»Ich bestehe darauf.«

Nicholas fuhr um die alte Stadtmauer herum und durch das Nordtor in die Altstadt, in ein Viertel, das Madeleine noch nicht erkundet hatte.

»Hier wohne ich«, sagte Nicholas und deutete auf ein Backsteingebäude. »Früher war das das Feuerwehrhaus. Sehr große Räume. In den kleinen Reihenhäuschen bekomme ich Platzangst. Da fühle ich mich immer wie in einer Puppenstube.«

Er parkte ganz in der Nähe vor einem Pub mit dem schönen Namen *The Revolution.* Als er Madeleines verdutztes Gesicht bemerkte, sagte er: »Der Pub ist ein Freehouse, das heißt, er ist an keinen Lieferanten gebunden. Die Besitzer betrachten sich als Kommunisten.«

Es war nur ein kleiner, spärlich beleuchteter Raum, und die Gäste waren größtenteils ältere Herren. Ein paar graue Köpfe nickten Nicholas freundlich zu, als er an den Tresen trat und einen Whisky für Madeleine und für sich selbst ein Bier bestellte.

Madeleine hob ihr Glas und prostete Nicholas zu. Mit einem Blick auf die Bar meinte sie grinsend: »Für einen Pub mit dem Namen wirken die Gäste alle sehr friedlich, findest du nicht? Und nun erzähl mir doch endlich von deinem Dokument – oder willst du mich noch weiter foltern?«

»Okay, okay. Also: Es stammt aus der Zeit der Auflösung der Klöster, und zwar von einem Mönch, der die Abtei St. Augustin verlassen musste. Es ist mit 1540 datiert. Die Abtei wurde 1540 aufgelöst.«

»Und die Kathedrale?«

»Ein paar große Kathedralen hat Heinrich der Achte behalten. Sie mussten anglikanisch werden, versteht sich. Die Abtei und das Kloster sind zerstört worden – da blieb kein Stein auf dem anderen, wenn ich das richtig sehe.«

»Heißt das, der Mönch beschreibt diesen Vorgang?«

»Ich kann noch nicht sagen, wie detailliert die Beschreibung ist. Aber ich dachte, wir könnten uns den Text am Wochenende gemeinsam ansehen – wenn du Lust hast. Vier Augen sehen mehr als zwei. Besonders kompliziert ist der Text nicht – es ist nur mühselig, weil man bei jeder Rune nachschlagen muss, für welchen Buchstaben sie steht, und dann muss man noch versuchen, Sinn in die Geschichte zu bringen.«

Ehe Madeleine nachfragen konnte, ertönte die Messingglocke: das Aufbruchssignal für alle Gäste.

Nicholas brachte sie zu Lydias Cottage und begleitete sie bis zur Tür. Sie kramte nach ihrem Schlüssel, öffnete die Tür, er küsste sie auf beide Wangen und versprach, sie am Samstag anzurufen. Am Karfreitag wolle er nämlich im Archiv arbeiten – außer ihm werde ausnahmsweise mal niemand da sein, sagte er, dann könne er einiges wegarbeiten, und Jesus würde sicher verstehen, dass er ungestört sein wolle.

Im Cottage knipste Madeleine als erste Maßnahme alle Lichter an. Sie hatte Rosa von der friedlichen Wirkung erzählt – das stimmte, aber gleichzeitig fühlte sie doch auch eine gewisse Verlassenheit. Es schien, als hätte sich Lydia nun endgültig verabschiedet.

Am Freitag schlief sie fast bis mittags. Sie erwachte aus einem wirren Traum: Prinz William von England war offenbar Edgar der Aethling, der Thronanwärter des Jahres 1066. Er hielt eine Rede in ihrem Hörsaal in Caen –

295

in Leggings aus Nylon. Er habe beschlossen, auf den Thron zu verzichten, sagte er, da er begriffen habe, dass die Windsors nicht die wahren Erben der angelsächsischen Krone seien. Statt König zu werden, wolle er lieber in Australien surfen.

Den Nachmittag verbrachte sie damit, im vorderen Zimmer die Bücher aus den Regalen zu räumen. Welche wollte sie behalten? Welche wollte sie einer Wohltätigkeitsorganisation stiften? Bei jedem Buch musste sie neu entscheiden, und der Stapel für die gute Sache war am Schluss nicht sehr hoch. Wahrscheinlich würde der Platz in ihrer Wohnung gar nicht ausreichen. Also stellte sie alle wieder zurück ins Regal. Nur ein einziges legte sie beiseite: das schmale Bändchen »Russische Weisheit«, in dem sie am Morgen von Lydias Beerdigung geblättert hatte.

Die Möbel und die übrige Einrichtung, die Drucke und die Gemälde an den Wänden stellten sie vor ähnliche Probleme. In gewisser Weise waren diese Dinge alles, was ihr von Lydia geblieben war.

Sie ging im Zimmer auf und ab, nahm einen silbernen Leuchter in die Hand, strich über die langen Ohren eines eleganten Bronzehasen auf dem Kaminsims. Ihre Mutter hatte Bronzeskulpturen geliebt. Madeleine brauchte einige Zeit, um zu entscheiden, von welchen Stücken sie sich trennen wollte.

Schließlich setzte sie sich an den Tisch und zündete sich eine Zigarette an. Sie musste daran denken, was Nicholas in Bezug auf das Cottage gesagt hatte, als er sie abholte, um mit ihr nach Yarton zu fahren: »Dann machen Sie am besten erst mal gar nichts.« Aber wie viel länger konnte sie es sich leisten, nichts zu tun? Gut, das Cottage kostete sie nicht viel. Aber wenn es nicht um Geld ging, worum ging es dann? Musste sie eine Entscheidung treffen? Würde es ihr helfen, Lydias Tod zu verkraften, wenn sie wusste, was sie mit dem Haus ihrer Mutter tun wollte? So einfach konnte es doch nicht sein.

Als sie ihre Zigarette ausdrückte, klingelte ihr Handy. Es war Nicholas.

»Hallo, Madeleine. Ich hab für heute die Nase voll – hier unten im Keller funktioniert die Heizung nicht, und meine Finger sind schon fast abgestorben. Was sagst du dazu, wenn ich in einer Stunde oder so bei dir vorbeikomme und dich abhole? Wir könnten zu mir fahren – dann zeige ich dir das Runendokument.«

»Ja, wunderbar. Ich habe auch keine große Lust mehr. Ich habe nur sämtliche Bücher aus den Regalen geholt – und sie dann wieder zurückgestellt.«

»Na, dann brauchst du auch einen Tapetenwechsel. Ich bin gleich da.«

Als er kam, musterte er Madeleine kurz. »Hör auf zu grübeln«, sagte er. »Das bringt nichts. Komm, wir gehen.«

Das Haus sei in vier Wohnungen aufgeteilt, erklärte Nicholas, als sie das alte Feuerwehrhaus betraten, seine befinde sich im Obergeschoss: ein riesiger Raum, auf der einen Seite die Küche, am anderen Ende ein etwas höher gelegenes Zimmer, das man über steile Holzstufen erreichte und von dessen Fenster man einen großartigen Blick über die ganze Stadt hatte.

Der Fußboden bestand aus breiten Holzdielen, die Einrichtung war sparsam, aber geschmackvoll: ein niedriger Couchtisch aus grob verarbeiteter mexikanischer Kiefer, ein alter Perserteppich, an der Wand ein Holzregal, auf dem eine erstklassige Stereoanlage stand, mit großen Lautsprecherboxen und endlosen CD-Reihen.

Der Raum war in mattes Sonnenlicht getaucht, das durch die langen Fenster an der Südwand fiel.

Nicholas zog seinen Ledermantel aus und nahm Madeleine ihren langen Mantel ab, legte beide über eine Stuhllehne und ging zum Regal. Ohne zu zögern, wählte er eine CD. Nick Cave. »The Boatman's Call«. Er hatte genau gewusst, wonach er suchte.

»Möchtest du ein Bier? Das heißt, ich hab noch was viel Besseres – Oban. Single Malt. Oder falls du lieber einen Wodka willst …«

Madeleine entschied sich für den Whisky, obwohl sie seit Jahren am liebsten Wodka trank – was sie allerdings immer mit Peter in Verbindung brachte. Zeit für etwas Neues.

»Gehört dir die Wohnung?«

»Ich bin dabei, sie zu kaufen. Ich hätte gern ein Standbein in Canterbury. London hab ich satt.«

»Meinst du denn, es gibt hier genug Arbeit für dich?«

Nicholas zuckte die Schultern. »Sonst kann ich ja hin und her fahren. Und zur Not habe ich einen Unterschlupf in Nordlondon, wo ich jederzeit wohnen kann.«

Eine Frau, war Madeleines erster Gedanke.

»Willst du dir jetzt das Dokument ansehen?«, fragte er übergangslos. Er nahm einen flachen Karton von einem niedrigen alten Sideboard, auf dem sich Bücher und Papiere stapelten. Außerdem schleppte er zwei dicke Nachschlagewerke zum Couchtisch.

Madeleine setzte sich auf den Boden, die Ellbogen auf den niedrigen Tisch aufgestützt, und schaute zu, wie Nicholas eine Plastikfolie aus dem Karton holte und dann mit vorsichtigen Bewegungen das Dokument aus seiner Schutzhülle befreite.

»Eigentlich hätte ich die Runen gar nicht mit nach Hause nehmen dürfen. Es ist sogar illegal, Dokumente aus dem Archiv zu entfernen. Aber ich finde, für Forschungszwecke genießt man Immunität.« Er schlug eins der Bücher auf, während Madeleine immer noch fasziniert auf das Pergament starrte.

Die Schrift sah wunderschön aus, die Runen waren alle gleich groß und eng zusammengequetscht, sodass man Mühe hatte zu erkennen, wo ein Buchstabe endete und der nächste begann. Ganz oben und ganz unten sowie auf beiden Seiten stand in der Mitte ein einzelnes Runenzeichen, das Madeleine allerdings nicht kannte. Ansonsten gab es keinerlei Verzierungen. Der obere Teil des Blattes war dicht beschriftet, darunter befand sich eine schmalere Passage, die aussah wie ein Gedicht.

Ein paar der Zeichen erkannte Madeleine von ihrer Begegnung mit Eva wieder, aber da sie hier Teil eines Schriftsystems waren, konnte sie auf den ersten Blick nichts mit ihnen anfangen.

Nicholas deutete auf eine Stelle etwa auf der Hälfte der Seite. »Bis hierher bin ich gekommen.« Er holte ein liniertes Blatt hervor, das hinten in einem der beiden Lexika steckte, und legte es vor Madeleine auf den Tisch.

Im Jahr des Herrn fünfzehnhundert und vierzig forderten die Abgesandten von König Heinrich die Übergabe der Abtei St. Augustin.

Wir Brüder von Canterbury mussten ohnmächtig zuschauen, wie andere Klöster sich entweder dem König ergaben oder die Mönche blutig vertrieben wurden. Von Glastonbury hörten wir, dass der Abt hingerichtet wurde, weil er sich Heinrich widersetzte. Viele meiner Brüder flohen, da sie nicht dem König untertan sein wollten statt dem Papst.

Ich gebe meinen Gott nicht auf für jene, die um die weltliche Herrschaft seines Königreichs kämpfen, denn hat nicht der Sohn Gottes die Händler des Tempels verwiesen? Doch als der Schrein des Thomas Becket in der Kathedra-

le von Canterbury zerstört wurde, betete ich, dass es Vergebung für eine solche Sünde gegen die Heiligkeit geben möge. In den gesegneten menschlichen Überresten des von Gott Erwählten wirkt sein Geist fort, und als Sein Priester habe ich gelobt, alles, was geheiligt ist, zu beschützen. Mit Kummer im Herzen habe ich zugeschaut, wie die geweihten Bauten des heiligen Augustinus zerstört wurden, wie die Balken der hohen Decken in großen Gruben auf dem Boden brannten wie die Feuer der Hölle. Die hohen Flammen loderten um eiserne Kessel, in denen geschmolzenes Metall brodelte, aus dem Scriptorium und der Kapelle. Geschmolzen wurde es, um verkauft werden zu können. Die Gebäude, die noch vernichtet werden sollen, beherbergen die Güter und Möbel und Tücher der Abtei, und täglich kommen Menschen, wie zu einem Markt, um die Töpfe unserer Küche zu kaufen und die Stickereien unserer Kirche. König Heinrich verkauft Kircheneigentum, um Gold zu bekommen, um Kriege für das Land zu führen.

Madeleine schaute Nicholas mit leuchtenden Augen an. Sie konnte nicht sprechen vor Ergriffenheit.

»Genau so ging's mir auch. So geht es mir immer noch«, sagte er mit einem breiten Grinsen, »Wahrscheinlich gibt es viele Dokumente dieser Art. Ich habe schon vorher Runenschriften gesehen, aber bisher hat es mich nie gelockt, Stunden damit zu verbringen, sie zu entschlüsseln. Zuerst war ich verwirrt, weil ich im falschen Buch nachgeschaut habe und nicht verstehen konnte, warum manche Symbole in dem Alphabet nicht vorkamen. Das Dokument hier verwendet nämlich das angelsächsische Alphabet, das ein paar Buchstaben mehr hat als das ursprüngliche germanische … Aber ich möchte dich nicht mit Einzelheiten langweilen. Am besten machen wir einfach weiter.«

Sie verbrachten den Rest des Nachmittags und einen großen Teil des Abends damit, die kurze Chronik des Mönchs von Canterbury zu entschlüsseln. Dazu leerten sie die Hälfte von Nicholas' Oban. Ihre Zusammenarbeit klappte reibungslos – nachdenken, nachschlagen, enträtseln, Zeile für Zeile.

Der letzte Teil machte ihnen am meisten Schwierigkeiten. Falls es sich um Verse handelte, waren sie in einer Art Kode verfasst – oder der Autor war betrunken gewesen. Eine Aneinanderreihung von Silben, die man weder identifizieren noch aussprechen konnte.

Verständlich war allerdings der Schluss des ersten Teils:

Ich werde die Stelle annehmen, die mir König Heinrichs oberster Abgesandter angeboten hat, eine Stelle in einer kleinen Gemeinde, deren Kirche erhalten bleiben wird. Ich kann mein Gewand nicht ablegen und kann mich nicht meines geschorenen Kopfes schämen. Ich werde die Bedingungen der neuen Kirche annehmen, wenn sie einmal aufgestellt sind.

Was die Zerstörung meiner Heimat, der Abtei von Canterbury, betrifft, so versuche ich, nicht zu verzagen und nicht zu denken, dass das Entfernen ihrer Steine und Balken eine Entweihung sei, denn es handelt sich nur um ein Bauwerk. Viele der Schätze der Abtei St. Augustin befanden sich in den Gewölben der Kathedrale, und hierhin kamen Heinrichs Männer als Erstes. Sie forderten Einsicht in das Inventar, damit der König, wenn er kommt, um sein Gold zu wiegen, sicher sein kann, dass er alles erhalten hat, was dort genannt wird.

Aber mein Abt hat einen flinken Verstand, wenn es darum geht, die Schätze zu bewahren, die nicht in den Inventaren der Kathedrale erscheinen, und wenn ich zu meiner neuen Kirche reise, werde ich die wichtigsten von ihnen in aller Heimlichkeit mitnehmen. Die Dinge, die niemals geschmolzen werden dürfen, um Geld für Schlachten zu gewinnen.

Johannes Corbet.

Lange sagten sie beide kein Wort.

Nicholas nahm die Flasche und schaute Madeleine fragend an. Sie nickte, und er goss ihr ein, ehe er zu reden begann.

»Die Frage ist natürlich, was sind ›die Dinge, die niemals geschmolzen werden dürfen, um Geld für Schlachten zu gewinnen‹? Das muss ja was verdammt Heiliges gewesen sein.«

Madeleine musste lachen. »Deine Wortwahl ist unpassend und frevelhaft.«

»Man kann keinen Frevel begehen, wenn man nicht daran glaubt, dass Gegenstände – oder sterbliche Überreste – heilig sind.«

»Stimmt. Aber die mittelalterliche Kirche hat das alles ziemlich ernst genommen. Die Heiligen waren Gefäße der Gnade Gottes, das heißt, die Reliquien repräsentieren die Gegenwart des Göttlichen auf Erden. An den Reliquienschreinen wurden Eide geschworen …« Madeleine unterbrach sich. Am liebsten hätte sie ihm von dem Schwur erzählt, den Harold und William auf dem Teppich von Bayeux leisteten. Sie musste sich diese Szene unbedingt noch einmal anschauen und mit Leofgyths Bericht vergleichen.

»Bist du so, wenn du unterrichtest?«, fragte er, und sie glaubte, ein belustigtes Blitzen in seinen Augen zu erkennen.

»Entschuldige. Manchmal gehen die Pferde mit mir durch.«

»Nur zu – lass sie ruhig durchgehen.« Er prostete ihr

zu. »Das hilft dabei. Wann musst du eigentlich zurück nach Caen?«

»Am Mittwoch. Ich habe einen zusätzlichen Tag freigenommen, weil ich noch nach London fahren möchte.«

»Aus irgendeinem bestimmten Grund?«

Madeleine zögerte.

»Du brauchst es mir nicht zu sagen.«

»Es ist nichts Persönliches. Ich möchte ins Staatsarchiv, weil ich mir ein Testament ansehen will. Ich habe dir doch erzählt, dass meine Mutter Ahnenforschung betrieben hat – erinnerst du dich?«

Er nickte.

»Sie war im Staatsarchiv und hat ein Testament aus dem sechzehnten Jahrhundert fotokopiert. Ich wüsste gern, wie das Original aussieht.«

»Familiengeschichte?«

»Ja.«

Wieder verspürte Madeleine den Wunsch, ihm von dem Tagebuch zu erzählen. Sie öffnete den Mund, schloss ihn aber wieder. Wer immer der unsichtbare Schutzengel sein mochte, der dieses Tagebuch behütete – er hinderte sie daran, anderen von ihrem Schatz zu erzählen, auch wenn sie es noch so gern getan hätte. Nicholas merkte, dass sie wegen irgendetwas mit sich kämpfte.

»Ja?«

»Ach, nichts. Kann ich diese ›Verse‹ kopieren? Vielleicht kapiere ich ja was, wenn ich nur lang genug darauf starre.«

»Ja, natürlich, aber vergiss nicht – es ist genauso wie bei *Akte X*.«

Madeleine nickte lächelnd, konnte aber ein Gähnen nicht unterdrücken. Nicholas stand auf und streckte sich, nahm die Brille ab und fuhr sich durch die dichten schwarzen Haare, während er gedankenverloren aus dem

Fenster starrte. »Meine Güte – sieh dir mal den Mond an.«

Eine goldene Sichel stand über der Silhouette der Stadt, direkt über dem Turm der Kathedrale. Geisterhaftes Nebellicht umhüllte den Mond, und die schwarze Kirchturmspitze schien diesen Heiligenschein zu durchbohren.

Als sie beide am Fenster standen und den Mond betrachteten, spürte Madeleine seine körperliche Nähe, atmete den Duft seines Eau de Toilette ein – und plötzlich wurde ihr klar, dass seine Gegenwart sie nicht unberührt ließ. Sie genoss dieses Gefühl, fragte sich aber gleich, ob es vielleicht mehr mit der Wirkung des Alkohols zu tun hatte als mit Nicholas. Einen Moment lang stellte sie sich vor, sie würde die Hand ausstrecken, um seine Haut zu berühren – dort, wo sein blaues Leinenhemd aus der Jeans gerutscht war … Sie spürte, dass er sie anschaute.

»Wie wär's mit was zu essen?«

Madeleine nickte. »Sollen wir was bringen lassen?«

»Nein, ich koche uns eine Kleinigkeit.«

Er ging in die Küche, während sie sich in das alte italienische Sofa sinken ließ und eines der Runenbücher in die Hand nahm.

»Hier steht, dass bei Runendokumenten verschiedene Kodierungen verwendet wurden, um den Inhalt zu verschlüsseln – meistens wurde ein Zeichen durch ein anderes ersetzt, manchmal auch ganze Zeichengruppen … hmmm … Ich nehme an, da gibt Tausende von Kombinationsmöglichkeiten, was?«

Nicholas lachte. »Lass dich nicht aufhalten.« Er kam mit Tellern und Besteck aus der Küche und deckte den Couchtisch. »Es gibt Pasta – ich hoffe, das ist okay?«

Nicholas' Pasta war mehr als okay – wunderbar al dente, dazu gab es eine Sauce aus Oliven, Knoblauch und italienischem Gemüse und frisch geriebenen Parmesan.

304

Nach dem Essen machte er Kaffee und legte Musik auf – eine Frauenstimme, dramatisch und eindringlich. Madeleine lehnte sich zurück und schloss die Augen, um die Musik besser aufnehmen zu können. Wieder spürte sie Nicholas' Blick.

»Du siehst erschöpft aus, Madeleine – ich glaube, ich habe dich zu sehr strapaziert. Soll ich ein Taxi rufen?«

Sie nickte dankbar. Auf einmal war sie todmüde. Oder war es die Angst, sich weiter auf Nicholas einzulassen?

12. Kapitel

Die Zugfahrt von Canterbury nach London dauerte nur eine knappe Stunde. Und für Madeleine verging die Zeit ohnehin wie im Flug, weil sie innerlich so mit den Ereignissen des Wochenendes beschäftigt war.

Das Runendokument, das sie gemeinsam übersetzt hatten, ließ sie nicht los. Sie sah alles vor sich: die herrliche mittelalterliche Abtei, die niedergerissen wurde, die fliehenden Mönche, die ihre braunen Roben gegen Laienkutten vertauschten oder – wie Johannes Corbet – zu dem neuen Glauben konvertierten, aus dem sich die anglikanische Kirche entwickeln sollte.

Madeleine versuchte, die Bilder abzuschütteln, doch dann drängte sich Nicholas in ihre Gedankenwelt. Als sie sich am Samstag voneinander verabschiedeten, hatte keiner von beiden etwas von einem nächsten Treffen gesagt.

Am Ostersonntag hatte sie es sich gemütlich gemacht: ausgeschlafen, Kaffee getrunken, Zeitung gelesen. Als sie auf die Idee kam, sich anzuziehen, war die Sonne schon wieder untergegangen, und es klingelte an der Tür. Nicholas stand auf der Schwelle, in der Hand eine Einkaufstüte.

»Die Farbe steht dir gut«, sagte Nicholas und ließ seinen Blick kurz über ihren violetten Morgenmantel wandern.

»Du hast mich beim Faulenzen erwischt«, begrüßte ihn Madeleine. »Komm rein – ich zieh mich schnell an.«

Als sie in schwarzer Hose und schwarzem Rollkragenpullover wieder nach unten kam, blätterte Nicholas in einem von Lydias dicken Büchern über die Geschichte des Hauses Tudor.

»Ich wollte sehen, ob ich etwas über die Auflösung der Klöster finde«, sagte er.

»Ich habe auch schon gesucht.«

»Und?«

»Nicht viel.«

Er nickte, dann fing er an, in seiner Einkaufstasche zu kramen, und beförderte ein paar süße Teilchen und belgische Schokolade zu Tage. »Schließlich ist heute Ostern«, sagte er. »Das heißt, ich bin der Osterhase.«

Sie redeten, tranken Kaffee und aßen Schokolade. Nicholas fragte nach Lydia, und zu ihrem Erstaunen konnte Madeleine das erste Mal über ihre Mutter sprechen, ohne dass es ihr die Kehle zuschnürte. Sie erkundigte sich ihrerseits nach seiner Familie. Er habe eine Schwester, erzählte er. Und wenn er in London sei, wohne er beim Freund dieser Schwester. Die beiden wohnten nicht zusammen, und seine Schwester lebe in einer Miniwohnung am Russell Square, in der nicht genug Platz für ihn sei.

»Weil du auch in London am liebsten in einer riesigen Scheune wohnen würdest?«, fragte Madeleine lachend.

»Meine Schwester hat wirklich nur ein Vogelhäuschen.«

Also war es doch keine Frau, bei der Nicholas in London Unterschlupf fand.

Seine Eltern lebten im Norden von Wales, auf einer kleinen Farm, wo er sie ab und zu besuchte.

Nicholas verabschiedete sich relativ früh, mit der Begründung, er müsse am nächsten Tag arbeiten. »Wahrscheinlich sehen wir uns gar nicht mehr, bevor du nach London fährst. Wir bleiben im Kontakt, ja?« Dann küsste er sie zart auf die Lippen, salutierte ironisch und verschwand.

Nachdem Nicholas gegangen war, rief sie Dorothy Andrews an, Lydias alte Schulfreundin, die in London lebte. Dorothy war begeistert, als sie hörte, dass Madeleine am folgenden Tag in die Hauptstadt kommen würde, und fragte gleich, ob sie übernachten wolle.

Madeleine hatte vorgehabt, sich in einem Bed & Breakfast oder in einem Hotel irgendwo im Zentrum ein Zimmer zu suchen – ihr Flug nach Caen ging am Dienstagabend. Aber Dorothy bestand darauf, Madeleine abzuholen und bei sich zu Hause unterzubringen.

Jetzt fuhr der Zug in den Bahnhof ein, und Madeleine entdeckte sofort Dorothys gepflegte Gestalt mit den dunklen, tadellos frisierten Haaren, auf denen sie, trotz der milden Temperatur, eine weiße Pelzmütze trug.

Dorothy kam auf sie zugeeilt und umarmte sie wie eine alte Freundin. Sie roch nach teurem Parfüm, und der erstklassig geschnittene kamelhaarfarbene Mantel fühlte sich an wie reine Kaschmirwolle.

»Madeleine! Wie schön, Sie wiederzusehen. Sollen wir als Erstes irgendwo eine Tasse Tee trinken, oder möchten Sie nach Hause fahren und Ihre Taschen abstellen? Dann könnten wir dort einen kleinen Lunch zu uns nehmen. Ja, genauso machen wir's. Sie sehen ein bisschen müde aus.«

Das Taxi brachte sie zu einem vornehmen georgianischen Haus im Stadtteil Chelsea, nicht weit von Londons populärer Einkaufsmeile, der King's Road. Madeleine wollte bezahlen, doch Dorothy schüttelte den Kopf und gab dem Fahrer ein großzügiges Trinkgeld.

Das Haus war wunderschön eingerichtet, wenn auch etwas zu förmlich für Madeleines Geschmack. Alles war in Creme, Beige und Gold gehalten, vom Teppich und den Polstermöbeln bis zu den seidenen Lampenschirmen. Woher Dorothys Geld wohl stammte? Das Gästezimmer erinnerte an eine Suite in einem Luxushotel, riesengroß, mit eigenem Badezimmer, in dem eine riesige Wanne mit goldenen Delphinfüßen stand.

Dorothy bemerkte, dass ihr Gast diese Wanne mit sehnsüchtigem Blick betrachtete.

»Vielleicht wollen Sie sich ja ein bisschen entspannen, Madeleine. Ich mache Ihnen einen Vorschlag – nehmen Sie doch ein schönes Bad. Wir haben hier ein sehr wohltuendes Rosenöl, und wenn Sie fertig sind, kommen Sie nach unten.«

Als sie aus der Badewanne stieg und sich in eines von Dorothys weichen weißen Handtüchern hüllte, fühlte sich Madeleine wie neu geboren. Sie zog ihre schwarze Hose und die Stiefel an, dazu eine moosgrüne Seidenbluse, die sie in letzter Minute eingepackt hatte, falls sie sich für irgendeinen Anlass präsentabel kleiden musste.

Ihre Gastgeberin saß unten auf dem sandfarbenen Ledersofa, ein Getränk in der Hand, das aussah wie Gin und Tonic. Sie trug ein hochelegantes dunkelbraunes Kostüm. Vor den gedeckten Farben der Innenausstattung wirkte sie wie ein exotisches Lebewesen in einer Wüstenlandschaft.

Als Madeleine eintrat, rief sie entzückt: »Ach, diese Farbe steht Ihnen wirklich ausgezeichnet. Ich hoffe, es macht Ihnen nichts aus, wenn ich das sage – aber Sie erinnern mich sehr an Lydia, bevor sie nach Paris gegangen ist und Jean kennen lernte. Obwohl sie damals jünger war als Sie heute.« Dorothy seufzte. »Ich kann es immer noch nicht fassen … für Sie ist es bestimmt auch nicht leicht, Madeleine.« Und mit einem Lächeln fügte sie hinzu: »Na gut, wollen wir jetzt eine Kleinigkeit essen gehen?« Sie wartete keine Antwort ab, sondern schlug gleich ein »kleines Restaurant« in der King's Road vor.

Das kleine Restaurant war ein schickes Bistro, ganz in hellem Holz und Chrom gehalten. Beim Essen sprachen sie viel über Lydia. Madeleine wollte von Dorothy möglichst viel über ihre Mutter erfahren, und sie spürten beide, ohne es auszusprechen, dass sie sich genau zu diesem Zweck getroffen hatten.

»Für mich waren die wilden sechziger Jahre sicher extremer als für Lydia.« Dorothy lächelte beim Gedanken an diese Zeit. »Ich hatte viele Liebhaber und habe auf allen Partys getanzt, während Lydia sich eher zurückhielt. Nicht, dass sie keine Verehrer gehabt hätte – sie war wunderschön, mit ihren präraffaelitischen Locken, die Sie ja geerbt haben, und sie hielt immer Distanz.« Dorothys Gesicht wurde ganz weich und wehmütig.

»Männer mögen das«, fuhr sie fort, »aber Lydia spielte nicht absichtlich die Rätselhafte, sie war einfach so. Ich habe versucht, sie dazu zu bringen, mal einen Joint zu rauchen oder eine Nacht mit uns durchzufeiern, aber sie war am liebsten zu Hause in ihrer kleinen Einzimmerwohnung, hörte Bob Dylan und las. Weshalb lächeln Sie?«

»Weil meine Freundin in Caen mich wahrscheinlich genauso beschreiben würde – nur dass ich nicht Bob Dylan höre.«

»Ja, Lydia wusste, dass Sie Ähnlichkeit mit ihr haben. Deswegen hat sie sich auch manchmal Sorgen gemacht. Sie erinnern sich doch, dass ich Ihnen von ihrem letzten Besuch bei mir erzählt habe, nicht wahr? Wir haben an dem Wochenende hauptsächlich über die ›guten alten Zeiten‹ geredet. Aber Lydia hat auch viel über Sie gesprochen. Ihr sehnlichster Wunsch war es, dass Sie glücklich sind.«

»Hat sie … meinen Sie, Lydia wusste, dass ich …« Madeleine konnte nicht weiterreden. Es war albern, diese Frage zu stellen. Albern und unpassend. Der Wein stieg ihr zu Kopfe.

Voller Mitleid schaute Dorothy sie an.

»Meine Liebe – eine Mutter weiß, dass ihr Kind sie liebt.« Sie beugte sich vor, um ihre Aussage zu unterstreichen. »Das ist genau wie bei Ihnen – trotz allem Kummer wissen Sie genau, dass Ihre Mutter Sie liebte. Von ganzem Herzen, Madeleine. Ich selbst habe keine Kinder, was ich nicht allzu sehr bedaure. Ich habe mich bewusst für dieses Leben entschieden, aber ich habe auch Lydia für ihres sehr bewundert. Ich wusste, dass sie von England weggehen würde – innerlich hat sie sich schon auf den Weg gemacht, als wir noch in der Schule waren. Sie ist ihren eigenen Gesetzen gefolgt, wie man so sagt.«

»Hat sie an diesem Wochenende auch über meinen Vater gesprochen?«

»Ja, ein bisschen. Sie hat ihre Ehe sehr realistisch gesehen – als eine Art Flucht. Wie viele Frauen unserer Generation dachten Lydia und ich, erst ein Mann würde unser Leben perfekt machen. Sie sah es eher emotional, während ich ganz materialistisch gedacht habe. Überhaupt war sie unglaublich romantisch. Sind Sie das auch?«

Die Frage überraschte Madeleine. War sie eine Romantikerin? Plötzlich sah sie Nicholas vor sich und empfand ein leises Kribbeln. Wie unrealistisch! Sie lebten in verschiedenen Ländern, kamen aus unterschiedlichen Welten. Aber waren sie wirklich so verschieden? Kulturell gesehen, ja, aber gleichzeitig hatte sie immer wieder das Gefühl, Nicholas irgendwie zu kennen.

Dorothy musterte sie aufmerksam. »Haben Sie einen Freund, Madeleine? Ich hoffe, die Frage ist nicht zu indiskret ...«

Madeleine lachte. »Aber nein, im Gegenteil. Nein, ich habe keinen Freund.« Und zu ihrer eigenen Überraschung fügte sie hinzu: »Aber ich habe jemanden kennen gelernt ... in Canterbury ... aber verliebt sind wir nicht. Glaube ich jedenfalls.« Sie merkte, dass ihre Wangen heiß wurden, und senkte den Blick auf ihre Suppe.

Dorothy strich ihr übers Haar. »Wenn es passiert, dann passiert es. Das Leben geht weiter – das sage ich mir selbst auch immer wieder. Genießen Sie Ihr Leben, Madeleine. Das ist die Lehre, die wir aus Lydias Tod ziehen können – sie hat ihr Leben wirklich geliebt, und dasselbe würde sie sich auch für ihre Tochter wünschen.« Sie hob das Glas, um ihr zuzuprosten.

»Auf Lydia«, sagte Dorothy.

Am Dienstagmorgen verabschiedeten sie sich voneinander, ehe Dorothy zu ihrem »Frühstückstermin« in Soho aufbrach, und Madeleine versprach, sich auf jeden Fall zu melden, wenn sie das nächste Mal in England sein würde.

Madeleine nahm ein Taxi, und während sie durch die Innenstadt fuhren, schaute sie wie gebannt aus dem Fenster. Sie konnte verstehen, warum Nicholas sich gegen diese Stadt entschieden hatte. Sie war turbulent, lebendig, mitreißend – aber auch maßlos anstrengend. Und sehr schmutzig.

Der Stadtteil Kew Gardens hingegen war hübsch – kleine Häuser, die Gärten eher altmodisch und nicht so gekünstelt wie in Chelsea. Was störte, war, dass das Viertel in der Einflugschneise des Flughafens Heathrow lag.

»Das hier ist das Finanzamt«, sagte der Taxifahrer, als

er anhielt, und schüttelte sich vor Abscheu. »Ich weiß, da wollen Sie nicht rein – aber das Staatsarchiv liegt gleich dahinter – leider kann ich nicht direkt vorfahren. Viel Vergnügen.«

Madeleine hatte Mühe, ein Hinweisschild ausfindig zu machen, und als sie das Archiv endlich gefunden hatte, musste sie fast lachen: ein brauner, massiver Betonklotz aus den siebziger Jahren, getönte Fensterscheiben, davor ein künstlicher Teich, auf dem drei weiße Schwäne ihre Kreise zogen. Die Eingangshalle erinnerte in ihren Proportionen fast an eine Kathedrale; in einer Ecke stand eine Reihe von Schreibtischen mit Computern. Konnte sie sich dort beraten lassen? Laut klackten ihre Stiefelabsätze über den polierten Fußboden. Hinter der Computerreihe saßen ein älterer Herr und eine hübsche junge Frau. Da diese zuerst hochblickte, wandte sich Madeleine an sie.

»Ich war noch nie hier – ich habe keine Ahnung, wie …«

Die Frau fiel ihr ungeduldig ins Wort. »Suchen Sie etwas Bestimmtes?« Man hörte ihr an, dass sie sich langweilte. Was hatte es mit diesen jungen Engländerinnen, die in den Archiven arbeiteten, nur auf sich? Warum waren sie alle so frustriert?

»Ja. Ich suche ein Testament. Wissen Sie, ich …«

»Haben Sie einen Ausweis dabei? Als Erstes müssen wir Ihnen einen Lesepass ausstellen. Dann können Sie eine Führung mitmachen. Die nächste findet in einer Viertelstunde statt. Sie müssen nur Ihre Daten in einen der Computer eingeben und dann hierher zurückkommen.« Sie wandte sich wieder ihrer Arbeit zu, während Madeleine leicht verstimmt zum nächsten Computer ging.

Da die Führung, wie sie später erfuhr, obligatorisch war, musste sie mitgehen und sich die komplizierte Prozedur erklären lassen. Anschließend beschloss sie, sich lieber nicht eigenständig auf die Suche zu machen, sondern einen der Angestellten um Hilfe zu bitten. Schließlich wollte sie nicht den ganzen Tag hier im Archiv verbringen. Zur Not konnte sie ja so tun, als würden ihre Englischkenntnisse nicht ausreichen.

Der Assistent, an den sie sich wandte, war wesentlich hilfsbereiter als die Frau unten an der Rezeption. Allerdings erinnerte er an ein scheues Tier, das nachts ins Scheinwerferlicht eines Autos geraten ist. Er hatte nervöse Zuckungen und zerrte dauernd an seiner violetten Krawatte herum. Madeleine schien ihn regelrecht in Panik zu versetzen – dabei hatte sie noch nicht einmal den Mund aufgemacht.

»Ich suche nach einem Familientestament«, begann sie.

»Sehr gut«, sagte er übertrieben dynamisch. »Vor oder nach 1858?«

»Vor. Es stammt aus der Mitte des sechzehnten Jahrhunderts, glaube ich, aber ich habe bisher nur eine einzige Seite davon gesehen, deshalb kann ich das genaue Datum nicht sagen.«

»Sie haben es schon gesehen?«

»Nur eine Kopie.«

»Sehr gut. Nun, da müssen Sie Folgendes tun: Gehen Sie durch diese Tür zum Gesamtkatalog und dann …

Madeleine unterbrach ihn gleich. »Ach, aber – Sie wissen, mein Englisch ist nicht sehr gut, vor allem beim Lesen.« Sie riss ängstlich die Augen auf.

»Nun, sechzehntes Jahrhundert – damals waren noch die Kirchen für die Testamente zuständig …«

Er murmelte irgendetwas vor sich hin und fragte schließlich: »Bei welchem erzbischöflichen Gericht wurde das Testament gezeichnet?«

»Wie bitte?« Madeleine musste gar nicht so tun, als verstünde sie ihn nicht.

»Wo ist das Testament unterschrieben worden – das wäre die erste Frage.«

»Ach so – in Kent.«

»Das heißt, beim erzbischöflichen Gericht von Canterbury. Also ist es auf Lateinisch abgefasst, wie damals fast alle Testamente.«

»Nein, es war in elisabethanischem Englisch.«

»Aha, dann konnte der Betreffende also selbst schreiben?«

»Die Betreffende.«

»Die Betreffende? Eine Frau? Dass eine Frau im sechzehnten Jahrhundert schreiben konnte, ist sehr ungewöhnlich.«

»Die Frau hat eine Werkstatt geleitet.«

»Wie hieß sie?«

»Elizabeth Brodier.«

»Ich werde mal nachsehen.«

Er kam mit einer flachen Schachtel zurück. Mit geschickten Fingern holte ein Blatt heraus und zeigte es Madeleine.

»Das Original befindet sich in Hayes. Es dauert drei Tage, bis es hier eintrifft. Aber hier haben wir eine Kopie davon.«

Es war in kalligraphischem Latein abgefasst, nicht in der elegant geschwungenen Handschrift der Elizabeth Brodier. Aufgelistet waren Haushaltsgegenstände: Wandbehänge, Besteck, Möbel. Viele wertvolle Gegenstände, aber sonst nichts.

Madeleine war tief enttäuscht.

Der Assistent schien ihre Reaktion persönlich zu nehmen und legte verzweifelt die Stirn in Falten.

»Sie sagten vorhin, Sie hätten eine Fotokopie gesehen?«

Madeleine nickte. »Ja. Meine Mutter war hier. Vielleicht hat sie das Original des Testaments angefordert.«

»Wann war das?«

»Ich bin mir nicht sicher. Sie ist vor kurzem gestorben, wissen Sie.«

Jetzt würde er alle Hebel in Bewegung setzen, um ihr zu helfen, das konnte man ihm ansehen. »Moment bitte«, murmelte er und rannte davon.

Mit einem triumphierenden Lächeln schleppte er eine zweite Schachtel an. »Das Original. Es wurde noch nicht zurückgeschickt. So was kommt vor.«

Madeleine hob den Deckel – die ersten Seiten enthielten dasselbe Inventar wie die lateinische Version. Aber ganz unten lag noch ein Blatt. Und dieses begann mit der Geschichte der Nonne Theresa von Winchester und ihrem Besuch in Sempting.

Diesen Text hat meine Mutter gelesen, dachte Madeleine. Sie lehnte sich in ihrem Stuhl zurück und starrte ins Leere.

Der Assistent hüstelte höflich. »Ist das der Text, den Sie gesucht haben?«

Madeleine zuckte zusammen. »Ja. Ja, das ist er. Genau danach habe ich gesucht.«

Sie stand auf und bedankte sich mit einem Lächeln, wodurch der junge Mann vor Verlegenheit und Freude ganz aus dem Häuschen geriet.

Während sie durch das stille Labyrinth nach unten ging, fragte sie sich, wer außer ihr und Lydia in den vergangenen fünfhundert Jahren dieses Dokument wohl gesehen hatte. Hatte es bis 1858 bei den anderen Kirchenakten gelegen, bis die viktorianische Verwaltung begann, alle britischen Dokumente zu sichten und in London zu sammeln? Nicholas' Runendokument war ihnen dabei allerdings entgangen. Wie viele vergessene Dokumente gab es, die wichtige Geheimnisse der Vergangenheit bargen?

Das Besucherzentrum im Erdgeschoss war eine Art Museum mit vielen Manuskripten in Glaskästen, darunter das Logbuch der Bounty und kopierte Seiten von Shakespeares Testament. In einem kleinen, schwach beleuchteten Nebenraum stand eine große Vitrine mit vier dicken aufgeschlagenen Bänden: das Original des *Domesday Book*, dieses riesigen Katasterwerks, welches Wilhelm der Eroberer von seinem neuen Königreich England erstellen lassen hatte. Ob Leofgyths Familie in Williams Grundbuch auftauchte? Es wurde in den achtziger Jahren des elften Jahrhunderts in Auftrag gegeben – aber der neue König interessierte sich nur für Ländereien, für Städte, Dörfer und Kirchensprengel. Und Leofgyth und Jon besaßen kein Land. Madeleine nahm sich vor, der Frage nachzugehen, allerdings ohne große Hoffnung.

Draußen in der frischen Aprilluft setzte sie sich auf eine Holzbank am Teich und beobachtete die Schwäne, die majestätisch über das klare Wasser glitten. In den rechteckigen Betonkästen blühten kleine weiße Narzissen. Was für eine bizarre Umgebung für ein Gebäude, das Dokumente beherbergte, die so weit in die Geschichte zurückreichten ...

Ihr Flugzeug ging am frühen Abend, das heißt, sie hatte noch drei Stunden, ehe sie in Gatwick sein musste. Plötzlich wusste sie, wo sie noch hingehen wollte.

Diesmal nahm sie doch die U-Bahn und fuhr bis Oxford Circus. Vage erinnerte sie sich an den Weg zu Liberty's. Vor ein paar Jahren war sie im Winterschlussverkauf mit Lydia dort gewesen, um sich neu einzukleiden.

Sie durchquerte die funkelnde Schmuckabteilung, wo die Verkäuferinnen mindestens so makellos gekleidet waren wie ihre Kunden. Im nächsten Raum befand sich ein erstklassig sortiertes Angebot von Accessoires: Schals aus hauchfeinem Wollstoff, in satten Farben; Taschen, bestickt oder mit Perlen und Bändern verziert; Handschuhe aus Leder, das so weich war wie Seide.

In der Abteilung für Damenbekleidung wurde sie fast ein bisschen aufgeregt.

»Kann ich Ihnen behilflich sein, Madam?«

»Ach, ich wollte mich nur ein bisschen umschauen«, antwortete Madeleine mit einem höflichen Lächeln und nahm ein Kleid vom Bügel. Es war dunkellila, wie reife Brombeeren, der Stoff war schwer und glatt.

»Was für ein Material ist das?«, erkundigte sich Madeleine bei der jungen Dame, die sie zu bewachen schien.

»Das ist eine Leinen-Seide-Mischung. Der Stoff fällt sehr weich, finden Sie nicht? Ich glaube, das Kleid würde Ihnen gut stehen – die Farbe passt zu Ihrem Teint und Ihren Haaren. Möchten Sie es anprobieren?«

Das Kleid saß wie angegossen. Hauteng schmiegte sich das Oberteil um Brüste und Taille, und die feinen Satinträger schimmerten auf ihren Schultern. Der Rock war weit geschnitten, knielang und am Saum mit brombeerfarbenem Satin paspeliert.

Als sie aus der Umkleidekabine trat, rief die Verkäuferin nur: »Fantastisch!«

»Ja, es sitzt sehr gut«, sagte Madeleine und musterte ihre Erscheinung in dem großen Spiegel. Die junge Frau hatte Recht – sie sah toll aus. Was hätte Lydia gesagt? Wenn sie gewusst hätte, dass sie das Kleid mochte, hätte sie wahrscheinlich sogar angeboten, es zu bezahlen. »Ich nehme es«, sagte sie kurz entschlossen. Die Verkäuferin strahlte.

Auf der Suche nach einem Cafe, in dem es nicht ganz so voll war, ging sie die Regent Street hinunter. Unterwegs kam sie an einem sündhaft teuren Schuhgeschäft vorbei, wo sie noch ein Paar traumhafte Riemchensandalen mit einem niedrigen, graziösen Absatz in dunklem

Violett erstand. Nicht zu mädchenhaft, eher sexy. Nun blieb ihr noch eine Stunde, bis sie den Zug nach Gatwick nehmen musste. Sie fand tatsächlich ein kleines Café.

Mit einem Espresso und einem Ciabatta setzte sie sich ans Fenster und schaute hinaus ins Getriebe. Dann holte sie ihr Notizbuch aus ihrer Büchertasche und nahm den linierten Zettel heraus, auf den sie mit Nicholas' Erlaubnis die merkwürdigen Runen abgeschrieben hatte.

Sie konnte den Text immer noch nicht entschlüsseln, obwohl sie inzwischen die meisten Symbole identifiziert hatte. Es war und blieb ein abstruser Silbensalat.

Es gab nur eine Lösung. Wie viel verstand Eva tatsächlich von Runen? Hatte sie nur geblufft? Aber ihre Augen mit dem hellgrünen Lidschatten hatten einen intelligenten Eindruck gemacht. Einen Versuch war es auf jeden Fall wert, und Madeleine wollte sowieso demnächst nach Bayeux fahren, um sich den Teppich noch einmal anzuschauen.

13. Kapitel

13. Mai 1065

In den letzten Monaten habe ich nicht viel geschrieben. Ich habe kaum noch Pergament und noch weniger Willenskraft. Es braut sich etwas zusammen, wie dunkle Wolken vor einem Unwetter. Von Norden kommen ungute Nachrichten, ich habe bei der Handarbeit mit der Königin und Isabelle davon erfahren, aber auch von Jon, der jetzt in Harold Godwinsons Gefolge reitet. Tostig hat Harolds Druck und wohl auch dem des Königs nachgegeben und die Abgaben in seinem Earldom erhöht. Sie belasten vor allem die Grundbesitzer, die jetzt die Hälfte ihrer Einnahmen dem König abtreten müssen. Da auch Earl Tostig von der neuen Steuer profitiert, herrscht eine Stimmung, die ihm gefährlich werden kann. Hätte er letztes Jahr nicht so viel Zeit am Hof des Königs zugebracht, wäre die Lage vielleicht nicht so ernst, aber so hat Tostig in seiner Abwesenheit viele Gefolgsleute verloren, und jetzt naht die Erntezeit, da die Steuern eingetrieben werden. Jon sagt, es wird bald Ärger geben.

Im Palast bereitet die Küche die erlesensten Speisen, um den König zum Essen zu verlocken. Jeden Tag gibt es Walfleisch und Tümmler, gefangen von den Fischern des Königs, und die Jäger bringen Wildgänse und Hochwild aus den Wäldern. Es gibt gepökelten Lachs, ein Geschenk des Schottenkönigs Malcolm, und Nussküchlein aus Persien, aber selbst das zarteste Fleisch, der weichste Käse, der süßeste Kuchen vermögen Edward nicht zu reizen. Seine Gemahlin weicht nicht von seiner Seite, bis es Nacht wird und sie sich zu ihrem Geliebten davonstiehlt. Sie war seit dem Winter kaum noch außer Landes. Die Königin spricht jetzt mehr mit mir, seit ich vor einiger Zeit einmal vergaß, vor dem Betreten der Turmstube durch den Ritz zu gucken. An jenem Tag war ich abends noch einmal rasch zurückgelaufen, um etwas Tuch zu holen, das ich mit nach Hause nehmen wollte. Als ich gegangen war, war niemand im Turmzimmer gewesen. Als ich die Tür öffnete, saßen sie eng umschlungen am Westfenster und sahen zu, wie der Abend seinen Mantel über den Wald breitete. Ich konnte nicht so tun, als hätte ich nichts gesehen, und einen schrecklichen Augenblick lang sagte niemand ein Wort.

Ich trat ein, weil jemand etwas tun musste, und ging mein Tuch holen. Ich sagte nichts, weil es nichts zu sagen gab. Edith brach schließlich das Schweigen. Sie fragte mich ohne jede Scham, ob ich ihr Geheimnis bewahren würde. Da antwortete ich ihr, ich hätte es schon das ganze letzte Jahr bewahrt und würde es auch weiter tun. Sie fragte mich, ob ich sie denn nicht verurteile, und ich sagte, das Herz unterliege nun mal nicht den Gesetzen der Kirche und des Königs, sondern allein dem Gesetz der Liebe. Odericus schien nur deshalb beschämt, weil ich wusste, dass er seine Gelübde gebrochen hatte. Er schwieg und wandte sich ab, um aus dem Fenster zu schauen.

18. Juli 1065

Tostig ist, auf Ersuchen seiner Schwester, aus Northumbria an den Hof zurückgekehrt. Edith glaubt, dass nur er, als der Favorit des Königs, Edwards gequälter Seele Linderung verschaffen kann. Harold ist in Mercia bei Edwin, um sich um die Gunst des Earls zu bemühen. Edwin ist Harolds Schwager, aber ich bete darum, dass er sich für seine Schwester und die Königin entscheidet. Edwin und sein Bruder Morcar werden sich schlicht und einfach auf die Seite der Stärkeren schlagen, sie kennen keine Loyalität jenseits ihrer eigenen Interessen. Mercia ist groß und reich, und seine Küsten könnten ein Invasionsheer vom Kontinent entweder freundlich empfangen oder aber zurückschlagen. Wenn der König stirbt und das Land nicht einig ist, dann sind wir schwach, und da ist ja nicht nur der Normannenherzog William, der die Sachsenkrone begehrt, sondern auch noch Harold Hardraada, der norwegische Kriegerkönig. Ein weiterer kreisender Geier, der danach giert, König zu werden.

Die Angst liegt in der Luft wie ein Geruch, den alle riechen. Die alten Frauen erinnern sich an die Schlachten und das Blutvergießen in der Zeit, ehe Edward König wurde, denn ihre Männer starben durch die Wikingeräxte. Sie vor allem scheinen sich zu fürchten.

20. August 1065

Königin Edith hat mich gebeten, Wolle und Färbemittel zu kaufen und ins Kloster von Winchester zu bringen. Ich hatte ja geglaubt, die Stickerei sei fertig, aber die Königin ist derzeit so beunruhigt, dass ich nicht weiter nachfragte. Sie ist zerstreut und findet wegen dieser neuen Sorgen keinen Schlaf, und sie hat nicht die Zeit, die Schwestern aufzusuchen und nach dem Wandbehang zu sehen.

Ich ging durch den Wald, wobei ich einmal stehen blieb und zwischen den Bäumen hindurchspähte, weil ich glaubte, dass mich ein Fuchs beobachtete.

Die Gasse hinterm Marktplatz war leer und still, nicht wie sonst voller Kinder und Bettler. Doch in der Werkstatt, wo Färbemittel und Tinten hergestellt werden, ging es so geschäftig zu wie immer. Der Färbemittelhändler ist ein krummer, kinnloser kleiner Wicht, mit einer Haut, so dunkel und narbig wie eine alte Olive. Seine Frau und seine Tochter stellen die Farbpulver her, aber den Geldsäckel verwaltet er. Während er die Pennys nachzählte, vergewisserte ich mich, dass er die Töpfchen mit dem Farbpulver gut verschlossen hatte. Bei meinem letzten Einkauf hatte er sie nicht richtig mit Wachs versiegelt, und mein ganzer Korb war rot gefärbt. Die Töpfchen schienen mir ordentlich abgedichtet, und der darüber gespannte Stoff hatte die Farbe, die das jeweilige Färbemittel erzeugt. Grün aus Irisblüten, Gelb aus der Rinde des Holzapfelbaums und Rotbraun aus Färberwurzel.

Der Händler brauchte so lange zum Nachzählen, dass ich unruhig wurde. Ich beobachtete seine Frau und seine Tochter bei der Arbeit – ein stummes Gespann, beide so in ihr Tun vertieft, dass sie mich gar nicht beachteten. Die Wände des Raums schienen in Flammen zu stehen, so viele lodernde Feuerstellen gab es hier. In jeder hing ein Kessel mit einem dampfenden grünen oder braunen Gebräu. Der Fußboden war aus festgestampfter Erde, aber mit so viel verschiedenen Färbemitteln bekleckert, dass er aussah wie ein Gewirr von gefärbten Garnen. Die Luft war dick vom Rauch der Feuer und dem Geruch der Pflanzen und Kräuter. Ich sah die Tochter des Händlers tiefblaues Lapislazulipulver mit Eiweiß vermengen, um jene Paste zu erzeugen, die auf Pergament haftet. Den tiefblauen Stein kenne ich vom Markt, wo Händler aus dem Orient Mantelschließen und Dolchscheiden aus Silber und Lapis feilbieten. Und Lady Isabelle besitzt viele winzige Lapisperlen, die ich für sie auf ein Kleid sticken soll.

Die Händlersfrau zermalmte gerade mit einem Mörserstößel Insektenflügel auf einem Holztisch, wenn ich auch nicht sagen konnte, von welchem Krabbeltier. Die Farbe des Pulvers war Rot, dunkler als Blut.

Ich verließ den Färbemittelladen und ging auf den Markt, wo es gesponnene Wolle am günstigsten zu kaufen gibt. Auf dem Marktplatz herrschte ungewöhnlich viel Betrieb, und in der Platzmitte hatte sich eine große Menschenmenge versammelt. Im Näherkommen sah ich, dass es ein Tanzbär war, der sie ergötzte. Der Herr des armen Tiers war einer jener braunhäutigen Fahrenden aus dem Süden des Kontinents, ein magerer, zerlumpter Mann. Ich verstand nicht, wie so viele Menschen zugucken und lachen konnten, wo doch das riesige Tier so hoffnungsleere Augen und ein so verdrecktes Fell hatte und kaum die mächtigen Tatzen zu der kleinen Blechflöte seines Herrn zu heben vermochte. Ich erwarb meine ungefärbte Wolle an dem Stand gleich neben der Menschenmenge und eilte davon, ohne noch einen Blick auf das grausame Spektakel zu werfen. Ich ging an Myras Kräuterstand vorbei, ohne sie recht wahrzunehmen, aber sie rief mir nach, bot mir Nesseltee an. Myras Alter ist schwer zu schätzen, aber sie hat die scharfen Züge des Dänenvolkes. So lange ich denken kann, ist ihr Haar schon silbern und ihre Haut wie braunes Leder, doch ihre Augen sind so klar wie die eines Kindes und von der Farbe des sommerlichen Meeres. Sie goss mir eine Schale Tee ein und tätschelte den Schemel neben ihrem. Im Unterschied zu anderen fragt sie mich nie nach Neuigkeiten aus dem Palast, sie ist respektvoll.

Da Myra keine Klatschbase ist, erzähle ich ihr zuweilen, was mir auf der Seele liegt, und sie hört still zu, ohne zu urteilen oder Ratschläge zu erteilen, es sei denn, ich bitte sie darum. Sie nickt oft nur oder tätschelt mir die Hand, aber ich habe immer das Gefühl, dass meine Gedanken klarer sind, wenn ich mit ihr geredet habe. Diesmal sah sie mich, während ich stumm da saß, mit ihren meerfarbenen Augen an, sagte aber nichts. Als ich ausgetrunken hatte, griff sie unter ihren Schemel und zog einen Lederbeutel hervor, der mit einer geflochtenen Schnur aus bunter Wolle zugebunden war.

Ich blickte mich auf dem Marktplatz um, ob uns jemand beobachtete. Wahrsagen ist verboten, da der König das Orakel der Nordländer für barbarisch und ihre Götter für falsche Götter hält. Doch die Runenstäbe kamen mit dem Einfall der ersten Nordländer hier auf der Insel in Gebrauch, und viele Leute ziehen sie noch immer zu Rate. Myra sah mich an, den Beutel in der Hand – eine stumme Frage. Ich nickte, und sie schüttete die kleinen glatten Eibenholzstücke auf ihre Sitzbank. Einige landeten mit dem geschnitzten Symbol nach oben. Myra sammelte sie ein und hielt sie in der Hand. Dann wählte ich unter den restlichen Runen eine aus, Ansur, das Symbol für Wissen und Lehre und für das, was kommt. Myra sah mir eine ganze Weile in die Augen, als ob sie bis in mein Herz blickte, aber ich empfand es nicht als Eindringen. Dann sprach sie leise, aber da ihre Stimme so tief ist wie die eines Mannes, verstand ich jedes Wort. »Du bist also die Botin? Dann nutze deine Gabe wohl, denn die drei Göttinnen werden deine Worte über diese Zeit und diesen Ort hinaus tragen. Vergiss nie, dass du nur ein Gefäß bist, wie wir alle, und dass ein Gefäß mit Liebe oder mit Angst gefüllt sein kann.«

Ich war bedrückt, als ich Myras Stand verließ, denn ich

bin doch Stickerin und kein Schreiber. Doch als ich den Lärm und die Gerüche des Markts hinter mir gelassen hatte und auf dem Waldpfad nach Westminster war, fühlte ich meine Kraft und meinen Willen zurückkehren. Die blasse Sonne spielte im goldenen Laub und warf Juwelen aus Licht vor meine Füße, und als ich den Blick hob, sah ich vor mir einen Elch, so reglos und schön wie eine Steinstatue. Der Elch ist ein gutes Omen, ein Schutzzeichen. In meinem Korb waren Wolle und Farbpulver für Winchester, für den geheimen Wandbehang, den die Nonnen sticken.

Vom Bett aus schaute Madeleine durch die feinen weißen Gardinen hinaus auf die Straßenlampe vor ihrem Schlafzimmerfenster. Mit Anbruch der Dämmerung verfärbte sich der Himmel indigoblau – bald würde die Sonne aufgehen. Die Tage wurden länger, der Mai stand vor der Tür. Die frühmorgendlichen Geräusche würden sie voraussichtlich am Einschlafen hindern, so wie der Tumult in ihrem Kopf sie nicht hatte einschlafen lassen, seit sie vor ein paar Stunden aufgehört hatte zu übersetzen.

Leofgyth hatte also die Runen befragt. Warum berührte sie das so tief? Sie wusste doch genau, dass diese Symbole mehr ein Teil der angelsächsischen Welt waren als ihrer eigenen, denn schon im mittelalterlichen England galten sie als uralt. Aber wie sie es auch drehte und wendete – es fühlte sich an, als wären sie ein weiterer Silberfaden, der sie mit Leofgyth verband.

Es hatte keinen Sinn, noch länger auf den Schlaf zu warten – sie musste sowieso nur noch einen Tag unterrichten vor dem Wochenende. Sie drehte sich auf die Seite – und schlief sofort wieder ein.

In ihrem Traum klingelte das Telefon. Sie hatte gerade gemerkt, dass sie drei Vorlesungen auf einmal halten musste. Nun stand sie vor ihrem Büro und wusste nicht, was wichtiger war – den Anruf anzunehmen oder eine der drei Vorlesungen auszuwählen. Sie entschied sich für Europa und England vor Wilhelm dem Eroberer – und wachte auf. Das Telefon klingelte immer noch.

Im Halbschlaf stolperte sie ins Wohnzimmer. Die Sonne schien. Wie spät war es? Sie nahm den Hörer ab und warf sich aufs Sofa.

»Madeleine? Hier ist Judy. Bist du krank?«

»Nein, eigentlich nicht – ach, so ein Mist. Tut mir furchtbar Leid – ich glaube, ich habe die Vorlesung verschlafen. Wie viel Uhr haben wir denn?«

»Du hast zwei Vorlesungen verpasst. Es ist schon eins. Philippe hat dich vertreten, keine Sorge. Ist alles in Ordnung? Schaffst du es, um drei hier zu sein?«

»Ja, klar. Mein Gott, ist mir das peinlich …«

»Hör mal, Madeleine, ich weiß, es geht mich nichts an, aber könnte es sein, dass du mal ein paar freie Tage brauchst? Ich meine, du kannst jederzeit einen Antrag stellen – nach einem Todesfall in der Familie ist das kein Problem. Denk doch einfach mal darüber nach. Bis nachher.«

Madeleine saß auf dem Sofa, die Hände vors Gesicht geschlagen. Wie unprofessionell, wie unverzeihlich. Sie musste die Übersetzung des Tagebuchs endlich abschließen. In einem Monat begannen die Ferien. Bis dahin dürfte sie fertig sein. Das war zu schaffen. Aber vielleicht sollte sie sich vorsichtshalber einen neuen Wecker kaufen.

Philippe war in ihrem gemeinsamen Büro, als Madeleine eine Stunde später dort aufkreuzte. Er wandte ihr den Rücken zu, weil er in einem der großen Aktenschränke kramte, drehte sich aber sofort nach ihr um, was gar nicht zu ihm passte.

»Ach, hallo, Madeleine. Guten Morgen.« Es klang so, als würde er lachen. Wenigstens war er nicht sauer auf sie.

»Tut mir schrecklich Leid, Philippe. Gestern Abend ist es sehr spät geworden – und dann habe ich meinen Wecker überhört. Vielen Dank, dass du für mich eingesprungen bist.«

»Kein Problem. Die langweilen sich ziemlich, diese Erstsemester, stimmt's?«

Madeleine lächelte erleichtert. Jetzt wusste sie wenigstens, dass die lethargische Atmosphäre nichts mit ihrem Vorlesungsstil zu tun hatte. Philippe war als Dozent nämlich alles andere als dröge, und wenn er die Strategien bei den großen Schlachten analysierte, blitzten seine Augen richtig, und er schlug mit seiner Leidenschaft alle in seinen Bann.

»Du unterrichtest gerade sechzehntes Jahrhundert, stimmt's?«, fragte sie ihn.

Er gab ein merkwürdig kehliges Geräusch von sich, das sie als ein Ja interpretierte.

»Als ich an Ostern in Canterbury war, habe ich die Ruinen der Abtei St. Augustin besichtigt ...«

Philippe grunzte wieder. Wollte er etwa Interesse bekunden?

Unverdrossen redete Madeleine weiter. »Das ist doch ein Wahnsinn, findest du nicht? Dass Heinrich der Achte sich einfach die Besitztümer der Kirche unter den Nagel gerissen hat?«

»Ja, eine tolle Zeit«, stimmte Philippe ihr zu, und seine Wangen verfärbten sich rosarot, was Madeleine als viel versprechendes Zeichen deutete.

»Das müssen sagenhafte Schätze gewesen sein, oder? Die Abtei St. Augustin verfügte doch über eine riesige Bibliothek und war überhaupt sehr begütert.«

Jetzt konnte Philippe sich nicht mehr bremsen. »Ja, ein unglaublicher Reichtum. Da gibt es Geschichten – man muss nur Geoffrey von Monmouth oder William von Malmesbury lesen. Man findet hochinteressante Hinweise …«

»Was für Hinweise?«

Philippe lachte leise, und seine Augen bekamen einen fast irren Glanz. »Na ja, nicht alles war in den Kircheninventaren aufgelistet, oder? Heinrich der Achte konnte nicht ahnen, welche Schätze ihm vorenthalten wurden. Da ist zum Beispiel die Geschichte von den Reliquien des heiligen Augustinus …«

»Ach, tatsächlich?« Instinktiv ging Madeleine einen Schritt auf ihn zu, aber er merkte es gar nicht.

»Ich glaube, der Schrein selbst ist die eigentliche Attraktion. Er stammte aus Skandinavien – in Dokumenten wird er in Zusammenhang mit König Knut erwähnt. Es gibt eine hübsche Geschichte, wie der Schrein ›verlorenging‹, nachdem er in die Hände des normannischen Hofes gekommen war. Ich glaube, Königin Emma übergab ihn ihrer Familie zur Aufbewahrung. Du weißt ja, dass König Knut mit der Normannin Emma verheiratet war – sie ist die Mutter von Edward dem Bekenner. Man nimmt an, dass der Schrein das Hochzeitsgeschenk von Knut an Emma war.«

Madeleine konnte nur mühsam ihre Aufregung unterdrücken. »Warum war der Schrein so berühmt?«

»Er war mit fantastischen Goldschmiedearbeiten versehen und über und über mit kostbaren Edelsteinen verziert – dafür hat Emma gesorgt, als sie Königin war. Darüber hinaus beherbergte er natürlich die sterblichen Überreste des heiligen Augustinus. Diese Reliquien wurden am königlichen Hof bei Schwur-Zeremonien verwendet – beim Lehenseid und so weiter. Ich glaube, Emma hat auch eine Inschrift veranlasst. Die Kirche hätte alles dafür gegeben, diesen Schrein in die Finger zu bekommen.«

»Heißt das, dass der Schrein deiner Meinung nach in die Abtei zurückgekehrt ist, als er vom Normannenhof verschwunden ist?«

»Ja, das glauben viele – ich auch. Aber ich muss gestehen, dass ich für solche Gralsgeschichten eine besondere Vorliebe habe. Da gibt es noch sehr viel zu entdecken. Und genau dadurch bleibt Geschichte lebendig.« Er nahm die Brille ab und rieb sich die Augen, als wäre er gerade aufgewacht. Dann brummelte er etwas vor sich hin – von einem Buch, das auf seinem Schreibtisch verschollen war – und machte sich wieder auf die Suche.

Madeleine kämpfte sich durch ihre erste – und letzte – Vorlesung des Tages. Zum Glück dachte sie daran, dass sie über Richard Löwenherz und die Kreuzzüge reden musste. Mit dem Herzen war sie jedoch nicht bei den Kreuzzügen. Sie dachte die ganze Zeit an den Schatz, der zur Zeit der Klösterauflösung aus der Abtei St. Augustin geschmuggelt wurde – von einem Priester namens Johannes Corbet.

Rosa kam, als Philippe sich gerade aus dem Büro verabschiedete und Madeleine noch ihre E-Mails lesen wollte, die sie in letzter Zeit sehr stiefmütterlich behandelt hatte.

»Endlich habe ich die Eremitin gefunden – sie hat ihren Bau verlassen.«

»Ihre Höhle – Eremiten leben in Höhlen. Von einem Bau spricht man nur bei Hasen und Füchsen.«

»Tja, ich habe aber absichtlich Bau gesagt. Du erinnerst mich nämlich auch an ein Kaninchen – wenn so wie jetzt – jemand versucht, dich in eine Bar abzuschleppen.«

»Nein, nein – ich kann nichts trinken gehen, ich muss arbeiten.«

»Kommt nicht in Frage. Heute ist Freitag, und du gehst mit mir in die Kneipe. Wir müssen reden.«

»Worüber?«

Rosa zog die Augenbrauen hoch. Ihr Gesichtsausdruck bedeutete so viel wie: *Ich verrate gar nichts, wenn du nicht tust, was ich dir sage.* Madeleine konnte nicht unterscheiden, ob sie nur so tat, als ginge es um etwas Wichtiges, oder ob es tatsächlich dringend war.

»Okay. Aber ich hoffe, du hast was zu bieten.«

Erst, als sie gemütlich in der Tapas-Bar saßen und Sangria tranken, holte Rosa aus ihrer Tasche mit dem Leopardenmuster einen Zettel und legte ihn vor Madeleine auf den Tisch.

»Was ist das?«

»Lies«, befahl Rosa, trank einen Schluck Sangria und ließ ihren Blick zum Tresen wandern, wo zwei junge spanische Kellner Gläser abtrockneten.

»Die beiden sind garantiert schwul«, sagte Madeleine warnend, ehe sie zu lesen begann.

Es ist möglich, dass die Illustrationen auf dem Teppich von Bayeux direkt durch die illuminierten Handschriften aus der Abtei St. Augustin in Canterbury beeinflusst sind, das Werk italienischer Mönche, die mit der Ausbreitung des Christentums nach England kamen. Kunsthistoriker spekulieren, dass der Zeichner der Stickerei ein Mönch war, der in Canterbury lebte – dem Zentrum des künstlerischen und intellektuellen Lebens im mittelalterlichen England. Allerdings könnte der Zeichner genauso gut ein Laie gewesen sein, dessen Werk vom Stil der damaligen Zeit geprägt war.

Ausführlich wurde schon über den »Realismus« der

gestickten Erzählung debattiert. Dabei geht es um Realismus im Sinn seiner Beachtung der Details des Alltagslebens: Kleidung, Frisuren, Speisen und selbstverständlich auch Reitkunst und Kriegsführung. Der Zeichner war fähig, die Geschehnisse, die zwei wichtige Jahre in der europäischen Geschichte – nämlich 1064 und 1066 – entscheidend prägten, in einer Abfolge von Szenen zum Leben zu erwecken. Diese Detailgenauigkeit führte bislang zu der Annahme, dass es sich bei dem Urheber um einen Mann gehandelt haben muss, um jemanden, der über ausgezeichnete Kenntnisse auf dem Gebiet von Waffen, Schiffsbau und Schlachtrosse verfügte.

Bei der Stickerei ist jedoch noch ein anderes Element zu beobachten, das wenig mit der Welt der Männer zu tun hat, und das ist die unübersehbare Leidenschaft des Zeichners für dekorative Muster, ein typischer Charakterzug der englischen Stickerei jener Zeit. Diese Muster erscheinen auf dem Teppich von Bayeux in der Kleidung, in den Bäumen mit ihren kunstvoll verschlungenen Zweigen, in den Segeln und Bugfiguren der Schiffe und ganz besonders in der Fantasiearchitektur der eigentlichen Erzählung.

Man nimmt an, dass der Künstler, der hinter einem mittelalterlichen Wandbehang steht, in der Regel irgendwo in der Darstellung ein Abbild seiner – oder ihrer – selbst einschließt, da dies die übliche Art der Signatur war. Nur drei Frauen sind auf dem Teppich von Bayeux zu sehen; die berühmteste von ihnen ist die rätselhafte Aelfgyva. Die anderen beiden sind Königin Edith, dargestellt am Totenbett ihres Ehemannes, König Edward des Bekenners, sowie eine weitere unbekannte Gestalt – eine Frau, die während Williams Eroberungszug aus ihrem brennenden Haus flieht. Könnte es sein, dass es sich bei einer dieser drei Frauen um die schöpferische Kraft hinter dem

Teppich von Bayeux handelt? Dass diese »Kraft« eine Frau war, die ihre Signatur hinterlassen hat, indem sie sich in die Erzählung einbaute? Über die Frauen dieser Epoche ist wenig bekannt, weil sie weder Soldaten noch Politiker oder Kleriker waren, und ihre Errungenschaften wurden größtenteils übersehen. Im frühmittelalterlichen England gab es gebildete und einflussreiche Frauen, die von Generationen männlicher Wissenschaftler ignoriert wurden, weil man sich nur für fragwürdige Heldentaten wie Kriege und Eroberungen interessierte.

Fast alles, was wir über den Teppich von Bayeux wissen, beruht auf Hypothesen. Wir besitzen kein Dokument, das seine Datierung und seinen Zweck, seinen Zeichner und den Herkunftsort belegt, und daher bleibt die Geschichte, die er erzählt, rätselhaft und voller unbeantworteter Fragen.

Nur die Stickerei selbst kann die Antworten enthalten, doch nicht unbedingt in der zentralen Erzählung, sondern unter Umständen auch in den dekorativen Rändern über und unter der eigentlichen »Handlung«. Hier hatten die Stickerinnen, die das epische Kunstwerk schufen, am ehesten freie Hand. Man kann viele Kuriositäten entdecken, nicht zuletzt die eindeutige Pose des nackten Mannes unter dem Bild von Aelfgyva. Für die Frauen, die an diesem Teppich arbeiteten, boten diese Ränder die Möglichkeit, die dargestellte Handlung zu kommentieren und darauf hinzuweisen, dass nicht alles so war, wie es schien.

Geschichtsschreibung ist ein selektiver und kreativer Prozess. Die Stimmen und Errungenschaften von Frauen sind dabei weit gehend übergangen worden. Der Teppich von Bayeux ist nur ein Beispiel für eine starke – unterdrückte – weibliche Präsenz im Gang der Geschichte, vor allem in der Kunst.

Wieder überlief Madeleine dieser Schauder, den sie inzwischen schon kannte. Es war fast so, als hätte sie durch das Tagebuch eine Tür geöffnet, durch die immer neue Informationen an sie herantreten konnten. Oder gab es wirklich dieses *Wyrd*, das Eva beschrieben hatte, dieses Gewebe, das alles miteinander verband?

»Kennst du diese Theorie?«, fragte Rosa.

»Nein. Wo hast du den Artikel her?«

»Ach, aus einer feministischen Zeitschrift für Kunstgeschichte. Ich dachte, ich zeige ihn dir, weil ich deine These, Königin Edith könnte den Teppich von Bayeux entworfen haben, ein bisschen schroff beiseite geschoben habe.«

»Inzwischen ist es mehr als eine These.«

Rosa zog eine Augenbraue hoch. »Du hast weiter übersetzt?«

Madeleine nickte.

»Ich will alles hören – auch über deine Osterreise nach England. Du hast dich die ganze Zeit nur in deinem Bau verkrochen, seit du wieder da bist.«

»Einverstanden.«

»Warum lächelst du so? Hast du etwa im Staatsarchiv einen wunderschönen jungen Akademiker getroffen?«

»Nein, nicht im Staatsarchiv«, protestierte Madeleine und konnte sich beim Gedanken an die pathologische Schüchternheit des Assistenten dort ein Grinsen nicht verkneifen.

»Aber du hast jemanden kennen gelernt, stimmt's?«

Madeleine starrte in ihren Sangria.

»Hab dich doch nicht so, Maddy. Komm schon, spuck alles aus!«

Also begann Madeleine zu erzählen. Den Nachmittag in Nicholas' Wohnung behielt sie allerdings für sich. Nicht nur, weil sie das Runendokument geheim halten wollte, sondern auch, weil sie die Intimität, die sie mit Nicholas empfunden hatte, nicht preisgeben mochte.

»Klingt interessant, der junge Mann. Nur wohnt er leider in England. Ich hoffe, du überlegst dir nicht, dorthin zu ziehen.«

»Red keinen Quatsch. Ich kenne ihn doch kaum. Es ist nur eine … eine nette Bekanntschaft, mehr nicht.«

Rosa schien nicht überzeugt. »Es gibt keine ›netten Bekanntschaften‹, bis man mit jemandem ins Bett gegangen ist. Bist du?«

Madeleine verdrehte die Augen. »Nein.«

»Wie schade. Andererseits – so wie ich dich kenne, würdest du dich dann sofort unsterblich in den Knaben verlieben. Egal, was du tust – bitte, verlieb dich nicht, okay? Wir wissen doch beide, dass das eine sinnlos überschätzte Erfahrung ist.«

Eine neue Karaffe Sangria wurde gebracht, und Rosa schenkte dem Kellner ein strahlendes Lächeln, auf das dieser nicht reagierte.

»Ich hab dir doch gesagt, er ist schwul«, sagte Madeleine mit leisem Spott, als der Spanier zum Tresen und zu seinen Gläsern zurückgekehrt war.

Rosa zuckte die Achseln. »Trink jetzt brav das Glas aus und erzähl mir von Nicholas.«

Dass die zweite Karaffe Sangria ein Fehler war, hatte Madeleine schon gewusst, bevor sie sich von Rosa verabschiedete.

Morgen würde ihr bestimmt kotzelend sein, dachte sie auf dem Heimweg. Aber im Moment fühlte sie sich gut. Die Luft war mild, man spürte den Frühling. Sie würde sich am Riemen reißen und heute Abend nicht mehr übersetzen, sondern gleich ins Bett gehen, um morgen erfrischt aufzuwachen und nach Bayeux zu fahren.

Aber sobald sie die Schwelle zu ihrer Wohnung überschritt, wusste sie, dass sie die Jettkassette aus ihrem Versteck hervorholen und das Tagebuch aufschlagen würde.

Zuerst hörte sie allerdings ihren Anrufbeantworter ab, der heftig blinkte. Die erste Nachricht bestand nur aus einem Pfeifen und Klicken – der Anrufer legte auf, ohne etwas zu sagen. Die zweite Botschaft begann ebenfalls etwas mysteriös: zuerst längeres Schweigen, danach nervöses Gekicher. Doch dann erkannte sie Margaret Broders Stimme. »Madeleine – bist du das? Ach, nein – es ist eine von diesen modernen Maschinen. Ich wollte dich nur anrufen, um dir zu sagen ... also, ich schäme mich ein bisschen, aber ich habe unserem Käufer von dem Buch erzählt. Ich trau mich nicht, es Mary zu gestehen, aber ich dachte, du solltest Bescheid wissen. Es ist schon eine Weile her ... ich weiß gar nicht mehr genau, wann es war ...« Dann klickte es wieder. Madeleine schüttelte den Kopf. Vermutlich hatte Margaret vor dem Schlafengehen zu viel Apfelbrandy getrunken.

23. Oktober 1065

Das lang Befürchtete ist eingetreten. Während Tostig in West Minster weilte, haben sich seine Feinde in Northumbria zusammengerottet und ihn mit Acht und Bann belegt. Sachsen und Dänen, die ihrem abwesenden Earl die Treue hielten, wurden ermordet, und die northumbrischen Rebellen haben nach Morcar, dem Bruder Edwins, des Earls von Mercia, geschickt. Sie wollen, dass er ihr neuer Earl werden soll, und sie haben die Schatzkammer Northumbrias geplündert, weil es ihr Gold sei, das dort lagere, von Tostig unrechtmäßig eingetrieben.

Sie sind südwärts gezogen und haben weitere Männer aus Nottinghamshire, Derbyshire und Lincolnshire um sich geschart. In Northampton stießen Edwin und Morcar zu ihnen. Aldithas Brüder befehligen jetzt tausende von Männern, aus Mercia, Northumbrien und Wales. Sie fordern eine Unterredung mit dem König. Aber Edward ist zu krank zum Reisen, daher wird ihn Harold vertreten. Harold Godwinson verlässt heute Abend den Palast, um nach Norden zu reiten. Das sind schlechte Vorzeichen für Königin Ediths Bündnis. Ohne Tostig und seinen Verbündeten Malcom von Schottland und ohne Aldithas Brüder wird es nicht dazu kommen, dass die goldenen Flügel und der Flammenatem des sächsischen Drachen das Schlachtenbanner des Aethlings zieren.

1. November 1065

Harold ist aus Northumbria zurück und jetzt schon zwei Tage in den Gemächern des Königs, mit Edith und dem Hofpriester Odericus. Odericus redet wieder mit mir, jetzt, da er sich daran gewöhnt hat, dass ich sein Geheimnis wahre. Vielleicht hat er ja bemerkt, dass ich ihn seiner irdischen Begierden wegen nicht anders behandle, ihn immer noch gern habe. Er ist doch wie ein Bruder für mich – wie könnte ich ihn da verurteilen?

Der Mönch hat mir erzählt, wie sie über Tostigs Verbannung streiten, während Edward krank auf seinem Lager liegt.

Harold hat seinem eigenen Bruder erklärt, wenn er es wage, in sein Land zurückzukehren, bleibe ihm kein anderes Schicksal als der Tod. Die Northumbrier und die Mercier haben mit weiteren Angriffen gedroht, wenn Tostig nicht verbannt wird, und sie haben jetzt Morcar als neuen Earl. Harold macht keinen Hehl daraus, dass er einen großen Krieg zwischen dem Norden und dem Süden fürchtet, wenn Tostig sich nicht ins Exil begibt.

Odericus sagt, Edward ist zu krank, um zu begreifen, was vor sich geht, und fragt stündlich nach seinem Favoriten Tostig. Edith verlangt, dass ihr Bruder wieder eingesetzt werde, weil der Kummer an den Kräften des Königs zehre, aber Harold weigert sich. Tostig ist derzeit in Flandern, bei der Familie seiner Frau Judith. Ohne ihn verglüht auch das letzte Fünkchen Interesse, das Edward noch an seinem irdischen Reich hat, wie die untergehende Sonne. Edith ist Tag und Nacht beim König, weicht jetzt auch dann kaum noch von seinem Bett, wenn er schläft. Doch in den dunkelsten Nachtstunden trifft sie sich immer noch mit dem Mönch, im Wald von West Minster. Dann bleibe ich im Turmzimmer und sticke bis spät in die Nacht, denn falls sie an Edwards Seite benötigt wird und nicht in ihren Gemächern ist, wird man hier nach ihr suchen. Dann würde ich sagen, die Königin sei unwohl und schlafe bei ihrer Hofdame Isabelle, wo sie nicht gestört werden dürfe. Und dann würde ich in den Wald reiten, um sie zu warnen. Ich hoffe, dass das nie geschieht.

11. November 1065

Noch immer ist nicht das leiseste Flüstern über Edwards blutleere Lippen gekommen, was die Zukunft der Krone angeht, und es besteht kaum noch Hoffnung, dass er noch selbst einen Thronfolger benennt. Am Hof ist die Nachricht eingetroffen, dass sich in Norwegen ein Invasionsheer sammelt, das nur auf Edwards Tod wartet, um in See zu stechen. Die norwegischen Truppen führt Harald Hardraada, der gefürchtetste aller Wikingerkönige. Auf dem Kontinent lauert Normannenherzog William. Es geht das Gerücht, dass ihm normannische Spione hier am Hof Bericht erstatten. Jetzt, da Harold Morcar zum Earl von Northumbria ernannt hat, gibt sowohl dieser als auch sein Bruder Edwin von Mercia Harold den Vorzug vor Edith. Das Lager des Aethlings wird immer schwächer.

Edgar ist groß und still geworden und trägt wie wir alle die schreckliche Last des Wartens. Die Königin hat dem Aethling die Liebe einer Mutter und den Rat einer weisen Frau zuteil werden lassen. Von ihr hörte er die Geschichten der Könige von Wessex – von Cedric und Alfred und seinem Großvater Ethelred, der den dänischen Eindringlingen, um sie fern zu halten, so viel Gold gab, dass sie immer wiederkehrten, um mehr zu fordern. Obwohl Harold dem Thron so nah ist, wie man es nur sein kann, steht doch, falls der König vor seinem Tod keinen Nachfolger mehr benennen sollte, Edgar der Aethling an erster Stelle der Thronfolge.

Die Weihnachtsversammlung steht bevor, und dabei wird der Witan zusammentreten – der Rat der Earls des Königreichs, des Hofadels, der Bischöfe und Äbte. Dann werden Königin Edith und Harold um die Gunst des Rates kämpfen, denn der Witan hat die Macht, einen Thronfolger zu benennen, wenn der König stirbt, ohne es selbst getan zu haben.

Es ist jetzt kein Geheimnis mehr, dass Harold für sich selbst streiten wird und Edith für Edgar.

Statt der Feststimmung liegt diesmal eine große, dunkle Wolke über der Weihnacht. Jon reitet mit Harold, und wenn er heimkommt, erzählt er mir manchmal von den Orten, an denen sie waren, und von der Stimmung der

Menschen, aber meist ist er vom Reiten so erschöpft, dass er nur isst und gleich einschläft.

In der Innenstadt von Bayeux war wesentlich mehr Betrieb als bei Madeleines letztem Besuch. Die Frühlingssonne belebte die hübschen mittelalterlichen Straßen und lockte die Touristen in Cafés und Konditoreien.

Sie wusste nicht, ob sie Peter anrufen sollte – eigentlich war sie ja nicht seinetwegen hergekommen, und er war sicher wahnsinnig beschäftigt, wie immer.

Sie parkte ihren Peugeot in einer Seitenstraße und legte die paar Meter zum Centre Guillaume le Conquérant zu Fuß zurück. Das Museum war überfüllt, was sie ziemlich enttäuschte. Langsam ging sie den verdunkelten Korridor entlang, hinter den Grüppchen her, die ehrfürchtig die alte Stickerei studierten. Die Stille, das dicke Glas, die seidenen Absperrungskordeln – all das erweckte den Eindruck, dass es sich hier um einen heiligen Schrein handelte.

Madeleine fragte sich, ob die anderen Besucher, die so aufmerksam den Teppich betrachteten, während sie ihren Kopfhörern lauschten, wohl genau wie sie den unerfüllbaren Wunsch empfanden, das sepiafarbene Tuch zu berühren und mit den Fingern über die mit Pflanzen gefärbten Wollfäden zu streichen.

Die Schwur-Szene befand sich etwa auf halber Höhe des ersten Korridors. Madeleine wartete, bis das Paar vor ihr weitergegangen war, ehe sie näher trat, um besser sehen zu können. Harold berührte nicht einen, sondern zwei Reliquienschreine.

Aber als Odericus in dem Gespräch mit Leofgyth den Schwur beschrieb, hatte er keinen zweiten Schrein erwähnt. Warum also waren hier zwei dargestellt?

Der Schrein zur Linken war üppiger verziert und stand auf einer Art verhängten Trage. Harold wandte sich diesem Schrein zu, schien aber eher darauf zu deuten, als ihn zu berühren. An beiden Schmalseiten befand sich ein Kreuz, die Längsseite war mit goldenen Bögen verziert. Auf dem leicht gewölbten Deckel konnte man eine Reihe von Punkten sehen. Edelsteine?

Der zweite Schrein, den Harold nicht anschaute, auf den er aber seine andere Hand legte, war kleiner und weniger geschmückt.

Links saß der Normannenherzog William. Auch er schien auf den größeren Reliquienschrein zu zeigen: Dieser war zweifellos das Zentrum der Szene. Der darüber stehende Text lautete schlicht: HIC WILLELM VENIT : BAGIAS UBI HAROLD : SACRAMENTUM : FECIT : WILLELMO DUCI: *Hier kam Wilhelm nach Bayeux, wo Harold Wilhelm einen Eid leistete.*

Aber nach Odericus' Aussage hatten beide Männer den Eid geschworen, und an diesem Punkt wurde das Tagebuch strittig. In der Geschichtsforschung war man sich einig, dass nur Harold einen Eid abgelegt und sich verpflichtet hatte, »Williams Mann zu sein«. Doch Madeleine wusste, dass diese Vereinbarung schon vor der Schwurszene getroffen worden war und die beiden eine Verschwörung planten: Gemeinsam wollten sie einen Sachsenkönig verhindern, und um dies zu erreichen, hatten sie sich geeinigt, Edith zu beseitigen.

Madeleine ging ein Stück zurück, um noch einmal die Szene mit Aelfgyva anzusehen.

Ja, genauso hatte sie den Kontext im Gedächtnis: Harold bei einer Besprechung mit William – mehrere Szenen vor dem Eid. Harold deutete auf die nächste Szene. Da war der Bogen, gekrönt von den Drachenköpfen. Unter dem Bogen die Frau in dem Umhang, außerhalb des Bogens der Mann in der Priesterkutte, der durch den Bogen fasste, um die Wange der Frau zu berühren. Der Text darüber lautete UBI : UNUS : CLERICUS: ET :- /AELFGYVA. *Wo ein Geistlicher und Aelfgyva.*

Deutete Harold mit der linken Hand auf diese intime Szene? Seine Geste mit der erhobenen rechten Hand machte den Eindruck, als würde er William in ein Geheimnis einweihen.

Als Madeleine das Museum verließ, war ihr ganz wirr im Kopf. Sie wollte unbedingt den Sinn dieser Bilder entschlüsseln. Wie in dem feministischen Artikel, den Rosa ihr gegeben hatte, erwähnt wurde, enthielt der Rand unter der Szene mit Aelfgyva und dem Priester sehr suggestive Bilder. Ebenso der Rand unter dem Bild mit Harold, der William sein Geheimnis anvertraut. Bei Aelfgyva handelte es sich um einen nackten Mann mit erigiertem Penis. Bei Harold war es eine Gestalt mit einer Axt. Damals verwendete man eine Axt keineswegs nur zum Holzhacken. Außerdem war nirgends ein Baum oder Ähnliches zu entdecken. Sollte die Axt ein visueller Hinweis darauf sein, dass Harold und William vorhatten, der Frau unter dem Bogen etwas anzutun?

Leofgyth hatte sich anfangs über dieses Bild gewundert und erst begriffen, was die Szene mit einer Dame und einem Kleriker bedeutete, als sie von der Liebesbeziehung zwischen Edith und Odericus erfahren hatte. Edith und Odericus wollten ihr Werk signieren, indem sie diese Szene einbauten. Aber wer hatte die Ränder gestaltet?

Zwar liefen immer mehr Fäden zusammen, aber es gab noch unendlich viele Fragen. Im Moment schaffte Madeleine es noch nicht, alle Fäden zu entwirren oder auch nur die Probleme zu ordnen.

Ihr nächster Programmpunkt waren Eva und die Runen. Sie seufzte. Sollte sie vorher eine kleine Pause einlegen? Vielleicht war Peter ja in seinem Büro. Es konnte nichts schaden, kurz bei ihm vorbeizuschauen.

Wenig später klopfte sie an die Tür von Peters Garagenbüro. Es dauerte eine ganze Weile, bis sich die Tür öffnete. Peter sah aus, als hätte er die ganze Nacht nicht geschlafen. Seine Haare waren zerwühlt, und er wirkte noch grauer als sonst. Mit stumpfen Augen starrte er Madeleine an.

»Maddy, na, das ist ja eine Überraschung ... Komm doch rein.«

Der Raum sah aus, als hätte gerade jemand eine Hausdurchsuchung gemacht: Bücher, Papiere, Schallplattenhüllen, Kleidungsstücke – alles war malerisch über den Fußboden verteilt. Auf der umgedrehten Kiste, die als Couchtisch diente, stand eine halb leere Flasche Wodka.

»Keine Sorge – ich habe nicht getrunken«, sagte Peter rasch. »Ich bin gestern Abend hier eingeschlafen, bei der Arbeit.«

»Störe ich dich?«, fragte sie höflich.

»Nein. Du weißt doch – für dich habe ich immer Zeit, Maddy.« Ach, diese Lügerei ... Madeleine biss sich auf die Unterlippe.

»Ich will nicht lange bleiben. Ich dachte nur – wenn ich schon hier in der Nähe bin ...«

»Brauchst du mal wieder deine Wahrsagerin?« Der spöttische Unterton in Peters Stimme war nicht zu überhören.

»Das geht dich gar nichts an«, erwiderte sie schnippisch.

»Was ist eigentlich in letzter Zeit mit dir los, Madeleine? Das war doch eine ganz harmlose Frage.«

»Nein, es war keine harmlose Frage. Es war eine Beleidigung. Und willst du wissen, was mit mir los ist? Erinnerst du dich noch – meine Mutter ist gestorben, das ist mit mir los.« Sie war den Tränen nahe und wusste auf einmal, dass die Zeit des stummen Akzeptierens vorbei war. Immer hatte sie Peter geschont, ihm nie gezeigt, was sie wirklich wollte und wie frustriert sie war. Er kann doch nichts dafür, dass ich mich in ihn verliebt habe, hatte sie sich immer wieder gesagt, genauso wenig wie er etwas dafür kann, dass er sich zur Kirche hingezogen fühlt. Aber jetzt war es ihr plötzlich völlig gleichgültig, wer woran Schuld hatte.

Peter schaute sie verdattert an. Aber das ärgerte sie nur noch mehr. Sie spürte, wie die unterdrückten Gefühle in ihr zu brodeln begannen. Gleich würde ein ganzer Vulkan ausbrechen. Sie versuchte, tief durchzuatmen, aber ihre Kehle war wieder wie zugeschnürt.

»Du weißt doch ganz genau, dass du überhaupt nicht immer für mich Zeit hast. Tu bitte nicht so, als wärst du ein treuer Freund, dem mein Wohlergehen mehr als alles andere am Herzen liegt. Ich weiß selbst nicht, warum ich das so lang geglaubt habe. Oder warum ich mir eingebildet habe, du würdest irgendeine Art von Liebe für mich empfinden. Du bist gar nicht fähig zu lieben, weil du dich selbst nicht liebst. Sieh dich doch nur an. Du arbeitest dich kaputt, um die verlorenen Seelen zu retten – dabei bist du selbst eine. Du denkst, du tust ›Gottes Werk‹, aber was ist das für ein Gott, der den Menschen sagt, sie dürfen keine Lust empfinden und müssen die Liebe zurückweisen?« Jetzt liefen ihr Tränen über die Wangen. »Genau das hast du nämlich getan – du hast dich von meiner Liebe abgewandt. So, jetzt weißt du, was mit mir los ist.«

Und damit ging sie, ohne sich noch einmal umzudrehen. Sie wusste, dass Peter in der Tür stand und ihr nachschaute, wie sie schluchzend über den gepflegten Rasen rannte. Sie konnte sich sein Gesicht genau vorstellen – fassungslos, vielleicht auch besorgt. Vermutlich dachte er, dass ihr Schmerz über den Tod ihrer Mutter so groß war und der ganze Gefühlsausbruch im Grunde nichts mit ihm zu tun hatte. Aber auch das war ihr jetzt egal.

Als sie zu Evas Café kam, hatte sie sich wieder einigermaßen gefangen. Tintin stand draußen vor der Tür und paffte.

Drinnen war es warm und roch nach frischem Kuchen. Eva stand hinter der dampfenden Espressomaschine, und bereitete gerade Cappuccino zu. An vier Tischen saßen Gäste, und Eva wirkte in ihrem froschgrünen Turban und dem pinkfarbenen Glitzeraugenschatten ausgesprochen muffig.

Madeleine blieb eine Weile am Tresen stehen und wartete darauf, dass Eva sie bemerkte, nahm dann aber doch an einem Tisch Platz, um sich bedienen zu lassen. Schließlich, als eine Gästegruppe ging und zwei andere mit Kaffee versorgt waren, kam Eva zu ihr.

»Ich würde Ihnen das Gulasch empfehlen«, sagte sie. Madeleine nickte.

»Sie haben da Ihr Maskara verschmiert«, sagte Eva und fuhr sich mit ihrem faltigen Finger unter dem Auge entlang, um die Problemzone anzudeuten. Dann holte sie eine Serviette aus dem Metallbehälter auf der Theke und reichte sie Madeleine.

Wenig später erschien sie mit einem riesigen Teller Gulasch und einem Stück frischem Brot.

»Gut gewürzt«, sagte sie. »Genau das, was Sie brauchen.« Als Madeleine aufgegessen hatte, holte sie den Zettel mit der Runenabschrift hervor und trat an den Tresen. Eva war dabei, die Tassen abzutrocknen und sie oben auf die Espressomaschine zu stellen.

»Möchten Sie einen Kaffee?«

»Ja, bitte. Ich war vor kurzem schon mal hier …«

»Ich erinnere mich genau. Sie sind die Geschichtsdozentin.«

Madeleine nickte. »Ich wollte Ihnen etwas zeigen – und Sie fragen, ob ...«

»Schießen Sie los.«

Madeleine legte den Zettel auf den Tresen. Eva warf einen kurzen Blick auf die Runen. Ihr Gesichtsausdruck veränderte sich nicht, aber sie legte das Geschirrtuch weg. »Wollen Sie mich testen?«, fragte sie. Der Gedanke schien sie zu amüsieren.

»Nein, nein. Ich wollte Sie fragen, ob Sie mir helfen könnten, diesen Text zu übersetzen.«

Eva lachte leise in sich hinein, während sie den Zettel überflog. »Das sind Wende-Runen«, sagte sie und griff zu einem Bleistift. »Es ist ganz einfach – wenn man weiß, wie's geht. Genau wie das Leben selbst.«

Madeleine konnte mit dieser Aussage nicht besonders viel anfangen, fragte aber lieber nicht nach, weil sich Eva, den Stift zwischen ihren Fingern mit den bonbonfarbenen falschen Fingernägeln, bereits an die Arbeit gemacht hatte und die Runen umschrieb.

»Kinderleicht«, sagte sie. »Um unerwünschte Leser auszuschließen, wurden die Wende-Runen einfach rückwärts geschrieben – das ist alles.« Sie legte den Stift beiseite und schob den Zettel wieder über den Tresen.

»Die drei Göttinnen, die über die Runen wachen, erlauben nicht jedem, sich in ihrem Netz zu tummeln. Aber wenn man edle Motive hat, öffnen sie einem jede Tür. Sie gestatten den Boten, durch diese Türen zu gehen. Und den Kindern. Sie sind die drei Nornen – Vergangenheit, Gegenwart und Zukunft. Alle sind eins. Es ist ganz einfach, wenn man's weiß.« Sie zwinkerte Madeleine zu. »Wie wär's mit 'nem doppelten Espresso?«

Als Madeleine in ihre Wohnung kam, hatte sie nur einen Gedanken. Ausnahmsweise galt er nicht dem Tagebuch. Sie holte das Notizbuch aus ihrer Handtasche und ging ins Arbeitszimmer. Aus einem von Nicholas' Büchern hatte sie sich das Runenalphabet abgeschrieben.

Mit Alphabet und Runenzettel setzte sie sich an ihren Schreibtisch. Tatsächlich handelte es sich bei der Passage um einen Vers:

Hierin
> *Der Gesandte eines neuen Königreiches,*
> *Der kam, als das Land gottlos war,*
> *Und das Reich des Herrn errichtete*
> *Aus Stein und der Frömmigkeit der Menschen.*
> *Möge jeder, der diesen Schrein berührt, die Wahrheit*
> *sagen.*

Madeleine las den Text noch einmal durch. Was hatte Philippe ihr erzählt? Dass Königin Emma – die den goldenen Schrein von ihrem dänischen Gatten, dem König Knut, geschenkt bekommen hatte – eine Inschrift hinzugefügt habe. Das bedeutete, dieser Vers musste sich auf den Inhalt des Reliquienschreins beziehen.

Der Gesandte eines neues Königreichs und *Das Reich des Herrn* bezogen sich auf Augustinus, der das Christentum nach England brachte. Also handelte es sich bei dem Schatz, den Johannes Corbet aus der Kathedrale von Canterbury mitnahm, möglicherweise um den Reliquienschrein des heiligen Augustinus. Madeleine merkte, dass sie vor lauter Spannung den Atem angehalten hatte. Vielleicht enthielt der Schrein immer noch kleine Tierknochen, weil das Dienstmädchen in Williams Palast, ohne es zu ahnen, die sterblichen Überreste des Heiligen aus dem Fenster gekippt hatte …

Madeleine machte ihren Computer an und blätterte in ihrem Notizbuch nach Nicholas' E-Mailadresse.

Hallo,
ich glaube, ich hab was gefunden. Ich habe die Runen, die ich abgeschrieben habe, jemandem gezeigt – die Einzelheiten erkläre ich dir später. Sag mir, was du denkst. Könnte der Text etwas mit dem heiligen Augustinus zu tun haben? Ein Kollege von der Uni sagt, es gebe eine Legende über das Verschwinden des Reliquienschreins ...

Sie schrieb den übersetzten Vers in die E-Mail und klickte auf »Abschicken«. Dann rief sie ihre E-Mails ab, um die sie sich seit Ostern nicht mehr richtig gekümmert hatte.

Die meisten waren langweilige Rundschreiben der Verwaltung. Außerdem fünf Nachrichten von Rosa – alle schon ein paar Tage alt. Sie bedrohte Madeleine mit »Exkommunikation«, falls sie nicht sofort anrufe oder wenigstens ihre Mails beantworte.

Außerdem eine Nachricht von Peter, die er vor einer Woche geschickt hatte:

Hoffe, es geht dir gut.

Mehr nicht. Die letzte Mail stammte von Karl Muller:

Liebe Madeleine,
ich möchte mich als Erstes dafür entschuldigen, dass ich mich so lange nicht gemeldet habe. Meine Reise nach Paris hat leider nicht stattgefunden, und ich hatte sehr viel zu tun. Der Anlass, weshalb ich jetzt von mir hören lasse, überrascht Sie wahrscheinlich nicht, da Sie inzwischen sicher wissen, worin meine Verbindung zu Ihren Tanten besteht.

Zugegeben – ich wusste, dass Sie dieses »Erbstück« erhalten hatten, aber für die Umstände, unter denen ich es zu Gesicht bekommen habe, fühle ich mich nicht verantwortlich. Und wenn ich das noch anmerken darf – ich finde, abgesehen von meiner Neugier habe ich eine bewundernswerte Zurückhaltung an den Tag gelegt. Sie sind nämlich eine ausgesprochen attraktive Frau.

Ich wusste, sobald ich einen Blick auf das Buch geworfen hatte, dass es echt ist. Und ungeheuer wertvoll. Nach meiner Einschätzung befinden Sie sich im Besitz eines seltenen Schatzes.

Daher habe ich meine eigenen Nachforschungen angestellt, meine liebe Madeleine, und aus einem Gespräch mit Ihrer Tante Margaret habe ich geschlossen, dass Sie lateinische Texte übersetzen können.

Ein Manuskript aus dem elften Jahrhundert ist für die Welt der Antiquitäten selbstverständlich von höchstem Interesse.

Ich nehme an, dass Sie in dieser Sache einen gewissen Einfluss auf Ihre Tanten haben. Ein Manuskript dieses Kalibers darf nicht in einem baufälligen Herrenhaus verrotten. Es sollte Experten übergeben werden.

Bitte, antworten Sie mir und lassen Sie mich wissen, ob Sie mit mir ein Arrangement treffen wollen. Muss ich noch deutlicher oder gar taktlos werden und hinzufügen, dass ich damit durchaus ein finanzielles Arrangement meine?

Karl Muller

Madeleine lehnte sich zurück und ließ Karls Brief auf sich wirken. Er hatte sie auf der Party absichtlich ins Visier genommen. Er war extra nach Caen gereist, um sie zu finden. Plötzlich erinnerte sie sich an den Anruf, den Judy am Tag von Tobias' Party angenommen hatte – von einem Mann mit Akzent. Jean rief sie nie bei der Arbeit an, eigentlich hätte sie gleich Verdacht schöpfen müssen. Sie schlug mit der flachen Hand auf den Schreibtisch, sodass die Tastatur klapperte. Sollte er doch zur Hölle gehen! Sie würde ihn nicht einmal mit einer Antwort beehren. Noch nicht.

14. Kapitel

8. Januar 1066

Der König ist tot. Harold Godwinson trägt jetzt die Krone. Wieder ein Sachsenkönig, der nicht der Blutslinie Alfreds und Ethelreds entstammt.

An einem einzigen Tag war Edwards steinerne Normannenkirche Schauplatz der Beisetzung eines Königs und der Krönung eines anderen. In der immer noch unfertigen Kathedrale von West Minster hingen Trauer und Verzweiflung so schwer in der Luft wie der Rauch der brennenden Kräuter, der zum mächtigen Deckengewölbe emporwallte. Dieses Gewölbe, das mir einst so schön erschienen war, erinnerte mich an diesem Tag an den Brustkorb eines finsteren Ungeheuers.

Die Beisetzungszeremonie war der erste Gottesdienst in dieser Kirche, einem Bauwerk, das Edwards Reichtum kundtun und seinem Gott zur Ehre gereichen sollte. Vielleicht empfängt ihn ja sein Gott in der anderen Welt mit einem Lächeln, zum Lohn für diese Ehrbezeigung, wenn ich auch nicht weiß, wie eitel der Christengott ist. Sie nennen Edward jetzt schon einen heiligen König und Bekenner, dessen prächtige Kirche zugleich sein Grabmal ist.

Gekrönt wurde Harold von Ealdred, dem Erzbischof von York, nicht von Stigand, dem Erzbischof von Canterbury. Stigand wurde nämlich von König Edward ernannt, Ealdred aber von Rom. Das machte Harolds Krönung zu einer wahrhaft christlichen Zeremonie – ein Tribut Harolds an die römische Kirche, die mehr Macht hat als der König.

Die Mönche beim Altar sahen zu, wie Ealdred den schweren Goldreif auf Harolds Haupt setzte, aber Odericus, Harolds Leibpriester, war nicht unter ihnen. In der Kathedrale herrschte Stille, und auch hinterher wurde weder gejubelt noch gefeiert.

Odericus ist verschwunden. Nicht einmal die Brüder im Kloster von Canterbury wissen, wo er sich aufhält. Edith ist nicht mehr Königin. Der Wandel ist so schnell über uns gekommen, dass allgemeine Verwirrung herrscht und es schwer ist, auch nur die geringsten Verrichtungen weiterzuführen. Ich gehe immer noch in den Palast und tue meine Arbeit, weil mir niemand etwas anderes befohlen hat, aber meine Herrin ward seit dem Tod ihres Gemahls nicht mehr gesehen – auch der Krönung ihres Bruders wohnte sie nicht bei. Zweifellos ist ihr Leben immer noch bedroht, obwohl Harold seinen Pakt mit William nicht eingehalten hat. Dass Harold König würde, war nicht vereinbart.

Wenn Edith und der Mönch gemeinsam geflohen sind, dann bin ich zuversichtlich, dass sie sich bei Verbündeten aufhalten. Sie müssen den Palast bei Einbruch der Dunkelheit verlassen haben, noch an dem Tag, an dem Edward starb. Ich weiß, dass Edith, Edgar und Odericus die beiden vorangegangenen Tage am Sterbebett des Königs verbrachten. Harold betrat Edwards Gemächer erst nach dessen Tod. Das hat mir Isabelle erzählt, die sich vor den königlichen Gemächern ihrer Herrin zu

Diensten hielt. Also kann es nicht sein, dass Edward noch vor seinem Tod Harold die Krone übertrug. Aber der Witan glaubt seiner Behauptung, und Edith wagte es nicht, hier zu bleiben und sie anzufechten.

Was hinter den Steinmauern der Königsgemächer vor sich ging, werden wir wohl nie erfahren, aber Edgar, der Aethling, ist nicht unser neuer König.

Ich habe seit Tagen kaum gegessen und geschlafen, ja, nicht einmal durch das Schreiben Erleichterung zu finden versucht. Es entsetzt mich immer noch, dass Harold versprochen hat, seine Schwester zu ermorden, aber jetzt, wo er König ist, braucht er sie als Gegnerin nicht mehr zu fürchten. Er hat sämtliche Earldoms hinter sich, und ohne Tostig ist Schottland weder Verbündeter noch Feind. Aber die Angst ist immer noch mit mir, wie ein Schatten, dem ich nicht entkommen kann.

Mary kam heute Morgen dazu, als ich gerade Maiskörner in meinem Mörser zu Mehl zerstieß. Das Mehl war längst fein genug zum Backen, aber ich bearbeitete es immer noch weiter. Sie nahm mir den Stößel aus der Hand und schüttete das Mehl in den Mehlkasten. Dann setzte sie sich mit mir ans Feuer, sagte eine ganze Weile gar nichts, hielt nur meine Hand in ihrem Schoß. Als sie dann sprach, schürten ihr Worte nur meine Angst aufs Neue, denn sie bat mich, sie schreiben zu lehren, so wie sie es mich hatte tun sehen. Ich kann es ihr nicht abschlagen, ja, ich würde all meine Kinder darin unterrichten, wenn ich wüsste, dass es ihnen mehr nützen als schaden würde. Aber ein Leben, das bereits einem Grundherrn versprochen ist, profitiert von diesem Handwerk nicht, und in den Christenköpfen herrscht schon genug Angst vor Hexerei und Zauberei, da müssen wir nicht noch mehr durch unsere Andersartigkeit auffallen.

13. Februar 1066

Edith hat einen Boten aus Winchester geschickt. Sie ist in der Obhut der dortigen Äbtissin und bittet mich, ihr Wolle und Färbemittel zu bringen. Sie ersuchte mich außerdem, Odericus zu sagen, wo sie ist und dass sie die Arbeit an der Stickerei wieder aufgenommen hat. Es hat mein Herz sehr erleichtert, von meiner Herrin zu hören und zu wissen, dass ihr Verschwinden kein schreckliches Omen ist.

Earl Edwin ist nach West Minster gekommen. Jon sagt, Edwin befürchtet, König Harold könnte Tostig wieder als Earl von Northumbria einsetzen, statt Edwins Bruder Morcar. Harold reitet morgen bei Tagesanbruch mit seinen Huskarls gen Norden, um Morcar und den Northumbriern zu erklären, dass Tostig nie mehr zurückkehren wird. Jon reitet mit ihm, er ist jetzt Leibsoldat des Königs.

Ich bin ja daran gewöhnt, dass mein Mann mit Harold reitet, da dieser so oft aus Bristol hierher kam und Männer aus der Leibgarde des Königs für sich forderte. Aber jetzt ist Jon in gefährlichen Zeiten Huskarl, und ich habe keine ruhige Stunde, wenn er nicht bei mir ist. Zumal ich weiß, er wird alles wagen, um seinem neuen Herrn zu zeigen, wie treu und tapfer er ist, damit wir Land und einen Titel bekommen. Aber meinen Mann in meinem Bett zu haben ist mir mehr wert als alle Schätze des Königreiches.

Im Palast ist es still und kalt. Harolds Gemahlin, Königin Alditha, bleibt in ihren Gemächern, und ihre Anwesenheit verrät sich nur durch die traurigen Klänge ihrer Harfe, die durch die Nacht ziehen. Seit der Weihnachtsversammlung sind keine Wandbehangentwürfe mehr aus Canterbury gekommen, und es gibt auch keine Gewänder zu besticken, und so sitze ich hier zu Hause und warte auf Nachrichten aus dem Norden. Mit so schwerem Herzen kann ich nicht ausführlich schreiben, und ohne Odericus muss ich auch sparsam mit den Gerbereiabfällen sein, die mir Mary mitbringt. Ich bete, dass der Mönch in Sicherheit sein möge, obwohl es mich beunruhigt, dass er ohne ein Wort verschwunden ist.

3. April 1066

Nacht um Nacht loht jetzt am schwarzen Himmel ein flammendes Schwert. Manche Leute fürchten, dass das Feuer am Himmel ein böses Omen ist, dass Gott dem neuen König zürnt, weil dieser unrechtmäßig nach der Krone gegriffen hat, und dass er mit seinem Flammenschwert Schrecken und Verwüstung über uns bringen wird, um den Frevel zu sühnen.

Noch immer keine Nachricht von Odericus, und ich befürchte, dass Harold den Verrat entdeckt und ihn verbannt hat. In meinem Kopf ist eine klare Erinnerung an den Mönch, die ich noch nie niederzuschreiben gewagt habe. Ich kann nicht sagen, warum, wo doch so vieles, was ich aufgeschrieben habe, gefährlich ist. Vielleicht liegt es ja daran, dass Myra mich eine Botin genannt und mir aufgetragen hat, weisen Gebrauch von meiner Fertigkeit zu machen. Ich weiß nicht, ob das, was ich jetzt aufschreibe, weise ist, aber in der Tiefe meines Herzens fühle ich, dass es aufgeschrieben werden sollte.

Im letzten Sommer, als ich vom Palast nach Hause ging, den Pfad am Fluss entlang, während die Sonne noch hoch stand, begegnete ich Odericus. Wir hatten uns vorher schon an dieser Stelle getroffen – dort, wo Weiden am Wasser stehen. Er sitzt gern an diesem Ort, vielleicht zum Beten.

Wir gingen ein Stück, und er erschien mir bedrückt. Ich wusste, dass etwas auf seinem Herzen lastete, und fragte ihn, ob er mir sagen wolle, was es sei. Es sei der Schrein, erklärte der Mönch. Er habe das Gefühl, seinen geistlichen Stand verraten zu haben, indem er eine heilige Reliquie aus ihrem Schrein genommen habe. Ich fragte, ob das ein Verrat an seinem geistlichen Stand oder an seinem Gott sei, denn für mich ist der Christenglaube, der seine Seele gefangen hält, nicht eins mit seiner Herzensfrömmigkeit. Aber Odericus konnte das nicht als zwei getrennte Dinge sehen. Und ob denn die Liebe zu seiner Herrin nicht dasselbe sei wie seine Liebe zu Gott, fragte ich. Ob sie denn nicht die Liebe zu Gott auf Erden sei? Da konnte er nur den Kopf schütteln, da sein seltsamer Glaube solche Gedanken nicht zuließ.

Ich habe den Schrein gesehen, denn er brachte ihn eines Nachts heimlich in den Palast, um ihn Edith zu zeigen. Sie sagte, sie müsse ihn mit eigenen Augen sehen, um ihn für den Wandbehang zeichnen zu können. Für Odericus war es nicht schwer, den Schrein zu ihr zu bringen, da nur er und der Abt die Stelle im Kloster kannten, wo er versteckt war. Er brachte ihn, in feines Tuch gewickelt, in den Turm, zu einem Zeitpunkt, da er wusste, dass nur die Königin und ich dort waren.

Eine solche Arbeit hatte ich noch nie gesehen. Weder in den Gemächern der Königin noch in der Palastkapelle. Der Schrein stammt aus einem anderen Land und trägt den Stempel des Wikingervolkes. Nur die Wikinger können Gold schmieden, als sei es für die Götter bestimmt.

Als Odericus den Schrein enthüllt hatte, verschlug es nicht nur mir, sondern auch meiner Herrin die Sprache. Der Kasten ruhte auf den weichen Falten eines Chormantels aus feinster Wolle, und der juwelenbesetzte Deckel funkelte im Licht der Wandkerzen.

Er ist nicht groß, nur so groß wie zwei Brotlaibe, und der Deckel ist gewölbt wie bei einer Linnentruhe. An jedem Ende des Deckels befindet sich ein Goldkreuz, und die Wölbung selbst zieren hunderte winziger glitzernder Steine. Ich erkannte Bernstein aus den Gebirgen des Nordens, Rubine, Perlen und Saphire. All diese Juwelen waren in einem komplizierten Muster angeordnet, wie auf einem reich bestickten Tuch. Um den Fuß des Schreins zogen sich Runen, eine Schrift, die ich erkannte, aber nicht lesen konnte. Sie waren aus winzigen Steinsplittern gearbeitet, jede aus einem anderen Stein.

Königin Edith las mir die Inschrift vor, da sie viele Schriften beherrscht.

Hierin
Der Gesandte eines neuen Königreiches,
Der kam, als das Land gottlos war,
Und das Reich des Herrn errichtete
Aus Stein und der Frömmigkeit der Menschen.
Möge jeder, der diesen Schrein berührt, die Wahrheit
sagen.

26. April 1066

Es gibt Nachricht, dass Tostig mit einer Flotte von sechzig Schiffen den nördlichen Fluss Humber hinaufgesegelt ist und die Lande Edwins von Mercia bedroht. So verhasst ist der Bruder des Königs dort oben, dass Earl Edwin tausende von Männern aus jedem Shire aufbieten konnte, um die Invasion abzuwehren. Man gibt Harold die Schuld, denn was ist das für ein König, der nicht einmal den eigenen Bruder im Zaum zu halten vermag? Seit Edwards Tod hat Tostig etwas Wildes und Zügelloses; das Wenige, was wir von seinem neuen Leben in Flandern hören, berichtet von Ausschweifungen und Ausbrüchen. Er wird alles tun, um seinen Bruder dafür bezahlen zu lassen, dass er ihn aus seiner Heimat verbannt und die Krone, die der Aethling hätte tragen sollen, an sich gerissen hat.

Tostig nimmt Edwards Tod wohl deshalb besonders schwer, weil er in den letzten Stunden seines Herrn und Königs nicht anwesend sein durfte. Jetzt, wo er König Harolds Feind ist, könnte er sich leicht mit anderen Gegnern der Krone zusammentun – und deren sind viele. Am wahrscheinlichsten ist, dass Tostig dem Normannenherzog William Gefolgschaft anbietet, da dessen Gemahlin Mathilda und Tostigs Gemahlin Judith Schwestern sind. Über Williams Reaktion auf Harolds Krönung ist noch nichts bekannt. Ich frage mich, was mit dem Eid ist, den die beiden Männer geleistet haben, und wie Harold es wagen konnte, die Königswürde zu beanspruchen, wo er doch wissen muss, dass er sich damit die beiden grimmigsten Krieger des Kontinents zu Feinden macht – den Normannenherzog William und Harald Hardraada von Norwegen.

Edgar, der Aethling, ist ohne seinen Beschützer Tostig und die Königin wie ein Geist, der durch die Flure des Palastes streift. Er scheint hin und her gerissen zwischen der Welt des Kindes und der des Mannes, der Sehnsucht nach mütterlicher Fürsorge und dem Wunsch, den Körper eines Kriegers zu besitzen. Eines frühen Morgens sah ich ihn wieder an seinem Fenster bei der Steintreppe sitzen, und er erinnerte sich an unsere frühere Begegnung und nickte mir zu. Ich wollte ihn so gern in die Arme nehmen und ihm sagen, dass alles wieder gut würde, aber es kommt mir nicht zu, so vertraulich mit dem Prinzen umzugehen, und ich könnte ihm nicht sagen, was ich selbst nicht glaube.

25. Juni 1066

Dieses Jahr wurde zur Sonnwende nur wenig gefeiert, und Jon und ich sind an unserem besonderen Tag wieder getrennt gewesen. Dabei ist es jetzt zwanzig Jahre her, dass wir uns das erste Mal geküsst haben. Aber mein Mann reitet immer noch droben im Norden mit König Harolds Leibgarde. Am Mittsommerabend ließ ich James und Klein-Jon bei Mary, weil ich dachte, ohne mich und meinen Kummer könnten sie besser fröhlich sein. Ich wollte in den Wald gehen, zu einem Haselwäldchen, das Jon und ich jetzt nur noch selten aufsuchen. Ich kann gar nicht sagen, warum mir das Herz so schwer ist, es gab doch auch früher schon gefährliche Zeiten. Ich könnte alles ertragen, nur nicht ein Leben ohne meinen Ehemann, wenn ich auch weiß, dass es töricht ist, dauernd daran zu denken und mir jede Minute des Tages mit Angst und Sorge zu verderben.

Es ist herrliches Wetter – der Sommer steht in voller Blüte, und die Tage sind so lang, dass die Kinder erst spät zu Bett gehen wollen. Ich war noch nicht weit im Wald, als ich plötzlich Stimmen hörte. Ich schlich leise weiter, so wie Jon es mich gelehrt hat, für den Fall, dass ich auf ein Tier stoße. Ich pirsche nicht lautlos durch den Wald, um Tiere zu erlegen, wie es die Männer tun, sondern um sie zu beobachten, ehe sie mich bemerken und flüchten. Auf diese Weise habe ich schon Rehe, Wildschweine, Hasen, Wildpferde und einmal sogar einen Bären gesehen.

Die Stimmen kamen aus einem Stechginsterdickicht, und ich schlich mich näher heran, bis ich merkte, dass es nicht, wie ich gedacht hatte, Liebesleute waren, die ich da hörte, sondern ein Mönch und noch ein Mann, den sein feiner Umhang als Edelmann oder reichen Kaufmann auswies. Ich ging so nah heran, wie ich mich traute, und sah, dass der Mönch Odericus war und der andere Mann ein Ratgeber von Harolds Hof. Ich war zunächst so erleichtert, meinen Freund dort zu sehen, dass ich gar nicht darüber nachdachte, warum er sich wohl heimlich mit einem Edelmann im Wald treffen mochte. Von der Stelle, wo ich stand, konnte ich sie deutlich hören, aber ich verstand kein Wort, da sie die Sprache der Normannen sprachen.

Ich schlich mich davon, kehrte zu den Sonnwendfeuern zurück, trank den Gewürzwein, den der Weinhändler so großzügig mit seinen Nachbarn teilte, und versuchte, mir keine Gedanken darüber zu machen, was für geheime Dinge sie wohl im Wald besprochen hatten. Ich trank mehr von dem süßen Gebräu, als ich hätte sollen, weil ich, wenigstens für diese eine Nacht, all die Sorgen vergessen wollte, die mein Herz bedrücken.

26. Juni 1066

Jon ist aus Northumbria zurück, wird aber schon bald wieder aufbrechen, zur Isle of Wight, wo König Harold Posten bezogen hat, um auf die Flotte des Normannenherzogs William zu warten, mit der alle zu rechnen scheinen. Jon ist wohlauf, und ich kann sehen, dass in ihm ein Feuer brennt, weil er glaubt, dass der Moment nahe ist, sich vor seinem König zu beweisen. Ich kann nichts gegen diesen Ehrgeiz sagen, da es nun einmal sein höchstes Bestreben ist, sich auf diese Art auszuzeichnen, und wenn ich mir meine Angst anmerken lasse, werden wir in ungutem Geiste scheiden. Wir müssen nutzen, was wir an gemeinsamer Zeit haben.

Also bat ich ihn, in der Vollmondnacht mit mir in den Wald zu kommen. Wir gingen Hand in Hand, so fröhlich wie ein junges Liebespaar, und in dieser Nacht wollte ich keine Geschichten von Kampf und Tod hören. Als wir den Steinkreis im Haselwäldchen erreichten, war uns warm von der Schwüle des Sommerabends, und wir badeten nackt im Bach. Jons Körper ist mager und braun von seinen weiten Ritten, und im grünen Wasser und im Mondschein fand ich, dass er wie ein Waldgeist aussah. Ich sagte es ihm, und er sagte, ich sei eine Wassernymphe, und zog mich an sich und liebte mich dort im Wasser, bis wir beide satt waren. Dann lagen wir am Bachufer und sahen einander an, wie wir es vor so langer Zeit getan haben.

23. August 1066

Die Flotte des Königs ist gewachsen, weil Streitkräfte aus allen Earldoms zu ihm gestoßen sind. Tostig blieb im Norden erfolglos, und viele seiner Männer liefen ihm davon, sodass er schließlich bei seinem Freund, König Malcolm von Schottland, Zuflucht suchen musste. Aber Malcolm wird nicht gegen Harold ziehen – er ist kein Narr.

Als ich heute in den Palasthof trat , stand Odericus dort und sprach mit Bischof Stigand. Der Mönch hat sich seit Monaten nicht mehr in West Minster blicken lassen, und als er mich sah, schlug er die Augen nieder. Er kann nicht wissen, dass ich von seiner Unterredung im Wald weiß, aber er schämt sich dennoch für irgendetwas. Später kam er zu mir in den Turm, um mir zu sagen, dass einer der Wandteppiche in der Bibliothek von Canterbury durch die Feuchtigkeit Schaden genommen habe und ausgebessert werden müsse. Ich erklärte ihm, dass ich gerade die Herrin gesehen hätte, und flehte ihn an, ihr eine Nachricht zu schicken, aber irgendein Dämon verdüsterte seinen Blick, und er hörte mir gar nicht zu. Seit dem Winter ist das schwarze Haar um seine Tonsur grau geworden, und er spricht nicht mehr offen mit mir, so wie früher.

Odericus wird nicht mit Harold reiten, er sagt, er sei krank und habe sich die ganze Zeit, die er weg war, in einem fernen Kloster erholt, bei Brüdern, die Heilkräuter ziehen. Er verbirgt etwas; seine Krankheit ist Angst.

Später war ich in Winchester, um der Königin die Färbemittel zu bringen, um die sie gebeten hatte. Ich fand sie im mauerumfriedeten Garten des Nonnenklosters sitzend, so schmal und blass wie der junge Mond. Im Näherkommen erkannte ich, dass sie Pergament bei sich hatte und neue Zeichnungen für ihre Stickerei fertigte. Die Geschichte, die der geheime Wandbehang erzählt, endet jetzt nicht mehr mit Harolds Rückkehr aus der Normandie und seiner Audienz bei Harold. Die neuen Entwürfe der Königin sind so fein gezeichnet wie die, mit denen sie einst begann.

Sie führte mich in den Raum, wo die Schwestern ihre Tage mit Sticken verbringen, und da war der Wandbehang, über die Länge von vier Tischen gespannt, und dennoch zu lang, um in Gänze sichtbar zu sein. In dem Raum befanden sich die Äbtissin und eine junge Nonne. Als wir eintraten, schickte die Äbtissin die Schwester weg und begrüßte mich mit einem Nicken. Sie spricht kaum.

Ich betrachtete die neuen Entwurfszeichnungen der Herrin genau und sah Edwards Beisetzungsprozession in der großen Kirche von West Minster, dann König Edward auf seinem Totenbett, umgeben von einer Edelfrau, seinem Marschall, einem Edelmann und einem Priester. Ich fragte sie, warum sie die Ereignisse in dieser Abfolge dargestellt habe, die Trauerfeier vor Edwards Tod, und darauf sagte sie, der Tod des Königs sei schon begangen worden, noch ehe es soweit gewesen sei, denn Harold habe schon vorher gewusst, wie er die Sachsenkrone an sich bringen würde.

Sie erzählte mir, was an jenem Tag geschehen war, und sie schilderte es so genau, dass mir war, als wäre ich selbst in Edwards Gemach. Ich sah die schweren Vorhänge um sein Bett, mit den eingewebten christlichen Symbolen, und ich sah den König in der Mitte des Betts, sah sein Gesicht in der Farbe des Bettlinnens.

Als König Edward seinen letzten Atemzug tat, waren nur die Königin, Odericus und Edgar, der Aethling, zugegen. Die Augen der Herrin glänzten vor Traurigkeit, als sie daran zurückdachte, aber sie vergoss keine Träne. Sie sagte, zuletzt sei der Schmerz von Edward gewichen, und die Erschöpfung, die sich in sein Gesicht eingegraben hatte, sei von ihm abgefallen, sodass er viel jünger ausgesehen habe. Sie sagte, der König sei weder verwirrt noch verrückt gewesen, als er sein Königreich und seine Krone Edgar überantwortet habe.

Harold hat gelogen, als er behauptete, beim Tod des Königs zugegen gewesen und von ihm selbst mit der Königswürde betraut worden zu sein. Als Harold ins Schlafgemach des Königs kam, war dieser bereits tot. Seine Lüge war von Odericus gedeckt worden, dem er dafür versprechen musste, das Leben seiner Schwester Edith zu schonen.

Ich kann nicht sagen, wie tief Ediths Liebe zu dem Mönch ist, ja nicht einmal, ob sie ihn überhaupt noch liebt. Sie muss doch sehen, wie töricht es ist, ihr Herz einem Mann zu schenken, der so vielen Herren zu dienen hat. Ich glaube, sie ist sich über seine Verwirrung im Klaren und weiß, dass er sich nicht für sie entscheiden wird.

Jetzt verstehe ich die Düsternis, die ich in den Augen

des Mönchs sah. Jetzt ist mir klar, warum seine Haut und das Haar um seine Tonsur so grau und seine Bewegungen so langsam sind. Und jetzt muss ich auch wieder daran denken, dass er ja nur ein Gast im Hause Sachsen ist, selbst aber römisches und normannisches Blut in den Adern hat.

Ich darf nicht weiter darüber nachdenken, weil ich Angst vor dem habe, was ich mir zusammenreimen könnte.

Ehe ich das Kloster verließ, sah ich die Stickerei auf dem langen Tisch der Stickwerkstatt liegen. Nur die Äbtissin und ich waren dabei, als Lady Edith vom Tod ihres Gemahls erzählte, und sie weiß, dass ich ihr Geheimnis hüten werde wie ein Drache eine Höhle voller Gold.

Ihre Zeichnungen zeigen, wie Harold, zum König gekrönt, auf seinem Thron sitzt. In diesen Wandbehang aus Linnen und schlichter Wolle ist ein versteckter Hinweis auf die Wahrheit eingearbeitet.

Noch immer erzählt Harold, König der Engländer, dass König Edward auf dem Sterbebett zu ihm gesprochen habe, und er führt seinen Priester Odericus als Zeugen an. Er erzählt, dass Edward ihn angefleht habe, die Verantwortung für sein Königreich zu übernehmen. Odericus bestreitet Harolds Geschichte nicht, und Edgar, der Aethling, hat keine Verbündeten, die kühn genug wären, sich gegen den König zu stellen. Sie haben allesamt Angst, denn Harold ist ein Godwin, und sein Vater war berüchtigt dafür, seine Feinde umzubringen. Aber auf Ediths Wandbehang trägt der Mann an Edwards Sterbelager nicht den schwarzen Schnurrbart, der Harold in der ganzen übrigen Geschichte kennzeichnet.

Denen, die fragen, warum seine Schwester nicht mehr im Palast ist, erklärt Harold, er habe sie entsandt, den Kronschatz zu bewachen, der sich in Winchester befindet.

In seinen letzten Augenblicken schlug König Edward die Augen auf, sah in die Augen des Aethlings und übertrug ihm die Krone. Er streckte die andere Hand nach der Königin aus, lächelte sie an, und erklärte Edgar, dass er auf sie aufpassen müsse. Dann kamen die Engel, um ihn zu holen.

2. September 1066

Tostig hat sich dem Kriegsherrn Hardraada, König von Norwegen, angeschlossen, und Jon ist wieder aufgebrochen, nachdem er nur drei Nächte zu Hause verbracht hat. Er wird zu Harolds Mannen stoßen, die sich dafür rüsten, nordwärts zu marschieren, nach York. Er sagt, Harolds Spione im Norden glauben, dass Tostig gen London und West Minster ziehen wird, und der Londoner Markt summt jetzt wie ein Bienenkorb. Es heißt, die Godwin-Brüder, einst Freunde und Kampfgefährten, werden sich auf dem Schlachtfeld treffen und so lange kämpfen, bis einer von ihnen tot ist.

Tostigs Zorn auf seinen Bruder, den König, übersteigt alle Erwartungen, und ich kann es mir nur damit erklären, dass es nicht allein um die Verbannung und verletzten Stolz geht, sondern auch um die Sache, an die er und seine Schwester so fest glaubten. Zudem liegt Edwards Tod noch nicht so viele Monde zurück, dass Tostig den Schmerz überwunden haben könnte, und auch das speist gewiss seine Wut. Doch mit den Norwegern gegen den eigenen Bruder und das heimische Königreich zu ziehen, ist eine verrückte Verzweiflungstat und kann nur der Rachsucht entspringen.

Im Dorf gehen die Frauen schleppend ihrer Arbeit nach, und die Tage werden wieder kürzer und kälter. Wie ich bangen auch die anderen Frauen, dass ihre Männer diesmal vielleicht nicht zurückkehren werden.

Obwohl ich seit der Rückkehr des Mönchs noch zweimal in Winchester war, hat er mir keine Nachricht für Lady Edith mitgegeben. Ich konnte ihr nicht sagen, dass ich ihn getroffen hatte; es wäre mir zu grausam erschienen. Ich sah ihn selbst kaum, sodass ich schon dachte, ihm läge nichts mehr an meiner Gesellschaft. Daher war ich überrascht, als er mich heute Abend besuchen kam. Das letzte Mal hatten wir uns unerwartet in der Werkstatt des Färbemittelhändlers getroffen. Der Mönch wartete geduldig, während der kleine Mann seine Münzen zählte. Er erkundigte sich nach meinen Kindern, schien mir aber gar nicht zuzuhören, weshalb ich wenig sagte. Als sein Geschäft getätigt war, ging er hastig und mit gesenktem Kopf von dannen.

Heute Abend aber kam er vor meine Tür geritten, die rauwollene Kapuze über den geschorenen Kopf gezogen. Ich bat ihn herein ans Feuer, und im Eintreten sah er sich um, als könnte da jemand im Haus sein, der eine Gefahr bedeutete. Doch Mary und Klein-Jon waren bei den Nachbarn, und nur der Säugling guckte von der Stelle beim Herd herüber, wo er mit meinem Garn und meiner Spindel spielte.

Odericus wollte meine Aufzeichnungen. Er erklärte, wenn sie enthielten, was ich wisse, müssten sie vernichtet werden. Er sagte, er habe seine Seele befleckt und seinen König und seine Landsleute verraten, und weil er eine Frau das Schreiben gelehrt habe, drohten seine Sünden offenbar zu werden. Ich erinnerte ihn daran, dass er einst meine Freundschaft gesucht hatte, und fragte ihn, ob er vergessen habe, dass er die ganze Geschichte doch selbst schon erzählt habe – auf dem Wandbehang. Ich weigerte mich, ihm meine Aufzeichnungen zu geben.

Da brach er in Tränen aus, und ich begriff, dass er allen Grund zum Weinen hatte. Ich erklärte ihm, ich wisse, dass er Harolds Lüge gedeckt habe, um Lady Ediths Leben zu schützen. Ich wisse aber nicht, ob er Harold oder William gesagt habe, dass der Eid, den sie geleistet hätten, ungültig war. Er sagte, das habe er nicht getan, denn sonst wäre er endgültig zum Ausgestoßenen geworden. Dabei konnte er mich nicht ansehen, weil er sich so für die Angst und Feigheit schämte, die ihn zu seinem Tun getrieben hatten. Aber warum, fragte ich, habe er es so eilig gehabt, William zuzutragen, dass Harold den Eid gebrochen und die Krone an sich gerissen habe? Den Blick auf den kleinen James gerichtet, der auf meiner Spindel herumkaute, erklärte Odericus, er glaube, dass Rom und damit Gott sich seinen eigenen König erwählt hätte, und er selbst sei schließlich dem Blut nach Normanne und Römer. Ob er dann nur scheinbar die Sache der Sachsen unterstützt habe, fragte ich. Da sah er mich einen Augenblick lang an und beteuerte, so etwas hätte er nie fertig gebracht. Er habe es nur der Königin recht machen wollen und sich von ihrer leidenschaftlichen Liebe zu ihrem Volk ebenso verführen lassen wie von ihrer Schönheit und ihrem Mut. Als er ging, sagte er nur, er werde unser in seinen Gebeten gedenken.

10. Oktober 1066

Uns erreichte die Kunde, dass die Schlacht zwischen Tostig und Harold stattgefunden hat, an der Brücke von Stamford im Shire York. Dort verhandelten die Godwin-Brüder von den beiden Ufern des Flusses Derwent aus. In voller Rüstung und als Unterhändler getarnt, rief Harold seinem Bruder über den Fluss zu, wenn er zu seiner Familie zurückkehre, bekomme er ein Drittel von ganz England zum Lohn. Doch als Tostig fragte, was dann mit Harald Hardraada geschähe, lautete Harolds Antwort, dem gäbe man sieben Fuß Boden oder so viel, wie er bei seiner Größe benötige. Tostig erwiderte, man werde ihm niemals nachsagen können, dass er den Norwegerkönig nach England geführt habe, um ihn zu verraten. Und damit wandte er sich ab und ritt davon.

Als Hardraada fragte, wer denn der Unterhändler gewesen sei, antwortete Tostig, sein Bruder Harold, und der Wikinger sagte, wenn er das gewusst hätte, hätte er ihn an Ort und Stelle getötet. Doch Tostig konnte den Bruder, der einst sein Freund und Vertrauter gewesen war, nicht töten, und sagte, wenn denn ein Bruder von der Hand des anderen fallen müsse, wünsche er sich, dass Harold ihn umbrächte.

Die Norweger, die Dänenkrieger und Tostigs flämische Mannen kämpften von der Brücke aus, und unsere Männer waren, laut dem reitenden Boten aus dem Norden, tapfer und stark. Der Wikingerkönig starb, die Walküren anrufend – die Kriegergöttinnen der nordischen Stämme. Daraufhin übernahm Tostig die Führung des Heeres, aber nachdem der große Kriegerkönig erschlagen war, wurden die Nordländer rasch niedergemacht, und auch Tostig fand den Tod. Es geht bereits um, dass an der Brücke von Stamford ein Bruder von der Hand des anderen fiel, aber das rührt daher, dass Geschichten unterwegs immer weiter ausgeschmückt werden.

Nach dem langen Marsch gen Norden und der Schlacht in York können sich unsere Männer immer noch nicht ausruhen, denn der Normannenherzog William ist in Pevensey gelandet und hat dort sein Lager aufgeschlagen, um zu warten. Wir haben jetzt gehört, dass Harolds Mannen, fußwund, aber durch ihren jüngsten Sieg angestachelt, wieder gen Süden marschieren, den normannischen Reitern

370

entgegen. Ich hoffe, der Mönch gedenkt unser in seinen Gebeten.

12. Oktober 1066

Jon war zu Hause, aber nur für eine Nacht, und er lächelte wie der junge Bursche, mit dem ich einst auf dem Marktplatz von Canterbury getanzt hatte, obwohl sein Gesicht dunkel von Staub und Schweiß war und eine Wunde an seinem Arm noch blutete. Seine Augen funkelten wie Silberperlen, als er mir erzählte, wie Harold seine Bogenschützen gelobt habe. Jon führt jetzt die Bogenschützen des Königs an, und dieses Lob seines Herrn war das, worauf er all die Monate gewartet hatte.

In dieser Nacht lagen wir wach, bis Sonnenlicht durch die Wandritzen drang, und ich hielt ihn fest, als könnte ich verhindern, dass er mich mit meiner Angst und meinen Schreckensbildern allein lassen würde. Als er davonritt, stand ich mit den anderen Frauen da und winkte, und wenn auch keine von uns eine Träne hervorquellen ließ, ehe unsere Männer außerhalb der Stadtmauer waren, weinten doch viele, sobald das letzte Pferd im südwärts gelegenen Wald verschwunden war.

20. Oktober 1066

Die zweite Schlacht fand bei einem flechtenbewachsenen Apfelbaum stand, in der Nähe des Caldbec Hill. Der Bote aus Hastings erzählte, wie tapfer unsere Männer bei Caldbec gekämpft hätten, selbst gegen die Fahne der römischen Kirche, die Williams Bannerträger von seinem weißen Schlachtross hoch emporreckte.

Mein Mann Jon ist aus der Schlacht beim flechtenbewachsenen Apfelbaum nicht zurückgekehrt, er starb, wie er es sich gewünscht hatte, auf dem Schlachtfeld, für seinen König. Jetzt frage ich mich, ob ich immer schon wusste, dass ich nicht mit Jon alt werden würde, obwohl wir Frauen in Friedenszeiten schon manchmal davon träumen, im Alter einen Gefährten zu haben. Aber die Friedenszeit endete, als Harold sich in der Normandie mit William traf und die Godwins sich gegeneinander wandten.

Der Bote sagt, einen ganzen blutigen Nachmittag lang hielten die Sachsen den Eindringlingen stand, trotzten Angriffswelle um Angriffswelle. Schließlich ließen sich die Normannen, scheinbar ermattet, zurückfallen, und die Sachsen glaubten, sich ein wenig ausruhen zu können. Doch die normannischen Bogenschützen hatten nur darauf gewartet, dass sich die Reihen der königlichen Garde auflösten, und ließen ihre Pfeile wie einen schwarzen Regen durch die Luft schwirren, bis Harolds Leibgarde geschwächt und der König schutzlos war. Williams Reiter hatten ebenfalls gewartet und brachen jetzt durch die gelichteten Verteidigungslinien der Sachsen. König Harold wurde vom Streitross gemäht und in Stücke gehackt, und ebenso seine beiden noch lebenden Brüder. Jetzt sind Tostig und Harold, Gyrth und Leofwyn allesamt umgekommen, im Kampf um eine Krone, die ihnen nie zustand.

22. Oktober 1066

Der Normannenherzog William wartet in Hastings darauf, dass Edwin und Morcar, die Earls von Northumbria und Mercia, sich ihm unterwerfen. Aldithas Brüder entsandten keine Männer in Harolds Heer. Sie warteten ab, wer nach der Schlacht König wäre. Jetzt sind die Earls der Familie Godwin allesamt tot, und William wird ihre Ländereien in Beschlag nehmen, noch ehe ihre Körper in der Erde zerfallen, auf die sie ihre Burgen bauten.

William fordert, dass Edgar, der Aethling, sich ihm ergibt, und Ealdred das Amt des Erzbischofs ablegt. Er droht, seine Soldaten durchs Land zu schicken, damit sie Dörfer niederbrennen, rauben, plündern und tun, wonach ihnen der Sinn steht, falls einer der beiden sich ihm zu widersetzen wagt. Als die Kunde von Harolds Tod in Westminster eintraf, traf der Witan sofort Vorkehrungen, Edgar, den Aethling, zu krönen, aber dafür ist es jetzt zu spät, und Edgar muss fliehen, oder William wird ihn ermorden lassen.

Geflüster hat eingesetzt und greift rasch um sich. Die Leute sagen, die Niederlage am Caldbec Hill sei die Strafe Gottes dafür, dass ein Mann zum König gekrönt wurde, der ein Krieger und kein Prinz war. Jetzt sagen sie, Harold hätte nie König werden dürfen. William hat Harold kein christliches Begräbnis gewährt, ja, er hat es sogar Gytha untersagt, das Schlachtfeld zu betreten und den verstümmelten Leichnam ihres Sohnes zu suchen. Erst Edith Schwanenhals und ihrer Anmut gelang es, William umzustimmen, und er erlaubte der Geliebten Harolds, dessen Leichnam von dem blutgetränkten Hügel zu bergen. Nur eine liebende Frau konnte Harold in diesem Zustand erkennen, in zwei Hälften zerteilt und von Pfeilen durchbohrt. Sie hat ihn zur Kirche von Bosham gebracht, wo sein Vater, Earl Godwin, begraben liegt, wenn sie es auch nicht wagt, ihm ein Grabmal zu errichten oder einen Priester zu bitten, ihn zu segnen. Normannenherzog William erzählt seinen unglücklichen Gefangenen, dass Harold einen Eid auf heilige Reliquien geschworen habe, ihm nach Edwards Tod auf den Thron zu verhelfen. Doch stattdessen habe Harold die Krone an sich gerissen, und hinfort, so sagt William, müsse er im Höllenfeuer schmoren, weil Gott ihm nie vergeben werde.

20. November 1066

Täglich hören wir neue Berichte, dass normannische Soldaten in Dörfer einfallen und sich West Minster nähern. Williams Gemahlin Mathilda ist jetzt zu ihm gestoßen, und sie reiten gemeinsam gen Winchester, wo Edith den Kronschatz bewacht. Sie wird die Reichtümer des Königs herausgeben, es bleibt ihr nichts anderes übrig. Ich hoffe, sie findet ein Versteck für den Wandbehang. Die Lady muss sich sehr allein fühlen. Edgar ist auf ihr Geheiß nach Schottland geflüchtet, wo er in König Malcolm noch immer einen Freund hat. Odericus ist ebenfalls geflohen, aber wohin und aus welchem Grund ist nicht bekannt.

Lady Ediths Mutter Gytha ist inzwischen, gemeinsam mit Edith Schwanenhals und Harolds Söhnen, nach Dänemark zurückgekehrt, aber die Lady selbst will nicht weg von hier. Sie ist tatsächlich ganz allein, ohne Verwandte, ohne Freunde oder Freundinnen, außer der Äbtissin und den stummen Klosterschwestern. Für mich ist es jetzt gefährlich, sie zu besuchen, aber die Nonnen sind mit den letzten Bildern des Wandbehangs fertig, und die Geschichte endet mit Harolds Krönung.

Mary übt inzwischen selbst schon Buchstaben und Wörter, hält sich an das, was sie sich von mir abgeschaut und durch endlose Fragen aus mir herausbekommen hat. Es stimmt mich ängstlich, aber auch froh, dass sie sich für dieses Handwerk interessiert, denn der Federkiel wird einem zum Freund, der die Härte dieser Welt abmildert.

10. *Februar 1067*

Mary hat mich gedrängt, noch ein weiteres Mal zu schreiben, was mir bis jetzt unmöglich war, denn es ist nicht mehr so, wie ich beim letzten Mal schrieb. Der Federkiel, der mein Freund war, ist jetzt mein Feind geworden, und die Kraft zum Schreiben, die mir gegeben war, wurde mir wieder genommen, als die Betäubung nach Jons Tod nachließ. Da waren nur noch Düsternis und Schmerz um mich, und mein Herz konnte sich an nichts mehr erfreuen, nicht an der Wintersonne und nicht an den ersten Worten des kleinen James. Doch die Geschichte ist noch nicht ganz erzählt, und ich muss jetzt zu Ende bringen, was ich begonnen habe.

Nachdem Mathilda als unsere neue Königin in den Palast eingezogen war, rief sie mich zu sich, denn ich war ihr als Erste Stickerin empfohlen worden. Sie ist an Jahren älter als ich, aber von der Statur eines Kindes, und sie ist schlau, aber nicht ungerecht. Königin Mathilda zeigte mir einen Wandbehang, der gefunden worden war, als die Mannen ihres Gemahls den Kronschatz der Sachsen in Winchester erbeuteten. Dort in der Schatzkammer hatte Edith ihre Stickerei versteckt, in einer großen Truhe. Doch ich wusste schon, dass der Wandbehang entdeckt worden war, weil die Lady einen Boten zu mir geschickt hatte, nachdem ihr zu Ohren gekommen war, dass meine Kinder unbeschadet waren und wir einen Platz zum Schlafen hatten, weil unsere Nachbarn freundliche Menschen sind. Mary war es, die meine Aufzeichnungen rettete, obwohl sie sich an der brennenden Hauswand böse den Arm versengte.

Lady Ediths Stickerei wird von ihrer Nachfolgerin aufs Höchste gelobt, und Mathilda ist ganz erregt, weil das Werk in ihren Augen unvollendet ist. Sie hat mir erklärt, sie habe mit dem Priester ihres Gemahls gesprochen, einem Mönch namens Odericus, und dieser werde den Rest nach ihren Anweisungen entwerfen. Sie sagte, Odericus sei es auch gewesen, der mich ihr empfohlen habe.

Also arbeiten Odericus und ich jetzt wieder im Turmzimmer an diesem unseligen Wandbehang, und der Mönch hat bereits zwei weitere Leinenbahnen vorgezeichnet. Die erste beginnt mit einem Schiff, das übers Wasser fährt, um William die Kunde von Harolds Krönung zu bringen. Der Mönch erzählte mir nicht, dass er selbst mit diesem Schiff gefahren war, denn ich hatte seinen Verrat ja bereits durchschaut.

Wir arbeiten schweigend, obwohl ich ihn für seine Schwachheit nicht hasse. Ich habe nur einfach nicht die Worte, um ihn zu erreichen. Er lässt sich von seiner Angst beherrschen, selbst als Williams Spion am Sachsenhof. Er glaubt, Gott habe sich seinen König erwählt. Er kann nicht sehen, dass der einzige Gott Roms Rom selbst ist, denn die Heiligen Väter kümmern sich nicht um die Schreie armer Seelen. Dass er Lady Edith wahrhaft liebte, bezweifle ich nicht, aber er glaubt immer noch, ein Verbrechen an seinem himmlischen Herrn begangen zu haben.

Auf der zweiten Leinenbahn sind Szenen vorgezeichnet, welche die Vorbereitungen für die normannische Invasion zeigen: Bootsbauer und Waffenschmiede, Köche und Soldaten, die allesamt geschäftig arbeiten und darauf brennen, der Schlacht entgegenzusegeln. Diese Szenen sind voller Details, und es ist deutlich, dass der Mönch die dargestellten Vorbereitungen selbst miterlebt hat, dass er dort war und nicht in einem fernen Kloster, wie er behauptet hat. Dann kommt die Schlacht, und hier hat Odericus um meinetwillen einen Bogenschützen gezeichnet, den einzigen in seiner gesamten Darstellung der Sachsenarmee. Das ist mein Jon. An mir ist es zu entscheiden, wie der freie Platz ober- und unterhalb der Mitte des Wandbehangs ausgeschmückt werden soll, und ich habe schon eine Idee.

Königin Mathilda ist mit unserem Werk sehr zufrieden. Sie sagte nichts dazu, dass in der Szene, wo ihr Gemahl William und Harold Godwinson den Schwur leisten, zwei Reliquienschreine zu sehen sind. Aber ich weiß, dass damit der Mönch sein Verbrechen eingestehen wollte, denn der Schrein, auf den Harold die Hand legt, ist so falsch wie der Eid selbst, und der zweite Schrein, den Edith nach dem Original gezeichnet hat, wird gar nicht berührt. Das ist eine eigentümliche Art der Geschichtsschreibung, aber der Mönch musste es tun, um seine gequälte Seele zu erleichtern, und alle, die nicht wissen, was wirklich geschah, sehen nur das Bild als solches. Und wer außer uns weiß schon, dass es da um mehr als nur einen Treueid ging?

Unter dieses Bild von Harold und William habe ich einen Mann mit einer Axt gestickt, denn das zeigt den Verrat an. Unter dem nächsten Teil des Wandbehangs befindet sich eine weitere Figur, die von einer verbotenen Liebe spricht. Odericus tut, als nähme er meine Arbeit gar nicht wahr. Er hat sich für meine Loyalität erkenntlich gezeigt, nicht nur durch die Darstellung des sächsischen Bogenschützen, der Jon ist, sondern auch, indem er etwas aufgezeichnet hat, was ich ihm erzählt habe. Da ist eine Frau, die aus ihrem brennenden Haus flieht, das von Williams Männern angezündet wurde. Diese Frau bin ich.

Königin Mathilda sagt, Odericus muss überall da, wo sich über den Bildern noch Schrift unterbringen lässt, auf Latein erklären, was da passiert – nach ihren Anweisungen. Es darf keine Unklarheit darüber aufkommen, sagt die Königin, dass dieser Wandbehang den Sieg ihres Gemahls feiert.

15. Kapitel

Als Madeleine gegen Abend das Gebäude der historischen Fakultät verließ, fühlte sie sich so unbeschwert wie schon lange nicht mehr – vielleicht sogar unbeschwerter als vor Lydias Tod.

War es wirklich schon bald ein halbes Jahr her? Inzwischen war es bereits Mitte Mai, an der Universität herrschte jetzt, vor dem Sommer, Hochbetrieb, und die Blüten an den Birnbäumen auf dem Campus hatten sich in kleine grüne Früchte verwandelt.

Lydias Abwesenheit war nicht mehr ganz so schmerzhaft spürbar. Wenn Madeleine jemanden auf der Straße sah, der sie an ihre Mutter erinnerte, traten ihr nicht mehr Tränen in die Augen. Sie hatte begriffen, dass es nicht nur der Verlust war, der sie quälte, sondern auch das Wissen um ihre eigene Sterblichkeit. Die Sehnsucht nach Lydia ließ allerdings nicht nach, und manchmal fragte sie sich, ob das bis an ihr Lebensende so bleiben würde.

In einer Woche begannen die Ferien. Nicholas hatte sie nach Canterbury eingeladen. Das heißt, eigentlich war es keine richtige Einladung gewesen, musste Madeleine sich eingestehen, nur ein Vorschlag, der sich aus ihrer Korrespondenz entwickelt hatte. Seit sie ihm ihre Übersetzung des Runenverses geschickt hatte, waren sie ständig über E-Mail in Kontakt. Anfangs jeden Tag. Sie glaubten beide, dass sich der Vers auf den Reliquienschrein des heiligen Augustinus bezog, und hatten sich noch einmal den Text von Johannes Corbet angesehen – Corbet wollte ja angeblich etwas sehr Wertvolles und für die Gläubigen Bedeutungsvolles aus der Kathedrale mitnehmen.

Danach waren die Mails etwas seltener geworden. Vor drei Wochen nun hatte Nicholas angefragt, ob Madeleine vorhabe, im Sommer nach Canterbury zu kommen. Sie müsse doch bald mal wieder nach ihrer Zweitwohnung schauen, sonst würde diese kalt und ungemütlich, schrieb er. Er habe die Rosenbüsche bei Lydias Cottage gestutzt, als er neulich mit dem Auto vorbeigefahren sei – sie hätten ihm so Leid getan.

Madeleine war nicht sofort auf seinen Vorschlag eingegangen, sondern hatte sich nur für seine Rosenfürsorge bedankt, mehr nicht. Nicht, weil sie ihn hinhalten wollte, sondern weil sie wirklich nicht wusste, wie sie sich entscheiden sollte – und Rosa ließ ihr in dieser Hinsicht keine Minute Ruhe.

Immer, wenn sie beisammen saßen und Sangria tranken, bohrte Rosa nach und wollte erfahren, was es mit Canterbury auf sich habe. Und als Madeleine ihr einmal andeutungsweise von ihren Gefühlen für Nicholas erzählte, stürzte sich Rosa darauf wie ein Terrier.

Die letzte Unterhaltung in der Tapas-Bar war Madeleine noch sehr gut in Gedächtnis.

»Spaß haben ist okay, Madeleine, Sex ist auch okay, aber wenn du dein Herz verschenkst, bist du ein für alle Mal geliefert.«

»Weißt du, Rosa – ich bin nicht wie du. Ich habe nicht vor, für den Rest meines Lebens mit hübschen jungen Männern zu schlafen.«

»Und warum nicht?« Rosa meinte das ganz ernst. »Du hast total kindische Illusionen in puncto Liebe, Maddy. Der Typ wohnt in einem anderen Land – du kannst nicht wegen eines Mannes ins Ausland gehen und seine Kultur übernehmen. Das funktioniert nie.« Ein Mann war der Grund, weshalb Rosa damals von Italien nach Frankreich gezogen war. »Klar, ich hab das auch gemacht, aber ich war ein ganzes Stück jünger als du. Für so was bist du einfach zu alt.«

»Ich bin doch erst fünfunddreißig.«

»Genau. Von jetzt an sind die Männer dünn gesät. Sie sind entweder geschieden – und da stellt sich die Frage, warum. Oder sie gehören zum alten Eisen. Oder sie sind Playboys. Du solltest dir einfach mal ein bisschen Spaß gönnen.«

»Haben wir denn gerade Spaß?«, fragte Madeleine trocken.

Statt einer Antwort bestellte Rosa eine weitere Karaffe Sangria.

Seufzend dachte Madeleine jetzt auf dem Heimweg an Rosas strikte Ablehnung jeder Art von Romantik. Die Spätnachmittagssonne hatte viele Menschen nach der Arbeit in die Straßencafés gelockt, und als sie das Gebäude betrat, kam ihr Tobias entgegen, mit Sonnenbrille, dazu ein Bodyshirt mit schrillem Hawaiimuster.

»Hallo, meine Schöne. Du wirst doch heute Abend nicht zu Hause bleiben wollen, hoffe ich – es ist noch so göttlich draußen in der Wildnis.« Er breitete dramatisch die Arme aus. »Ich gehe in das Konzert im Park – hast du nicht Lust mitzukommen?«

»Ach, ich weiß nicht. Aber trotzdem vielen Dank. Vielleicht komme ich später nach.«

»Du musst kommen – ich will dich tanzen sehen.«

Mit diesen Worten tänzelte er in Richtung Haustür, warf Madeleine eine Kusshand zu und war verschwunden.

Ihr Wohnzimmer war sonnendurchflutet. Die Tage waren inzwischen lange genug, dass sie, wenn sie nach Hause kam, immer noch ein Fleckchen Sonne auf ihrem Sofa mitbekam. Das hatte sie in der letzten Woche weidlich ausgenutzt, und wenn die Sonne für das Sofa zu tief stand, ging sie immer in ihr Arbeitszimmer und beobachtete, wie sich die Mauer der Musikschule golden verfärbte und die Katzen sich in der Sonne räkelten – bevor sie sich wieder dem Tagebuch widmete.

Aber nun blieb ihr nur noch ein einziger Eintrag.

Sie hatte schon geglaubt, am Ende angekommen zu sein. Leofgyth schien plötzlich und ohne Vorwarnung den Federkiel weggelegt zu haben, denn auf den Eintrag vom Februar 1067, bei dem sie den Abschluss des Wandbehangs schilderte, folgten nur noch leere Seiten. Das Rätsel war gelöst: Die Stickerei wurde von Königin Mathilda fortgesetzt und vollendet. Die neue Königin sah darin eine Chance, die Invasion der Normannen – und den Sieg ihres Ehemannes über die Angelsachsen – zu glorifizieren, und die Widersprüche in der Geschichte störten sie selbstverständlich nicht. Vielleicht sah sie die spätere Hinzufügung des lateinischen Textes, der die Handlung erklärte – und an manchen Stellen umdeutete –, als eine Art Antwort auf die Unstimmigkeiten innerhalb der gestickten Bilder.

Doch Leofgyths Enthüllung über Mathildas Beteiligung war nicht das Ende, denn nach mehreren leeren Seiten kam noch ein letzter Eintrag, wieder in steiler brauner Tintenschrift. Madeleine hatte es noch nicht über sich gebracht, ihn zu lesen. Mittlerweile war schon über eine Woche vergangen, seit sie das letzte Mal etwas übersetzt hatte, aber sie wollte diese Schlussseite erst in England lesen. Bevor sie das Buch den Schwestern Broder zurückgeben musste. Sie hatte irgendwie große Angst davor, dass ihr Leben leer sein würde, ohne Leofgyth …

Von Karl hatte sie nichts mehr gehört, seit sie Ende April auf seine E-Mail geantwortet hatte. Zuerst verfasste sie verschiedene Entwürfe, aber so ganz gelang es ihr nicht, auszudrücken, was sie von seinem Angebot hielt. Doch dann befand sie, dass die Würze in der Kürze lag und sie ihn im Grunde am meisten treffen konnte, wenn sie einfach nur antwortete: »Nein, danke.« Ihre Botschaft war offenbar angekommen, denn er hatte sich seither nicht bei ihr gemeldet.

Als die Sonne das Sofa verließ, griff Madeleine zum Telefonhörer, um Rosa anzurufen. Da sie sich nun nicht mehr von Leofgyths Tagebuch ablenken lassen konnte, gab es eigentlich keinen Grund, zu Hause zu bleiben. Also wollte sie Tobias' Vorschlag folgen und in das Konzert im Park gehen. Rosa würde bestimmt Augen machen, und nebenbei hatte sie tatsächlich Lust, auszugehen.

Madeleine beschloss, auf Judys Rat zu hören und nach Himmelfahrt noch ein paar Tage frei zu nehmen. Der Freitag war ohnehin ein Brückentag. Und die folgende halbe Woche wurde ihr als Urlaub nach einem Todesfall gewährt.

Am Wochenende vor ihrer Abreise flehte Rosa sie regelrecht an, mit ihr zu dem geselligen Abend mit den Kollegen von der Kunstgeschichte zu kommen. Eigentlich passte es nicht zu Rosa, dass sie unbedingt Begleitung brauchte. Madeleine hatte absolut keine Lust dazu, schlug aber vor, sie könnten sich nach der Arbeit treffen, um gemeinsam eine Kleinigkeit zu essen.

Als sie in das verabredete Café kam, sah sie Rosa sofort:

in giftgrünem Bustier und gelbem Kordsamtminirock. Ein ziemlich gewagtes Outfit für Caen. Die knielangen roten Stilettostiefel waren ein bisschen zu viel, fand Madeleine, aber Rosa liebte die Übertreibung.

Sie saß in einer Ecke und las eine Zeitschrift. Den Kellner, dessen T-Shirt sich perfekt über seinen gut durchtrainierten Oberkörper spannte, beachtete sie komischerweise gar nicht.

Erschöpft ließ sich Madeleine auf den Stuhl ihr gegenüber fallen.

Rosa musterte sie mit zusammengekniffenen Augen. »Olala, du verlierst ja tatsächlich was von deiner schicken Heroinblässe – aber ansonsten siehst du immer noch aus wie ein Kleiderbügel.« Sie griff zur Speisekarte. »Ich würde das Käsesoufflé empfehlen und als Nachtisch unbedingt die Superschokomousse.«

Madeleine studierte ebenfalls die Speisekarte, nahm aber nichts richtig wahr. Heimlich beobachtete sie, wie Rosa den Kellner herbeiwinkte, aber auch während sie bestellte, reagierte sie nicht auf seine äußere Erscheinung. Als er ging, verschränkte Madeleine die Arme vor der Brust und musterte ihre Freundin mit schräg gelegtem Kopf.

»Okay – was ist los?«

»Wie meinst du da?« Rosa schaute sie mit großen Augen an, gespielt ahnungslos.

»Komm schon, du hast den Kellner keines Blickes gewürdigt, und du willst, dass ich dir die Hand halte, wenn du mit deinen Kunstkollegen einen trinken gehst. Wir wissen doch beide, dass du normalerweise bei solchen Veranstaltungen die Königin bist, die Hof hält. Was ist passiert?«

Rosa seufzte. »Meine Nerven.«

»Ich dachte, du hast keine Nerven. Das ist doch angeblich mein Ressort.«

»Bei uns wurde ein neuer Professor berufen. Er fängt nach den Semesterferien offiziell an.«

»Und?«

»Und? Ich habe früher schon mal mit ihm zusammengearbeitet. Wir hatten was miteinander. Die anderen haben ihn gefragt, ob er heute Abend mitkommen möchte …«

»Willst du damit sagen, du bist immer noch in ihn verliebt?«

Rosa schnaubte verächtlich. »Quatsch, ich sag dir doch, mit Liebe hab ich nichts mehr am Hut. Er war übrigens der letzte Mann, in den ich mich verliebt habe.«

»Und?«

»Er war verheiratet.«

»Und ist er es immer noch?«

»Nein.«

»Aha. In dem Fall würde ich dir vorschlagen, dass du erst mal nach Hause gehst und eins von deinen kleinen Schwarzen anziehst, ehe du ihm gegenübertrittst.«

Rosa schaute sie verdutzt an, dann erschien ein übermütiges Grinsen auf ihrem Gesicht.

»Ich möchte gern einen Toast ausbringen«, sagte Madeleine und hob ihr Glas. »Auf den Sommer.«

»Auf den Sommer.«

Madeleine wurde erst aufgeregt, als die Kanalfähre im Hafen von Dover einlief. Seit Nicholas' letzter E-Mail hatte sie sich zur Vorsicht gemahnt.

Er arbeite immer noch im Archiv in Canterbury, schrieb er, aber jetzt werde er sich erst einmal zwei Wochen Urlaub gönnen. Wie erwartet, sei sein Vertrag verlängert worden, und man wolle ihm womöglich sogar einen Praktikanten zur Seite stellen, da alle, er selbst mit eingeschlossen, das Ausmaß der Aufräumarbeiten im Kellergeschoss erheblich unterschätzt hatten.

Nicholas' E-Mails waren immer betont unsentimental, was Madeleine wachsam stimmte. Aber jetzt konnte sie sich beim Gedanken an das Wiedersehen doch nicht mehr gegen die Vorfreude wehren.

Sie nahm nicht die Autobahn nach Canterbury, was die direkteste Route gewesen wäre, aber landschaftlich wenig attraktiv, sondern entschied sich für die kleinen Landstraßen, für die sie aber den Straßenatlas aufgeschlagen neben sich auf dem Beifahrersitz brauchte.

Sie war gleich am Morgen in Caen aufgebrochen, weil sie nicht so spät in Canterbury ankommen wollte. Die Landstraße war ein besserer Feldweg, der sich durch eine ziemlich waldige Gegend schlängelte und manchmal so schmal wurde, dass man nur beten konnte, es möge einem kein Fahrzeug entgegenkommen. Durch die dunklen Blätter wurde das Licht wie durch einen grünen Lampenschirm gefiltert.

Als die Straße wieder so breit war, dass man überholen konnte, fuhr sie an den Rand und stellte den Motor aus. Ohne das ständige Gebrumm hörte sie die Vögel singen. Sie stieg aus, weil sie den starken Wunsch verspürte, die frische Luft einzuatmen. Wie kühl und sauber sie sich in den Lungen anfühlte.

Als sie wieder einsteigen wollte, wurde ihr Blick durch eine Bewegung zwischen den Bäumen abgelenkt: Sie schaute einem kleinen Rehkitz in die Augen. Es war so nah, dass sie sogar die weiße Markierung an seiner Kehle erkennen konnte. Eine ganze Weile blieben sie beide reglos stehen und fixierten sich, bis das Tier mit anmutigen Bewegungen davoneilte. Madeleine musste an Leofgyths Begegnung mit dem Elch denken – und dass sie diese als gutes Omen gedeutet hatte.

Die Landschaft hier war ähnlich wie zu Leofgyths Lebzeiten, dachte Madeleine, als sie weiterfuhr. England war früher fast vollständig mit Wald bedeckt gewesen, aber im Lauf der Jahrhunderte hatten Ackerbau und Weidegrund riesige Landflächen übernommen.

Nach einer Weile ging der Wald in Felder und Wiesen über. Dazwischen hübsche Dörfer im Tudorstil. Ein paar Meilen vor Canterbury fuhr Madeleine doch auf die Autobahn. Als sie die alte Stadtmauer erreichte, fragte sie sich, wie sie sich wohl fühlen würde, wenn sie das Cottage betrat. Sie wappnete sich gegen eine Welle von Trauer – doch dann war das Gefühl, endlich zu Hause angekommen zu sein, stärker als alles andere.

Der vordere Garten war etwas verwildert, bis auf die frisch beschnittenen Rosensträucher. Madeleine bemühte sich, in diese freundliche Geste nicht allzu viel hineinzuinterpretieren. Nicholas hatte ja deutlich genug zu verstehen gegeben, dass er es wegen der Rosen und nicht ihretwegen getan hatte.

Im Haus lag ein Briefumschlage – war Joan schon vorbeigekommen? Madeleine hatte ihr geschrieben, dass sie nach Canterbury kommen werde. Aber es war eine Mitteilung von Nicholas:

Willkommen zu Hause. Ruf mich an. N.

Lächelnd trug sie ihr Gepäck nach oben und ging dann von Zimmer zu Zimmer, als wollte sie überprüfen, ob die Geister noch hier lebten. Aber im Cottage hatte sich nur der Staub einquartiert, nachdem es monatelang unbewohnt war.

Sie schloss die Tür auf, die von der Küche in den hinteren Garten führte. Was für ein Farbenmeer: Der Rasen, der sich bis zum Kanal erstreckte, war mit Gänseblümchen und Löwenzahn übersät, in den Beeten und Terrakottatöpfen wucherten Mohn und Fuchsien, und die beiden großen Kamelienbüsche waren über und über mit roten und pinkfarbenen Blüten bedeckt.

Beim Kanal stand eine schlichte Holzbank, die ihr früher, wenn sie Lydia besuchte, schon immer als Raucherecke gedient hatte. Dort setzte sie sich jetzt hin, zündete sich eine Zigarette an und beobachtete, wie die Strömung Blätter und Zweige vorbeitrug.

Während sie so dasaß, verzaubert vom sanften Plätschern des Wassers und vom Spiel der glitzernden Lichtpunkte, glaubte sie auf einmal, Lydias Lachen zu hören. Es war nicht weit weg, aber auch nicht nahe, nein, es schien ihr fast, als wäre es einfach Teil des Gartens und des Kanals und der leichten Brise, die mit ihren Haaren spielte.

Als sie aufstand und zum Haus zurückging, merkte Madeleine, dass die Glyzinie über der Tür blühte – so wie Lydia es sich erhofft hatte. Eine tiefe Ruhe überkam sie, und sie glaubte, so eng mit diesem Augenblick und diesem Ort verbunden zu sein, als wäre hier die Vergangenheit zur Ruhe gekommen und als lägen hier alle Versprechungen der Zukunft. Sie wagte kaum zu atmen, um die Schönheit der Gegenwart nicht zu stören.

Vor der Tür zog sie ihre Sandalen aus, die von der weichen Erde am Kanalufer ganz dreckig waren. Sie spürte den kühlen Schiefer des Küchenfußbodens unter den Füßen und öffnete die Fenster, um das Lachen, das sie im Garten gehört hatte, ins Haus einzuladen.

Die Luft war immer noch mild, obwohl es schon fast vier Uhr war. Da sie das Gefühl hatte, die stundenlange Autofahrt würde noch in ihren Kleidern und auf ihrer Haut kleben, musste sie unbedingt ein Bad nehmen und sich umziehen.

Vor allem aber musste sie das Tagebuch verstecken. Während dieser Reise war sie zwar weniger nervös gewesen als an dem Abend, als sie es »exportierte«, aber in Gedanken hatte sie es nie ganz losgelassen.

Solange das Wasser einlief, packte sie die Schatulle aus, die sie zwischen ein paar kleinen Kissen in ihrer Reisetasche verstaut hatte. Sie hatte sie wieder in den bestickten Schal gewickelt, in dem sie ihr von Mary Broder überreicht worden war. Behutsam trug sie das wertvolle Paket nach unten und schloss es in das Sideboard im vorderen Zimmer.

Sie gab etwas von Lydias wunderbarem Lavendelöl in die Badewanne und merkte, dass das Glücksgefühl, das sie im Garten überkommen hatte, immer noch da war. Sie fand es schon fast normal – würde sie sich von jetzt an immer so fühlen, ohne ihre übliche Distanz? Lag es daran, dass sie endlich die Verbindung zwischen ihr und Peter durchtrennt hatte? Oder war es das Echo von Lydias Lachen? Oder einfach das Gefühl, dass sie sich endlich in ihrer Haut wohl fühlte.

Nach dem Bad zog sie eine verwaschene Jeans an, dazu ein ärmelloses Top. Nun war sie so weit und konnte Nicholas anrufen, erreichte aber nur seinen Anrufbeantworter. »Hallo, hier ist Nicholas. Bitte, hinterlassen Sie eine Nachricht.«

Madeleine war enttäuscht und erleichtert zugleich. Vielleicht war eine Nachricht die beste Form des Kontakts?

»Ich bin's, Madeleine. Danke für deinen Zettel. Ähm – bis bald.«

Ihre Stimme klang ruhiger, als sie sich fühlte. Sie durfte nicht so nervös sein, wies sie sich selbst zurecht, als sie ihr Handy weglegte. Sie sollte lieber so denken wie Rosa: keine Erwartungen, keine Enttäuschungen. Aber selbst Rosa hatte bei ihrem letzten Treffen zugegeben, dass ihr Panzer ein kleines Loch hatte: Sie war immer noch in ihren Kunstprofessor verliebt. Madeleine seufzte tief und spürte, wie die Spannung wich. Offenbar war gegen diese Attacken niemand immun. Und indem man die Gefühle verleugnete und einmauerte, verhinderte man jede Form von Intimität. Ach, in der Theorie schien alles ganz einfach.

Sie schaute sich im vorderen Zimmer um, in dem sie sich mit dem Aussortieren am schwersten getan hatte. Der Bronzehase auf dem Kaminsims, drei hübsche Aquarelle mit ländlichen Szenen aus England; die Bücher in den Regalen. Das Zimmer war nie voll gestopft gewesen, aber jetzt wirkte der Raum richtig hell und luftig; das Grundgefühl hatte sich verändert.

Draußen wurde es langsam dunkel, und Madeleine kam gerade von einem Einkauf in dem kleinen Supermarkt um die Ecke zurück, als ihr Handy klingelte.

»Hallo. Isst du gern Marokkanisch?«, fragte Nicholas ganz selbstverständlich, als hätten sie sich gestern das letzte Mal gesehen und nicht vor mehreren Monaten.

»Ich esse eigentlich alles.«

»Sehr gut. Ich komme nämlich um vor Hunger. Soll ich dich abholen – in einer halben Stunde, sagen wir mal?«

»Okay.«

Madeleine ging nach oben. Das Kleid von Liberty's hatte sie sofort ausgepackt und in den Schrank gehängt. Den Stoff musste man zum Glück nicht bügeln. Die neuen Sandalen steckten allerdings ganz unten im Koffer.

Als Nicholas kam, versuchte sie immer noch zu entscheiden, ob sie die Haare hoch stecken oder offen tragen sollte. Sie hatte sie schon zweimal wieder heruntergelassen. Also blieben sie jetzt so.

Nicholas blieb einen Moment auf der Schwelle stehen, als Madeleine ihm die Tür öffnete.

»Du siehst toll aus«, sagte er, ehe er eintrat.

Sie wurde verlegen. Fand er das Kleid vielleicht doch etwas übertrieben? »Irgendwie hast du dich verändert«, sagte er nach einer Weile. »Ich glaube, das liegt nicht nur an der leichten Sonnenbräune.«

Madeleine wusste nicht recht, wie sie reagieren sollte. Sie fühlte sich wie elektrisiert und ging deshalb vorsichtshalber schnell ins vordere Zimmer.

Er folgte ihr. »Ich bin mit dem Taxi hergekommen, aber ins Restaurant können wir gut zu Fuß gehen.«

Er schaute sich um, während Madeleine die Lampen löschte und sich einen leichten Schal um die Schultern schlang.

»Die Wohnung hat eine andere Atmosphäre«, sagte er nachdenklich. »Ich habe das Gefühl, sie ist jetzt nicht mehr hier. Was denkst du?«

Madeleine hielt einen Moment inne. Ja, sie empfand es ganz ähnlich, aber es schockierte sie fast, es von jemandem zu hören, der Lydia gar nicht gekannt hatte.

»Ich weiß, was du meinst«, sagte sie leise. »Für mich fühlt es sich auch anders an.«

»Und das ist offensichtlich gut so«, sagte er und schaute sie wieder an, aber diesmal lag Mitgefühl in seinen Augen. Sie war dankbar für seine einfühlsamen Beobachtungen. Dieses warme Gefühl hing nicht direkt mit ihrer Reaktion auf seine körperliche Präsenz zusammen – und gehörte doch irgendwie dazu.

Das Restaurant lag in einer winzigen Seitenstraße. Ein dunkelhäutiger Kellner führte sie in eine Ecke, die mit fein gewobenen Wandbehängen geschmückt war. Vor der weißen Wand schienen die Farben regelrecht zu leuchten. Bunte Kissen umgaben den niedrigen Tisch, in dessen Mitte eine Kerze brannte.

»Möchten Sie gern hier sitzen – oder lieber etwas

höher?«, fragte der Kellner und deutete in den Nebenraum, wo normale Tische und Stühle standen.

Nicholas schaute Madeleine fragend an. Er sei mit allem einverstanden, signalisierte er.

»Das hier ist wunderbar«, sagte sie und lächelte den Kellner an. Dieser neigte leicht den Kopf und entfernte sich, um die bestellte Flasche Rotwein zu holen.

»Kennst du Marokko?«, erkundigte sich Nicholas.

Madeleine schüttelte den Kopf. »Aber ich wollte immer schon mal hin. Und du?«

»Ich war auch noch nie dort. Aber ich plane im Moment eine größere Reise.« Er grinste vergnügt. »Wenn mein Vertrag hier endgültig ausläuft.«

»Wie viel Arbeit gibt's denn noch?«

»Wenn ich Hilfe bekomme, noch gut zwei Monate. Vielleicht bis August. Aber jetzt erzähl mir doch mal, wie es so ist, wenn man an der Universität Caen Geschichte unterrichtet.«

»Was für eine Frage! Ich könnte dir erzählen, dass es sehr deprimierend ist, weil meine Erstsemester so wenig Enthusiasmus zeigen, oder ich könnte dich mit ein paar Daten von Schlachten und Ähnlichem langweilen.«

»Aber da ist doch noch mehr – für dich«, sagte Nicholas.

Madeleine seufzte. »Stimmt. Für mich gibt es auf der Welt nichts Spannenderes als Geschichte. Aber ich weiß nicht, ob ich Unterrichten so spannend finde.«

»Es gibt viele Berufe, die in eine ähnliche Richtung gehen, ohne dass man unterrichten muss. Hast du dir schon mal überlegt, dir ein anderes Tätigkeitsfeld zu suchen? Ich meine, du kannst dich ja auch der Vergangenheit widmen, ohne jeden Tag in einem Hörsaal zu stehen.«

»Ja, klar.« Madeleine nickte und trank einen Schluck

Wein. Eine Locke fiel ihr in die Augen, sie strich sie zurück und war einen Augenblick lang ganz davon absorbiert.

Nicholas beobachtete sie aufmerksam.

»Und was ist mit dir?«, fragte sie. »Genügt es dir, den ganzen Tag von staubigen, vergilbten Dokumenten umgeben zu sein?«

Nicholas lachte. In seinen Augenwinkeln bildeten sich charmante Fältchen. Sein Gesicht sah überhaupt ganz anders aus als an dem Tag, als Madeleine ihn kennen lernte. Weniger hart, weniger reserviert. Er hatte auch ein bisschen Sonne abbekommen, wodurch seine Haut ihre »interessante Blässe« verlor. Seine Augen schienen noch blauer, obwohl er heute Abend ein schwarzes Hemd trug.

»Ab und zu habe ich auch gern mit Menschen zu tun«, sagte er. »Ich brauche beides. Wenn ich zu viel Zeit mit den Handschriften der Verstorbenen verbringe, finde ich das nach einer Weile ziemlich morbid. Aber dann nehme ich mir einfach einen Tag frei und fahre raus. Ich habe auch schon Pläne, schließlich nehme ich doch in den nächsten beiden Wochen ganz offiziell Urlaub.«

Das Essen kam, sie aßen ungesäuertes Brot, verschiedene gewürzte und in Öl gebratene Fleischstücke und Curry-Gemüse mit Couscous; wenig später bestellten sie noch eine Flasche Wein. Die ganze Zeit unterhielten sie sich völlig unangestrengt.

Trotzdem hatte Madeleine das Gefühl, dass sie eine Seite von sich zeigte, die sie sonst eher für sich behielt. Nicholas' Art zu fragen entlockte ihr viele Geständnisse – zum Beispiel, dass sie sich vor allem deswegen für Geschichte begeisterte, weil es immer etwas Abenteuerliches zu entdecken gab und weil man sich in fremde Welten versetzen konnte.

»Ich beneide dich um dein romantisches Gemüt«, sagte er, was sie überraschte. Bisher hatte sie diese Eigenschaft immer für eine Schwäche gehalten.

»Dafür gibt es keinen Grund«, erwiderte sie lachend. »Die Wirklichkeit ist wesentlich vernunftorientierter.«

»Vernunftorientiert – so ein Unsinn. Mit der Wirklichkeit verhält es sich folgendermaßen: Um Realist zu sein, muss man erst einmal die Romantik kennen gelernt haben.« Madeleine musterte ihn skeptisch. »Ich glaube, das musst du mir näher erklären.«

»Na gut«, sagte Nicholas und zündete ihre Zigarette an. »Virginia Woolf war Realistin, obwohl sie unter Romantikern lebte. Dennoch hat sie sich umgebracht, was ein sehr romantischer Akt ist.«

An diesem Punkt merkte Madeleine, dass sie zu viel Wein getrunken hatte. Sie stimmte Nicholas' eigenwilliger These nicht zu, schlug aber vor, sie könnten sich doch irgendwann mal, wenn sie etwas wacher wäre, ausführlicher über dieses Thema unterhalten.

Während sie vor dem Restaurant auf ihre beiden Taxis warteten, fröstelte Madeleine, weil der dünne Seidenschal die abendliche Kühle nicht richtig abhielt.

»Frierst du? Hier.« Nicholas legte ihr sein Anzugjackett schützend um die Schultern.

Er bestand darauf, dass sie das erste Taxi nahm, legte ihr die Hände auf die Schultern und küsste sie sanft auf die Lippen, so wie er es schon einmal gemacht hatte. Es war nur ein kurzer Kuss, aber Madeleine spürte ihn noch lange. Und das Jackett, das sie immer noch trug, roch nach seinem Sandelholz-Eau de Toilette.

Den folgenden Tag verbrachte Madeleine damit, im Garten Unkraut zu jäten. Das Wetter war himmlisch – und als der Abend kam, fühlte sie sich von der Sonne verwöhnt und gekräftigt von der körperlichen Arbeit.

Der Garten sehe bezaubernd aus, bemerkte Joan, als sie am frühen Abend kurz vorbeikam. Sie saßen am Gartentisch auf den Terrakottafliesen vor der Hintertür und tranken Eistee.

Von da, wo sie saßen, konnte man jetzt sogar den Kanal sehen – er war nicht mehr durch Unkraut und hohes Gras verdeckt. Joan seufzte glücklich. »Es ist herrlich hier, Madeleine. Haben Sie denn schon entschieden, was Sie mit dem Haus tun wollen?«

»Ach, ich weiß es nicht. Ich bin sehr gern hier. Irgendwie kann ich mir gar nicht vorstellen, das Cottage zu verkaufen oder auch nur zu vermieten.«

Joan nickte verständnisvoll. »Ja, das glaube ich Ihnen gern, und wir würden uns natürlich alle freuen, wenn Sie Lydias Haus behalten würden. Aber dann müssten Sie hierher ziehen, oder? Könnten Sie sich mit dem Gedanken anfreunden?«

Joan stellte ganz unverblümt eine Frage, die Madeleine noch nicht einmal zu denken wagte.

»Die Entscheidung ist nicht leicht. Ich habe Verpflichtungen – in Caen.«

»Selbstverständlich. Die richtige Entscheidung bietet sich manchmal ganz unvermutet an, wenn man gar nicht nach ihr sucht – glauben Sie nicht auch?«

»Das ist eine wunderbare Philosophie.«

Joan war so taktvoll, nicht nach Nicholas zu fragen, obwohl sie wusste, dass er und Madeleine sich inzwischen näher kannten. Stattdessen erkundigte sie sich nach Madeleines Ausflug ins Staatsarchiv.

Sie redeten über die angelsächsische Kunst der Stickerei, die noch viel weiter zurückreichte als bis zu Leofgyths Zeit. Joan beschrieb das älteste erhaltene bestickte Stück Stoff, ein kirchliches Gewand aus dem frühen zehnten Jahrhundert, das in der Kathedrale der nordenglischen

Stadt Durham besichtigt werden konnte. »Die Normannen nutzten das Können und das Geschick der englischen Stickerinnen gehörig aus«, fuhr sie fort. »Sie unterstützten das Gewerbe – und erfüllten es mit ihrem eigenen Stilgefühl.«

»Ich glaube, in meiner Familie hat diese Kunst eine lange Tradition«, sagte Madeleine nachdenklich. »Ich werde übrigens Ihren Vorschlag befolgen und das *Domesday Book* studieren.«

»Ja, das sollten Sie unbedingt. Selbst wenn Sie nichts finden – es ist ein faszinierendes Dokument. Inzwischen ist es in Regionen aufgeteilt. Sie finden es bestimmt in der Bibliothek. Na ja – vielleicht nicht unbedingt in Frankreich.«

Als Joan sich verabschiedete, befand Madeleine, dass sie nicht warten wollte, bis Nicholas anrief. Das wäre feige. Also gab sie seine Nummer in ihr kleines schwarzes Handy ein und drückte die »Send«-Taste.

Auch diesmal geriet sie an den Anrufbeantworter, aber als sie gerade losreden wollte, klickte es, und Nicholas meldete sich.

Er sei gerade aus London zurückgekommen, sagte er, und hätte sie auch gleich angerufen, weil er morgen wieder einen Ausflug machen wolle – wenn das Wetter so schön bleibe.

Als am nächsten Morgen Nicholas' Volkswagen vorfuhr, jätete Madeleine gerade im vorderen Garten das Unkraut rund um die Rosenbüsche. Sie versuchte, sich möglichst wenig schmutzig zu machen, aber weil sie im Gras knien musste, waren ihre Jeans etwas fleckig, und ihre widerspenstigen Locken kamen unter dem bunten Kopftuch hervor.

»Die Rosen sehen jetzt wesentlich glücklicher aus«,

stellte Nicholas lobend fest. »Aber wir sollten uns bald auf den Weg machen«, fügte er mit einem Blick zum Himmel hinzu. »Wenn diese Wolken noch näher kommen, kann ich für nichts garantieren – aber vielleicht entgehen wir ihnen ja, wenn wir in die entgegengesetzte Richtung fahren.«

Madeleine nickt. »Ich komme sofort. Ich muss mir nur noch was anderes anziehen.«

Vom ihrem Zimmer oben sah sie Nicholas unten beim Kanal sitzen. Er rauchte und schaute ins Wasser. Genau wie sie es gleich nach ihrer Ankunft getan hatte ...

Da sie außer dem neuen Kleid von Liberty's nicht viel mitgebracht hatte, fiel ihr die Auswahl nicht schwer. In Frage kam eigentlich nur ein eher elegantes Kleid aus dunkelgrünem indischem Baumwollstoff, mit eckigem Ausschnitt und dreiviertellangen Ärmeln. Rasch zog sie es über und steckte sich die Haare hoch.

Sie fragte Nicholas nicht, wohin die Reise gehen solle, bis sie Canterbury verlassen hatten und die alte Landstraße entlang fuhren.

»Ich nehme mir meistens nichts Bestimmtes vor – außer dass ich aus der Stadt raus will«, sagte Nicholas. »Stört es dich, wenn wir einfach ein Stück fahren und sehen, wo wir landen? Wenn die Wolken uns weiter folgen, treiben sie uns wahrscheinlich ans Meer.«

»Finde ich gut. Aber vielleicht hätte ich mein Schwimmzeug mitnehmen sollen.«

»Nicht unbedingt. Die Strände hier in der Gegend sind nicht besonders luxuriös, aber die Engländer haben irgendwie nichts gegen Kies und Steine. Sie haben die Gabe, aus dem, was ist, das Beste zu machen.«

»Gibt es in Wales schönere Strände?«

»Aber natürlich. Als Kinder sind wir im Sommer immer nach Südwales gefahren – in ein kleines Fischerdorf namens Tenby. Das war sehr pittoresk, und überall sind nur verrückte Waliser. So ein Ort hat wahrscheinlich Dylan Thomas inspiriert. Wir müssen unbedingt mal hinfahren.«

Es war das erste Mal, dass Nicholas ihrer Freundschaft eine Art Zukunft gab. Ihm selbst schien das gar nicht aufzufallen, aber Madeleine registrierte es durchaus.

Sie fragte ihn, ob sie nicht ein bisschen Musik hören könnten, und entdeckte in seiner Sammlung eine Muddy-Waters-Kassette, die – wie sie fand – gut zur allgemeinen Stimmung in dieser ländlich verschlafenen Umgebung passte. Etwa nach einer halben Stunde bog Nicholas nach Hastings ab, und Madeleine wurde sofort hellwach. »Die Gegend hier ist wirklich geschichtsträchtig«, sagte er. »Aber du weißt ja bestimmt alles über die Eroberung durch die Normannen.«

»Ja, diese Epoche gehört in mein Fachgebiet«, sagte sie. Dass sie das Tagebuch immer noch geheim hielt, fühlte sich nicht richtig an. Aber was wäre, wenn sie ihm jetzt davon erzählen würde? Wahrscheinlich wäre er gekränkt, weil sie es so lange verschwiegen hatte – zumal seit sie gemeinsam die Runen übersetzt hatten. Leofgyth lieferte ja auch Informationen über den Reliquienschreins des heiligen Augustinus. Sie *musste* ihm alles sagen – aber wie?

Die eigentliche Schlacht hatte nicht in Hastings selbst stattgefunden, sondern ein paar Meilen weiter nördlich. Die Stadt lag an der Küste, nicht weit von Pevensey, wo William 1066 gelandet war, und hatte überhaupt nichts Besonderes vorzuweisen, trotz ihres berühmten Namens. Am Strand führte eine von großen, etwas heruntergekommenen viktorianischen Villen gesäumte Straße entlang. Die Häuser wirkten alle ziemlich schlecht gelaunt, als sehnten sie sich danach, endlich einmal auf etwas anderes hinauszublicken als immer nur auf die grauen

Wellen, die sich im grauen Sand brachen. Ein paar unerschrockene Touristen wateten mit aufgerollten Hosenbeinen in die kalte Flut, und weiter oben spielten Kinder im Sand, obwohl der Himmel immer dunkler wurde. Madeleine schüttelte sich unwillkürlich.

Nicholas grinste belustigt. »Die Leute sind´ wild entschlossen, aus ihrem Strandurlaub herauszuholen, was nur irgend geht. Aber ich finde, wir sollten nicht hier bleiben – es ist zu deprimierend. Ich weiß was Besseres.«

Er ließ sich nicht näher darüber aus, und sie fuhren schweigend zum nahe gelegenen *Village of Battle*. Im grünlichgelben Licht des herannahenden Unwetters sah der Ort der Schlacht sehr bedrohlich aus – passend zu den historischen Ereignissen. An der *High Street of Battle* stand ein schiefes altes Gebäude neben dem anderen. Alles war wie ausgestorben, und die Händler packten bereits ihre Tische und Ständer zusammen.

Nicholas fuhr bis ans Ende der Straße, wo am Fuß eines grünen Hügels ein verfallender Torbogen aus Sandstein stand. Durch diesen Bogen konnte man in der Ferne die Ruinen eines Gebäudes sehen.

»Das ist die *Battle Abbey*«, erklärte Nicholas. »Angeblich hat William sie an der Stelle errichten lassen, an der Harold gefallen ist. Ich fürchte aber, wenn wir da raufgehen, werden wir klatschnass. Sollen wir versuchen, dem Gewitter zu entkommen?«

Madeleine nickte. Sie verspürte wenig Lust, auf dem Schlachtfeld herumzulaufen, auf dem William die Angelsachsen geschlagen hatte. Sie war Normannin – aber beim Gedanken an diesen Sieg verspürte sie keine patriotischen Gefühle, sondern lediglich eine vage Übelkeit. Klar, sie hatte das Ende der Geschichte auch vor der Tagebuchlektüre gekannt, sie wusste, dass alle Hoffnungen, Edgar der Aethling könnte gekrönt werden, vergeblich waren.

Trotzdem hatte sie Leofgyths Wunsch, ein Sachsenkönig möge den Thron besteigen, geteilt und auch deren Trauer über den Gang der Ereignisse. Es war schon nach zwei Uhr, als sie Yarton erreichten. Dort, so meinte Nicholas, seien sie am besten gegen das Gewitter geschützt.

Der Pub im Zentrum war typisch für eine ländliche Gegend; an der Bar drängten sich die Bauern, die ganze Atmosphäre war ungemein herzlich. Sie bestellten sich ein »Ploughman's Lunch«: knuspriges frisches Weißbrot mit Salatblättern, Silberzwiebeln und englischem Cheddar-Käse.

»Ich glaube, wenn wir uns beeilen, schaffen wir's bis zur Kirche«, sagte Nicholas nach dem Essen »Wir können unmöglich wieder wegfahren, ohne uns noch mal die Fresken anzusehen. Hast du was dagegen?«

»Überhaupt nicht, im Gegenteil.«

Sie rannten vom Pub zur Kirche, und als sie den gespenstisch beleuchteten Friedhof überquerten, fielen die ersten Regentropfen. Madeleine bemerkte zwei Eibenbäume, deren Zweige im Wind heftig wehten. Beim ersten Besuch waren sie ihr gar nicht aufgefallen. Das hieß, zusammen mit der eingezäunten uralten Eibe, auf die Nicholas sie aufmerksam gemacht hatte, standen mindestens drei der heiligen Bäume auf dem Friedhof.

In der kleinen Kirche war kein Mensch. Das Rauschen von Wind und Regen verstummte, sobald sich die schwere Eichentür hinter ihnen schloss.

Sie gingen langsam das Kirchenschiff hinunter, als wollten sie den Augenblick der Wiederbegegnung mit den Fresken noch hinausschieben. Madeleine studierte eine dunkle Messingplakette an der Wand, auf der die Pfarrer der letzten fünfhundert Jahre aufgelistet waren. Die Kirchenbänke wirkten etwas altersschwach, und bei vielen der mit Quasten verzierten Kniekissen konnte man nur noch ahnen, dass sie einmal mit dunkelrotem Samt bezogen waren.

Ausgetretene Steinstufen führten hinunter in die enge Passage. Sie war wegen der Dunkelheit draußen jetzt besonders düster; künstliches Licht durfte hier wegen der empfindlichen Farben nicht verwendet werden. An die Wand gelehnt, betrachteten sie die Fresken. Das Blattgold der Engelsflügel schimmerte trotz der spärlichen Beleuchtung. Madeleine spürte durch den Stoff ihres Kleides die Wärme von Nicholas' bloßem Arm, so nahe stand er bei ihr. Sie wagte es nicht, sich zu bewegen – sie wollte ihn nicht berühren, aber sie wollte sich auch nicht von ihm entfernen. Ob er ihre körperliche Nähe auch so stark wahrnahm? Es fiel ihr auch längst nicht mehr so leicht wie am Anfang, einfach mit ihm zusammen zu sein und nicht zu reden – die Stille war jetzt immer irgendwie spannungsgeladen. Bestimmt spürte er das genau wie sie.

Nicholas bewegte sich als Erster. Er ging von Bild zu Bild, als würde er alte Freunde begrüßen. Madeleine beobachtete ihn verstohlen – und auf einmal, ohne jede Vorwarnung, überschwemmten sie die Erinnerungen an ihre Mutter. Die Sehnsucht war wie ein körperlicher Schmerz. Und dazu gesellte sich, wie schon so oft, das Bedauern darüber, dass sie keine Chance gehabt hatte, mit ihrer Mutter über das Tagebuch zu sprechen.

Als Nicholas zu ihr zurückkam, begann Madeleine zu sprechen, ohne lange zu überlegen.

»Ich möchte dir etwas sagen.«

»Ja?«

Sie erzählte ihm von dem Tagebuch: von ihrer ersten Begegnung mit den Schwestern Broder bis zur letzten Seite, die sie übersetzt hatte – einschließlich der Informationen über den Reliquienschrein. Nicholas schwieg die

ganze Zeit, auch nachdem sie fertig war. Seinen Gesichtsausdruck konnte sie nicht deuten.

Madeleine wusste selbst nicht, was sie erwartet hatte,
aber sein Schweigen machte sie jetzt nervös. Sie spürte,
dass Nicholas gekränkt war, es aber nicht zugeben wollte. Warum nur hatte sie es so lange für sich behalten?
Sie musste irgendetwas sagen, um es wieder gutzumachen.

»Ich ... ich wollte es dir schon früher erzählen, aber –«
Nicholas zuckte die Achseln. »Kein Problem. Ich habe
gleich geahnt, dass du nicht zu den Leuten gehörst, die
alles herausplappern – das ist Teil der Faszination, die
von dir ausgeht. Ich weiß einfach nicht, was ich sagen
soll – ich bin echt überwältigt. Das ist eine große Sache ...«

Madeleine nickte. »Ja, das stimmt.«

»Du bist wirklich ein ganz außergewöhnlicher Mensch,
Madeleine. Ich meine – du hast in letzter Zeit so viel
durchgemacht, und gleichzeitig hast du diesen Text übersetzt und unterrichtet ... Das war doch bestimmt
unglaublich anstrengend.« Er schwieg einen Moment
bevor er sie fragte: »Und wo ist dieses Tagebuch jetzt?
Kann ich es sehen?« Man merkte ihm an, dass er es unbedingt wollte, aber gleichzeitig wirkte er fast unsicher, als
wüsste er nicht recht, wie er sich verhalten sollte.

Madeleine zögerte kurz – und Nicholas machte sofort
einen Rückzieher.

»Ich kann ja verstehen, dass du übervorsichtig damit
bist ...«, sagte er und wandte den Blick ab. Madeleines
Herz stockte. Auf einmal sah er wieder so aus wie am
Anfang – distanziert, ganz mit seinen eigenen Gedanken
beschäftigt.

»Selbstverständlich kannst du es sehen«, sagte sie
schnell, obwohl es nicht ganz stimmte. Sie wollte es ihm

unbedingt zeigen – aber ein Teil von ihr wollte es immer noch für sich behalten.

»Hör zu – ich geh mal kurz raus auf den Friedhof und sehe, was das Wetter macht.« Und schon war er verschwunden.

Plötzlich wurde es kalt in der Steinpassage. Die elektrisierende Nähe, die sie noch vor kurzem in seiner Gegenwart empfunden hatte, erschien ihr jetzt völlig illusorisch, und sie fühlte sich schwer wie Blei.

Die Fresken verschwammen ihr vor den Augen, und erst, als sie blinzelte, merkte sie, dass sie die Tränen nicht mehr aufhalten konnte. Sie weinte hemmungslos, ohne recht zu wissen, warum. Das Schluchzen drang tief aus ihrem Innersten.

Diese überströmenden Emotionen hingen nicht nur mit Nicholas zusammen. Es ging auch um Lydia. Um das Tagebuch. Um Peter. Und um die große Leere in ihrem Leben. Wie hatte sie sich nur einbilden können, sie hätte die Vergangenheit in ihr Leben integriert und könnte sich den Versprechen der Zukunft zuwenden?

Während sie, ohne wirklich etwas zu sehen, auf die Szene mit den heiligen drei Königen schaute, spürte sie, wie das Schluchzen nachließ, und als Nicholas zurückkam, waren ihre Augen fast trocken. Sie drehte den Kopf zur Seite, damit er die Tränenspuren nicht sehen konnte. Da fiel ihr Blick auf das juwelengeschmückte Kästchen, das einer der drei Weisen dem Kind darbringen wollte.

»Alles in Ordnung?«, fragte Nicholas beiläufig, aber sie glaubte, einen besorgten Unterton herauszuhören.

Sie nickte nur, weil sie ihrer Stimme nicht traute. In ihrer Verwirrung starrte sie unverwandt auf das juwelenbesetzte Kästchen, als sähe sie es das erste Mal. Irgendetwas daran erschien ihr bekannt. Aber was?

»Hast du nicht gesagt, dass das Kästchen im sechzehnten Jahrhundert restauriert wurde?«, fragte sie leise.

»Ja – wieso?«, fragte er genauso leise. Er schien ihre Erregung zu spüren.

»Glaubst du, du würdest die Runen wieder erkennen – ich meine, den Vers?«

»Ich denke schon – schließlich habe ich sie lange genug angeschaut.«

»Sieh dir das mal an.«

Sie trat beiseite, damit Nicholas besser sehen konnte.

»Das kann doch nicht wahr sein!«

An dem Kästchen, das der Weise aus dem Morgenland hielt, war auf den Schmalseiten des gewölbten Deckels jeweils ein goldenes Kreuz angebracht. An der Längsseite verliefen goldene Bogen, und zwischen diesen und dem Deckel befand sich eine Reihe winziger glitzernder Edelsteine. Es sah aus wie eine kunstvollere Version des Reliquienschreins auf dem Teppich von Bayeux. Ein Schauder lief Madeleine über den Rücken, und es fiel ihr schwer, gleichmäßig zu atmen.

Aber das Wichtigste war die Zierschrift am unteren Rand des Schreins. Die Zeichen waren fast zu klein, um sie mit bloßem Auge zu erkennen, aber wenn man nahe genug hinging, konnte man die Runen sehen.

»*Hierin Der Gesandte eines neuen Königreichs*«, sagte Nicholas.

»Ist der Turm nicht ebenfalls renoviert worden?«, flüsterte Madeleine.

Er nickte. »Ich würde eher sagen, er wurde umgebaut, nicht restauriert. Die drei Weisen gehen in Richtung Turm, und der Turm des Palastes sieht aus wie der Kirchturm.«

Reglos standen sie da. Dachte er dasselbe wie sie? Wie auf ein Zeichen eilten sie die Passage hinunter, zurück in die Kirche. Madeleine spürte, dass Nicholas mindestens so aufgeregt war wie sie. Der Zugang zum Turm befand sich am Westende des Kirchenschiffs – eine kleine gotische Tür. Sie war verriegelt, aber nicht abgeschlossen.

Madeleine und Nicholas betraten den runden Turmraum und blickten sich um. Wo könnte hier etwas versteckt sein? Höchstens in der Wand, dachte Madeleine. »Die Mauern sind bestimmt über einen Meter dick«, sagte Nicholas und bestätigte damit ihre Vermutung. »Normalerweise wurden angelsächsische Türme aus Flintstein gebaut, der mit Mörtel verbunden wurde. Die Kirchtürme sollten ja immer auch als Bollwerk gegen Invasionen dienen. Aber der Stein hier ist viel neuer.« Neugierig klopfte er die Mauer ab. »Außen ist alles aus brüchigem Sachsenstein, aber das hier drin wurde später zur Verstärkung hinzugefügt – oder um etwas zu verbergen. Ich würde schätzen, die innere Mauer stammt aus dem sechzehnten Jahrhundert«, erklärte Nicholas.

Madeleine war zum gleichen Schluss gekommen. »Und wahrscheinlich befinden sich zwischen der inneren und der äußeren Mauer jede Menge Löcher.«

»Möglichweise stehen wir nur ein paar Meter vom Reliquienschrein des heiligen Augustinus entfernt«, sagte Nicholas mit bebender Stimme.

»In dem sich keine menschlichen Überreste mehr befinden«, fügte Madeleine hinzu.

»Sie waren ja auch nicht das eigentliche Objekt der Begierde, oder?« Nicholas grinste zynisch.

Wieder schwiegen sie beide. Eine knisternde Spannung lag in der Luft. Madeleine spürte Nicholas' Blick. Wenn er sie berühren wollte, dann jetzt. Sie zuckte zusammen, als sie seine Hand auf ihrer Schulter spürte, die Wärme drang durch den dünnen Stoff ihres Kleides. Was für eine intime Geste – wie gern sie ihre Hand auf seine legen würde … Sie zögerte; er ließ den Arm wieder sinken.

»Ich würde sagen, das Tagebuch muss jetzt an die Öffentlichkeit. Sonst wird niemand glauben, dass ein altes Fresko und eine Runenhandschrift zum Schrein des Augustinus führen. Die Beweise, über die du verfügst, sind unentbehrlich.« Aber Madeleine konnte noch nicht loslassen. Klar, Nicholas sprach nur laut aus, was sie ohnehin wusste. Und trotzdem wollte sie nicht, dass das Tagebuch an die Öffentlichkeit kam und jeder Leofgyths Worte lesen konnte.

Nicholas schien zu ahnen, was in ihr vorging. »Ich kann mir vorstellen, wie du dich fühlst. Bestimmt sehr ambivalent, weil du durch das Übersetzen eine starke persönliche Verbindung zu diesem Tagebuch entwickelt hast«, begann er, »aber du musst es wenigstens der British Library übergeben. Es wird schon nicht in irgendeinem unbedeutenden Museum vermodern. Überleg doch nur, was es dir gegeben hat. Meinst du nicht, dass es auch anderen zugänglich gemacht werden sollte?«

Madeleine seufzte. »Darüber kann ich gar nicht allein entscheiden. Das Tagebuch gehört meinen Tanten«, entgegnete sie, obwohl sie genau wusste, dass dieses Argument nicht zählte.

Nicholas lachte. »Die beiden ahnen doch gar nicht, wie alt es ist. Du hast selbst gesagt, sie sind nicht mehr ganz zurechnungsfähig.«

Klar, Nicholas hatte Recht. Plötzlich musste sie an Karl denken. Er würde sich ganz schön ärgern, wenn er erfuhr, dass der Schrein entdeckt worden war – direkt vor seiner Nase. Zum ersten Mal freute sie sich richtig über ihren Treffer.

»Ein Kollege von mir arbeitet in der British Library«, sagte er ernst. »Er ist Experte für mittelalterliche Handschriften. An den könnte ich mich wenden – falls du einverstanden bist.«

»Ja, selbstverständlich. Aber ich möchte, dass du es dir erst einmal ansiehst, bevor ich – du weißt ja, die Schwestern Broder passen gut darauf auf und wollten, dass ich ja nichts ausplaudere …«

»Ich glaube, es hat aufgehört zu regnen«, sagte er nur.

Als sie die Kirche durchquerten, fiel Madeleines Blick wieder auf die Messingplakette mit den Namen der Pastoren. Unwillkürlich trat sie näher, um sich die Liste noch einmal anzusehen, und in der zweiten Reihe fand sie den Namen, nach dem sie suchte. Sie schaute Nicholas an.

»Johannes Corbet – 1540.«

»Direkt vor unserer Nase«, sagte er mit einem fassungslosen Kopfschütteln.

Auf dem Friedhof sah Madeleine plötzlich eine vierte Eibe. Sie blieb abrupt stehen, hob einen Stock auf und gab ihn Nicholas.

»Was ist?« Er schaute sie an, als hätte sie komplett den Verstand verloren.

»Zeichne doch mal die Y-Rune auf den Boden«, sagte sie atemlos. »Das ist der Eibenzweig, stimmt's?«

Nicholas gehorchte und zeichnete einen vertikalen Blitz in die Erde.

»Hier auf dem Friedhof stehen vier Eiben«, sagte Madeleine.

In dem Moment leuchtete sein Gesicht auf. »Und diese Rune erscheint auf allen vier Rändern von Johannes Corbets Manuskript.« Er schaute zu den großen immergrünen Bäumen, die die kleine Kirche zu bewachen schienen. »Da ist der alte Baum – die anderen drei wirken wesentlich jünger … Es sollte mich nicht wundern, wenn sie zur gleichen Zeit gepflanzt wurden, als die innere Turmmauer gebaut wurde. Die Bäume sehen aus wie Wächter – vielleicht wollte Johannes sie als zusätzlichen Schutz für seine Kirche.«

Auf der Rückfahrt machte Nicholas gleich das Autoradio an und wirkte überhaupt etwas geistesabwesend. Madeleine hing ihren eigenen Gedanken nach und schaute hinaus in die vorbeifliegende Landschaft, die nach dem Regen feucht schimmerte. Sie hatte sein Verhalten offenbar falsch gedeutet. Wie kindisch von ihr. Erst als sie Canterbury erreichten, stellte Nicholas das Radio ab und machte noch ein bisschen Konversation – höflich, nichts sagend.

Madeleine hatte Mühe, die Haustür des Cottage aufzuschließen, ihre Finger waren seltsam kraftlos. Auch mit dem Schloss des Sideboards hatte sie Probleme, aber Nicholas wartete geduldig, bis sie die Schatulle herausholte und zum Tisch trug. Doch als sie den Deckel öffnete, pfiff er leise durch die Zähne. Madeleine streifte die Glacéhandschuhe über und holte das Buch heraus.

Nun lag es aufgeschlagen auf dem Tisch. Er beugte sich über das Pergamentpapier und studierte es mit Kennerblick.

»Ich habe wirklich schon massenhaft alte Manuskripte gesehen – aber noch nie etwas, was aus dieser Zeit stammt und von einer Frau verfasst wurde. Du musst unglaublich stolz darauf sein, dass du so etwas Ungewöhnliches übersetzen konntest.«

Aber Madeleine war nicht stolz. Sie fühlte sich verloren, allein gelassen. Immerhin tat es ihr gut, dass Nicholas ihre Arbeit zu schätzen wusste. Sie wollte, dass er sie intellektuell respektierte, wenn er sie schon nicht küsste. Das war besser als nichts.

»Ich muss die Broders bald anrufen. Dann sage ich dir Bescheid.«

»Okay.« Er erhob sich abrupt »Ich glaube, ich muss jetzt gehen.« Er zog seinen Mantel über, gab ihr einen leichten Kuss auf die Wange und ging.

Madeleine ließ sich in einen Sessel fallen, zündete sich eine Zigarette an und starrte auf die Wand. Eine bleierne Müdigkeit überkam sie.

Nach einer Weile ging sie hinaus in den Garten und setzte sich an den Kanal. Der Regen hatte auch Canterbury nicht verschont und die Atmosphäre gereinigt. Die Sonne würde demnächst untergehen, aber es war noch hell genug, um das Wasser fließen zu sehen. Zwei Schwalben sausten blitzschnell durch die Luft.

Es ginge ihr besser, wenn sie sich nicht von ihrer Sehnsucht beherrschen ließe, befand sie. Eva würde sagen: Es ist alles ganz einfach.

Sie horchte auf das leise Plätschern des Wassers. In was für eine seltsame Situation das Tagebuch sie gebracht hatte! Zum ersten Mal empfand sie eine gewisse Sympathie für Odericus – nicht nur für Leofgyth und Edith. Er hatte versucht, einer Sache treu zu bleiben, doch genau daran war er gescheitert.

16. Kapitel

Am Abend, ehe sie die Schwestern Broder anrief, übertrug Madeleine die letzte Seite des Tagebuchs auf Lateinisch in ihr Notizbuch. Sie konnte sich noch nicht dazu durchringen, den Schluss zu übersetzen, und zwang sich, die Wörter zu kopieren, ohne auf ihren Sinn zu achten. Irgendwann würde sie sich mit dem Text beschäftigen, aber nicht gleich. Die Handschrift wirkte anders als vorher. Lag das daran, dass so viel Zeit zwischen den Einträgen lag und Leofgyth älter war?

Dann wählte sie die Nummer ihrer Tanten. Wie immer nahm Mary ab.

»Oh, guten Abend, Madeleine. Wir haben uns schon gefragt, wann wir wohl wieder von dir hören würden. Der Grabstein ist fertig.«

»Der Grabstein?«

»Für Lydias Grab. Jetzt brauchen wir dringend den Text für die Inschrift. Wann kommst du vorbei? Ich denke, morgen wäre ein guter Termin – zum Tee, um drei Uhr?« Und schon hatte sie wieder aufgelegt.

Madeleine schnitt eine Grimasse. Was blieb ihr anderes übrig, als Marys Befehl zu gehorchen? Gut – dann hatte sie es wenigstens hinter sich.

Auf der Fahrt nach Sempting ging sie im Kopf verschiedene Strategien durch. Sie musste den Tanten klar machen, dass das Tagebuch der akademischen Welt zugänglich gemacht werden musste. Sie brauchte ja nicht zuzugeben, dass sie schon mit jemandem über die Existenz des Buches gesprochen hatte. Mary Broder war zwar verrückt, aber auch gerissen. Madeleine wollte eigentlich gar nicht über das Tagebuch verhandeln, aber was blieb ihr anderes übrig – die Schwestern mussten begreifen, dass es sich dabei um ein extrem wichtiges historisches Dokument handelte.

Das Tor war verschlossen, und wie immer dauerte es eine kleine Ewigkeit, bis Louis erschien. Diesmal nickte Madeleine ihm beim Durchfahren nur kurz zu. Sie hatte keine Lust, sich von seiner verächtlichen Arroganz einschüchtern zu lassen.

Als sie vor der alten Villa hielt, schaute sie auf die Uhr. Schon nach drei.

Mary Broder reagierte streng. »Du kommst zwölf Minuten zu spät«, sagte sie statt einer Begrüßung.

»Stimmt. Und euer Tor muss dringend geölt werden«, erwiderte sie. Mary zog indigniert die Augenbrauen hoch, während Margaret vergnügt kicherte.

Madeleine folgte den beiden mit der Schatulle in den Salon. Tee wurde wie immer auf dem Silbertablett gereicht, dazu gab es kleine Kuchenstücke.

Madeleine stellte das Kästchen auf den Tisch. Einen Moment lang starrten alle drei schweigend darauf. Margaret ergriff als Erste das Wort und sagte mit einem wohligen Seufzer: »Wie schön, dass es wieder hier ist. Wir haben es vermisst, nicht wahr, Mary?«

Mary ignorierte das Geplapper ihrer Schwester und schaute Madeleine an.

»Na, das war's dann wohl«, erklärte sie trocken.

Madeleine runzelte die Stirn. »Ich dachte, ihr würdet gern erfahren, was in den Ta –, ähm, in dem Buch steht.«

»Na ja – ist es interessant?«, fragte Mary schnippisch. Mit einer Handbewegung gab sie Margaret zu verstehen, sie solle Tee eingießen.

»Ich glaube schon. Historisch betrachtet – « Doch Mary hörte ihr nicht mehr zu, weil Agatha hereinspaziert kam und Aufmerksamkeit forderte.

»Hallo, Schnuckiputz«, flötete Mary mit zuckersüßer Stimme und drehte Madeleine den Rücken zu, um die Katze zu streicheln.

»Ich würde euch gern einen Vorschlag machen. Das Buch betreffend.«

Mary sagte nichts, weil sie nur noch Augen und Ohren für die Katze hatte, während Margaret mit verständnislosem Lächeln fragte: »Wovon sprichst du, liebe Madeleine?«

»Ich glaube, es wäre … angebracht …, das Buch jemandem in London zu zeigen.«

Mary warf Madeleine einen vorwurfsvollen Blick zu, weil sie sich nun doch gezwungen sah, sich von Agatha abzuwenden.

»Jemandem, den du kennst?«, fragte sie mit lauernder Miene.

»Ähm, nein, nicht persönlich. Das Manuskript ist sehr alt und bestimmt unglaublich wertvoll. Ich finde, es wäre bedauerlich, wenn es nicht … wenn es nicht richtig behandelt würde.« Kaum hatte sie das gesagt, wusste sie schon, wie die Reaktion ausfallen würde.

»Es wird hier bestens behandelt, junge Dame«, schnaubte Mary empört.

Madeleine bemühte sich, diplomatisch vorzugehen. »Ja, ich weiß. So habe ich es nicht gemeint. Ich wollte sagen – es ist historisch bedeutsam … für Fachleute.«

»Was für Fachleute?«

»Die British Library in London hat eine Sammlung mit alten Handschriften. Die Leute dort könnten die genaue Entstehungszeit feststellen und … den Wert.«

Bei dem Wort »Wert« spitzte Mary die Ohren. Sie tauschte einen Blick mit ihrer Schwester, und Madeleine begriff, dass der potenzielle Wert des Tagebuchs sie nicht überraschte. Hatten sie sich dumm gestellt und nur abgewartet, bis sie mit der Übersetzung fertig war? Als Mary sich ohne weitere Diskussionen einverstanden erklärte, »jemand von der London Library« könne kommen und sich das Buch ansehen, war Madeleine sich sicher, dass die Schwestern diesen Gedanken nicht das erste Mal dachten. Madeleine hätte fast laut gelacht über ihre eigene Naivität. Sie ersparte sich die Mühe, Mary darauf hinzuweisen, dass es »British Library« und nicht »London Library« heiße, und trank stattdessen einen Schluck Tee. Am liebsten wäre sie aufgestanden und gegangen, aber es gab noch eine weitere Sache, die besprochen werden musste.

»Wisst ihr irgendetwas über die Schatulle und den bestickten Schal?«

»Oh, ja«, rief Margaret entzückt. »Die Schatulle gehörte Elizabeth Brodier. Unser Nachname hat früher Brodier gelautet – ist das nicht seltsam?«

Madeleine nickte mit einem schiefen Lächeln.

»Sie war die Lady, die Heinrich den Neunten kannte …«

»Den Achten«, korrigierte Mary sie streng.

»Es war eins der Kästchen, in denen sie ihr Stickgarn aufbewahrte. Sehr hübsch, nicht wahr? Wir haben schon zwei von der Sorte verkauft – du weißt schon, an wen.«

Margaret zwinkerte Madeleine zu, doch bevor sie weiterreden konnte, ergriff Mary das Wort.

»Der Schal wurde von der Broder-Werkstatt hergestellt – ehe sie schließen musste. Wegen der Industrialisierung, wie du sicher weißt.« Offenbar wollte sie ihrer Nichte zu verstehen geben, dass sie sich auf diesem Gebiet auskannte. »Deine Mutter fand ihn wunderschön. Wir hatten vor, ihn ihr zu schenken.«

Margarets Augen leuchteten. »Und jetzt sollst du ihn haben.« Andächtig nahm sie den Schal und überreichte ihn Madeleine, die es nicht wagte, Mary anzusehen, aus Angst, diese könnte mit der Entscheidung nicht einverstanden sein.

Auf dem Heimweg trat sie aufs Gaspedal, um der erdrückenden Gesellschaft der beiden Tanten möglichst schnell zu entkommen. Über Lydias Grabstein hatten sie kaum geredet, aber sie hatte versprochen, ihnen die gewünschte Inschrift per Post zu schicken. Sie warf einen kurzen Blick auf den weinroten Schal auf dem Beifahrersitz. Der Seidenfaden der Stickerei leuchtete in sattem Honiggold.

Obwohl sie die Strecke von Sempting nach Canterbury inzwischen gut kannte, freute sich Madeleine jedes Mal wieder an der Schönheit der Landschaft. Bis jetzt hatte sie die ganze Zeit perfektes Frühsommerwetter gehabt, Sonne pur – keine Spur von grauem Nieselregen, für den dieser Teil der Welt berühmt war.

Madeleine zündete sich eine Zigarette an und drosselte das Tempo, weil sie ein winziges Dorf durchquerte. Beim Gedanken an Canterbury empfand sie eine gewisse Beklemmung – seit sie mit Nicholas in Yarton gewesen war, meldete sich dieses Gefühl immer wieder. Je früher sie nach Caen zurückkehrte, desto schneller konnte sie diese aussichtslose Situation hinter sich lassen. Sie würde ihm vorschlagen, die Leute von der British Library könnten direkten Kontakt mit den Broders aufnehmen. Falls jemand mit ihr sprechen wollte, ging das ja auch per E-Mail. Damit wäre die Angelegenheit für sie abgeschlossen. Nun blieb nur noch die Sache mit dem *Domesday Book*.

In der Zentralbibliothek von Canterbury gab es tatsächlich Kopien des *Domesday Book*, erfuhr Madeleine am Telefon. Das mittelalterliche Katasterbuch sei in mehreren Bänden publiziert worden – ob sie denn wisse, welche Grafschaft sie brauche? Als Madeleine Westminster nannte, wurde ihr mitgeteilt, dass im *Domesday Book* keine Grafschaft dieses Namens aufgeführt sei. Vielleicht sollte sie einfach vorbeikommen und selbst nachsehen, schlug der Bibliothekar vor. Das Inventar sei sehr umfangreich, und die meisten Leute bräuchten eine Weile, um sich darin zurechtzufinden.

Bei der Vorstellung, wieder Schriftstücke aus dem elften Jahrhundert zu studieren, fühlte Madeleine sich überfordert – sie konnte sich ja nicht einmal auf ihre Zeitungslektüre konzentrieren. Sie musste dieses Vorhaben verschieben. Außerdem blieb ihr sowieso nicht genug Zeit, und die Chance, etwas über Leofgyth zu finden, war sehr gering.

Stattdessen sah jetzt der vordere Garten genauso makellos aus wie der hintere, und das Cottage selbst blitzte und blinkte. Sie hatte die Fußböden geschrubbt, die Fenster geputzt und sogar die letzten Schränke und Schubladen, an die sie sich bisher nicht herangewagt hatte, endlich aufgeräumt.

Joan rief an und lud sie gleich zum Abendessen ein, als sie hörte, dass Madeleine schon am nächsten Tag nach Caen zurückfahren würde. Später meldete sie sich noch einmal, um ihr zu sagen, sie habe auch Nicholas eingeladen – offenbar in der Annahme, Madeleine würde sich darüber freuen. Sie wollte die alte Dame nicht enttäuschen.

Nach dem Besuch bei den Broders hatte Madeleine eine Nachricht auf Nicholas' Anrufbeantworter hinterlassen: Es sei in Ordnung, wenn er seinen Kollegen von der British Library über das Tagebuch informiere. Sie hatten seit Yarton nicht mehr miteinander gesprochen.

Im Lauf des Tages wurde sie immer nervöser. Da es nichts mehr aufzuräumen oder zu putzen gab, saß sie auf dem Bett und starrte auf die Kleider in ihrem Schrank. Sollte sie sich hübsch anziehen oder sich die Mühe sparen? Na, vermutlich fühlte sie sich wohler, wenn sie sich zurechtmachte. Das Kleid von Liberty's kam allerdings nicht in Frage, weil es sie an den Abend in dem marokkanischen Restaurant erinnerte.

Sie ging hinüber in Lydias Schlafzimmer. Der Kleidersack mit den schwarzen Kleid – das sie entdeckt hatte, als sie die Garderobe ihrer Mutter durchging – hing allein und verlassen an der Stange im großen Schrank.

Es saß wie angegossen. Elegant, aber dezent und ausgesprochen vorteilhaft geschnitten. Beim Anblick ihres Spiegelbildes stieg ihr Selbstbewusstsein. Die kleinen schwarzen Perlen, mit denen der tiefe Ausschnitt besetzt war, reflektierten das Licht und schimmerten diskret.

Dann kamen Frisur und Make-up dran – und als sie einen letzten prüfenden Blick in den Spiegel warf, entdeckte sie den Schal der Broders auf der Sessellehne. Sie legte ihn um die Schultern, der Stoff fühlte sich weich und schmeichelhaft an – jetzt war sie bereit, Nicholas gegenüberzutreten.

»Madeleine, Sie sehen fabelhaft aus«, rief Don, als er ihr die Tür öffnete. Er führte sie in den Salon, wo Nicholas sich mit Joan unterhielt. »Ja, wirklich wunderschön«, bestätigte Joan das Urteil ihres Mannes und küsste sie auf die Wange. Nicholas begrüßte sie ebenfalls mit einem Kuss und ließ seinen Blick anerkennend über ihre Figur gleiten. Madeleine rief sich selbst zur Vernunft. Das hat nichts zu bedeuten, sagte sie sich. Alles nur ein männlicher Reflex.

Beim Essen wollte Joan von Madeleine wissen, ob sie schon die Möglichkeit gehabt habe, in der Bibliothek Nachforschungen über die Brodiers anzustellen. Als Madeleine verneinte, leuchteten Joans Augen auf.

»Nun, ich habe mir erlaubt, selbst etwas zu unternehmen«, sagte Joan. »Aber wir müssen bis nach dem Essen warten.«

Nicholas benahm sich ausgesucht höflich – sehr charmant, aber immer etwas reserviert. Als Joan sie nach der Bibliothek fragte, zog er die Augenbrauen hoch, als wollte er sie fragen, ob sie Joan und Don von dem Tagebuch erzählt habe. Sie schüttelte den Kopf. Immerhin wusste er jetzt, dass er nicht der Einzige war, der nicht an ihrem Geheimnis teilhaben durfte. Sie hatte eigentlich vorgehabt, den beiden heute Abend alles zu erzählen – doch in Nicholas' Gegenwart schien ihr das unpassend.

Als sie sich mit Kaffee und Portwein in den Salon zurückzogen, entfernte Joan sich kurz, um dann mit zwei dicken roten Schmökern zurückzukommen.

»Das ist das *Domesday*-Inventar von Buckinghamshire und Wiltshire«, sagte sie und setzte sich zu Madeleine aufs Sofa. »Einer meiner Kollegen ist Spezialist für das *Domesday Book*. Er hat mich auf die Einträge hingewiesen, die sich auf Frauen und Stickerei beziehen.«

Sie schlug eine Seite im Buckinghamshire-Band auf und reichte ihn Madeleine.

Die Passage, die Joan meinte, bezog sich auf eine Frau namens Alwid, der vom Grafschaftsverwalter ein Stück Land zugesprochen wurde, weil sie seine Tochter in der Kunst der Stickerei unterrichtete.

»Wenn man Land bekommt, ist das der erste Schritt

zu einem Familiennamen«, erklärte Joan. »Wir haben uns ja schon einmal darüber unterhalten, dass das angelsächsische Wort für Stickerei ›Borda‹ lautet. Brodier und Broder sind mit Sicherheit davon abgeleitet.« Madeleine schlug in dem anderen Band die von Joan markierte Seite auf. Diesmal musste sie nicht auf die entsprechende Stelle hingewiesen werden – sie sah den Namen »Leofgyth« sofort. Fast stockte ihr der Atem. Eine Frau namens Leofgyth hatte in einem Dorf namens Knook in der Grafschaft Wiltshire Land besessen. Immer wieder las Madeleine die Zeile: *Leofgyth machte und macht die Orphrey des Königs und der Königin.*

»*Orphrey* ist die Goldstickerei, die den königlichen und klerikalen Gewändern vorbehalten ist«, erklärte Joan. »Nur sehr begabte Stickerinnen durften mit so wertvollen Materialien umgehen.«

»*Godwebb*«, sagte Nicholas. »Das ist das angelsächsische Wort für feinen Stoff.«

»*Godwebb*«, wiederholte Madeleine. Gottesgewebe. Dieser Ausdruck umfasste alles, woran sie gearbeitet und was sie verzaubert hatte. Als wäre das Tagebuch tatsächlich, wie Eva sagte, ein kunstvoll gesponnenes Gewebe.

»Ich glaube, Leofgyth ist eine Vorfahrin«, sagte sie nur. Dann erklärte sie Joan, wie sie auf diesen Gedanken kam. Joans Reaktion war viel offener als die von Nicholas – sie schien nicht im Mindesten gekränkt, weil Madeleine das Tagebuch so lange geheim gehalten hatte, sondern schien ihr Verhalten voll und ganz zu verstehen.

»Was für ein fesselndes Projekt, Madeleine. Und man könnte sagen, es kam genau zur richtigen Zeit – so hatten Sie etwas, worauf Sie sich in den letzten Monaten konzentrieren konnten. Das muss sich angefühlt haben wie ein Geschenk. Ich freue mich so für Sie.«

In Gedanken versuchte Madeleine, die letzten Fäden des Gewebes zu verknüpfen. Wenn Leofgyth in Knook Land besessen hatte – wann hatte sie West Minster verlassen? Dass die Brodiers – beziehungsweise die Broders – in Sempting gelandet waren, schien weniger rätselhaft, denn Canterbury war im Mittelalter das Zentrum der englischen Künste und Literatur gewesen und hatte vermutlich deshalb die Familie dorthin zurückgelockt. Außerdem stammte ja Leofgyths Familie aus Canterbury – dort hatte sie Jon und auch Odericus kennen gelernt, und sie hatte auch Königin Edith dort das erste Mal gesehen.

Joan stellte viele Fragen zu Leofgyth. Sie schien sich mehr für die Stickerin zu interessieren, die schreiben gelernt hatte, als für die politischen Intrigen, die ihr Tagebuch enthüllte.

»Es ist doch ungewöhnlich, dass eine Frau ihres Standes etwas Derartiges zustande brachte. Und ich finde es besonders schön, dass ihr Tagebuch zuerst in die Hände einer Frau gefallen ist, die es auch übersetzen konnte.«

Sie unterhielten sich noch lange angeregt, bis Don – der einzige Nicht-Historiker in der Runde – unübersehbar gähnte und verkündete, er müsse dringend ins Bett, weil er seinen Schönheitsschlaf brauche.

Nicholas bot sich an, Madeleine nach Hause zu begleiten, und als sie sich von Joan verabschiedete, umarmte diese sie mit fragendem Blick. Hoffte sie, dass Madeleine zurückkommen würde – wegen Nicholas?

»Ich melde mich bald«, versprach sie und drückte Joan die Hand.

Auf dem Heimweg schwieg Nicholas beharrlich. Madeleine versuchte, Konversation zu machen, aber sie war so traurig, dass ihre Kehle wie zugeschnürt war und sie gar nicht richtig denken konnte.

»Du hast gesagt, es sei noch ein Tagebucheintrag übrig, den du bisher nur abgeschrieben hast – stimmt's?«, fragte Nicholas nach einer Weile.

»Ja. Ich hab's nicht geschafft ... ich glaube, ich übersetze ihn erst, wenn ich wieder zu Hause bin.«

»Hast du Angst, das Tagebuch abzuschließen?«

»Ja, ich glaube schon.« Sein Einfühlungsvermögen verblüffte sie immer wieder.

»Hm.«

Was wollte er damit sagen?, fragte sich Madeleine.

»Ich nehme an, du hast deinen Freund von der British Library schon kontaktiert?«, begann sie.

»Ja. Er meint, das klinge alles sehr spannend. Er hat mir von einer Entdeckung in einer Kirche in Folkstone erzählt – Ende des achtzehnten Jahrhunderts. Folkstone ist nicht weit von Canterbury. Während der Reformation wurde in der Nordwand des Altarraums zur Zeit der Reformation ein Schrein versteckt – er enthielt die sterblichen Überreste einer angelsächsischen Prinzessin. Es gibt jede Menge solcher Geschichten. Du weißt ja selbst, was für ein Kult im Mittelalter um die Reliquien gemacht wurde – jede Kirche, die behauptete, sie besitze die Überreste irgendeines Heiligen, konnte von den Pilgern profitieren.«

»Aber Johannes Corbet hat nicht aus diesem Motiv heraus gehandelt – niemand ahnte, was er getan hat.«

»Wer weiß. Er hat viele Spuren gelegt. Vielleicht wollte er abwarten, bis der ganze Spuk vorüber ist. Dann hätte er den Reliquienschrein als Touristenattraktion verwenden können.«

Vor Lydias Cottage fragte ihn Madeleine, ob er hereinkommen wolle, um sich ein Taxi zu rufen. Sie wusste nicht, ob sie ihm noch etwas zu trinken anbieten sollte, befand dann aber, dass die Regeln der Höflichkeit es verlangten – und er nahm ihr Angebot gerne an. In Lydias Kristallkaraffe war immer noch Whisky.

Er setzte sich aufs Sofa, und als Madeleine ihm sein Glas reichte, schien er wieder in Gedanken versunken.

»Ich habe ein paar Sachen über den Teppich von Bayeux gelesen«, sagte er, nachdem er den Whisky gekostet hatte.

Madeleine wartete ab, was er als Nächstes sagen würde. Sie musste sich vor ihm in Acht nehmen.

»Willst du dich nicht hinsetzen?«

»Ach, nein, ich stehe lieber. Meine Beine sind ein bisschen steif … von der vielen Gartenarbeit.«

Seinem Gesicht war anzusehen, dass er ihr nicht glaubte, aber er ging nicht darauf ein. »In den achtziger Jahren sind im Auftrag der französischen Regierung intensive wissenschaftliche Forschungen durchgeführt worden – stimmt das?«

Madeleine nickte. »Ja. Man ist zu dem Schluss gekommen, dass es nur ein Zeichner war, dass aber die Stickerei in verschiedenen Werkstätten durchgeführt wurde. Der Stil der Nadelarbeit ist nicht einheitlich. Wenn der Teppich in Etappen entstanden ist, zwischen 1064 und 1066, würde das die Unterschiede auch erklären. Selbst wenn er in einem bestimmten Kloster gestickt wurde, wären es nicht immer dieselben Nonnen gewesen.«

»Aber ein Zeichner – das stimmt doch auch nicht, oder? Du hast gesagt, dass sowohl Edith als auch Odericus die Szenen entworfen und gezeichnet haben …«

»Das wird am Anfang des Tagebuchs erklärt. Edith hat immer wieder die Bibliothek der Abtei von St. Augustin besucht und sich dort die illuminierten Manuskripte der Mönche angesehen, die Buchmalereien. Und deren Stil hat sie beeinflusst. Die erste Szene – ein Bild von Edward mit der gelben Krone – sollte erst für sich allein stehen,

422

als eine Art Tribut an ihren kranken Ehemann. Aber sie hatte den Stoff noch nicht auf die gewünschte Größe zugeschnitten, als Odericus ihre Stickerei sah. Er ist auf die Idee gekommen, man könnte dieses Bild als die erste Station einer Geschichte nehmen, die über Harolds Reise in die Normandie berichtete. Odericus hat natürlich gleich gemerkt, dass ihr Stil von seinen eigenen Buchmalereien inspiriert war.«

»Heißt das, ihr Zeichenstil war quasi identisch?«

»Genau. Ich nehme an, als Odericus nach der Schlacht von Hastings von Königin Mathilda den Auftrag bekam, die Stickerei fortzusetzen, hat er darauf geachtet, Ediths Eigenheiten beizubehalten, damit es ein einheitliches Kunstwerk wird. Das hat er sicher auch ihr zu Ehren getan.«

Nicholas grinste. »Hier spricht die Romantikerin.«

»Da bin ich mir nicht mehr so sicher«, erwiderte Madeleine, ohne zu überlegen. Nicholas musterte sie aufmerksam.

»Komm doch her«, sagte er und klopfte auf den Platz neben sich. »Sonst muss ich auch wieder aufstehen, um mich mit dir zu unterhalten, dabei ist es so bequem hier.«

Madeleine zögerte eine Sekunde, fand es dann aber doch albern, sich weiterhin zu weigern. Allerdings wahrte sie einen gewissen Sicherheitsabstand.

»Ich habe gelesen, der Teppich sei in zwei große Abschnitte unterteilt. Der erste endet mit Harolds Krönung, und der zweite beginnt damit, dass Wiliam von dieser Krönung in Kenntnis gesetzt wird. Das heißt, theoretisch springt die Handlung an dieser Stelle von England in die Normandie.«

»Das entspricht genau dem Tagebuch. Als Odericus anfing, für Mathilda zu arbeiten, war Ediths Stickerei ›abgeschlossen‹. Die Krönung ihres Bruders war die letzte

Szene, die sie entworfen hat, und das Ende ihrer Hoffnung, ein Angelsachse könnte den Thron besteigen. Mathilda wollte nur den Sieg der Normannen darstellen – vermutlich mit der Begründung, dass William von Harold betrogen wurde. Auf dem Teppich berät sich William mit einem Priester, als er den Befehl gibt, England anzugreifen, und ich glaube, dieser Priester war Odericus. Leofgyth hat gemerkt, dass er der Spion am englischen Hof war, der den Normannen auf dem schnellsten Weg von Harolds Krönung berichtete. In dem lateinischen Text, den Mathilda nachträglich hinzufügen ließ, nennt Odericus den Bischof Odo – Williams Vetter. Er soll der Geistliche sein, mit dem William spricht. Vielleicht wollte er ja seinen eigenen Namen schreiben und hat es sich dann anders überlegt.«

»Oder er hat Odo genommen, weil sein Name ganz ähnlich klingt. Noch so ein Ablenkungsmanöver. Da fällt mir ein – ich habe irgendwo gelesen, dass Odo derjenige war, der den Teppich in Auftrag gegeben hat.«

»Das ist eine beliebte Theorie. Odo war damals Bischof von Bayeux, und als der Teppich im achtzehnten Jahrhundert entdeckt wurde, befand er sich in der Gruft der dortigen Kathedrale.«

»Da sieht man's wieder – Geschichte besteht aus lauter Fragmenten und kann ganz unterschiedlich interpretiert werden.«

»Eins verstehe ich aber immer noch nicht – warum wird Edith in der Szene mit Odericus ›Aelfgyva‹ genannt?«

»Ach, da kann ich dir weiterhelfen. Aelfgyva ist das angelsächsische Wort für ›Prinzessin‹ oder ›Edelfrau‹. Es war nicht nur ein Name, sondern auch ein Titel.«

Madeleine nickte mit einem nachdenklichen Lächeln. Wieder ein Faden, der sich mit dem Gewebe verband …

Nicholas leerte seinen Whisky, was sie als Aufbruchssignal deutete.

»Soll ich dir ein Taxi rufen?«

»Warte einen Augenblick, Madeleine. Ich wollte noch etwas anderes mit dir besprechen.«

»Und das wäre?«

Er antwortete nicht, sondern schaute sie forschend an, als suchte er in ihrem Gesicht nach einer Antwort. Als sich ihre Blicke trafen, verschlug es ihr fast den Atem, aber sie konnte nicht wegschauen. Er streckte den Arm aus, um ihr übers Haar zu streichen – ihr ganzer Widerstand schmolz dahin. Zärtlich umschloss er mit der Hand ihren Hinterkopf, zog sie zu sich und küsste sie lange.

Danach schauten sie sich beide fast erstaunt an. »Das wollte ich schon ganz lange«, sagte Nicholas leise. »Aber es kam mir immer unpassend vor, irgendwie … Aber jetzt passt es – oder?«

Madeleine lächelte. Ihr Herz, das vorher noch so schwer gewesen war, schwebte und flatterte vor Glück. »Ja, ich finde, es passt. Ich dachte … ich habe gar nicht gemerkt …«

Doch Nicholas küsste sie wieder, und alles, was sie gedacht oder nicht gemerkt hatte, hörte auf zu existieren.

Ehe sie am nächsten Tag das Haus verließ, überprüfte sie sorgfältig, ob auch alle Fenster verschlossen waren, während sie sich von jedem Zimmer einzeln verabschiedete.

Sie hatte schließlich doch ein Taxi gerufen, weil sie beide spürten, dass sie die Nacht noch nicht gemeinsam verbringen wollten; das Risiko erschien ihnen zu groß, angesichts ihres Lebens in verschiedenen Ländern. Es war eine sehr kluge Entscheidung gewesen, fand sie jetzt – auch wenn Rosa sie garantiert beschimpfen würde. Dann der bittersüße letzte Abschied an der Tür … Nie hätte sie erwartet, dass es sich so berauschend anfühlen würde, in seinen Armen zu liegen.

Als sie aus Canterbury herausfuhr, schaute sie in einem kleinen Blumenladen vorbei und kaufte rote Rosen. Eigentlich hatte sie vorgehabt, weiße Lilien zu nehmen, aber die Rosen erinnerten sie an Lydias Garten. Seit der Beerdigung war sie nicht mehr am Grab ihrer Mutter gewesen. Sie hatte nicht den Wunsch verspürt. Der Grabstein war noch nicht aufgestellt, weil der Steinmetz bis heute auf die Inschrift wartete. Aber sie wusste immer noch nicht, welchen Text sie auswählen sollte.

Und nun stand sie da und starrte auf das Fleckchen Erde, aus dem frisches Gras sprießte. Welche Verbindung hatte dieser Ort zu Lydias Leben? Eigentlich gar keine. Es war eher eine Erinnerungsstätte für sie selbst, die ihr die Möglichkeit gab, sich auf die Liebe zu konzentrieren, die sie für ihre Mutter empfand, und nicht immer nur an das zu denken, was sie verloren hatte. Auch insofern waren die roten Rosen genau das richtige Symbol.

Sie legte den Strauß auf das frische grüne Gras und blickte zum Himmel. In den Wolken über ihr glaubte sie einen fliegenden Engel erkennen zu können.

17. Kapitel

14. Juni
Liebe Madeleine,
danke, dass du deine Übersetzung den Leuten in London geschickt hast – dadurch haben sie viel Zeit gespart. Sie möchten den Text unbedingt veröffentlichen, aber das müssen sie mit dir besprechen.
Im Vorfeld haben sie sich vor allem auch auf die Geschichte mit dem Reliquienschrein gestürzt. Das Tagebuch selbst befindet sich jetzt in der mittelalterlichen Abteilung der British Library. Du wirst bestimmt bald von ihnen hören.
Gestern hat mich mein Freund Will angerufen – mein Kollege bei den Handschriften. Er hat mir erzählt, sie wollen mit einem Team nach Yarton fahren. Offenbar bekommen sie von der Kirche schneller als sonst irgendjemand grünes Licht.
Wir sind auch eingeladen. Und das ist auch gut so – ich habe Will gleich gesagt, sie müssten Himmel und Hölle in Bewegung setzen, um uns fern zu halten. Ich habe es sehr betont, dass die Forschungsarbeit hauptsächlich auf dein Konto geht – und du wärst doch bestimmt gern mit dabei, sehe ich das richtig? Ich weiß, dass es schwie-

rig für dich ist, länger freizunehmen, deshalb habe ich als Termin das kommende Wochenende vorgeschlagen. Wenn alles glatt läuft, müssten zwei Tage ausreichen, meint Will.

Es dürfte nicht besonders lange dauern, die Stelle in der Turmmauer zu finden – die haben hochempfindliche Metalldetektoren und andere Wunderwerkzeuge, von denen ich nichts verstehe – mir ist das alles viel zu technisch.

So viel für heute – lass mich wissen, wie du das alles findest. Ich hoffe, dass dieses »Abenteuer« ausreicht, um dich nach Canterbury zu locken ...!

Nicholas

Madeleine las die E-Mail noch einmal durch. Und ein drittes Mal.

Es war Sonntag. Die ganze Woche seit ihrer Rückkehr hatte sie zweimal täglich ihre E-Mails überprüft, in der Hoffnung, endlich eine Nachricht von ihm vorzufinden. Würde sie an den Nägeln kauen, hätte sie ihre Fingerspitzen längst blutig geknabbert. Ihre Nerven lagen blank. Aber sie fand es besser, erst auf Neuigkeiten über das Tagebuch und den Schrein zu warten, ehe sie eine »persönliche« Korrespondenz mit Nicholas begann. Hatte er es auch so empfunden?

Sie setzte sich im Wohnzimmer auf einen sonnigen Fleck auf dem Fußboden. Sie fühlte sich rastlos, wie schon seit Tagen. Das Leben an der Universität erschien ihr kalt und fremd; Philippe und die Studenten gingen ihr auf die Nerven. Rosa war kaum zu sehen, weil sie nur noch Augen für ihren Kunstprofessor hatte, auch wenn sie es nicht zugeben wollte.

Von unten drang Klaviermusik zu ihr. Tobias, genau! Sie brauchte dringend Ablenkung.

»Madeleine«, rief Tobias entzückt und riss die Tür auf.

»Soll ich etwas für dich spielen?« Beschwingt schwebte er zurück zu seinem Flügel, als bewegte er sich zu einer Melodie, die in seinem Kopf spielte.

Dankbar setzte sich Madeleine auf den Boden und lehnte sich an das Sofa. Als Tobias zu spielen begann, war es nicht Bach, nein, er spielte Nick Cave, *Into My Arms* – das Lied, das sie und Nicholas bei ihrem ersten Ausflug nach Yarton gehört hatten und das er in seiner Wohnung wieder für sie gespielt hatte. Ein Schauder lief ihr über den Rücken, und in Gedanken sang sie die Worte mit: *I don't believe in the existence of angels. But looking at you I wonder if that's true ...*

Als er zu spielen aufhörte, kam Tobias zu ihr, setzte sich aufs Sofa und strich seine elegante helle Leinenhose sorgfältig glatt.

»Und – was gibt's Neues im Leben der schönsten Frau im Haus?«

»Soweit ich weiß, bin ich die einzige Frau im Haus.«

»Stimmt.« Tobias lachte gut gelaunt.

»Außer Louise natürlich«, fügte sie hinzu, ohne den Blick von ihm zu nehmen. Aber er nickte nur zustimmend. »Leider ist Louise im Augenblick nicht zu Hause – sie kommt und geht. Erzähl mir ein bisschen Tratsch. Ich langweile mich, weil ich immer nur herumklimpere.«

»Aber du klimperst wie ein großer Meister.«

»Oh, das höre ich gern.«

»Ich habe leider keinen Tratsch zu bieten«, sagte Madeleine. Von dem Tagebuch wollte sie noch nicht sprechen – obwohl es ja jetzt kein Tabu mehr war. Am liebsten würde sie es vergessen. Aber das ging nicht – irgendwo in ihrem Hinterkopf wusste sie ja, dass sie noch eine letzte Seite übersetzen musste.

»Gut, dann erzähl mir was von England. Ich war erst einmal dort – in London. Und ich muss dir sagen –

ich könnte mir sehr gut vorstellen, in London zu leben …«

»Und ich kann mir nichts Schlimmeres vorstellen, als in London zu leben. Das Haus meiner Mutter – das heißt, jetzt ist es ja mein Haus, aber das fühlt sich immer noch komisch an. Aber egal – das Haus ist in Canterbury. Und Canterbury ist eine kleine, mittelalterliche Stadt.«

»Und dir gefällt es dort.«

»Woher weißt du das?«

»Weil man es dir ansieht. Warum wohnst du nicht einfach mal 'ne Weile dort? Das wäre doch ein hübsches Abenteuer. Und ich könnte dich in England besuchen und Tee trinken. Ich liebe englischen Tee.«

Madeleine lachte. »Na, dann bist du dort genau richtig. Aber ich – ich habe doch kein ›Leben‹ in Canterbury.«

»Ach, sei nicht so umständlich. Man braucht kein Hellseher zu sein, um zu merken, dass dir das Unterrichten keinen Spaß mehr macht. Wenn du keine Risiken eingehst, dann endest du wirklich noch wie die Lady von Shallot.«

»Sehr poetisch, Tobias. Aber vielleicht auch etwas melodramatisch.«

»Aber du sitzt doch da oben in deinem Turm und betrachtest das Leben durch einen Zauberspiegel. Ich nehme an, es gibt einen Lancelot – in Canterbury?«

Madeleine zündete sich eine Zigarette an und wandte den Blick ab.

»Oh, ist es so schlimm?«

Madeleine nickte.

»Dann, Chérie, musst du entscheiden, ob es genügend Gründe gibt, dorthin zu gehen – außer Lancelot. Falls es mit ihm nicht klappen sollte.«

Das war ein sehr praktischer Ratschlag

»Wenn du es nicht ausprobierst, wirst du es nie erfahren!«, lautete Tobias' Abschiedsweisheit, ehe er sich wieder an den Flügel setzte.

Madeleine machte den Computer an, um Nicholas zu antworten. Eine neue E-Mail erwartete sie – von Karl Muller.

Madeleine,
herzliche Glückwünsche – allerdings nicht ohne ein gewisses Bedauern. In den »eingeweihten Kreisen« reden nun alle von der Entdeckung des Schreins des heiligen Augustinus.
Wie Sie sich wohl vorstellen können, bin ich enttäuscht, dass Sie diesen Weg gewählt haben, um Ihre Entdeckung an die Öffentlichkeit zu bringen.
Ich muss zugeben, als wir uns das erste Mal gesehen haben, dachte ich mir gleich, dass Sie verborgene Qualitäten besitzen. Äußerst faszinierend.
Aber leider haben wir uns die Möglichkeit, zusammenzuarbeiten, entgehen lassen – und damit auch, wenn ich das hinzufügen darf, eine lukrative Kommission.
Übrigens hoffe ich, dass ich mit Ihren Tanten wenigstens über die Schatulle verhandeln kann, da ich bereits eine kleine Sammlung besitze ...
Vielleicht laufen wir uns ja irgendwann einmal wieder über den Weg. Wie Sie wissen, bin ich öfter in Paris.
Karl

Sie lächelte. Karls aalglatte Arroganz ärgerte sie kaum noch. Und es verschaffte ihr doch eine gewisse Genugtuung, dass sie schlauer gewesen war als Karl, René Deveraux und Konsorten. Das reichte – zu antworten brauchte sie ihm nicht. Sie hatte Wichtigeres zu tun.

Lieber Nicholas,
das Abenteuer lockt. Ich weiß, dass am Samstagmor-
gen ein Flug nach Gatwick geht. Holst du mich ab?
Madeleine

Bei Rosa hatte sie sich nicht mehr gemeldet, seit sie sich
in der Uni-Cafeteria kurz gesehen hatten. Sie hatte keine
Lust, mit ihr über England zu sprechen. Als sie anrief,
wollte Rosa offensichtlich gerade weg zum Lunch – sicher
mit ihrem Professor. Sie sagte nur, etwas außer Atem:
»Sangria, heute Abend um acht – okay?«

In der Tapas-Bar war viel los. Sie setzten sich in den
Hinterhof, wo im Sommer Tische und Bänke standen. An
den Mauern rankten sich Weinreben, und der Duft von
Jasmin erfüllte die Luft.

Erst nach der ersten Karaffe erzählte sie Rosa von
Nicholas' E-Mail. Ihre Reaktion fiel anders aus als erwartet. Nachdem sich ihre Begeisterung über die archäologische Expedition gelegt hatte, schaute sie Madeleine fast
streng in die Augen. »Wie du weißt, ist ein großer Teil
meines Widerstands gegen deine Canterbury-Kontakte
rein egoistischer Natur. Ich will dich nicht verlieren.«

»Sei nicht albern – du wirst mich nie verlieren. Und
selbst wenn ich nach England ziehen würde – mit dem
Auto sind es nur ein paar Stunden ...«

»Mich stört vor allem der Ärmelkanal.« Rosa sah richtig zufrieden aus, fand Madeleine. Ihre Haut schimmerte, ihre strubbeligen Haare waren etwas länger als sonst,
und das Sommerkleid mit den Spaghettiträgern wirkte
eher feminin als provokativ.

»Ich werde auf jeden Fall in nächster Zeit öfter rüber-
fahren. Ich möchte mich auch mit dem Historiker treffen, der das Tagebuch begutachtet ...«

»Du meinst, du willst Nicholas sehen«, warf Rosa ein.
»Alles rein beruflich, versteht sich.«

Madeleine wechselte kurz entschlossen das Thema.
»Und wie geht es Monsieur Kunstgeschichte?«

»Ach, das ist auch rein beruflich.« Rosa lehnte sich
genüsslich zurück, wie eine Katze, die sich in der Sonne
räkelt. »Ich habe allerdings noch nicht entschieden, ob
ich mich in ihn verlieben will oder nicht.«

»Und das ist selbstverständlich ganz allein deine Entscheidung.«

Rosa wurde ernst. »Nein, natürlich nicht.« Aber dann
zuckte sie die Achseln. »Wir sind einfach gern zusammen.« Als sie Madeleines amüsierten Blick bemerkte,
prusteten sie beide los.

»Du verlogenes Biest«, lachte Madeleine.

Rosa nickte.

Auf dem Flug von Caen nach Gatwick versuchte Madeleine sich von dem Gedanken an den verlorenen Schatz
und an Nicholas abzulenken, indem sie die Zettel sortierte, die sich im Lauf der Zeit unten in ihrer Handtasche angesammelt hatten.

Zwischen Einkaufslisten, Quittungen und allen möglichen Notizen fand sie auch das linierte Stück Papier, auf
dem sie bei ihrem ersten Besuch in Evas Café die Runen
und ihre Bedeutung aufgeschrieben hatte. Die erste Rune
war *Eoh*, für die Eibe, die das Mysterium des Todes sym-
bolisierte. Madeleine seufzte, ohne es zu wollen, und ihr
Nachbar, ein Geschäftsmann in den mittleren Jahren,
warf ihr einen irritierten Blick zu. Die zweite Rune, *Sigel*,
stand für Heilung, für den Sieg des Todes über das Leben.
»Wenn die Sonne zurückkehrt, wird alles besser«, hatte
Eva gesagt. Die dritte und letzte war die Rune des Feuers: *Ken*. Das Feuer, das alles verändert und Zauberwaf-

fen schafft. Die Bedeutung dieser Symbole erschien ihr jetzt weniger rätselhaft als damals – in gewisser Weise spiegelten sie ihr Leben seit Lydias Tod. Und jetzt war der Sommer da, die Sonne kehrte zurück …

Nicholas erwartete sie schon. Ihr Herz zuckte, als sie ihn sah, aber ansonsten gab sie sich einigermaßen gefasst, fand sie. Er umarmte sie, küsste sie, nahm ihre Reisetasche und ihre Hand und führte sie hinaus zu seinem Wagen.

»Am besten fahren wir gleich nach Yarton, wenn du nichts dagegen hast. Die Leute aus London sind seit gestern Nachmittag dort. Ich bin mit ihnen das Corbet-Zeug durchgegangen und habe ihnen das Kästchen der Heiligen Drei Könige gezeigt. Sie waren ganz schön beeindruckt – und jetzt freuen sie sich natürlich darauf, dich kennen zu lernen. Mit ihrer elektronischen Ausrüstung sehen sie aus wie vom FBI.«

»Mein Gott – ich kann nur hoffen, sie finden den Schrein.«

»Keine Sorge, irgendwas finden sie bestimmt. Gestern haben sie gleich entdeckt, an welcher Stelle die Mauer hohl ist. Der Metalldetektor ist nach zehn Minuten losgegangen wie ein Feuermelder.«

Als sie vor der Kirche parkten, war Madeleine wieder ganz entspannt. Sie hatte vergessen, wie beruhigend Nicholas auf sie wirkte – außer wenn er sie berührte.

Das Team bestand aus einem bleichen Geologen aus der Forschungsabteilung des British Museum und zwei Technikern einer großen Londoner Spezialfirma für archäologische Grabungen. Nicholas' Freund Will war Mitte fünfzig und erinnerte sie an Philippe – allerdings war er wesentlich charmanter, wie sie bald herausfinden sollte.

»Also dann«, sagte Will, nachdem er Madeleine

freundlich begrüßt und sie zu ihrer detektivischen Begabung beglückwünscht hatte. »Wir haben die Stelle markiert. Es kann losgehen.« Einer der Londoner Techniker bohrte ein feines Loch in den Mörtel. Abgesehen von dem Zahnarzt-Geräusch war es totenstill. Madeleine hielt sich vor Aufregung den Mund zu und schaute Nicholas angespannt an. Dieser grinste vergnügt.

Anschließend wurde ein langer, dünner Stab vorne an dem Bohrer befestigt, an dessen Spitze sich eine Art Kugellager befand.

»Was ist das?«, erkundigte sich Madeleine.

»Eine winzige Kamera – eine Kreuzung aus Endoskop und Periskop«, erklärte Will. Er kauerte jetzt mit dem Geologen auf dem Fußboden und starrte auf den Laptop-Bildschirm. Madeleine und Nicholas gesellten sich zu ihnen, um zu verfolgen, was die Kamera im Inneren der Mauer aufnahm.

»Die Wunder der Technik«, murmelte Nicholas.

Das Bild, das die kleine Kamera lieferte, war schwarzweiß. Es dauerte nicht lange, bis ganz eindeutig ein dunkler Gegenstand auf dem Schirm erschien.

»Bingo!« Will strahlte wie ein Schneekönig. »Jetzt wird's ein bisschen mühselig – wir müssen mehrere Steine aus der Mauer entfernen. Das dauert ein paar Stunden.« Er warf einen Blick auf die Uhr. »Am besten kommt ihr zwei so gegen sieben wieder hierher. Falls in der Zwischenzeit irgendetwas Sensationelles passiert, melde ich mich. Haben Sie ein Handy?«, fragte er Madeleine.

Sie nickte.

Die Sonne draußen schien richtig grell nach dem dunklen Turmverlies. Spontan blieben Nicholas und Madeleine vor dem alten Eibenbaum stehen, als wollten sie ihm ihre Reverenz erweisen.

»Ich finde, der Baum hat seine Sache gut gemacht«, sagte Madeleine.

»Ja, sehr gut. Und was hältst du davon, wenn wir beide jetzt zu deinem Cottage fahren, die Tasche abstellen und etwas essen gehen?«

»Wir dürfen ja das Handy nicht vergessen.«

»Stimmt. Aber wir müssen irgendwas tun, um uns abzulenken – sonst denken wir die ganze Zeit nur an den Anruf.«

Als Madeleine ihn anschaute, spielte ein Lächeln um ihre Lippen.

Der Anruf kam um halb sieben, aber da waren sie schon unterwegs nach Yarton. Vorher hatten sie am Kanal gesessen und wieder darüber diskutiert, ob Virginia Woolf gleichzeitig Realistin und Romantikerin gewesen sei. Aber dann wollten sie doch lieber etwas früher als vereinbart im Kirchturm zurück sein – für den Fall des Falles.

Die Sonne warf lange Schatten über den Friedhof. Madeleine hoffte inständig, dass sie vor dem endgültigen Einbruch der Dunkelheit ihr Ziel erreicht haben würden.

Im Turm lagen mehrere Steinblöcke auf dem Boden, und einer der Techniker spähte gerade in die Öffnung in der Wand. Scheinwerfer waren aufgestellt worden, als würde ein Film gedreht. Das Team hatte offensichtlich befunden, dass die nächste Etappe nicht bis morgen warten konnte.

»Ihr kommt gerade richtig«, rief Will händereibend. »Wir wollten nicht ohne euch anfangen.«

Das Bündel, das aus der Wand geholt wurde, war über und über mit Steinstaub bedeckt und ziemlich schwer. Vorsichtig trugen es zwei Männer in die Mitte des Raumes, ins Scheinwerferlicht. Alle versammelten sich schweigend.

Will hockte sich hin und rieb vorsichtig ein bisschen Staub weg. Eine dicke Lederdecke wurde sichtbar. Sie war mit schmalen Riemen verschnürt. Es dauerte eine Weile, bis diese gelöst waren und die Decke entfernt werden konnte. Doch dann bot sich ihnen ein Bild von fast überirdischer Schönheit.

Der gewölbte Deckel des Schreins war mit unzähligen Edelsteinen besetzt, Bernstein, Rubine, Perlen – alles schimmerte und glitzerte. An beiden Enden war ein perlenbesetztes Goldkreuz angebracht, und seitlich verliefen goldene Bögen, die aussahen wie kleine gotische Fenster.

»Und da, am unteren Rand, sind die Runen«, sagte Nicholas. »*Möge jeder, der diesen Schrein berührt, die Wahrheit sagen*«, las er mit belegter Stimme.

Alle schwiegen ehrfürchtig. Nicholas schaute Madeleine an, und es war, als wollte sein Blick sie nie mehr loslassen.

Schließlich wurde der Reliquienschrein wieder sorgfältig in seine Lederdecke gehüllt, und Will wandte sich an Madeleine.

»Wir würden uns freuen, wenn Sie eine Zeit lang mit dabei sein könnten – falls das möglich ist. Nick hat mir erzählt, Sie hätten eine Wohnung in Canterbury … Darf ich Sie nächste Woche anrufen, damit wir alles Weitere besprechen?«

Madeleine nickte. »Aber ich bin nächste Woche schon wieder in Frankreich.«

»Kein Problem.« Er verabschiedete sich, um den anderen beim Aufräumen zu helfen.

»Ich würde mich ebenfalls freuen, wenn du eine Zeit lang mit dabei sein könntest, Madeleine. Und vielleicht noch ein bisschen länger …«, sagte Nicholas auf der Rückfahrt.

Madeleine schaute hinaus auf die Felder und Wiesen, über denen im Westen noch ein letzter Streifen hellen Himmels leuchtete. Bald kam die Sommersonnwende ... Sie lehnte sich zurück und legte ihre Hand auf sein Bein.

Am nächsten Morgen blieb sie lange im Bett – nicht etwa, weil sie keine Lust hatte aufzustehen, sondern weil sie fürchtete, sie könnte durch eine Bewegung die magische Atmosphäre zerstören. Doch dann hielt sie es nicht länger aus, setzte sich auf die Bettkante und wartete. Der Zauber blieb. Sie trat ans Fenster und öffnete den Vorhang, um die Morgensonne hereinzulassen. Der Himmel war blau, strahlend blau. Sie atmete tief ein und wieder aus. Auf einmal wusste sie, woher diese seltsame Ruhe kam. Sie hatte einen Namen: Hoffnung.

Jetzt fühlte sie sich bereit, die letzte Seite des Tagebuchs zu übersetzen. Der Abschied von dieser wunderbaren Nebenwelt, in der sie so oft Zuflucht gefunden hatte, konnte ihr nichts mehr anhaben.

Zwischen ihr und Nicholas gab es eine schweigende Übereinkunft, dass sie eine Entscheidung treffen musste. Als er sie am Abend nach Hause brachte, war er nicht mehr mitgekommen. Sie hatten sich geküsst und vereinbart, am nächsten Tag über alles zu reden.

Im Schwebezustand zwischen Schlafen und Wachen hatte Madeleine sich entschieden. Sie wusste auf einmal, dass das Cottage ihr neues Zuhause sein würde. Und gleichzeitig war ihr klar geworden, was auf Lydias Grabstein stehen sollte.

Sie ging unter die Dusche, zog sich an und trat hinaus in den Sommermorgen. Die Luft war warm und erfüllt vom Duft der Rosen, der Efeu rankte sich an der Gartenmauer entlang, und überall Rosenknospen, rosarot, gelb, rot. In ihrer Handtasche befand sich außer ihrem

Notizbuch auch das schmale Bändchen aus Lydias Bibliothek: »Russische Weisheit«.

In einem Straßencafé bestellte sich Madeleine einen Espresso und ein Stück Kuchen. Sie beobachtete die Leute, die mit ihrer Morgenzeitung unter dem Arm vorbeispazierten, die Hunde an der Leine, die Kinder an der Hand. Jemand lächelte ihr zu, sie lächelte zurück. Dann holte sie das Buch aus ihrer Tasche und schlug die Seite auf, die Lydia markiert hatte.

Die Liebe ist stärker als der Tod und mächtiger als alle Todesangst. Der Sinn des Lebens ist die Liebe.
Iwan Turgenjew

Mit geschlossenen Augen hielt sie ihr Gesicht in die Sonne. Die aufsteigenden Tränen verbanden Trauer mit der Fähigkeit zu akzeptieren.

Als sie die Augen wieder öffnete und nach oben blinzelte, konnte sie, wenn sie sich Mühe gab, in den Wölkchen am Himmel eine Engelsversammlung erkennen.

Jetzt war die Zeit für ihr Notizbuch gekommen. Sie durfte den Abschied nicht länger hinausschieben. Denn erst wenn sie diese Aufgabe abschloss, konnte sie die neuen Gefühle in ihrem Inneren willkommen heißen und die Luft, die sie umgab, tief einatmen.

16. Oktober 1086

Ich bin Mary, Tochter der Leofgyth, und heute ist es zwanzig Jahre her, dass mein Vater, Jon der Bogenschütze, starb. Ich schreibe dies nicht nur zum Gedenken an ihn, sondern auch zu Ehren meiner Mutter, die im letzten Jahr ebenfalls um diese Zeit von uns gegangen ist.

Als Leofgyth das Schreiben einstellte, erklärte sie mir, ihre Aufgabe sei erfüllt, und die Trauer habe ihr die Freude an Tinte, Federkiel und Pergament genommen. Doch in den Jahren danach, während ich zur Frau heranwuchs und Ed, den Steinmetz, heiratete, sah ich die Freude langsam wieder in ihr Leben zurückkehren, denn sie war nicht der Mensch, der die Hoffnung verliert. Aber den Federkiel hat sie nie wieder zur Hand genommen.

Am Abend der Sonnwendfeier verschwand sie immer für eine Weile, und dann wusste ich, sie wanderte durch den Wald, allein mit ihren Erinnerungen an Jon, den Bogenschützen. Wenn sie an die Feuer zurückkam, um mit uns Bier zu trinken, war sie fröhlich, und nur ich wusste um den Schmerz in ihrem Herzen.

Meine Mutter starb friedlich, so wie sie lebte. Sie hatte immer noch Freude an der Stickerei, bis ihr Augenlicht von der Anstrengung nachließ, und sie die Seidenfäden und das feine Gewebe nicht mehr richtig sehen konnte. Sie trug mir, bis zu ihrem letzten Atemzug, immer wieder auf, ihre Aufzeichnungen zu bewahren und durch meine eigenen fortzusetzen. Ich habe nicht die Ausdauer meiner Mutter, und meine Familie hat alle Hände voll zu tun, die Stickwerkstatt in Winchester mit gefärbtem Garn und Tuch zu versorgen und mit den Händlern aus dem Orient um Seide und kostbare Perlen zu handeln.

Leofgyth hat dieses Gewerbe begründet, und jetzt liegt es auf meinen Schultern, dieses Stück Land zu bewahren und zu bewirtschaften – denn der König schenkte es ihr für die Dienste, die sie Königin Mathilda erwiesen hatte. Es trägt einen Handel mit feinsten Stickwaren. Wir kleiden eine große Zahl von Edelleuten und Kirchenmännern, und es kommen immer noch mehr.

Meine Mutter verließ West Minster ohne Trauer, denn an diesem Ort hing eine Vergangenheit, die es zu vergessen galt. Als sie alt und müde war, wanderten ihre Gedanken oft nach Canterbury, ihrer eigentlichen Heimat.

Der Mönch Odericus ist ebenfalls aus dieser Welt geschieden, vor einigen Jahren schon, kurz nach Lady Ediths Tod. Meine Mutter hat sich nie von ihm abgewandt, denn sie war eine gute Seele, aber ihre Freundschaft war nicht mehr so eng wie zuvor.

Um Leofgyths Wunsch zu erfüllen und ihre Aufzeichnungen zu bewahren, muss ich diese jetzt in das Nonnenkloster zu Winchester bringen. Ich fürchte nämlich täglich, dass die Seiten jenen in die Hände fallen könnten, die sie nicht lesen dürfen.

Meine Kinder werden von ihrer Großmutter – dieser Frau, die eine Schreiberin war – wissen und vielleicht auch noch die Kinder meiner Kinder, aber mit der Zeit verblasst die Erinnerung. Wenn die, über die sie schrieb, nur noch Namen sind, und das Zeugnis, das sie ablegte, niemandem mehr etwas anhaben kann, dann wird man vielleicht die Worte meiner Mutter lesen und ihrer gedenken. Ihr Wunsch war es auch, dass dieses Stück Land, mit dem ihr ihre Dienste entgolten wurden, in der Familie bleiben soll, dass wir es bewahren mögen, genau wie ihre Schriften.

Nur solange wir bestrebt sind, uns zu erinnern, können sich die Schicksalsfäden verweben, und erst, wenn das Tuch fertig ist, darf man den Faden abschneiden.

Dank

Die Entstehung dieses Romans ist eine eigene Geschichte, und ich bin vielen Menschen zu Dank verpflichtet. Mein Dank gilt zu allererst Craig Cronin und Denny Lawrence, die mich zu dieser Reise ermutigt haben. Der historische Inhalt dieses Buches schöpft aus zu vielen Quellen, um sie alle einzeln aufzuzählen. Vier Bücher sollen allerdings genannt werden: »Warriors of the Dragon Gold« von Ray Bryant, »The Mystery of the Bayeux Tapestry« von David J. Bernstein, »The Bayeux Tapestry« (»Der Teppich von Bayeux«, Prestel München 1994) von Wolfgang Grape. Jan Messents Buch »The Bayeux Tapestry Embroiderers« entdeckte ich, als ich kurz davor war, die endgültige Fassung des Romans abzuschließen, und ich hatte das Glück, viele hochinteressante Gespräche mit dem Autor zu führen, der sein reiches Wissen über die Geschichte des elften Jahrhunderts und seine Stickerinnen bereitwillig mit mir teilte.

Für das klare Lektorat und für viele Korrekturen an heiklen Stellen danke ich Richenda Todd. Ohne den Einsatz und die unermüdliche Unterstützung meiner Agentin Kate Hordern wäre »Der geheime Faden« nie geworden, was es ist, und mein Dank gilt ihr vor allem auch für die kreative Allianz, die so geschmiedet wurde. Zuletzt, aber für mich nicht weniger wichtig, gilt mein Dank all denen, deren Interesse und Enthusiasmus mich begleitet haben, vor allem den Familien Fitzpatrick und Anokhi, Nina und Fred für ihre Suppen und Julian fürs Zuhören und für seinen Glauben an mich.